Ronso Kaigai
MYSTERY
243

バービカンの秘密

J.S. Fletcher
The Secret of the Barbican

J.S.フレッチャー
中川美帆子［訳］

論創社

The Secret of the Barbican

1924

by J.S.Fletcher

目次

バービカンの秘密

1　時と競う旅

第一章

ある春の土曜日の午後、一時まであと五分というところ。ウォルフォードの建築請負会社〈ワトソン＆メトカーフ〉の事務主任レッドビターの頭の中は、目前に迫った週末への喜びでいっぱいだった。若く勤勉で熱意にあふれた彼は、月曜から土曜まで常に全力で仕事に打ち込んでいる。そんな彼でも、土曜日がやってくるたびにありがたいと思わずにいられない。土曜という日にはそれだけの価値があった。レッドビターは結婚三年目で、息子はようやくよちよち歩きを始め、片言で喋りだしたところだ。土曜日の午後になると、彼は息子を公園に連れていき、おぼつかない足取りに気を配りながら、池に浮かぶアヒルやカモの話をしてやる。だが土曜日が何よりすばらしいのは、次に日曜日がやってくることだ。日曜日には普段より一時間長くベッドにもぐっていられるし、朝食も最後まであわてずにゆっくりとれる。日曜日には夫婦そろって両親の家へ孫の成長を見せにいく。そう、土曜日と日曜日こそ、味気ない労働の日々におけるオアシス――のんびりと休息を楽しめる至福のときなのだ。ぼくには何より必要なものだ。レッドビターはそう考えた。あと三分で、時計が一時を打つ。そうしたら、彼は自由の身となって家に飛んで帰り――。

レッドビターが机の引き出しに鍵を掛けていると、部長のシャーマンがそばに来て尋ねた。

「〈スティール＆カーダイク〉の入札書は間違いなく昨日送ってくれただろうね」

「はい、もちろん！」レッドビターは答えた。「昨夜送りました」

「当然、書留でだろうね？」

「はい、書留にしました」

シャーマンは机の上にあった帳面を手に取り、ページをめくった。「領収書が見当たらないが。まだ貼っていないのか？」

「家にある、別のチョッキのポケットに入れたものですから」レッドビターは答えた。「月曜日に持ってまいります」

「忘れずに持ってきてくれよ」シャーマンは念を押した。「こういう領収書は必ずすぐに貼っておくものだ。入札書を送ってあることを役所に示さねばならんのだから」

シャーマンが自分の席に戻ったので、レッドビターは挨拶もそこそこに急いで退社した。外に出るとほっとした。あれ以上喋らされたらたまらない――シャーマンの視線にも耐えられなかった。なぜなら、入札書はすでに書留でロンドンに送ってあり、領収書は家にあると告げたまさにその瞬間に、まだ書類を送ってもいなければ、領収書を手に入れてもいないことを思い出したからだ。こうして彼は泡をくって会社を出た。

レッドビターは賢明な若者だったので、自分がよい職に就いていることを自覚していたし、それを失うようなことはなんとしても避けねばならないと承知していた。〈ワトソン&メトカーフ〉に就職して七年になるが、現在の報酬は週四ポンドで、堅実に昇給している。優秀な社員として上司にも恵まれ、入社以来これといった失敗もせずにやってきた。しかし今度ばかりはへまをした。五十万ポンドもの大金が絡む入札書の送付を失念するとは！　確かに、見かけは何の変哲もない書類だった。事務所の普通の便箋にワトソンが切りのよい数字を書き込み、押印して封筒に入れただけのものだ。

もしこれがかさの張る重い書類であったなら、レッドビターも決して忘れるようなことはなかっただろう。しかし実際は小さなものだったので、昼食をとりに家に戻る途中、書留で送るつもりでいながら、着ていた冬用チョッキの内ポケットにするりと入れたきり、記憶から抜け落ちてしまった。なぜこんな大切なことを忘れてしまったのか、自分でも説明がつかない。ただ、道すがら冬用のチョッキでは暑くなってきたことに気づき、家でもっと軽いものに着替えたことはよく覚えている。もちろん、入札書はちゃんと家にある。早く帰って郵便局に出しにいこう。なに、必ず間に合う。〈スティール&カーダイク〉が求めている入札書は、郵送あるいは持参で月曜日の午後四時までにロンドンの彼らの事務所に届けなければならないが、時間はたっぷりある。今度は気をつけて、すぐに書留で送ろう。彼が唯一恐れたのは、もしシャーマンが郵便局の領収書を調べたら、手紙が送られたのが金曜日でなく土曜日だと気づくかもしれないということだ。しかしシャーマンのことだから、領収書が決まりどおり帳面に貼られていると聞けば、満足してちらりとも見はしないだろう。だから大事なのは、入札書が月曜日の朝一番にロンドンに届いているように郵送しておくことだ。

レッドビターの住むささやかな家は街の中心からわずかに離れたところにあった。彼がドアを開けると、玄関にはビーフステーキと玉葱の心弾む匂いが漂っていた。妻は彼の足音を聞きつけるとすぐさま、昼食の用意ができていると呼びかけた。

しかし、レッドビターはあとにしてくれと叫ぶなり、寝室への階段を駆け上がった。そして自分の服がしまってある箪笥に駆け寄ったが、その直後には階段の上からわめいていた。

「ファニー、ぼくの冬用のチョッキはどこだ?」彼は矢継ぎ早に叫んだ。「あれをどこへやった?

ほら、昨日の昼、食事に戻ったとき脱いだチョッキだよ」

レッドビター夫人が奥の部屋から顔を出した。

「いやだわ、ハーバート。あなたったら、忘れたの？　二週間前だったかしら、あのチョッキはもう古くなったから、春になったら他の古着と一緒に売ってしまっていいと言ったじゃない。だから昨日の午後、ひとまとめにして売ったのよ。それでね――」

レッドビターは家が揺れるかと思うほど盛大なうめき声をもらした。そして階段を一段飛ばしで降りてきた。妻は悲鳴を上げかけたが、夫の真っ青な顔を目にして声を失った。

「きみは――きみはあれを売ってしまったのか！」彼はかすれた声でどもりながら言った。「なんてことだ！　いったい誰に？」

「もちろん、ミルソンの店よ！」レッドビター夫人は答えた。「それでね――」

レッドビターはすでに玄関口にいた。そのまま小さな庭の門から通りへ駆け抜けていった彼の耳には何も入らず、周囲の光景も半分しか目に入っていなかった。妻の必死に呼ぶ声も、まるで道の敷石に投げかけられたようなものだった。

「ハーバート、戻ってきて、ハーバート！　ハーバートったら！」彼女は夫の背中に向かって叫んだ。

「わけを聞かせて――」

しかし完全にひとつ事に取りつかれたレッドビターにその声は届かず、彼は一目散に街へと駆けていった。

ミルソンはウォルフォードではなかなか知られた顔だった。手広く古着を扱っていて、服の古さや状態を問わず、どんなものでも買い取る。しかも、かなりよい値をつけた。それが彼の一方の仕事だった。もう一方の仕事は売るほうだ。買い取った着古しの衣料をミルソンがどう処理するのかは、誰にとっても謎だった。しかし彼が常に途方もなく大量の古着を抱えていて、それらがあり得ないほどの安値ながら新品同様に見えるのも、紛れもない事実だった。古着はミルソンの店のある部門に運ばれると、驚くべき変貌をとげ、やがて新品のような顔をして現れる。丁寧に洗濯され、アイロンをかけられて、客が一度に何着でも買ってしまいたくなるような値札がさげられるのだ。

レッドビターはミルソンの本店に飛び込むと、本人のもとへ駆けつけた。ミルソンはずんぐりした小男で、山羊髭をたくわえ、でっぷりした胴回りにずっしりした大きな金鎖を巻いていた。レッドビターはミルソンに詰め寄り、必死に息を整えようとした。

「昨日、わたしの妻から古着を買ったでしょう!」彼は上ずった声で言った。「レッドビターですよ、アカシア通りの——ほら」

「ああ、買ったとも」ミルソンは気さくに答えた。「値段には満足してもらえたと思うが?」

「値段なんてどうでもいいんだ!」思わず声が高くなった。「ぼくはあの中にあった冬用のチョッキがほしいんです——えんじに黒い水玉の、フランネルの裏地のついた——。どうしてもあれがいるんです。妻はあれを売ってはいけなかったんです」

「気の毒だがね、それはできない相談だ」古着屋の主人は指輪をはめた両手をこすりながら答えた。「妙な話だが、あのチョッキは買ってからすぐ売ることになったんだ。あんたの奥さんのところから店に戻ってきて、ひとまとめにした服を仕分けようとそこのカウンターに置いたとたん、男がひとり入ってきてね。奴さん、あのチョッキがひと目で気に入って、すぐさまお買い上げさ——目当てのあったかい服と一緒にな。そいつは伐採が生業でね、ちょうど移住するところだったんだよ——カナダに」

「カナダ！」レッドビターは金切り声を上げた。「それで――その男はもう出発したんですか？」

ミルソンは口の端から太い葉巻をはずすと大仰に振った。

「今頃はもう出発しちまったかもしれないな。ひょいと思い出したんだが、奴さん、今日、出発するつもりだと言ってた。なにせ伐採屋だからな、いわゆるひと山あてに、きつい風が吹き荒れる、雪と氷の冷たい地方に出かけようっていうわけさ。でもって、あったかい衣服をどっさり持っていくほうがいいと考えたんだろう。そんなわけで」ミルソンは両手をポケットに突っ込んで金をじゃらじゃら鳴らしながらこう締めくくった。「そんなわけで、喜んで売ってやったのさ。そして儲かった――互いにな」

レッドビターは恐ろしいまでに落ち着いていた。彼は人生で初めて、物書き連中の言う、絶望のあまり冷静になるという言葉の意味がわかりかけていた。

「その男がウォルフォードのどこに住んでいるか、知らないでしょうね」彼は尋ねた。

「いやいや、知っているとも！」ミルソンは答えた。「あるいは知っていた、と言うべきかな。さっきも言ったように、もう出発しちまっただろうからな。名前はテリー、住所はミル通りの角を曲がったところにあるバーコーの下宿屋だ。昨晩、そこ宛てに荷物を送ったからな。それにしてもおまえさん、なんで今になって、あのチョッキをそんなにほしがるんだね？　わけを――」

しかしレッドビターはもうドアの外にいて、ミル通りに向かって走り出していた。そこは街で最も貧しい一画にある狭い裏通りで、認可宿泊所が並ぶことで知られていた。レッドビターは血眼になってバーコーの下宿屋を探した。そしてようやく黒い板に白文字で書かれたその名を目にとらえた。玄関前の階段に腰掛けていた数人の間を駆け抜け、白い漆喰塗りの廊下に飛び込み、気づくと彼はそこの管理人と向かい合っていた。管理人は大柄で気性の荒そうな男で、まるで招かれざる客を迎えたかのように彼にしかめ面を向けている。

「何かご用かね?」

「ここにテリーという人がいませんか?」レッドビターは息を切らせながら尋ねた。「昨日、ここにいたことはわかっているんです。ミルソンという古着屋がそう言っていました。彼に会いたいんです――大至急」

「そうかね」管理人は鼻で笑った。「お生憎さま!　もう出ていったよ」

「どこへです?」レッドビターは食いさがった。

「カナダだよ」代理人はぴしゃりと言った。「カナダに行ったんだ。ちょっとやそっとの距離じゃない」

「でも――どうやって?」レッドビターはすがるように尋ねた。「どこへ――いや、つまり――彼はどこから船に乗るんですか?」

管理人は肩までむき出しになった太い両腕を組んだ。そして両肘を掻きながら、レッドビターを品定めした。

「なんだって知りたいんだね?」脅すような口調だった。「おれはお客の個人的なことをよそ者にべらべら喋ったりはしない。あんたはデカじゃない。それはわかる。見たところ、弁護士の助手って感じだが」

レッドビターは相手の言葉に飛びついた。

「そうなんですよ！　われわれがそのテリーさんを探しているのは、彼の利益になることがあるからです――金銭的にね。もし彼が渡航する前につかまえられればの話ですが」

レッドビターが半クラウン銀貨をそっと握らせると、管理人は態度を和らげた。

「なるほど、そういうことか！　うむ、彼なら今朝、リヴァプールに向かったよ。相棒のスキャビーってやつと一緒にね。今夜遅くか、明日の朝早い船に乗るつもりらしく、どっちかはわからんが、ともかくそれに間に合うように出かけていった。スターナティック号だったかな、そう聞こえた、むろん、客室は三等だがね。テリーには会ったことがないんだろう？　赤毛のでかい男で――」

しかし、このときもレッドビターはその場にいなかった。玄関先にたむろしている連中をかき分け、通りに飛び出し、セントラル駅に向かっていた。駆けながら、痛む頭の中では、三つの名前が制御不能になった蒸気ハンマーのように鳴り響いていた。テリー――リヴァプール――スターナティック！　スターナティック――リヴァプール――テリー！　リヴァプール――テリー――スターナティック！　それ以外のものはすべて世界からかき消えた。家庭も、妻も、幼い息子も、何もかも！　この手にあの忌々しい手紙をつかむまでは、決して何も取り戻せないだろう。

レッドビターは広い駅の切符売り場に駆けつけると、窓口の台にソブリン金貨を叩きつけ、しゃがれた声でリヴァプール行きの切符を求めた。

「列車は――列車はどのぐらいで来ますか？」彼は震える声で尋ねた。「すぐ来ますか？」

「六番線まで全速力で駆ければ」気のない目を時計に向けた駅員は、台越しに切符と釣銭を押しやりながら言った。「ぎりぎりで間に合うか間に合わないかというところでしょう」

レッドビターは走った。行く手にはさまざまな人の動きがあり、ぼんやりとした意識の中で彼らにぶつかっているのを感じた。そのうちの何人かはレッドビターにぶつかられて苦痛の声を上げた。何人かはレッドビターより頑丈で、彼のほうが痛い目をみた。やがて彼は車掌にきつい言葉遣いとともにある場所に放り込まれ、その片隅に落ち着いた。しばらくして顔を上げると、空の客車にいるのに気づいた。列車はすでに走り出していた。窓の外に目をやると、ウォルフォード市庁舎の大きなドームがちらりと見えた。それは流れるように過ぎていった。教区教会の尖塔も、ウォルフォードの街外れに建つ家々の屋根や煙突も。やがて彼は事の重大さを認識し、ずきずきする頭を抱えて重くうめいた。

第二章

レッドビターがひと息ついてから最初にしたのは、自分がどこにいるのか、何を追っているのか、明確に形にすることだった。それには思ったより時間がかかった。そしてようやくはっきりと把握した。彼は今、ウォルフォードーリヴァプール間の何百マイルに及ぶ追走の始まりにいる。その追走には三時間はかかるだろう。つまり、リヴァプールに到着するのは五時頃だ。到着したらただちにスターナティックという名の船を見つけなければ。乗客名簿には数百人もの名が載っているに違いない。その三等乗船客からテリーという名の男を探し出さなければならないのだ。同じ名前の乗客が二十人近くいるかもしれない。あるいはレッドビターがスターナティック号を見つける前か、それどころかどこで見つかるかもわからないうちに出航してしまう可能性もある。そうなれば彼は一巻の終わりだ。その場でマージー川に身を投げるしかない。だが下宿屋の管理人はこう言った。「今夜遅くか、明朝早く」と。希望はある――たっぷりと。希望を持とう――その間に彼は所持金を数えた。

レッドビターはこの不本意な戦闘を成功裡に遂行するには、持ち金が重要な要素となることをじゅうぶん承知していた。例の手紙を取り戻すまで、どこへ行く羽目になるかわからないのだ。そこで彼は財布をひっくり返した。朝、出社したとき、そこには七シリング入っていた。さらに彼の週給――四ポンドが加わっている。そのあと彼は下宿屋の管理人に半クラウン与え、リヴァプールまでの汽車賃に八シリング九ペンス支払った。だから残金は三ポンド十五シリング九ペンスになる。これだけあればかなりのことができる。そう考えて突然、妻に何ひとつ言ってこなかったことを思い出した。土曜日の決まり事であるいつもの家計費を渡すかわりに、あの癪にさわるチョッキを追って飛び出してきてしまった。まあ、これはたいした問題ではないだろう。彼女は大丈夫だ。絶対に大丈夫だ。家にも多少の蓄えは置いてあるのだから。しかし、列車が目的地に到着したらただちに、妻に電報を打たなければならない。

この頃にはレッドビターの空腹は限界に達していた。朝の八時から何も口にしていないのだ。今はもう、じっと座って想像するしかない運命のもとへ運ばれていく以外、何ひとつできることはないとあって、腹の虫は他のいっさいの感情を排除するまでに自らを主張していた。もしかしたら列車は——急行列車はこのままどの駅も通過してしまうかもしれない。彼の知るところでは、列車にはウォルフォードからリヴァプールまで停車しないものもあるからだ。しかし幸いにも列車は停車した。数分間だがマンチェスター駅で停まったので、レッドビターは最寄りの軽食堂に駆け込み、エール一杯を飲みくだし、サンドイッチを頬ばった。そして再び列車が動き出したときには、ある程度空腹が満たされた状態で、電報の文面を練っていた。

電報はリヴァプール駅のホームに降り立ったらすぐに打つ。レッドビターはそう決めていた。もはや月曜日の朝一番に出社するのは無理だろう。今夜、あるいは翌日の日曜日、入札書を取り戻したら、彼は必ず自分自身の手でロンドンに届けるつもりだった。今の所持金なら、なんとかそれができる。しかし入札書を送り損ねた失敗を補い、期日までに無事に手渡したことを請け合えるまで、上司たちに何が起きたか知られたくなかった。妻には電報で慎重に指示しなければならない。

列車が定刻の五時十五分にリヴァプール駅に到着すると、レッドビターはすぐさま構内の電報局に向かった。そしてさらに熟考したのち、これまでで最長の私信を送った。

「チョッキヲ追ッテキタ。月曜ノ朝マデニ戻ラナカッタトキハ、会社ニ休むと連絡シテクレ。身内ニ取リ込ミガアリ急に呼ビ出サレタコトニセヨ。ボクノ行キ先ヤ目的ニハイッサイフレテハナラナイ。愛ヲコメテ。ハーバート」

この電文に住所を加えると、料金は一シリング九ペンスになった。レッドビターは二シリング出して釣銭を受け取ると、巨大な駅舎――苦悩と希望の混じり合った場――を出ていった。探索の旅はこれからが本番だった。

レッドビターがリヴァプールに来るのはこれが初めてだった。今までリヴァプールについて考える機会はなかったし、体系だった知識もない。ここが思いがけず大都市であることに、レッドビターは困惑した。しかし彼は機知を失わなかった。そしていかにも船乗りらしい風体の男に声をかけ、どこに行けばスターナティックという名の船を見つけられるか教えてほしいと頼んだ。

「スターナティック号か！」男は言った。「そいつは北カナダ航路だな。ウォーター街をまっすぐ行けば、事務所が見えてくるよ。大きな建物だからすぐわかるはずだ」

男は親切にもウォーター街への道を教えてくれたので、レッドビターはそちらへ足を踏み出した。やがてマホガニーのカウンターのある豪華なガラス張りの建物の中に立った彼は、近頃の海運事務所は波止場地帯の小屋などではないのだと認識を改めることとなった。

ひとりの事務員が用件を聞くために近づいてきた。学校を卒業して以来ずっと事務員を務めてきたレッドビターは、この事務員仲間の顔に浮かんだ気さくな表情を見て、事情を包み隠さず話すことにした。彼は自分の説明しがたい失念のことや、そのために手紙と重要な同封物を取り戻さなければならないことなど、すべてを打ち明けた。事務員は話を理解して、笑みを浮かべ、同情し——最後に首を振った。

「それはとんだ災難でしたね！」その声には共感が滲んでいた。「しかしその船で移住するお客は五、六百人いるんです。とうてい見つかるとは思えません」

「だが、男の名前はわかっているんだ！」レッドビターは言った。

「いやいや！」事務員は答えた。「名前なんて！　故郷を出るときはスミスだったのがリヴァプールに着くまでにはブラウンになっているなんて例がざらにあるんです。それに、もしあなたがスターナティック号に乗り込んで呼び出しをかけたとしても、十中八九、テリーは応じやしません。お尋ね者になったとでも考えて。そうでしょう？」

「それじゃ、どうすればいいんです？」レッドビターは惨めな気持ちで尋ねた。

「スターナティック号は」事務員が熱心に彼を助けようとしているのは確かだった。「今、川にいます。浮桟橋に停泊しているんですよ——黒地に緑の縞のある煙突が目印です。日曜の午後一時までは出航しないでしょうが、実際のところは十二時半ぐらいになるかもしれません。お望みなら、今夜のうちに乗船できますよ。ただし、あまりよい結果は得られないと思いますが」

「それはまた、どういう理由で？」レッドビターは詰め寄った。「男はその船に乗ることになっているはずですが」

事務員は肩をすくめた。

「ええ。ただ、他のほとんどのお客と同じように、お探しの男も出航時間ぎりぎりに乗り込んでくるんじゃないでしょうか。こうした移住者たちは、希望すれば今夜は船で眠ることができます。実際にそうするお客もいます——陸で無駄遣いする金のない人々です。しかしほとんどは最後の夜を故郷イングランドで過ごします。そして出航ぎりぎりにあたふたと乗り込んでくるんですよ。もちろん、結局は乗船しないお客さんもいます。おわかりでしょう?」

レッドビターは理解した——そしてうめいた。こんな恐ろしい可能性があろうとは予想だにしなかった。

「どうすればいいのでしょう?」彼は再び尋ねた。「ぼくはただ、船に行って、この男を探せばいいと思っていた。そして——」

「なるほど、しかしその考えは間違いだったわけです」事務員は言った。「さあ、あなたがしなければならないことを教えましょう。あなたのために乗務員(パーサー)に一筆書きますのでね。夜更けになったら船に行き、わたしに話したことのすべてを話してください。もしその時点でお探しの男が乗っていれば、乗務員が見つけるでしょう。見つからなかったら、明日の正午に出直してきてください。結局、その男は最後の最後までスターナティック号に乗らないかもしれませんが!」

レッドビターは情報提供者に心から礼を言い、もらったメモを手に店を出た。ようやく六時になる頃で、あと数時間はすることもない。彼は周辺をぶらついてみた。そして浮桟橋まで行き、黒地に緑の縞の煙突を目当てにスターナティック号を見つけた。それから安レストランに入って粗末な食事をした。そのあとはひと晩じゅう桟橋付近をうろついて、それらしい風体の男の顔を舐めるように眺めた。テリーの人相を見分けられるか確かめるためだ。そして十時になると、一艘のボートを借り、船まで漕がせた。雨が降り始めていた。凍えるような冷たい雨だった。しかもレッドビターはコートを着ていない。骨の髄まで惨めな気分だった。

乗務員は太った男で、自分の船室でラムを飲んでいた。彼はレッドビターに、あんたもこのメモを書いたやつも、おれが今夜ひと晩と日曜の午前いっぱいを使って、今、あるいはこれから三等客室に乗り込んでくる男の名前をいちいち訊いてまわれると思うのかと言い放った。しかしレッドビターが彼の掌に半ソブリン金貨を押しつけ、自らの災難話を語ると、たちまち態度を変えた。彼は身を震わせている訪問者に上等のジャマイカラムをふるまい、最良のアドバイスを与えようと言った。ひとまず陸へ上がり、泊まるところを見つけて、ひと晩ぐっすり眠る。翌日十二時きっかりに船に来る。その時間までには彼が――乗務員のことだが――テリーが乗船したか確かめておく。もしまだだったら、レッドビターが自ら舷門を見張り、スターナティック号が汽笛を鳴らしてマージー川を出ていくまで、やって来る乗船客をしらみつぶしにあたればいい。

レッドビターとしては乗務員の言葉に従うしかなかった。彼は再び陸に上がった。川沿いの宿で安い部屋を借り、床に就く前にまたジャマイカラムをあおったが、寝椅子に横になったときにはひどく意気消沈していた。この先どうなるかわからず、たまらなく不安で惨めだった。そのうえ、ひと晩じゅう川を航行する汽船の汽笛や警笛のせいで一睡もできなかった。夜明け近くにようやくうとうとしたと思ったら、夢の中でスターナティック号はすでに出航し、時速五十ノットでマージー川を下っていくところで、船尾に立った赤毛の大男が大声で嘲笑いながら彼に向かってチョッキを振っているのだった。

日曜の朝、川沿いの安宿は意外にもレッドビターにうまい食事をたっぷり提供してくれた。おかげで彼は元気づいた。外に出るとよく晴れた美しい朝で、おおいに希望がわくのを感じた。そして九時半から十一時半までの間、浮桟橋の辺りを行き来して目を光らせた。

レッドビターはさまざまな人がスターナティック号にボートを出すのを見たが、その中に赤毛の大男の姿はなかった。そして十二時十二分前になって、自らもボートの漕ぎ手を雇い、はかない望みを抱いて船に向かった。

乗務員はレッドビターの顔を見ると首を振った。

「あんたの言ってたような男は乗ってないよ――まだ」彼は言った。「おれがこの目で見張っていたんだ。さあ、あんたがこれから乗り込んでくる客全員の顔を見られるようにしてやる――おれにできるのはそこまでだ！」

乗務員はレッドビターを舷門近くの柵で囲った場所に立たせて、どこかへ行ってしまった。レッドビターはかかりかけのエンジンのように激しく心臓を轟かせながら、ひたすら目を皿にしていた。艀（はしけ）や引き船、ボートでやって来る何十人もの男女――彼らはみな、レッドビターの前を通り過ぎなければならない――しかし赤毛の男はひとりもいない！

乗務員がそばに来て、ささやいた。

「あと十分で出航だ！　あんたも間もなく降りなきゃならない。もしこの最後の集団にいなかったら――」

その瞬間、レッドビターはアイルランド人らしい容姿の大男が笑顔で甲板を闊歩してくるのに気づいた。がさつな身なりで、大きな荷物を、ひとつは脇にはさみ、もうひとつは肩にかついでいる。彼の髪は――その色を表現するには赤という言葉ではとても足りなかった。

レッドビターは無我夢中で男の身体をつかんだ。

「あんたの名前はテリーだ！」彼は叫んだ。「ウォルフォードから来たんだろう？」

燃えるような髪の男は、六フィート三インチの高さから余裕綽々で相手を見下ろした。

「おれの名前だったらどうだというんだね？」男は愉快そうに尋ねた。「ずいぶんよくご存じのようだが！」

「あんたは金曜日にミルソンの店でチョッキを買ったはずだ」レッドビターはあわてふためきながらも、相手がよく理解できるように言った。「えんじの地に黒い水玉のチョッキだ。ぼくの妻がミルソンに売ってしまったんだ。それには手紙が入っていた――とても重要な。その手紙を取り戻しにあんたを追ってきたんだ。あんたはそれを見つけて――ここに持っているんだろう？　荷物からチョッキを出してくれ。手紙の礼に半ソブリン出すから！」

赤毛の大男は荷物を下ろすと頭を掻いた。

「金なんてもらわなくても渡すさ、その手紙を持ってさえいれば！」彼は大声で言った。「だけど、そんなもの、見たこともないいんだ。そもそもチョッキを持ってないんでね。つまり、こういうわけなんだよ」今にも卒倒しそうなレッドビターを前に、大男は続けた。「昨日の午後、このリヴァプールに来たとき、荷物の見直しをしたんだ。そしてそのうちのいくつかを宿で出会ったやつに売ったのさ。あのチョッキもその中に入ってた。実際、おれには小さすぎたからね！　だから――今、ここにはないんだよ！」

「どこの宿だ？　どんな男だ？」レッドビターはあえぐように言った。「早く教えてくれ！」

「ブラニガンの下宿屋さ、オレンジ小路の」テリーは言った。「だが、やつの名前は――そういや、一度も聞いてなかったな！　背の低い男で――」

「さあ、ちょっと、あんた！」誰かがレッドビターの耳元で怒鳴った。「見送りの人は降りてくれ！　出航だ！」

「片方の目がひどいやぶにらみなんだよ！」テリーが叫んだ。同時にレッドビターは舷門から押し出された。「やぶにらみの男を探せばすぐ見つかるはずだ。成功を祈るよ！」

　われに返ると、レッドビターは再び浮桟橋に立っていた。彼は川を見渡した――スターナティック号はすでに半マイル彼方をカナダに向かっている。ところがレッドビターのほうはいまだにチョッキ探しのさなかにいる。それにしても、今度はどちらへ行けばよいのだろう。　彼はぶつぶつ言いながら街のほうを向いた。

「ブラニガンの下宿屋、オレンジ小路」彼は再び幾度も繰り返した。「ひどいやぶにらみの、背の低い男か！　もう勘弁してくれよ！」

第三章

レッドビターは傷心を抱えたまま、浮桟橋の向こうの広い空き地をあてもなくさまよっていたが、そのうちひとりの警官に出くわした。そこでふと思いついて尋ねた。

「オレンジ小路の場所を教えてもらえますか?」

警官はすぐにドックの横を走る道路を指さした。

「三番目の角を右に曲がり、二番目の角を左に曲がりなさい。はっきり言って、とんでもない場所だが!」

「危険なところなんですか?」レッドビターはうわの空で尋ねた。

「少々物騒ですよ」警官は言った。「どんな用があるのか、聞かせてもらえますかな? さしつかえなければ」

レッドビターはとことん他人の同情に飢えていたので、たまたま知り合ったこの警官に自分の災難をかいつまんで聞かせた。警官は口笛を吹いた。

「そいつはまたご苦労なことだ! まあ、その男は見つかるかもしれないし、あるいは見つからないかもしれない。ひと晩あそこに泊まったからといって、次の日にもいるとは限りませんからな。言ってみれば、現れてはすぐ消えるというやつですよ。だが、ちょっとばかり教えてあげましょう。ブラニガンの宿に入ったら、懐から金を出してはいけませんぞ。もし目当ての男を見つけたら、外に出て本通りまで引っぱっていくんです。身につけているものを決して彼の目にふれさせてはいけない――少なくとも宿の中ではね」

レッドビターは警官に礼を言い、教えられた方角へ向かった。間もなく網の目のように延びたいかがわしい裏路地に迷い込み、ようやくブラニガンの下宿屋を探し当てたが、敷居を跨ぐのはためらわれた。入り口にはひとりの男が立ち、パイプをふかしながら日曜紙を読んでいた。シャツ一枚のくだけた身なりだが、レッドビターに向けた目は尊大だった。

「ここの誰かに会いたいって?」男の声は警戒で尖っていた。「あんたが警官でないことはわかる。だったらひとりで来るわけないからな。あんた、何の商売だね? 聖書朗読者か? それとも宣教師?」

「あなたはここの管理人さんですか?」レッドビターは尋ねた。

「そうだとも。で、もう一度訊くが――あんたは何者なんだね?」

レッドビターはここは率直に話すのが一番だと考えた。そこでこれまでの経緯(いきさつ)を語ったが、手紙の中身には何の価値もなく、郵便為替ですらないと強調するのを忘れなかった。そして――「その男はここにいるんですか?」

宿の管理人はレッドビターから受け取った半クラウン銀貨をポケットに突っ込み、うなずいた。

「そいつはシフティーってやつですよ! やぶにらみなもんで、シフティーって呼ばれてるんです。他の名前では知らないなあ。今、ちょうど眠ってます。もう半クラウンもらえれば、すぐにもここへ連れてくるんですがね!」

レッドビターは言われるままに二シリング六ペンスを手放し、宿の外で待った。間もなく現れたのは、きょろきょろした目つきの胡散臭い小男だった。彼はすぐにはこちらへ来ようとせず、訪問者を頭の先から爪先までじろじろ眺めていた。レッドビターは彼が近づいてくるまで、数ヤード先から安心させなければならなかった。それはまったく、罠を恐れる野生動物を説き伏せるようなものだった。

だがついにレッドビターは男を説得して一緒に路地の先まで歩いていき、やっとのことで、自分がほしいのは彼が前日、赤毛のよそ者から買ったチョッキだけなのだということを理解させた。しかしその直後、レッドビターは朝から二度目の卒倒を起こしかけた。こんなにも追い求めてきたチョッキを、シフティーは持っていないというのだ。

シフティーが事情を説明する間、レッドビターは絶望の権化となって立っていた。話によると、テリーが持ち物を見直してそのうちのいくつかを売りたいと言ったとき、シフティーは手元に金があったので、何着か買い取った。チョッキもその中にあった。だがその後、仲間数名とコイン投げのゲームをして金をすってしまった。そこでテリーから買った服をまとめて質屋へ持っていき、それで四シリング調達した。

従ってチョッキは今、二番目の角を曲がった場所のモルデカイ・アロンの店にある。

「そこはさ、旦那、安全なところさ」シフティーはそう締めくくった。「だからあんたの手紙とやらも絶対に無事だ。ただ」――ここで彼は口をつぐみ、いかにも狡猾そうな目つきでこちらを見つめ――「質屋は日曜には開いてないいんだ。そしておれは今夜のうちにウィガンのほうに発たなきゃならない。明日の朝六時にそこで仕事があるんでね」

「どうしてもあのチョッキが必要なんだ」レッドビターは断固とした口調で言った。「行くのを中止できないか？」

「ひとつ、方法があるよ、旦那」シフティーはいよいよ目を細めながら言った。「中止するのは絶対に無理だ。だが、あんたがおれから質札を買えばいい！　だろう？　そして明日の朝、質屋へ行って質草を買い戻すのさ。そうすりゃ、手紙も手に入る。どうだい、旦那？」

そうまくし立てながら、シフティーは服を探り、どこからか質札を引っぱり出した。そしてそれをレッドビターの目の前に突きつけ、いくつかの項目をさした。

「ズボン一着」彼は言った。「チョッキ――これがあんたのだ、旦那――それとカーディガン――全部で三着だ。こいつらを四シリングで質入れした。ところで、あんたは知るまいがね、旦那、質屋ってのは絶対に質草の価値の四分の一の金しか貸さないんだ。ようするに、あれには十六シリングの価値があるってことだ。するとむろん、おれが損することになる。次にリヴァプールに来たとき、本当なら全部引き出せるはずなんだから。だからさ、一ポンドおくんなさいよ、旦那。それで質札はあんたのもんだ」

レッドビターは折れるしかなかった。彼は減る一方の蓄えからソブリン金貨を抜き出し、質札を手にして、より健全な地域へ急ぎ足で立ち去った。そしてまともな通りへ出ると、目にした最初のまともなパブへ飛び込み、四ペンスのエールをひと瓶注文して、強い喜びに浸った。月曜の朝一番には手紙が手に入る。それを持ってロンドン行きの列車に乗り込むのだ。

ここまで考えて、レッドビターは不意に懐具合のことを思い出した。そこで、さまよい込んだ特別室の片隅に腰を据え、鉛筆とメモ用紙を使ってざっと計算してみた。家を出るときには四ポンド七シリングあった。それがこれまでさまざまなものに費用がかかり――ボートの漕ぎ手の手間賃、乗務員(パーサー)

や宿の管理人へのチップ、質札と引き換えに払った一ソブリンなど——全部で二ポンド十五シリング消費した。従って残金は一ポンド十二シリングになる。その中から翌朝までの寝る場所と食べ物をまかなわなければならない。質屋で支払う四シリングと小銭の分もある。その他、ロンドンへの汽車賃として少なくとも一ソブリンは残しておく必要があるだろう。ということは——翌日まで約四シリングで食べる、飲む、泊まるをすませなければならない。もちろん、やれるだろう——やらないわけにはいかない——やらなければならないのだ。あの手紙さえ手に入れれば。月曜の午後四時までにロンドンの〈スティール&カーダイク〉の事務所に着きさえすれば。そうすれば万事丸くおさまるのだ。ロンドンからウォルフォードへ帰りつくことについては——そこは運に任せればいい。指定された刻限までに入札書を届ける以外に大事なことなど何もないのだから。

それはレッドビターの人生で最も惨めな日曜日だった。アイルランド海峡から吹きつける風は彼を空腹にしたが、あえて何も口にしなかった——少なくとも満足するほどには。彼はパンとチーズとビールの昼食をとった。午後はリヴァプールを歩きまわって過ごした。夕方になると安レストランで軽食をむさぼった。そのあと再びさまよい歩き、一シリングで泊まれる宿を見つけて夕食抜きで床に入った。そしてまたも眠れぬ夜を過ごした。翌朝はコーヒースタンドで三ペンスの食事をした。そして九時にモルデカイ・アロンの店に行き、五分後には事情を説明し、質札を差し出して、必要な元金と利息を払っていた。二分後、夢にまで見たチョッキが彼の手にあった。彼は興奮で身震いしながら、内ポケットに指を差し込んだ。

何もない!

「あんたが何か探してたとしても」レッドビターが事情を説明したユダヤ人の若者は言った。「それだけ大勢の手を渡ったあとじゃ、とても見つかるとは思えないよ」

レッドビターはもう一度確かめた。それから請け出した品物を放り出すと、踵を返した。

「こいつらはどうするんだい、旦那?」ユダヤ人の若者が声をかけた。

しかしレッドビターは返事もせずに出ていった。そして店から一マイル以上も離れてようやく、自分が本当にそこを立ち去ったことに気づいた。突如放心状態からさめた彼は、いつのまにかリヴァプール駅にいた。

今や、すべてが終わった。もちろん彼は破滅だ。会社はただちに彼を馘にするだろう。次の職など決して見つかるまい。妻子ともども路頭に迷い、救貧院にでも行くしかない。いいだろう。それも運命だ。いや、これは彼の救いようのない不注意のせいだ。いや、彼の愚かさのせいで何かの歯車が狂ったのだ。いや、それは——彼には何のせいだかわからなかった。だが、悲劇は起きてしまった。万事休すだ。無一文で、ひたすらどこまでも落ちぶれていくのだ。

彼は不意に、もうロンドンに行く必要がなくなったこと、その目的のためにとっておいたソブリン金貨がポケットの中にあることに気づいた。他のことにも気づいた。猛烈に空腹だったのだ。そしてウォルフォードに戻る汽車賃はわずか八シリング九ペンスだ。

彼は無言で駅の食堂に入った。敗北を受け入れ、豪勢にゆで卵二つと分厚いマトンのチョップを二本注文した。それから新聞を取り上げ、一時間ほど食べては飲み、ニュースを読みふけった。新聞には犯罪者の死刑執行の記事が載っていた——それによると、不幸な男は朝食をたらふく食べてから運命の場へ向かったそうだ。レッドビターには彼の気持ちがよくわかった。

朝食を終えると少し気分が晴れたが、今度は家に帰らなければならない。しばらく思い悩んだが、夜が更けてからこそこそウォルフォードに帰るのはよくないと考え、気を取り直して急行列車に乗った。

午後三時、彼が家の居間にそっと入っていくと、そこでは妻がのどかに息子の新しいエプロンを縫っていた。

レッドビター夫人は声を上げて夫に抱きついた。レッドビターはその手をやさしくほどくと、腰をおろし、じっと妻を見つめた。

「ファニー」彼は言った。「取り返しのつかないことになった。あのチョッキにはぼくが出し忘れた手紙が入っていたんだよ。ぼくはそれを追ってリヴァプールまで行っていた。でも、それは——見つからなかったんだ。明日の朝、ぼくは馘になるだろう。ぼくは——」

レッドビター夫人はその言葉にかまわず、再び夫に抱きついた。

「ああ、ハーバート！」彼女は叫んだ。「あなたが飛び出していったとき、ほんの一秒、待っていてくれていたら！　わたしが呼んだのに、あなたは振り向きもしなかった。ミルソンもあなたが店から駆け出したとき、呼び戻そうとしたのよ。その話をしに家に来てくれたの。あなたが何を追っていたのか訊きにね。でも、やっぱりあなたは振り返りもしなかった。わたし、金曜日にミルソンに服を売ったとき、あの手紙を見つけたのよ。それですぐに郵便局に行って、書留にして送ったの。ほら、ここに領収書があるわ。そのことを金曜、土曜と、すっかり忘れていたの、坊やの歯が気がかりで。だから会社のことで悩む必要なんて少しもないのよ。会社にはあなたはひどい頭痛で寝込んでいると伝えておいたわ」

レッドビターは一枚の紙切れを受け取り、自分の目で確かめた。それから片手をあげて拳を振った。

彼はもう少しで自分を駅まで追いかけてこなかったミルソンを恨みそうになったが、突然、小遣いを切りつめて妻と息子のためにチョコレートをひと箱買っておいたことを思い出した。それとともに、週末の惨めな記憶はどこへともなく薄れて消えていった。

2　伯爵と看守と女相続人

第一章

ノーマンストウ伯爵は手にしていた新聞を放り出し、半円形に並んだ顔触れを不敵な目つきで見渡した。彼の肘掛け椅子を囲んで座る同じ年恰好の青年たちも劣らず真剣な顔をしている。ここは伯爵の行きつけのクラブの喫煙室の一角に設けられた、言わば彼らの常連席だった。

「諸君の誰が相手でも、きっかり一万ポンド賭けよう」彼は冷静ながら断固とした口調で言った。「ぼくは今夜このクラブを出て、まる一ヶ月間、ロンドンに身を隠す。ぼくを見つけるためなら、どんな手段をとってもかまわんよ！　誰か乗るやつはいるかい？」

居並ぶ面々はノーマンストウ卿のまっすぐな視線にいささか気圧されたらしく、身を引いてあらぬ方向を見やった。ひとりの唇から重いため息がもれた。

「一万ポンドあれば、そのゲームに賭けたいところだが」ため息の主は言った。「一ヶ月もしないうちにきみを見つけ出せるだろうからな、ノーマンストウ」

「繰り返すが、ぼくは誰が相手でも一万ポンド賭ける」ノーマンストウ卿は言った。「だが――それには条件がある」

「どんな条件だ？」別の仲間が尋ねた。「むろん、厄介な条件なんだろうな」

「いや、そんなことはないさ。ただ、賭けを開始するまで十六時間待ってほしいんだ。話をわかりやすくするために、こういうことにしよう。ぼくは今夜八時ちょうどにこの部屋を出ていき、そのまま姿を消す。賭けに乗る者はみな、明日の昼十二時まではいっさいぼくを探さないと約束してくれ。そうすればぼくにはさっき言った十六時間の余裕ができるだろう?」

「で、捜索を始めたら、その方法は自由なのかい? 何をしてもいいのかな? たとえば警察に依頼するとか」別の誰かが尋ねた。「あるいは懸賞金をかけるとか。ポスターを貼ったり、プラカードを立てるのは?」

「お望みとあらば、何をしてもけっこうだ! 何百、何千と懸賞金をかけてもいいし、ロンドンじゅうの私立探偵や調査会社を雇ってもいい。可能であればロンドン警視庁に任せるのも自由だ。ともかくぼくとしては、今夜八時に姿を消し、一ヶ月後の夜八時きっかりにこの部屋に足を踏み入れるまで誰にも見つからないということに一万ポンド賭ける」

「で、きみは街からは出ないんだな」

「街からは出ない」

「街といっても、どの範囲だ?」陰気な顔立ちをした若い紳士が片隅の席から問いかけた。「セント・ジェームズ街から半径一マイル以内か?」

「冗談言っちゃいけない」ノーマンストウは答えた。「チャリング・クロスから半径五マイル以内だ」

「そいつはまたずいぶんと広いな」隅に座っている青年が評した。「その中にはけっこう人目につかない隠れ場所や深い森があるじゃないか」

「いずれにしても、ロンドンであることに変わりはない」ノーマンストウは言った。「ぼくたちは今まで何の話をしていた? そこの新聞に、ペルメル街のクラブを出ていったのち巧妙に行方をくらました男の記事が載っている。きみらは、ロンドンで名士が姿を消すなんて話は、結託しているか陰謀でない限りあり得ないと主張した。ぼくに言わせればそれこそナンセンスだ。はばかりながらぼくもあれやこれやで少なからず名の知られた身だ。しかし誰の助けも借りることなく、一ヶ月間、姿を消して見せよう。ぼくには確信がある。だからこそ一万ポンドも賭けるんだ」

陰気な顔つきの青年紳士が椅子を傾けた。

「ぼくが乗ろう」彼は言った。

半円形の席に密やかなため息らしきものが走った。ノーマンストウは冷静そのものの態度で、筆記具の備わったテーブルに半身を向けた。

「よし！　正式な方法で記録しておこう。チザム、ぼくらのじいさんの時代にはどういうふうにしたんだっけ？」

「その時分には」名指しをされた、仲間うちでは最年長の男が答えた。「こうした場所には専門の帳面があって、そこに個人の賭け事を記録していたんだ。ここにはそんなけしからん代物はないから、あるもので間に合わせるしかないな」

チザムはテーブルに手を伸ばし、紙とペンを取ると、膝に吸取紙を置いた。

「ぼくが書き留めよう。昔の賭けの文句を覚えていたはずだ。こんなもんだろう」そして彼は書きながら、ゆっくりと読み上げた。

「『ノーマンストウ卿はチャールズ・リッジ卿に対し、一万ポンド賭けることとする。内容は以下の如し。彼、すなわちノーマンストウ卿は一九〇四年十月二十日午後八時に〈メラセリウム・クラブ〉を出て身を隠し、チャールズ・リッジ卿及び捜索のためにチャールズ・リッジ卿に雇われたなんびとからも発見されることなく、一九〇四年十一月二十日午後八時までに同クラブに戻ること。ノーマンストウ卿は失踪期間中、チャリング・クロスから半径五マイルの範囲から出ないことを約す』。こんなとこでどうだ?」チザムは最後にそう言った。

「よかろう、ぼくに関してはね」ノーマンストウが答えた。「次はリッジの番だ」

「うむ、文句は似たり寄ったりだ。細かい違いはあるものの」チザムは続けてペンを走らせながら言った。「こうだ。『チャールズ・リッジ卿はノーマンストウ卿に対し、一万ポンド賭けることとする。内容は以下の如し。彼、すなわちチャールズ卿及び彼に雇われた者は、ノーマンストウ卿がチャールズ卿と取り交わした賭けにおいて特定された条件と期限のもと、ノーマンストウ卿をその生死にかかわらず発見すること。チャールズ・リッジ卿は捜索を開始するにあたり、ノーマンストウ卿に一九〇四年十月二十日の午後八時から十六時間の猶予を与えることを約す』。さあ、きみたち二人とも、この用紙に頭文字で署名してくれ。ぼくはこれを手帳にしまっておく。それで完了だ」

「二週間もたたないうちにきみを見つけてみせるよ、ノーマンストウ」リッジは自信満々で言った。

「失敗するほうに、もう一万ポンド賭けてもいい」応じるノーマンストウの口調も負けず劣らず自信にあふれていた。「やめておくかい?　よかろう」彼は懐中時計を取り出した。「六時半だ。ぼくは支度をしてくる。それが整ったらここで夕食をとるつもりだ。心穏やかにね。そして八時きっかりに、その足で食堂をあとにしてクラブから通りに出る。きみたちがぼくの姿を見るのは一ヶ月後だ」

「その間、ロンドンじゅうがきみの噂でもちきりになるだろう」チザムが言った。「支度をしてきたまえ。それからみんなで晩餐だ」

第二章

ノーマンストウ卿の支度は必要最小限の簡単なものだった。彼は誰にも邪魔されない片隅の席に行き、姉のレディ・トレメンタワーに宛てて手紙を書いた。姉のゴシップ好きはロンドンで匹敵するものはいないと評判で、そう言われるのを自らも楽しんでいた。それは短い、いかにも彼らしい手紙だった。

「親愛なる、おしゃべり（ギャブル）さん

よんどころない事情により、今夜からまる一ヶ月、この世から姿を消すことにした——つまり、世間からね。ぼくの失踪は当然、多くの憶測を呼ぶだろう。姉さんにも新しいネタができるわけだ。まあ、おおいに語ってくれ。隠遁して罪を反省しているとか、ブルームズベリーの屋根裏部屋で叙事詩を書いているとか、あるいは人生研究のため路上掃除夫に身をやつしているとか。ぼくがこの手紙を書いている唯一の理由は、姉さんに内々に伝えたいからだ。今のぼくはいたって心安らかで、次の十一月二十日の夜八時には、興味津々で待ちわびる世間に再び姿を現すだろうということを。

親愛なる弟、にんじん（キャロット）より」

ノーマンストウはのちほどこの手紙を投函しようと懐にしまった。その後、彼は二階に向かった。そこの一室を長らく借り切り、さまざまな衣類や下着の替え、身だしなみの道具などを置いているのだ。ディナー用の服に着替える前に、使い込んだ小さな旅行かばんに目立たない古いグレーのツイードのスーツを詰めた。ある目的のために衣服係のボーイの目から注意深く隠していたものだ。そしてまた、髭剃り道具一式と丈夫な革靴一足、かなり重いダンベルを一組詰めた。かばんに鍵を掛け、身支度をすませた彼は、早めのディナーのため階下に降りていった。

その夜、ノーマンストウとディナーをともにした者たちの言によれば、彼の食欲はなかなかのものだったようだ。彼はおおいに食事を楽しんだ。〈メラセリウム・クラブ〉自慢の赤ワインを選ぶ際にもこだわりを見せた。そうして料理や酒を楽しみながらも、食後に上等の葉巻をふかす時間を取っておくことは忘れなかった。彼はその香りに鼻をうごめかせ、コーヒーを啜りながら、一、二度ため息をついた。しかし八時五分前ちょうどになると、弾かれたように立ち上がり、葉巻を放り捨てて部屋を出ていった。八時一分前、再び現れた彼は夜会服の上に黒っぽいコートを着て、手に小さな旅行かばんを提げていた。事情を知る男たちは、チャールズ・リッジ卿とチザムを先頭に玄関ホールで彼のもとに集まった。

「何やら」誰かが言った。「死刑執行の手助けをしようとしているみたいだな。本当に行くのかい、ノーマンストウ?」

ノーマンストウは男たちに人懐こい笑顔を向けると、旅行かばんをつかみ、ホールの時計が八時を打つと同時に階段を降りてセント・ジェームズ街に足を踏み出した。あとに残った男たちは彼が闇の中に姿を消すのを見守った。そのうちのひとりが言わずもがなの台詞を吐いた。「行ってしまった!」

第三章

ノーマンストウは旅行かばんを手に悠然と通りを歩いていき、ピカデリー街の曲がり角で、走ってきたタクシーを拾った。

「パディントン駅まで頼む」彼は車に乗り込みながらそう告げた。

乗客の態度や話し方に、運転手が躊躇するようなところはいっさいなかった。彼にとって若い伯爵というものは、無駄口を叩いたりメーターの状態に文句をつけることなく降車時に半クラウン銀貨をくれる、上流階級の普通の青年紳士に過ぎないのだ。その楽観的な推測ははずれなかった。運転手がパディントン駅の一等車専用切符売り場の前に車を停めると、客は問題の銀貨をきちんと彼に与えてから、のんびりした足取りで駅構内に入っていった。近くに立っていたポーターが猛然と走ってきて、帽子に手をあてながら、小さな旅行かばんに手を伸ばした。

「いや、せっかくだが、けっこうだ」ノーマンストウは言った。

客はそのまま通り過ぎ、拒絶にあったポーターは運転手に目をやった。運転手は半クラウン銀貨をポケットにしまい、今はメーターを覗き込んでいた。

「あの人を知っているかい?」ポーターは問いかけた。

「いいや、全然」運転手は答えた。

「あれはノーマンストウ卿だ」ポーターは得意げに説明した。「ノーマンストウ家の跡取りでね、——ボーア戦争のとき、義勇農騎兵団（インペリアル・ヨーマンリー）で活躍したのさ。この通りをまっすぐ行った先にお屋敷があるんだ」

「ほう、そうかい」運転手は言った。そして半クラウン銀貨を取り出して唾をかけると、ポケットに戻して発車した。ポーターのほうは辺りを見まわし、切符売り場に目を走らせた。ノーマンストウ卿が切符売り場の窓口に向かって歩いていくのが見えた。

ノーマンストウ卿は切符売り場に入ったとき、わざとコートの前をはだけていた。

一等車の切符を発券する駅員はノーマンストウ卿をよく見知っていたので、卿がニューベリーの先の、ノーマンストウ家の大庭園に隣接する駅までの一等車の片道切符を一枚購入したとき、すぐに彼だと気づいた。駅員は卿が列車の方向へぶらぶらと遠ざかっていくのを見た——彼がこの一部始終を思い出したのは二日後——若い貴族の摩訶不思議な失踪の噂が世間に広がり始めた頃だった。卿はイングランド西部に出発しようとしていた列車に向かった、というのが駅員の意見だった。

実際は、ノーマンストウはどの列車にも乗らなかった。彼は西側の出口から切符売り場を出ていき、新聞の売店で立ちどまった。それからプラットフォームをまっすぐ歩いて化粧室のある階に降り、そのうちの一室を予約して料金を払うと、中に入って鍵を掛けた。最後に鏡台の上にかばんを下ろし、自分の姿に注意深く見入った。

ノーマンストウが鏡の中に見たのは、平凡極まりないタイプの若者だった。姿が優れているわけでも顔立ちが整っているわけでもない。髪の色はどちらかと言えば——どこから見ても——赤だった。顔はひと言で表現すれば、垢抜けない。しし鼻で、笑顔は庶民的、目の色は通例、スミスだのロビンソンだのと呼ばれる連中を連想する、ぱっとしない青だった。口髭をはやしているが、その色は髪の色よりかなり薄かった。小さな頰髯もたくわえている——あまのじゃくな性格ならではの俗な習慣だ。鏡に映る自身の姿を眺めるうち、もし見物人がいたら（ここにいるのはひとりだけだが）、愚鈍と思われかねない笑みがこぼれた。

「ありきたりだな！」彼はつぶやいた。「これ以上ないほど平凡だ！　まるでガス会社の検針係か、食料品屋の御用聞きといったところだ。それにこの頰髯や口髭ときたら——いや、むしろ、こいつらはないほうが——すっかり別人に見えるだろう」

これらの結論を踏まえ、彼は夜会服の上着とチョッキ、シャツを脱ぎ捨てた。次に髭を剃り落とし、ディナーに誘われた少年のようにこざっぱりとなった。口髭と頰髯がなくなるといよいよ人目を引かない容貌になり、それとともに先祖代々の特徴も消え失せた。彼は再びにやりとした——先ほどよりさらに愚かしく。仕上げにズボンを脱ぎ、上品な深靴を蹴るようにして脱ぎ、旅行かばんから取り出した古いツイードのスーツ、色物のシャツを着て、地味なネクタイを締めた。

十分後、ノーマンストウは鏡に映った苦心の成果を眺めた。それは極めて平凡な若者の、典型的な見本だった。二十八年間の人生を通して周囲を観察してきた結果、彼は今の自分のように見える男が世に無数に存在することを知っていた。彼らの姿は路上でも、劇場の一階後部席でもよく見られる。フットボール競技場の安い一般席でひしめいているかと思えば、競馬場の柵に群れ集っている。喜びが増し、またもにやりとした。

「絵に描いたように平々凡々だ！　すばらしい！」

名残りにもう一度自分の姿を眺めると、彼は脱ぎ捨ててあった衣服に向き直った。そして、ひとつ残らずかばんにしまった。ズボンのポケットには金が入っていた——金貨、銀貨、銅貨。彼はそれらを手に取り、考え込むように見つめた。やがて一シリング、六ペンス、四ペニー、半ペニーを選ぶと、チョッキの時計用ポケットに入れた。残りの金は上等なほうの服に戻した。それから髭剃り道具を片付けた。最後にコートとダンベル二個をかばんに詰め込み、準備は完了した。彼は辺りを見まわした。大丈夫だ、何も見落としていない。ノーマンストウの計画では、パディントン駅を出て駅沿いに流れる運河まで歩き、ウォリック街の突き当たりで、陰鬱な水路に架かった橋の上から目方のある旅行かばんを投げ落とすつもりだった。その道には以前、この近所に住むミュージカル女優を送って一、二度来たことがあり、文字通りの重荷を取り除くのに絶好の場所だと判断したのだ。しかし、よく考えると、もっと名案があるような気がした——かばんは手荷物一時預かり所に預けよう。どうせあの連中は——彼は自分に言い聞かせた。運河をさらって死体を探すだろうからな。かばんには名前も頭文字も記していないが、中身を調べれば持ち主は一目瞭然だ。しかし手荷物預かり所に預けておけば、長期間、誰にも見つかることはないだろう。

　ここでノーマンストウが懐中時計を取り出したのは単なる習慣からだったが、彼はそれを見て口笛を吹いた。時間に関することで驚いたのではなく、突然、自らの愚かしさに気づいたのだ。これから赴こうとしている場所へ、頭文字と紋章をエナメル加工してある高価な懐中時計を持ち込むとは！ そんなへまは断じてしてはならない！ 彼はあわてて時計をはずし、もう一度旅行かばんを開けてしっかりとしまった。ついでに色物のシャツのカフスボタンにも頭文字の飾りがあることを思い出し、それもはずした。しかし、かばんに鍵を掛け直してから、思わず盛大なため息をついた。実際には肌着とシャツ、ハンカチとカフスには身元を特徴づけるものなど何もなかったからだ——彼はかつてそうした品々の替えを急いでクラブに取り寄せたのだが、今身につけているのはそのとき補給したもので、彼の身元を明かすようなしるしは何もなかった。その意味では丸裸も同然だった。

やがて彼はドアを開け、慎重に辺りの様子を窺った。そして誰もいないと見てとると、かばんをつかみ、悠々と出ていった。プラットフォームでは彼が親しくつきあっている紳士二人と婦人にすれ違ったが、誰も彼だと気づかなかった。そこで彼はさらに堂々とした足取りで手荷物預かり所まで行くと、カウンターにどすんとかばんを置いた。

「お名前は？」係員が切符に書き込みをしながら尋ねた。

「スミスだ――ジョン・スミス」ノーマンストウはすらすらと答えた。そして銀貨で六ペンス支払い、四ペンスの釣銭を受け取って、外に出た。「さあ、今だぞ！」そうつぶやくと、駅をあとにして屋根付きの通路に向かった。

ノーマンストウはこれから自分がやろうとしていることを正確に理解していた。その階級の年若い紳士にしては、彼のロンドンに関する知識は広く、かつ深かった。やるべきことははっきりしていたので、彼はまっすぐ目的の場所に向かった。それはパディントン公園に隣接するハロウ街にある警察署で、五分ほど歩くと到着した。彼は両手をポケットに突っ込み、明かりのついた窓を眺めた。開いているドアの前をぶらぶら通ると、署内で立ち働く制服警官たちの姿が目に入った。そこまで見届けると、パディントン公会堂の角を曲がり、爪先と踵で地面から掘り起こした数個の石を上着のポケットに詰めた。

こうして警察署の無害な人々に対する不埒な企みを実行する用意ができたので、ノーマンストウは引き返した。そのときのハロウ街はいたって静かだった。路上を走る車はまれで、舗道の人影もまばらだった。しかしその数人の中には二人の警官がいた。ひとりは勤務中、ひとりは勤務明けらしく、警察署の玄関のすぐそばで言葉を交わしている。ノーマンストウにとってはまさに理想の状況だった。できるだけ早く自分に注意を引きつけたかったからだ。彼は最も大きな石を三つ選ぶと、慎重に狙いを定め、そのうちのひとつを警察署の窓に投げつけた。そばにいた誰もが窓の割れる凄まじい音に注目したそのとき、彼は別の窓めがめて二つ目の石を投げた。

二人の警官の反応はすばやかった。襲撃者の姿をとらえ、彼が二つ目の石を投げるのを見ると、猛然と駆け寄ってきた。ノーマンストウは笑い声を発しながら数歩下がり、三つ目の石を投げた。効果はてきめんで、さまざまな制服を着た警官が先を争って正面玄関から飛び出し、階段を駆け下りてきた。そののち、ノーマンストウは生まれて初めて警察に力づくでとらえられるという体験をした。予想外の手荒さに、彼はまごつき、混乱した。それは彼に激戦だったフットボール試合の荒っぽい攻防を思い出させた。あのときは散々に蹴られ、痣を作ったものだ。傷つけられ、息を弾ませながら、気づくと彼は自らの手で恥知らずに攻撃した建物の中で、いくつもの刺々しい視線にさらされていた。その中でも特に強面の警部が、即刻死刑を命じるかのような勢いで彼を睨みつけた。

「それじゃ、聞かせてもらおう」警部は恐ろしい形相で問い詰めた。「何のためにあんなことをした？」

「面白いからさ！」ノーマンストウはしゃあしゃあと答えた。

警部の視線はさらに険しくなった。彼はもったいぶった声で名前と住所を尋ねた。それに対してノーマンストウはそんなことは自分で調べろと言い放った。

「たいして重要な問題じゃないだろう」さらに暴言を重ねた。

警部はノーマンストウを拘束している部下たちに命じた。「こいつを調べるんだ」

部下たちはノーマンストウの身体を定法どおり徹底的に調べたが、見つかったのは彼が駅でポケットに収めたわずかな小銭だけだった。この大胆な企てにあたり、抜け目なく気を配っていたノーマンストウは、あらかじめ上着の裏地にごく小さな穴をあけ、手荷物預かり所に旅行かばんを預けたとき受け取った切符を差し込んでおいた。そのため彼の身体からは紙切れ一枚見つからなかった。

この男が所持しているのは――やがて部下の声が告げた――銀貨と銅貨で一シリング八ペンス半ペニー、それと石が五個、こちらは明らかに路上で拾ったものであります――。

三分後、第七代伯爵にして、イングランド有数の地所の主であり、ロンドンの邸宅はもちろん、ハイランドの狩猟用別荘や競走馬の飼育場まで所有するノーマンストウは、警察署の独房で囚われの身となっていた。勝手にいじることのできない位置にガス灯が設置してあり、そのほのかな明かりの下で辺りを見まわした彼は、独特の笑顔を浮かべて、南アフリカでの無数の体験に思いを馳せた。それらの記憶は食糧不足や危険極まりない隠れ場所と無縁ではなかった。

「何事も好みの問題だ」彼は落ち着き払ってつぶやいた。

それから簡素な木製ベンチに腰をおろして腕を組み、隣の独房の酔っ払い女が今の境遇を大はしゃぎで歌い上げている様子に注意深く耳を傾けた。

第四章

十月の陰気な朝の薄明かりの中、ノーマンストウは警察裁判所の被告席に入り、物見高い野次馬連中を喜ばせた。警察にはまったくノーマンストウが理解できなかった。彼は喜々として自らの有罪を訴え、そのくせ名前や住所は頑として口にしなかった。警察の見解は彼がしらふであるということで一致した。前夜の異常な行動以外に、彼の正気を疑う材料は何ひとつ見つからないのだ。ついでに、なぜこんなことを仕出かしたのかと問われたさい、面白いからだと答えたことも報告された。それに関して治安判事は首を振り、何やら考え込むように彼を見た。

「きみは面白いからあの窓を割ったというのか？」

「いやいや」ノーマンストウは答えた。「とんでもない！」

治安判事は警察の調書に目を落とし、ノーマンストウに視線を戻した。

「それならなぜ壊したんだね？」彼は穏やかに問いかけた。

「なぜかですって？　そりゃ、抗議のためですよ！」ノーマンストウは答えた。「抗議のために決まってるじゃないですか！」

「何に対する抗議だ？」治安判事は重ねて尋ねた。

ノーマンストウは被告席の端に目をやり、次に法廷の天井を仰いで、最後は治安判事のチョッキの一番上と下のボタンの間を見つめた。

「ええと、わかりません！　きっと何か――すごいものだったんでしょ！　政府に対してとかね！」

治安判事はノーマンストウを裁判所に連行してきた警官に視線を向けた。

「この男について何か気づいたことはあるかね」

「いいえ、閣下」警官は答えた。「ただひとつ、今朝、食事をしたときに、おかわりができないかと言ったこと以外には」

「金なら払うと言ったじゃないか」囚人が口をはさんだ。「あんたはぼくの一シリング八ペンス半ペニーを持っているはずだ」

治安判事は内心、ノーマンストウの肩を持ったらしく、よくよく見ればいかようにも受け取れる表情を彼に向けた。

「罰金二十シリング及び諸経費、それときみは窓の修理代を支払わなければならない」判事はきびびと告げた。「さもないと、二十八日間、入獄することになる」

「心から感謝します」ノーマンストウは言った。「ぼくは二十八日間、牢屋に入ります。ただし、ぼくの一シリング八ペンス半ペニーを分割払いの初回分として払ったほうがよければ――」

治安判事がかすかにペンを動かしたのをきっかけに、警官がノーマンストウを被告席から連れ出した。警官は彼にどら声で、お次の紳士をいつまで待たせるつもりだと、もっともなことを言った。

そのあと、今度はノーマンストウ自身が、悪人を運ぶ乗り物、すなわちワームウッド・スクラブズ刑務所行きの車の準備が整うまで、居心地の悪い漆喰塗りの部屋で待たされることとなった。囚人護送車が彼らを西へ西へと連れていく間、同乗者には歌を歌う者もいた。ノーマンストウは彼が休息療法と見なすことに決めた時間を有益に過ごす最良の方法を考えることに専念した。

　囚人生活の始まりにおける諸々の些細な決まり事については、ノーマンストウは不快に感じまいと固く決意していた。少しでも感じようものならたちまち死んでいただろう。彼は命令されたことをすべて陽気にこなした。裏表のない性格を装い、どの役人に対しても極めて礼儀正しく接した。やがて突然、妙に見覚えのある顔に出会った。それはひとりの看守の顔だった。まだ若く、すらりとした体つきのハンサムな男で、身のこなしも敏捷だった。

「どこであの男に会ったのだろう」ノーマンストウは自身に問いかけた。「彼の顔には確かに覚えがある。ということは、向こうもおれの顔を覚えているということだ」

　しかしすぐに口髭を剃り落としたことを思い出し、胸をなでおろした。今のこの様子を見れば、リッジやチザムでさえ、彼とはわからないだろう。ちょうどそのとき、彼はシャツ一枚の姿で、拒否できない規則である入浴を控えていたからだ。

「入れ！」号令の声が響いた。

　それは他ならぬ、ノーマンストウがどこかで見たと確信する看守の声で、たまたま彼が入浴の監督をする番にあたっていたらしい。彼はさらに何か話すか命令するかしようとして、不意に口をつぐんだ。もしノーマンストウが振り向いていたら、看守の視線がまるで魅せられたかのように、囚人の左肩に浮かんだ独特の痣に吸い寄せられていることに気づいたはずだ。しかしノーマンストウは気を張る作業に没頭していたので、もし何か考える余裕があったとしても、それは水が新しく清潔でよかったということに向けられていただろう。彼は規則には細心の注意を払い、厳格に従った。なんとか終わらせたその瞬間、例の看守の顔をちらりと見たノーマンストウは、彼がとまどった目で囚人を見ていることに気づいた。

「こいつ、おれのことを自分が知っている誰かだと考えているんじゃないだろうな!」ノーマンストウは危ぶんだ。「もしそんな勘違いをするようなら、厄介なことになるかもしれないぞ」

思いがけないことにその看守はノーマンストウを独房に連れていき、規則や日課について指示した。喋る間もずっと、彼はなんともいえない目で囚人を見つめていた。おかげでノーマンストウの心はかき乱され、どこかよそを見てくれと要求したい気持ちを抑えるのに苦労した。

看守が去ったあと、ノーマンストウはスツールに腰をおろし、問題を検討した。もし彼に思い出されたら! これは不愉快なことになるぞ。面倒な事態を招き、結局彼は賭けに負けてしまうだろう。しかし、やがて再び自信がわいてきた。

「いや、彼がおれを知るわけがない」ノーマンストウは結論を下した。「それはあり得ない。にもかかわらず、おれは確かに以前、どこかであいつに会っている。そうなると、彼のほうでもおれを知っている可能性はある」

次の二、三日間、ノーマンストウは例の看守が注意深く自分を見ていることに気づいた。看守は彼を、自分をひどくとまどわせる何かを見ている男のような目で見た。あるときはノーマンストウが刑務所の礼拝堂に出入りするところを。あるときは運動場を歩いているところを。そしてまた、彼の独房に来たときも。ノーマンストウは自分が研究好きな科学者によってガラスの容器に捕らわれた、極めて敏感な昆虫になったような気がしてきた。科学者は時折それを自信のなさそうな、考え込むような目で見ては、本当の正体は何だろうと悩むのだ。こうした探るような視線のもとで彼は落ち着かない気分になり、看守と目が合うことを恐れるようになった。

そして四日目の昼下がり、ノーマンストウが丈夫な麻袋を縫い合わせる作業に没頭していると、看守がそっと独房に忍び込んできて、背後のドアを閉めた。ノーマンストウは縫物の上にかがみ込んでいた。看守は軽く咳をした。

「あのう――閣下！」彼はささやいた。「か――ええ――閣下！」

ノーマンストウは顔を上げた。看守が意味ありげに瞬きしている。その右手は一枚の紙片を差し出していた。今一度、唇が動いて、震えるようなささやき声をもらした。

「あの――伯爵様！」

第五章

ノーマンストウは生来、短気なたちだった。彼は自分が今いる場所を忘れ、腹を立てて怒鳴った。

「黙らんか、ばか者！」

看守は首を振った。

「お許しください、閣下。しかし、最初にお見かけしたときから、確かに閣下だと思っていたのです。なぜかと申しますと、その痣です、閣下。閣下が——失礼をお許しください——服を脱がれたときに」

そこで初めてノーマンストウは痣のことを思い出し、すっかり忘れていた自分を蹴飛ばしてやりたくなった。その痣は家系に伝わる鮮やかな赤痣で、ノーマンストウは常から、いつか自分の爵位が二階級上がって公爵になることを暗示するものだと断言していた。しかし、なぜこの男がその赤痣のことを知っているのだろう。

ノーマンストウはいきなり床に袋地と針を叩きつけた。

「いったい、何者だ？」彼はかみつくように言った。「なぜわざわざやって来て、こんなふうに邪魔をする？　越権行為だろう！」

看守は身振りで声を抑えるように合図した。

「申し訳ございません、閣下、しかし、わたしは——その痣が！　閣下はわたしのことをお忘れのようですが——わたしは戦時中、閣下の騎兵部隊に所属していた者です。わたしたち全員で、ベトゥーリの近くのオレンジ川で水浴びした、あの猛暑の日を覚えておいでですか？　そのとき、その痣を目にしたのです。わたしはコッパーと申します、閣下——元騎兵のコッパーです」

ノーマンストウは諦めて自分の仕事に戻った。どのみち、仕上げなければならないのだ。

「うむ、わかったよ、コッパー」彼は言った。「きつい言い方をしてすまなかった。おれもきみには覚えがあると思った。ただ、誰だか思い出せなかったんだ。で、きみの望みは何だ、コッパー。ああ、いや、看守殿」

ノーマンストウは不意に自分の立場を思い出し、看守に敬称をつけて呼びかけることが義務だと思った。

「そうだ、看守殿」彼は繰り返した。「忘れていたよ、コッパー、いや、看守殿」

「そうでしょうとも、閣下」コッパーは言った。「あのう、わたしはやや混乱しておるのですが、閣下」

「おれもだ」ノーマンストウはせっせと袋を縫いながら答えた。

コッパーは名案を探すかのように周囲を見まわした。

「ここであなたのお姿を目にするとは！」彼はつぶやいた。「しかも袋を縫っておられるところを！」

「ちょっとした見ものだろう？」ノーマンストウは調子を合わせた。「これが人生の浮き沈みというやつだ。その新聞の切り抜きは何だ？」

コッパーは急に顔を輝かせ、切り抜きを手渡してきた。

「そうでした、閣下」彼はささやいた。「このために来たのです。お読みください」

ノーマンストウは読んだ。そこに書かれていたのは予想に違わず、彼の失踪を刺激的に告知するものだった。まるで世界中の半分が彼の行方を探しているようだ。また彼の情報に対する報酬として、三千ポンドという金額が提示されていた。

「リッジの仕業だな！」ノーマンストウは内心つぶやいた。「次は五千にするつもりだろう。よし、コッパー」彼は声を出して呼びかけた。「承知のとおり、おれの運命はきみ次第だ。ここだけの話、これはすべて賭けのためだ。おれはここなら安全だと思った。だが、あの痣を知る者がここにいようとは、予想もしなかった！」

「ですが――それにしてもこんな場所で！」コッパーは叫んだ。

「確かに静かなところだな。気に入ったよ。言ってみれば休息療法さ」

「それにここの食事ときたら、閣下！」

「質素だな、かなり。しかし、まあ、健康にはいいし、規則的だ――南アフリカにいたときのことを考えてみろ、コッパー。あのときは――」

「ええ、わかっています。忘れてはいません、閣下。それにしても驚きました。閣下は本当に最後までやり抜くおつもりですか？」

「やり抜くつもりだ、コッパー。きっとやり抜くだろう。ただし――」

だが看守は突然独房のドアを開けると、廊下に頭を突き出して左右を見やり、するりと部屋から出て、来たとき同様すばやく姿を消してしまった。ノーマンストウはため息をついてつぶやいた。

「こんな偶然があるとは夢にも思わなかった」

二日後、コッパーが新しい新聞の切り抜きを手に、再び現れた。

「懸賞金が五千ポンドに上がりました」彼はささやいた。それから顔を曇らせた。「五千ポンドといえば、とてつもない大金です」

ノーマンストウは針を置いた。

「コッパー、真面目な話をしよう。われわれが話す機会は限られている。だから事務的に進めよう。おれは期日ぎりぎりまでこの平和な隠れ家を去りたくない。そこでだ、金で黙っていてもらうわけにいかないか?」

コッパーは顔を赤らめた。

「わたしは――わたしは決して卑しい真似はしたくありません、閣下。あなたを裏切るなど、とんでもないことです、本当です。でも、五千ポンドとなると――」

「おれは一ヶ月間発見されなければ、一万ポンド勝ち取れる立場だ」ノーマンストウは言った。「きみが黙っていてくれたら、きみの一生は保証する。考えてもみたまえ、この掃き溜めで他におれを知るやつがいると思うか? 少しでも疑いを持つ者がいるか?」

コッパーはきっぱりと首を振った。そう、何の疑惑も危険も存在しなかった。もしあの痣さえなければ――。

「よし」囚人が言った。「用件に取りかかろう」彼は鋭くもとらえどころのない視線をコッパーに向けた。看守はその注視にさらされ、そわそわし始めた。「きみの希望は、コッパー?」

コッパーは不意に大胆になり、言葉を取り戻した。

「今よりもよい職に就きたいのです」彼は決然とした口調で答えた。

「ほう、たとえば?」ノーマンストウは尋ねた。

「そうですね、金を持って南アフリカに戻りたいです。元手があれば、あちらでひと財産作れると思います」

「きみなら成功するだろう」囚人は言った。「おれが賭けに勝つ日まできみが口をつぐんでいてくれれば、見返りは期待していい。他に何かあるか、コッパー?」

看守は顎をなでてほほえんだ。

「ええ」彼は遠慮気味に言った。「他にもちょっとしたお願いがあります。実は、わたしには以前から上流社会の生活をのぞいてみたいという希望がありまして。ちょっとだけ——現実にどんなものだか、見てみたいのです、閣下。もし閣下がわたしにそれを味わわせてくださるなら——」

ノーマンストウは針と袋地を置き、看守をまじまじと見た。そして声を限りに笑った。

「社交界に野望があるのか、え、コッパー?」彼はそう言うと、看守の姿を眺めた。「きみは容姿にも恵まれている。おれよりよほど本物の英国貴族に見えるほどだ。いいだろう——きみが南アフリカに発つ前に、少しだけ案内してやる。さあ、もう戻れ、コッパー。日課に取りかからせてくれ。おれは軍隊生活でひとつ学んだことがある。それは命令に従うことだ。だからここにいる間は、一兵士のように任務を果たすつもりだ。さあ、問題は解決した。口をつぐんで、辞表の用意でもしておけ」

こうして看守は立ち去り、囚人は生活がかかっているとばかりに縫い仕事を再開した。

第六章

ノーマンストウ伯爵が再びメイフェアの陽気な世界に姿を現したという知らせは、ちょうど一ヶ月前、彼がその魅力的な舞台からかき消えたとき同様の騒ぎを引き起こした。

彼の失踪は、当座はかなりの関心を呼んでいた。新聞記者、警察、私立探偵らが知恵を絞り、持てる限りの精力を傾けて、彼を発見しようとした。しかし青年貴族の経歴をよく知る者たちは、ノーマンストウの突然の失踪はまったく驚くにあたらないと語った。人々の噂の的になるところがいかにも彼らしい、と。イートン入校後の彼の人生は、派手なエピソードの連続だったからだ。

学長室のドアを目にも鮮やかな朱色に塗り上げたのは彼だった。自らはアラブ風の衣装をまとい、アフリカ風に武装させた黒人の大男を従えて、シマウマとラクダを一列に走らせながら公園をひと回りしたのは彼だった。大胆にもラネラ庭園にパラシュート降下したのは彼だった。東方の豪華な装いに身を包み、風変わりな扮装をした友人の一団を引き連れてロンドン市長の公邸に現れ、アジアの未知の地域からやって来た東洋の君主一行であると自己紹介したのは彼だった。首相にたちの悪いいたずらを仕掛け、それによってある午後、ダウニング街と官庁街(ホワイトホール)を、ありとあらゆる大使や外交官、政界の名士の馬車で身動き取れない事態に陥れたのは彼だった。カンタベリー大主教が植民地の主教やその夫人たちのためにランベス宮殿で催した園遊会に、四組の滑稽な操り人形劇(パンチ・アンド・ジュディ)、メリーゴーランド、移動サーカスを送り込んだのは彼だった。

こうした出来事に慣れている者たちの多くは、ノーマンストウ卿のことも彼の風変わりな性格のこともよくわかっていた。彼らの目には、卿の失踪は単なるいつもの気まぐれのひとつと映った。どうせパリかウィーンで愉快に過ごし、人々が忘れた頃にさらなる悪ふざけを考えて戻ってくるだろうというのが、おおかたの意見だった。

しかし、ノーマンストウは時間ぴったりに〈メラセリウム・クラブ〉に姿を現し、興奮を押し隠して彼の登場を待っていた仲間たちに挨拶するや、声高に一万ポンドを要求した。仲間たちは困惑して彼を見つめた。彼が自慢の頬髯どころか、口髭まで剃り落としていたからだ。また、少しやせたこともすぐにわかった。だが足取りはきびきびとしていたし、目も澄んで明るく、体調もまるで厳しい鍛錬を積んでいたかのように極めて良好に見えた。誰もが彼が今までどこに身を隠していたのか知りたがった。

「そいつは」ノーマンストウはリッジから受け取った小切手を懐のポケットにしまいながら答えた。「ぼくだけの秘密だ。むろん、ぼくはわれわれの賭けの条件で取り決めた範囲内の場所にいた。しかし、ぼくがどこにいたか、どうやってそこに行ったか、そこで何をしていたか、どうやってそこを離れたかに関してはだな――諸君、その秘密は墓場まで持っていくつもりだ」

「まあ、とにかくきみはやり遂げたってわけだ」チザムが言った。

「ぼくはそう言わなかったかい?」ノーマンストウは答えた。「むろん、ぼくはやってのけた。来年もう一度、同じような期間でやってみてもいい。葉巻に火をつけるように簡単さ。だがそれまでは、いつもの静かで穏やかな生活に戻るつもりだ」

ノーマンストウ卿がその日常生活を続けるにあたり、どこへ行くにもひとりの物静かな若者を連れ歩いていることはたちまち世間に知れ渡った。彼は若者を仲間たちにジョン・コッパースウェート氏だと紹介した。ノーマンストウによれば、知り合ったのは南アフリカで、旧交を温めることになっておおいに喜んでいるらしい。コッパースウェート氏が寡黙で礼儀正しい人物であることは誰の目にも明らかだった。態度は控えめであるうえ、容姿も際立っている。この国に到着してすぐサヴィル街やボンド街の一流職人の顧客となったのがひと目でわかった。引き締まった体つき、非の打ち所のない服装や身だしなみ、端正な顔立ち、そして物静かな雰囲気は、彼に会ったすべての人間に深い印象を与えた。マウント街の自邸でおおいに彼を歓待しているノーマンストウは、夜、二人きりになると、腹の底から大笑いした。

「傑作だな、コッパー」彼は言った。「こんなに愉快なことはない！　きみはたいした役者だよ、恐れ入ったね！」

「いいえ」コッパーは答えた。「わたしはいたって自然にしております——演技などではありません。物事をあるがままに受け入れているだけです」

これに対してノーマンストウは声が裏返るほど笑い、客人の背中を叩いて、近頃こんなに面白いことはない、この調子でいこうと宣言した。ノーマンストウの何よりの楽しみは人をかついでからかうことだった。故に、この元兵士であり元看守である若者をディナーやダンス——あらゆる場所に連れていき、彼が真面目くさって、卿が表現するところの〝うまく振る舞っている〟のを見るのが愉快でしかたなかった。

「まいったね！」ノーマンストウは言った。「芝居よりずっと面白い！」そしてなおいっそう、この状況を楽しんだ——いかにも彼らしく、秘密をすべて自分だけの胸におさめて。

ある朝、ノーマンストウが家でひとり、その年の競馬費用にいくらかかったか熱心に計算しているところへ、姉のレディ・トレメンタワーが訪ねてきた。彼女はノーマンストウより十二歳年上で、名うてのゴシップ好きだが、同時になかなかの観察力と洞察力の持ち主でもあった。レディー・トレメンタワーは弟が日頃から競馬ガイドやフランスの流行小説を読みふけっている書斎のドアを閉め、デスク脇の椅子に腰をおろした。ノーマンストウは姉の顔を盗み見て、これは相当ご機嫌斜めだなと思った。

「教えて、ノーマンストウ」彼女は厳しい口調で言った。「あのコッパースウェートという男は何者なの?」

「南アフリカで知り合った男ですよ」ノーマンストウは即答した。これは嘘ではない。

「そりゃあ、南アフリカで知り合った男なら山ほどいるでしょうよ」姉は言った。「でも、彼は誰なの?」

「そんなことは何の意味もないわ。わたしは彼が誰なのかを知りたいの。彼は紳士なの?」レディ・トレメンタワーはなおも問い詰めた。

「名前はジョン・コッパースウェート。英領オレンジ自由州のウィンデブッシュ出身です」

「どんなふうに見えますか?」ノーマンストウは問い返した。

「確かに彼は申し分なく上品で礼儀正しい若者よ」姉は考え込むように答えた。「あなた方最近の若い人たちよりはるかに控えめだし。でも、それでは彼や、南アフリカからやって来る妙な人たちの説明にはならないわ」

「ええ、ほとんどはパーク通りに住んでいるようですが」

「わたしはそういうことを言っているんじゃないのよ。この男が何者かを知りたいの」

「何か問題でも?」

レディ・トレメンタワーは咳払いした。

「言うまでもないけれど、あなたは彼を自分の友人として紹介したわね――」

「すばらしい友人です。いたって頼もしいうえ、約束は必ず守るし。それがどうかしましたか?」

「当然、わたしは彼をそのように受け入れたわ」レディ・トレメンタワーは続けた。「そして彼の姿をここやわたしの屋敷だけでなく、あなたがあちこち連れ歩く先でも見かけるようになった。で、わたしとしてはアルマ・スチューベサントのことで気を揉んでいるわけ」

ノーマンストウは大仰に両手を広げ、ただでさえ大きな口をぎりぎりまであけ、そのあと唇をすぼめて鋭く口笛を吹いた。

「はっ! 何かと思えば――女相続人の?」その声はかなり昂(たかぶ)っていた。

「そうですとも」レディ・トレメンタワーは答えた。「アルマ・スチューベサントには本人の財産が二十五万ポンドもあるのよ。実の父親さえ手をつけられないお金がね。そのうえ、いずれ父親から受け継ぐもののことを考えてごらんなさい――シカゴ一の富豪から!」

「しかし姉さんも彼女も、侯爵以下の身分の者など眼中にないと思っていましたが。二人ともぼくには目もくれないじゃありませんか」

「あなたのようなふらふらした人と結婚したがる娘がいると思う?」レディ・トレメンタワーは容赦なく言った。「でもね、ノーマンストウ、実際のところ、あの娘とコッパースウェートが恋仲なのは確実よ。彼女はもう成年に達しているから、自由の身だわ。となると、あのアメリカ娘たちがどんな行動に出るか、あなたにもよくわかるでしょう！」

「まあ、それなりに。でも、これ以上は知りたくないですね」ノーマンストウは答えた。「それにしても――それにしても驚いた。アルマがそんな惚れっぽい娘だとは夢にも――」

「あの若者はいつ南アフリカに戻るの？」レディ・トレメンタワーは遮るように尋ねた。

「知りません。彼に訊いてみます。おそらく――いえ、きっと、間もなくです」

「そう願いたいものだわ」姉は腰をあげながら言った。「本当に、そうだといいのだけど。実を言うと、彼とアルマは毎日会っているのよ――ケンジントン公園やあちこちの公園、それに美術館やらでね。わたしは知っているの。ずっと彼女を見張らせていたんだから」

「なんと忌むべき行為だ！」ノーマンストウは叫んだ。「いや、このアメリカ流の振る舞いのことですが。嘆かわしいと思いませんか？　どうもわれわれには理解しがたい。ええ、コッパーと話をしましょう――いや、コッパースウェート氏のことですが」

　その夜、喫煙室でコッパーと二人きりになると、ノーマンストウはさも寛大な口調で話しかけた。

「そう言えば、コッパー、姉が今朝ここへ訪ねてきたんだよ。猛烈な議論を吹っかけられてね――きみの件で」

「あの方のお気に障るようなことをした覚えはないのですが」コッパーは控えめに答えた。

「きみが態度を改めない限り、姉は卒中の発作を起こすかもしれないな」ノーマンストウは言った。

「きみは高嶺の花と火遊びを演じているわけだから」

　コッパーは背筋を伸ばした。

「わたしの父は決してスチューベサント嬢の父上より身分が低いわけではありません。父は牧師でした、貧しくはありましたが――それに家系を遡れば――」

「もう、たくさんだ」ノーマンストウは言った。「スチューベサント嬢が当地に滞在しているのは、公爵や、類似の階級の貴族と結婚するためだ。いや、もちろん、ぼくなどは相手にされないがね！　しかしね、姉は困った立場に陥るだろう、もし――いや、こんな話をして何になる？　コッパー、きみはいつ、英国を離れて例の南アフリカでの商売を始めるつもりだ？」

「わたしは今すぐにでも英国を去るつもりです」コッパーはそっけなく答えた。

「いいだろう」ノーマンストウは言った。「きみはこれまでぼくとの約束を守ってくれた。これからもそうだと信じている。ぼくたちがどこで会ったか、決してもらしてはいけないよ。例の冒険の楽しみの半分は、賭けに関わった連中が誰ひとり、ぼくが身を隠した場所を突き止められず地団駄踏んでいるところにあるんだ。さあ、ここに約束の五千ポンドがある。ぜひともこれを百万ポンドに増やしてくれ。それじゃ、ビリヤードでもしようか。そして公爵狙いのシカゴ美人のことなどさっさと忘れてしまうといい」

コッパーは短く礼を言って小切手をしまい、それ以上何も言わなかった。そして翌朝、ごく早く外出した。ノーマンストウは彼が南アフリカ行きの船の予約を取りにいったのだと判断した。ところが昼どきになり、ノーマンストウが行きつけのクラブに出かけようかと考えているところへ、レディ・トレメンタワーから電話がかかってきた。彼が受話器を耳にあてたとたん、息せき切った声が洪水のように襲ってきた。

「ノーマンストウ！」彼女は金切り声を上げた。「あなたなの？　あのわがまま娘、例のコッパースウェートとかいう男と結婚してしまったのよ――結婚よ、結婚！　今朝、ケンジントンの戸籍登記所でね。たった今、彼女から手紙が届いたわ。そこから動かないでよ、ノーマンストウ、いいわね？　すぐにそちらに行くから。あなた、なんとかしてこの件を無効にするか何かしないと――」

ノーマンストウは冷静に受話器を置き、電話をきった。間もなくベルがまたけたたましく鳴ったが、彼は見向きもしなかった。かわりに従僕に邸内電話をかけた。

「ビーヴァーズ」ノーマンストウは言った。「われわれはパリへ行くぞ、チャリング・クロス二時二十分発の列車でな。当面必要になりそうなものを荷造りしてくれ。駅で落ち合おう。ああ、それとビーヴァーズ、ジョンソンに、もし誰かがぼくを訪ねてきたら――たとえば、レディ・トレメンタワーとか――ぼくは出かけて、いつ戻ってくるかわからないと言えと伝えてくれ」

やがてノーマンストウは屋敷を出て、憤然とメイフェアを立ち去った。

3　十五世紀の司教杖

第一章

　ワイチェスター大聖堂には堂守が六人いるが、そのうち古参のリンクウォーターは最も信頼が厚く、芯から信用できる者にのみ委ねられる勤めを任されていた。ワイチェスター大聖堂の内陣に隣接して、観光客の間でも有名な歴史ある建物が建っている。大聖堂の付属図書館だ。壁には古い蔵書と、大型の二折版(フォリオ)から小型の十二折版(デュオデシモ)までの原稿がずらりと並び、書架と書架の間の少しでもあいている部分には書籍と同じぐらい由緒ある絵画や彫刻が飾られていた。部屋にはガラスの天板のついた箱(ケース)が置かれ、ワイチェスター大聖堂の建物群から集められた骨董品や宝物が展示されている――極めて値打ちのあるものばかりで、そのいくつかは他に類のないものだった。

　これらの展示ケースが開けられることはめったにないが、まれに埃が入り込んで積もっていることがあった。そこである日、その埃に気づいた司書――司教座聖堂参事会の聖職者――がリンクウォーターに、午前中、図書館を立ち入り禁止にして、羽根ブラシと雑巾で手入れをするように命じた。

　リンクウォーターは仕事に取りかかった。内陣の北側の通路に出入りする扉には鍵を掛けたので、誰も入ってこられない。普段、中央の大机に置いてあるものはすべて取り払われている。彼は何もなくなった机の上に、ガラスの展示ケースから注意深く取り出した貴重な品をひとつひとつ順番に並べていた。その数は多く、大聖堂の地下から掘り出された古代ローマの陶器類やガラス製品、古い鉱石、時禱書（じとうしょ）、アンシャル字体（四～八世紀にかけてラテン語とギリシャ語の写本に用いられた丸みのある大文字体）で書かれた写本の断片など、いずれも古物愛好家の垂涎の的となるものばかりだった。その中で、一番高価、とまでは言えないにしても、最も人目を引くのが、十五世紀の司教杖だった。これは一四一一年から一四三一年まで司教座にあったジョン・デ・パーク司教の所有物で、ヘンリー八世の時代に大聖堂の宝物が強奪にあったさい、どういうわけかその手を逃れたのだった。おそらく、当時の何者かが隠して、後年、戻しておいたのだろう。ともかく、長らく大切にはされてきたが、特にこの二、三世紀の間は、最も名高い品として、二つある展示ケースのうちの大きなほうに収められていた。

　リンクウォーターは二つの金属性の台架から司教杖を取り上げ――多少は趣味を解する男だったので――これまで何度となくそうしてきたように、その出来栄えにしばし見惚れた。それは実際、職人が己の仕事に無上の喜びを感じ、細部まで完璧に仕上げるためならどんな労も厭わなかった時代――中世の美術のよき見本そのものだった。柄の部分は黒檀でできており、金箔を施された華奢で優雅な先端の屈曲部や装飾部分は、永の年月にもかかわらず、ほとんど色あせていない。リンクウォーターは一番清潔な塵払いを手に取り、司教杖を上から下まで撫でるように拭いた。ところが、必要以上に力をかけ過ぎたのか、あるいは四世紀という時の流れが木と金属の細工部分に負担をかけたのか、司教杖はいきなり二つに折れ、気づくと彼は一方の手に屈曲部を、もう一方の手に柄を握っていた。

　最初の驚きから覚めると、リンクウォーターはたちまち何が起きたかを悟った。屈曲部と柄が合わさる部分に継ぎ目があり、そこが金属の帯で隠されていたのだ。これまで誰ひとりとして――少なくともこの時代には――司教杖から柄がはずれることに気づかなかったとは妙な話だ。しかも、こんなにも容易にはずれるとあってはなおさらだ。彼は二つに分かれた司教杖をそっと机の上に置いたが、その途中で柄の部分が空洞になっていることに気づいた。ある時点で——おそらくこの杖が作製されたときか、あるいは後世になって、人間の親指が余裕で入るぐらいの大きさの穴がくり抜かれたのだ。穴には詰め物のような——綿くずの固まりのような物が押し込まれていた。それを見てリンクウォーターは好奇心をかき立てられた。なぜこの穴を綿で埋めたのだろう。なぜ黒檀の柄に穴をくり抜く必要があったのだろう。この謎はぜひとも解かねばならない。

　リンクウォーターはさっそく懐からペンナイフを取り出した。ペンナイフには細いコルク抜きがついている。それを使って、押し込まれた詰め物の表面を丁寧にほじった。その正体は極めて柔らかくなめらかな羊毛だった。リンクウォーターは柄の空洞いっぱいに押し込まれた羊毛を、ひとつまみ、またひとつまみという具合に引っぱり出した。すると突然、羊毛とはまったく異質のものが現れた。空洞から零れ落ち、驚愕した堂守の目の前の机に転がったのは、燦然と輝く大きなルビーだった。続いておがくずが舞い落ち、それとともに別のルビーが、ルビーとともにサファイアが、サファイアとともにダイヤモンドが落下した。この貴重な宝石のシャワーは、図書館の古いステンドグラスの窓から注ぐ真昼の太陽の一条の光を浴びながら、机の上で美しい音を響かせた。リンクウォーターは深く息を吸い、両目をこすった。

　その後、常識を働かせたリンクウォーターは、図書館の扉にしっかり錠が下りているか確かめた。それから宝石の数を数えた。眩いばかりのルビーが九つ。サファイアが七つ。ダイヤモンドが十八。どれもかなりの大きさだが、なかでもルビーは際立っていた。彼がそれらを掬（すく）い集めて小さな山に盛ると、赤、青、白といった光がきらきらと反射した。次に彼はポケットから財布として持ち歩いている洗いざらしの袋を取り出した。そして銀貨を出して中身をからにすると、そこに奇妙な経緯で発見した宝を収めた。それから袋をポケットに入れ、机の上のおがくずと羊毛を片付け、何食わぬ顔をして司教杖の柄と屈曲部をぴったり嵌め合わせた。誰かが再びこのささやかな問題を発見するまでには長い時間が——途方もなく長い時間がかかるだろう。その二つの部分が容易にはずれないように、リンクウォーターが入念に継ぎ目を細工し直したからだ。その作業をこなしながら、彼は考えた。

ここに職務で関わる誰もがそうであるようにリンクウォーターもまた、ワイチェスター大聖堂が中世には驚くべき量の財宝を所有していたのを知っていた。彼は学者たちが教会の所有物について語るのを聞いたことがある——まさにこの図書館内で、幾度となく。チューダー朝以前の祭壇や礼拝堂、聖遺物箱や祭服を飾った宝石がどんなだったか——彼は興味津々で学者の話に耳を傾けながら、そうした貴重な品々はどこへ行ってしまったのだろうと考えていた。もちろん、そのほとんどはヘンリー八世の王冠を飾るために使われたのだろう。しかしリンクウォーターは、著名な古物愛好家が宝の多くは密かに隠されたのだという意見を披露するのを一度ならず聞いたことがある。今、彼の心はその説に傾いていた——ここに絶好の証拠があるからだ！　間違いない、四百年前、何者かが古い司教杖の一部を巧みにくり抜き、あの高価な宝石を隠したのだ。そして長い年月の果てに、彼、リンクウォーターがそれらを発見するという稀有な幸運にぶつかったのだ。

しかも——誰にも知られることなく！

その午後、リンクウォーターが退室したとき、古い図書館は清潔で塵ひとつなく、すべてが整然としていた。十五世紀の司教杖はガラス天板の大きな展示ケースの中のいつもの位置に横たわっていた。リンクウォーターはケースの鍵を司書に手渡したが、洗いざらしの袋の中身については何も言わなかった。そして修道院通り（フライアリィ・レーン）の住まいに帰り着くと、その袋をベッドの下の、ねじで床に取り付けてある箱にしまい込み、しっかり鍵を掛けた。リンクウォーターは秘密を漏らさずにいられるたちの男だった。彼は独身主義者だった――これまでも、これからも。しかし、もし彼に妻があったとしても、やはり秘密は持ったことだろう。そしてこの一件は、どんな妻であろうと決して彼から引き出すことはできなかっただろう。

第二章

リンクウォーターは軽い夕食を作って平らげた。飲み食いする間も彼の頭の中は忙しなく動いていた。ワイチェスターという教会組織の一員であるという点では、彼も聖堂参事会長と変わらない。しかし金儲けとなると、リンクウォーターの倫理観は大聖堂の塔に彫られた怪物像並みに超然としていた。ひとは誰でも独力で最善を尽くすべきだというのが彼の信条だった。彼の言い分によれば、独力でやる部分が多ければ多いほど、他人の厄介になる量が少なくてすむわけだ。従って、もし並はずれた幸運が転がり込んでくることがあるとすれば、また、きたときはいつでも、まるまるちょうだいしなければ、彼はまぬけか、それ以下だということになる。そもそも、これら高価な宝石に対して、彼以上に権利を有する者がいるだろうか？　かつての所有者である古の貴人たちは、四百年以上も前に死んでいるのだ。彼らの骨は回廊の舗道の下のどこかに埋まっている。とうの昔に死んでしまったのだ！　そう、何世紀も前に。しかしその瞬間、リンクウォーターは彼らに対して温かくやさしい感情を抱いた。彼にありがたい蓄えを遺してくれたからだ。彼はそれを最大限に活用するだろう。

リンクウォーターは夕食を終えると食器を洗い、暖炉の火に薪を足して、外出した。赴いたのは近隣の機械工協会の図書館で、司書に本棚に並ぶうちで最高の百科事典を教えてほしいと頼んだ。そしてそこからDとRとSで始まる三巻を選ぶと、隅の静かな席に持っていき、ダイヤモンドとルビーとサファイアについて端から端まで読み始めた。リンクウォーターはかなり理解力のある人間であり、この読書は非常に有益なものだった。深く興味がわき、読み終える頃には相当な知識を身につけていた。彼が学んだところによれば、ダイヤモンドの存在はかなり昔から知られていたらしい。ごく初期の歴史家が、純粋な炭素の結晶体であると言及しているが――これにはたいして興味を引かれなかった。他に学んだのは、長らくインドが唯一の産出国であると信じられていたこと、昔と違い、今日では南米と南アフリカで採掘されることなどである。彼はまた、宝石の中で最も貴重なのはダイヤモンドではなくルビーだと知り、いささか驚き、おおいに満足した。これによりますます興味がわき、今度はルビーに関する記述を読むことにした。化学や科学の専門用語には歯が立たず、とまどったが、ルビーがあらゆる宝石の中で最も貴重であること、最上のルビーはビルマとシャムの産であることがはっきりした。さらに、サファイアもまた非常に貴重な宝石であり、最も価値のある種類は鮮明な濃い青色のものであることがわかったところで、リンクウォーターは百科事典を元の棚に戻し、意気揚々と家路についた。

「ルビーが九つ、サファイアが七つ、ダイヤモンドが十八！」リンクウォーターがそうつぶやいたのは、暖炉の傍らに座りながらパイプをくゆらせ、ラムの水割りを手にしているときのことだった。

「この機会は大切にしなければ。さて――どう処理するのが一番有利だろう」

それはその夜リンクウォーターが自身に問いかけた多くの事柄のひとつに過ぎなかった。考えることがたくさんあったからだ。彼は自分が発見したものを自分自身の利益のために処理するつもりだった。当然だろう。しかし、満足のいくようにしたらしたで、彼がかなりの財産家になったことが世間に知れてしまう。なぜ彼のもとにそんな大金が転がり込んできたのか、なんらかの説明をしなければならない。もちろん、その気になればワイチェスターを去り、誰も彼を知らない遠い場所に行くことも可能だ。

しかしリンクウォーターはワイチェスターを去るつもりはなかった。ここでの暮らしは申し分のないものだからだ。給金はよいし、春と夏の観光シーズンに訪れる旅行客やアメリカ人から受け取るチップも相当な額になる。第一、彼はあと数年で年金を受給する資格を得る。そう、リンクウォーターの望みはこの地にとどまることだった――ともかく年金が満期を迎えるまでは。とはいえ、いきなり裕福な身の上になるにあたっては、もっともらしい理由が必要だった。人々にそれを知らせずに裕福にはなれないからだ。惨めな世捨て人になり、全財産を何の役にも立たないところに隠しておくのでもない限り。そしてリンクウォーターは自分の金を隠すような種類の人間ではなかった。彼の意見では、金は金を産む。彼はすでに、宝石を現金に換え次第、不動産を――貸家をワイチェスターに買おうと決めていた。その家賃は彼の懐をおおいに潤してくれるだろう。だが、不動産を購入するとなれば、いよいよそれを知られずにはすまない――弁護士だのなんだのを雇わねばならないし、小さな門前町では誰もが他人の職業を知っている。そのためリンクウォーターとしては、突然金回りがよくなった理由として、もっともらしい話をすぐにも作り上げる必要があった。

幸い、リンクウォーターは機転のきく、創意に富む男だった。翌朝、目が覚める頃には、彼にとってこれ以上ないであろう名案を思いついていた。これは確かな事実だが、彼はワイチェスターの出身ではない。二十年前、初めてこの地に来るまでは足を踏み入れたことすらなかった。そこで彼は兄をひとり、でっち上げた。この架空の兄に名前までつけた――ネルソンだ。ネルソン・リンクウォーター、よい名前だ。それにいかにも船乗りらしい。リンクウォーターの作り話にとって、兄が航海に出ていたというのは必要不可欠な部分だった。

翌日、リンクウォーターは週一回の半休日を利用して、列車で二十マイル離れた海沿いの町、サルポートへ向かった。そう頻繁にこの有名な港町を訪れるわけではないが、目的の場所へ迷わず進む程度には馴染んでいた。荷揚げ場からはずれた怪しげな細道や、荷揚げ場自体の引っ込んだ場所や角には、港町ならではの店が散見された。店には古い金属から珍しい象牙の欠片まで、あらゆる種類のがらくたが山積みになっている。こうした店にぴったりの名前をつけるのは難しい。店の経営者が普通の商人かというと、これも微妙に違う。〝普通〟という言葉では範囲が狭すぎるからだ。リンクウォーターは半時間ほどかけてこれらの店の陳列窓を物色しながら、何代にもわたる船乗りたちが地上の至るところから手に入れ、帰郷の途中で売りさばいた――通常、本来の価値の百分の一ほどで――珍奇な品々に目を凝らした。そしてついに、イサカルというユダヤ人の経営する店へ入っていき、中古の手箱のようなものはあるかと尋ねた。

さて、この手箱というのは、船乗りについて詳しい人なら誰もが知るとおり、彼らが身の回りの品をしまっておく小振りな収納箱のことで、葉巻を入れる箱より小さなことも珍しくない。この手箱に水夫たちは航海中手に入れたありとあらゆる品を保管するのだ。イサカルの店ではさまざまな修理状態の箱を売っていた。リンクウォーターはその中から東洋の濃い香りのする箱を選び出した。香木から作った四角い箱で、鍵と錠がついている。新品と呼ぶには程遠いが、状態は申し分なかった。少なくとも百年は前の、東洋の職人の手になるもののように見える。これこそまさにリンクウォーターが求めていた品で、彼はこれを言い値で買った。

しかし、続いてのリンクウォーターの行動は、その準聖職者の身なりから、彼が船乗りではないとよくわかっていた売り手をとまどわせた。店の品物を見境なく買い始めたからだ。陳列窓のトレイにあった古いメダルを手始めに、東洋のコイン、ビーズのネックレス、刺繡細工、骨で作られた、そのうち少なくともひとつは象牙製の彫り物、刺繡を施した刻み煙草入れ、風変わりなパイプ、帆布、親指ほどの大きさのインド人の像、銀色の髑髏が描かれた年代物の黒革の財布――これらは全体のほんの一部でしかなかった。彼は購入する品物を次々に手箱に収めていった。手箱の中がいっぱいになると勘定を払い、箱を帆布と茶色い紙で包んでもらって店を出た。支払ったのは四ポンドから五ポンドというところで、その金額にじゅうぶん見合う買い物だったと満足した。

その夜、帰宅してからのリンクウォーターは多忙を極めた。家じゅうのドアや窓に鍵を掛け、日除けを下ろすと、ベッドの下の箱から宝石を取り出し、それらを風変わりな古い財布に移して、財布を帆布で包み、その包みを手箱の中の他のがらくたの下にしまった。ここまでして、手箱にしっかり鍵を掛けると、今度は一番古い帆布でそれを包み、その後、蠟で封印した。この封印の作業には二、三本の蠟が必要だった。だがもしそこに誰か別人がいたら、リンクウォーターが次にとった行動に目を丸くしたことだろう。

封印した部分がどこもみな完全に乾いたのを確認するや、リンクウォーターはそれをあっさり開封してしまったのだ。しかも、小包を受け取った人間が誰でもやるやり方――帆布を引きはがすという方法で。そして直後に、再びその帆布で手箱をざっと包んで小脇に抱え、ランプの火を消して、参事会長代理の自宅に向かった。

第三章

リンクウォーターが深く尊敬する参事会長代理は独身で、本通り(ハイ・ストリート)に住んでいた。彼が爪先を暖炉の火で暖めながら、ギリシャ語文法の議論点に関して刊行されたばかりの小冊子を読んでいるところに、包みを抱えた堂守が通されてきた。参事会長代理はリンクウォーターが机に包みを置くのを眼鏡越しに眺めた。

「やあ、リンクウォーター！　いったい、何を持ってきたんだ？　そのいわくありげな代物は何かね？」

「お邪魔をして申し訳ございません」リンクウォーターはいつにもまして神妙に答えた。「ご迷惑を承知でお訪ねしましたのは、ぜひともご助言をいただきたいからでして。実は——わたくしに兄がおりますことはご存じありますまいね——ネルソン・リンクウォーターと申しますが」

「うむ」参事会長代理は答えた。「初耳だ」

「これは兄の手箱なのですが」堂守はそう続けて、包みにちらりと目をやった。「兄は船乗りでした。この手箱は船乗りたちが身の回りの品をしまっておくものです。ところで、兄は——実は亡くなったのです。兄とは何年も会っておりませんでした。しかし兄はわたしのことを忘れてはいなかったのです。今日、サルポートまで出向きまして、ある船乗りの手からこの箱を受け取ってまいりました。兄がいまわの際に、これをわたしに届けてほしいと委ねたそうです。この船乗りはちょうどボンベイから到着したばかりでした。それで——実はこの箱にはいくつか問題がありまして、それでぜひあなた様のご助言を賜れればと思いまして」

「まさか——生き物でも入っているんじゃなかろうね？」参事会長代理は不安げに言った。「ヘビだの——あるいはムカデだの——え、リンクウォーター？」

「そういった類のものではありません」リンクウォーターは鍵を取り出した。「問題というのはまったく別のことです、ご心配には及びません。この箱に入っているのはほんのつまらないもの、船乗りが集めてはとっておく、ただの骨董品やその類でして」リンクウォーターはそう言いながら箱の蓋をさっと開け、驚く参事会長代理の目の前に、イサカルの店で買ったいっさいがっさいを並べ始めた。「ごらんのとおり、これらの品には何の価値もありません。ですが、こちらの財布にはですね、まったく違うものが入っているのです」

リンクウォーターは財布を包んでいた帆布を開き、留め具をはずして、宝石を振り出した。ランプの光がダイヤモンドの輝き、ルビーの濃い赤色、サファイアの繊細な青色をとらえるのを見て、参事会長代理は息を呑んだ。

「これは驚いた、リンクウォーター！」彼は叫んだ。「いや、この宝石ときたら、ひと財産じゃないか！　それで——きみの兄上がこれらをきみに遺したというわけだね？」

リンクウォーターは片手を口にあてて咳払いした。

「その船乗りの話によりますと——名前はスプリグ、サイラス・スプリグといいまして、今日の午後、初めて会った人物なのですが——兄はこの箱を彼に託し、こう言付けたそうです。この中に入っているものはすべて、弟、ジェイムズ・リンクウォーターに譲る、と。兄に祝福あれ。あなた様はこれらに価値があるとお思いですか？」

参事会長代理は眼鏡を磨き、宝石を小指の先で慎重にひっくり返しながら、注意深く吟味した。

「わたしは宝石の鑑定にはたいして明るくないんだがね、リンクウォーター」やがて彼は言った。「しかし、これらの宝石にはかなりの価値があると言ってよいだろう。ほら、この大きさを見たまえ――それにこのダイヤモンドの輝きを！　そちらのルビーもだ！　ルビーは特に価値が高いからね」

「本当ですか？」リンクウォーターは言った。「それは存じませんでした。こうしたものに関する知識はまったく持ち合わせておりませんので。どうでしょう、宝石商のウォーターマン氏はこの宝石を買い取ってくれるでしょうか？」

「ウォーターマンだって？」参事会長代理は叫んだ。「とんでもない！　とてもウォーターマンに買い取れる額ではないだろう！　いいかね、リンクウォーター、ここにある宝石には数千ポンドの価値があるかもしれないのだ！　兄上がどこでこれを手に入れたのか、わかっているのかな？」

リンクウォーターは真顔で首を振った。

「わたくしにはわかりません。ネルソンは風来坊でした。若い時分には珍しい場所をほうぼう訪れていましたが。インドにはかなり長いことおりました――それからビルマにも」

「ビルマといえば、ルビーの名産地だからな」参事会長代理は言った。「やれやれ、なんとも興味深い話だ！　さて、もしわたしがきみの立場なら、こうするんだがな、リンクウォーター――ロンドンの大きな宝石店に売りに出すのだ。ロンドンには有数の宝石商がいて宝石を買い取ってくれる。もしきみが望むなら、こうしよう。わたしは明後日、所用でロンドンに出向き、二、三日滞在することになっている。きみにかわって少し情報を集めてみよう」

常に最上級の礼儀を忘れないリンクウォーターは、感謝のしるしに頭を下げた。

「大変厚かましいお願いなのですが」彼は言った。「もしご面倒でなければ、あなた様が先ほどおっしゃった宝石商のどなたかにこの宝石を見せていただけますでしょうか？　あなた様ならずっとうまく話してくださいますでしょうから。貴重なお時間をあまりつぶしてはいけませんが」

「わかった、わかった、引き受けるとしよう」根っから善人の参事会長代理は快く応じた。「今、思い出したが、ボンド街にモーキンの店がある。とても有名な店だ。しかしあれだけの宝石を持ち運ぶとなると責任重大だ。リンクウォーター、きみは心配ではないのかね？」

リンクウォーターは自信に満ちた態度でほほえんだ。

「いいえ、微塵も。あなた様にお預けしている限りは。金庫はお持ちだと思いますが――差し支えなければ、ロンドンにいらっしゃるまで、そこにしまっておいていただきたいのですが」

参事会長代理は鍵を取り出した。それから彼と堂守は宝石の数を数え、金庫にしまって鍵を掛けた。そののち、リンクウォーターは手箱を持って去り、参事会長代理は再び小冊子を手にしたが、気づけば一行読むたびに、ネルソン・リンクウォーターはどういう経緯であのダイヤモンドやルビーを手に入れたのだろうと考えているのだった。

第四章

親切で思いやりある性格で慕われる世話好きの参事会長代理は、ロンドンでは仕立て屋に行くのと数軒の古書店を見て回る以外にやることもなかったので、到着後、さっそくボンド街のモーキンの店を訪れた。そして、容貌からすると貴金属の売り手というよりはハーリー街の専門医に見える、威厳に満ちた紳士に来意を告げた。リンクウォーターの兄、ネルソンの驚くべき遺産について話してはいけないという理由はなかったので、参事会長代理は洗いざらい打ち明けた。宝石商は二人きりの応接室で熱心に耳を傾けていたが、その話にはたいした興味を示さなかった。だが、いったんダイヤモンドやサファイアやルビーの鑑定を始めると、すっかり心を奪われた様子だった。それを証明するかのように、数分間は言葉も発さずに調べていた。

「この宝石に興味を持たれましたか?」参事会長代理は水を向けてみた。

「もちろんですとも」宝石商は答えた。「いや、驚きました!」

「それでは——つまり——価値があるものだと?」

「そうですな——ざっと鑑定したところでは——価値はあります」宝石商は用心深く答えた。

「かなりの価値が?」

「かなりの価値があると言えるかもしれません。もちろん、さらに精密な鑑定が必要ですが」

参事会長代理はリンクウォーターのためにまるで宝石が自分のものでもあるかのように心配して、単刀直入に尋ねた。

「この宝石を買ってくださるおつもりはありますか？」

「ぜひともわたくしどもで買い取らせていただきたいと思います」宝石商は答えた。「しかし、それには専門家の意見が必要です。いや、正直申しまして」彼は客に率直な表情を向けた。「この道に入って二十五年になりますが、これほどの宝石は見たことがありません！　かなり年代を経たものと思われます。お客様はロンドンに滞在なさるのですか？」

「ともかく、明日までは」参事会長代理は答えた。

「この宝石をわたくしどもにお預けいただいて」宝石商は言った。「今日の午後四時にもう一度お越しくだされば、その間に宝石鑑定の第一人者、レヴァンディン氏に鑑定してもらい、彼の意見をお聞かせすることができるでしょう」

「ご親切にどうも」参事会長代理は承知した。「そうしていただければ何よりです。では、四時に」

参事会長代理が午後四時に店を再訪すると、応接室には宝石商ともうひとり、小太りの紳士がいた。紳士は目の前のテーブルに並んだ宝石を興味津々といった表情で見つめていた。そして参事会長代理が部屋に入ってくると、顔を上げ、好奇に満ちた鋭いまなざしを向けた。

「こちらはレヴァンディン氏です、お客様」宝石商が言った。「ちょうどこの宝石を、細心の注意を払って鑑定していたところです」

「どうです、いかがでしょう？」参事会長代理は席に着き、専門家に期待の目を向けた。「珍しいものでしょうか？」

レヴァンディン氏は風変わりな形のかぎ煙草入れを取り出し、中身をひとつまみ摘んだ。

「ええ」彼は言った。「珍しいというか、興味深いというか！　わたしは言葉を操るのはあまり得意ではありませんが、宝石に関しては玄人です。このような宝石の売り買いの場において、わたしの名を知らぬ者はないでしょう。こちらのモーキン氏からこれらの品についてのあなたのお話を伺いました。インドの男によりイングランドの男に送ってこられたものだとか。なるほど！　さて、わたしからもお話ししましょう。これらの宝石はとても古いものです。そしてどれもある時期に台枠からはずされています。わたしの職業的名声を賭けてもいいが、はずされてから数百年は経っている――数百年ですぞ、カットされ、磨かれ、加工されてから！　間違いありません！」

「驚きました！」参事会長代理は叫んだ。「なんと興味深いことでしょう！」

「さて、これらのダイヤモンドですが」専門家は繊細な指先で宝石をいじりながら続けた。「おそらくあなたはご存じないでしょうが、その知識のある者なら、ある程度――少なからず――カットの仕方によってダイヤモンドの古さがわかるのです。百年もの長きにわたり、どうすればダイヤモンドをカットできるのか、誰にもわかりませんでした。しかしそのうち、ダイヤモンドをカットして磨く方法が発見されました――別のダイヤモンドを利用するのです！　ダイヤとダイヤをこすり合わせて削ったり磨いたりする技法はブルーティングと呼ばれ、何世紀もの間、唯一の研磨方法とされてきました。そののち、さらに優れた技法が採られるようになりました――インドでも中国でもアレキサンドリアでも。しかし完全な技法――ダイヤモンドを細かく砕いた粉を使った回転砥石――を発明したのは、一四五〇年頃のブルージュの職人、ルイ・ド・ベルケムです。

そしてですね、わたしの職業的名声を賭けて申し上げますが、今まさにわたしたちが目にしているこれらのダイヤモンドは、おそらくその時代——十五世紀のブルゴーニュ公国で、ブルージュの研磨職人ド・ベルケムの技法によってカットされ、磨かれたものであり——それ以来、これらをカットしたり磨いたり手を加えたりしたことはいっさいないと思われます。唯一の例外は」レヴァンディン氏は意味ありげに締めくくった。「これらが嵌まっていた台から取りはずされたときです。そしてそれは、はるか遠い昔のことでした！」

参事会長代理はひたすら目を見開いて聞いていた。

「なんたることだ」彼は叫んだ。「それは面白い。となると、これらの宝石はヨーロッパからインドに渡ったに違いないということになりますな？」

レヴァンディン氏は鼻を鳴らし、かぎ煙草をもうひとつまみ摘んだ。

「もしわたしの率直な意見をお望みでしたら、これらの宝石は——ひとつ残らず——ある時期に教会の装飾からはずされたものです。申すまでもなく、チューダー朝以前の大聖堂ではおびただしい数の宝石を所有していました。それらが嵌め込まれていたのは祭壇であり、聖遺物箱であり、法衣であり、司教冠であり、聖典の写本でした。その多くはヘンリー八世に強奪されましたが、一方でまた、少なからぬ数が忽然と姿を消しました。おそらく大聖堂の聖職者たちが隠したのです。英国の大聖堂には特に豊かな財宝を持つところが二、三ありました。ひとつはヨーク、もうひとつがあなた方のワイチェスターです。そして」レヴァンディン氏は席を立って傘を取り、ドアに向かいながら最後に言った。「専門家としての見解を申しますと、お持ちになった宝石はみな、もともとあなた方の大聖堂に属するもので、四百年前にそれらが隠された場所のどこかで見つかったのでしょう！　では、ごきげんよう」

鑑定家が意気揚々と退場すると、参事会長代理はとまどいながら宝石商に向き直った。

「前代未聞だ、実に興味深い」彼は言った。「同時にいささかとまどいを覚えます。古参の堂守の話を疑う理由は何もない。彼は最も模範的で、品行方正な、極めて信頼できる人物です、それに——うむ——妄想にふけるようなたちでもない。彼に限って——彼に限って、私に作り話などするはずがない！　第一、わたしはこの目で見たのです、ボンベイで死んだ彼の兄から送られてきた箱というのを。むろん、彼にもわたしにも、その兄がこれらの宝石を手に入れた経緯はわかりませんが。どうでしょう、かつては大聖堂に所持されていたものが、外国に流出したのでは？」

「お言葉はよくわかります」宝石商の声にはかすかな皮肉が含まれていた。「しかし、レヴァンディン氏が見立てを誤ったことは一度としてないのです。お客様はまだ、お知り合いのためにこれらの宝石を売却するおつもりがありますか？」

「そうですな——その——買い取り額がいかほどになるか教えていただけるとありがたいのですが」参事会長代理は言った。

「わたくしどもとしましては」宝石商は答えた。「四千ポンドお支払いするつもりでございます。もちろん、現金で」

「ほう！」参事会長代理は声を上げた。「四千ポンドですか！　では、それがこの宝石の価値なのですね？」

宝石商は用心深く咳払いした。

「いえ、宝石の価値はまた別です」彼は微笑を浮かべながら答えた。「わたくしどもがお支払いにあてられる額がそうなるという意味です。わたくしどもも、お取り引きによって利益を得る必要がありますから」

「ごもっともです」参事会長代理は言った。「では、ここだけの話、もともとの価値はいかほどなのですか？」

「まあ、おそらく五千ポンドから六千ポンドの間ということになりましょう。あるいは、それ以上かと。ただし、先ほど申しましたように、もしそちらの堂守様が売りたいとおっしゃるなら、四千ポンドで買い取らせていただきます——現金で」

参事会長代理はしばし考えたあと、立ち上がった。

「彼と連絡を取ってみます。その間、こちらの金庫に宝石を預かっていただけますか？」

参事会長代理は宝石店を辞し、頭の中であれこれ考え始めたが、それは夜になっても続いた。まったく驚くべきことだ。彼はしばしば、地元の古物愛好家たちが宗教改革以前のワイチェスター大聖堂の宝物や、かつてその礼拝堂や祭壇で輝いていたさまざまな宝石について語るのを耳にしていた。あの生真面目なリンクウォーターがひょんなことから秘められた宝を発見し、それを着服したあげく、船乗りの兄の遺産話をでっち上げたというのだろうか？　恐ろしい！　なんと罰当たりな！　だが、それはきっと誤解だ。リンクウォーターの実直な顔と謹厳な物腰が目の前に浮かんだ——まるで責めるかのように。

「いや、いや！」参事会長代理は声に出して言った。「リンクウォーターの誠実さを疑うことはできない。彼はあらゆる意味で礼節の見本のような男だ。それでも——」

それでも、参事会長代理の心には迷いと不安が残った。彼はやるせない気持ちで床に入った。しかし夜も更けた頃、とびきりの名案が浮かんだ。他ならぬ彼自身が極めて裕福な身の上であり、銀行に何千ポンドもの預金があることを思い出したのだ。よし、これで行こう！　彼が自分で宝石を買い取り、その事実を伏せておくのだ、あの善良なリンクウォーターにさえも。それが一番円満な解決方法だ。リンクウォーターは金を手にする――そして自分は宝石を手に入れる――大金を出す値打ちがあるだけの――そしてもしこれらがかつては大聖堂の所有だったと証明された暁には――心から喜んで大聖堂に寄進しよう。翌朝早く、参事会長代理はホテルを出て、最寄りの電報局に急いだ。数分後、彼は簡潔にして要を得た電文を送った。

「ゲンキン四千ポンドデハドウカ？」

そのあと彼はホテルに戻り朝食をとったが、食べ終わる前にリンクウォーターからの返信が届いた。

「オウケシマス、オホネオリニココロヨリカンシャイタシマス」

参事会長代理は安堵のため息をついた。これぞまさに最善の解決策だ。この件が引き起こすかもしれない詮索や醜聞など、考えるだけでもぞっとする。彼は午前のうちにモーキンの店から宝石を引き取り、銀行に赴いて紙幣で四千ポンド引き出し、ロンドンでの所用をすませて帰途についた。その夜、彼は堂守に紙幣を手渡した。リンクウォーターはひたすら感謝の表情を浮かべてそれを受け取った。彼は何も尋ねなかったし、参事会長代理も何の情報も与えなかった。宝石については、参事会長代理が自分の金庫にしまってしっかり鍵を掛けた。

第五章

その夜から、ワイチェスターの参事会長代理は古参の堂守を好奇心もまじえて注意深く観察するようになった。彼の目には、リンクウォーターはさらに真面目に、ますます仕事熱心になったように映った。彼はよりいっそう威厳をもって堂守の勤めに精を出した。大聖堂を訪れた観光客は、イングランドを巡る旅で出会った最も印象的な出来事は、リンクウォーターにワイチェスターとその回廊を案内してもらったことだと述べた。大聖堂の儀式に参加した者はみな、リンクウォーターが銀の職杖を携え、聖歌隊員の行列や聖職者——彼の威厳は司教にすら負けなかった——を先導するのを見て心を打たれたと語った。リンクウォーターは実に堂守仲間の誉れであった。堂守の理想であり、偉大な看板でもあった。

参事会長代理はリンクウォーターの遺産が彼に引退を促すのではと考えていた。だが、じきにそれは間違いだとわかった。リンクウォーターはどんなときでも参事会長代理に秘密を打ち明けた。今回の出来事がそれに拍車をかけたようだった。ある日、中庭で参事会長代理に出会うと、リンクウォーターは柔和な笑顔で彼を引き止めた。

「例の四千ポンドのおかげでかなり利益を得ることができました」リンクウォーターは言った。「街中に非常に優良な物件を購入する機会がありまして——ご存じだと思いますが、アカシア通りに建つ六軒です。家賃収入が年二百四十ポンドになるのです。賛成していただけるとありがたいのですが」

参事会長代理は心から賛成した。そしてなおいっそう、リンクウォーターに興味を持つようになった。彼は堂守の俸給額を知っていたし、リンクウォーターが受け取るチップの額が年間にすればかなりになることも見落とさなかった。なるほど、リンクウォーターは相当の財産家となるに違いない。それにしても気になるのは、死んだ船乗りのネルソン・リンクウォーターや実直な堂守に、姪か甥はいるのだろうかということだった。

翌年の夏、参事会長代理は休暇でスイスに出かけた。一ヶ月間滞在して、ある夜、ルツェルンの〈シュヴァイツァーホフ・ホテル〉に戻ったところ、手紙の束が待ち受けていた。それらを点検するうち、すぐにワイチェスターの友人――弁護士のパーキンストウ氏の筆跡に気づいた。彼は他の手紙を脇に置き、その手紙の封を開けた。そこにはこう書かれていた。

「拝啓　参事会長代理殿

残念なお知らせとなりますが、古参堂守のリンクウォーターが亡くなりました。彼は肺炎にかかり、二日後に息を引き取りました。そしてこの午後、聖堂敷地内の関係者専用墓地に埋葬されました。

小生がこの手紙を認めますのは、リンクウォーターには係累がなく、全財産を貴兄に遺したことをお知らせするためです。小生は彼が病を得た直後、本人の意志に基づき遺言書を作成いたしました。この件のために貴兄が休暇を切り上げる必要はございません。ご帰国までに小生が万事処理いたします。貴兄はスイスの自然を満喫なさいますように。

敬具

ジョン・パーキンストウ

追伸　リンクウォーターの財産は動産、不動産を合わせ、六千ポンドほどになると思われます」

参事会長代理はこの手紙を二度読んだあと、ゆっくり折りたたんでポケットに入れた。他の手紙も読まずにしまい、レストランに入った。そして上等の赤ワインを二杯飲み終えたときにはもう結論を出していた。あの宝石を売り、その金をリンクウォーターの遺産と合わせて、全額、大聖堂の西側正面の修復費として寄進しよう。リンクウォーターの霊がやって来てそれを見たら、きっと褒め称えてくれるに違いない。ともかく、そう考えると心が休まった。そこでようやく参事会長代理は食事に取りかかった。

4　黄色い犬

第一章

じりじりしながら見張り続け、待ち続けた三週間だったが、ハンキンソンが細心の注意を払って狙っていた瞬間がついにやって来た。今、手を伸ばせば届くほどの近さに、彼がこれから気絶させ、盗みを働くことになる老宝石商が立っている。そして彼の手には、これで老人を打ちのめすことになる砂袋が握られている。一方は何も怪しむことなく油断しきっており、もう一方は奸計に武者震いしている。二人の周囲には真夜中の重い沈黙が垂れ込め、それを破るのは、老人が緩慢な動作でカウンターから金庫へ移している貴重品が立てる金属音だけだった。

ハンキンソンは若い時分から窃盗の常習犯で、このときは刑務所を出てちょうど一ヶ月になるところだった。特に刑務所に戻りたいわけではないが、かといって、まっとうな道に進むつもりはさらさらない。出獄にあたって彼が所持していたのは、急場に備えて隠しておいたわずかな蓄えだけだった。それを元手にノースロンドンの根城を離れ、マイルエンド周辺に流れてきたのだ。そして安宿に泊まりながら、ホワイトチャペルとその近隣の店を物色し始めた。じきに彼は絶好の標的と思えるものに出くわした。目を光らせながら繁華街を行き来するうちに、ついに、徐々に乏しくなっていく財布の中身を埋め合わせる見込みがついたのだ。その後、彼はあらゆる思考と注意をその見込みにあてた。見込みは急速に計略に変わった。

古風で陰気な宝石店は、ハウンズディッチ通りをはずれた小さな脇道にあった。そこは質屋も兼ねていた。横手の出入り口に金めっきを施した球が三つぶらさがっている。そばの物置には表の宝石店用の鎧戸が収まっていた。縮れ毛でかぎ鼻の若者が毎晩帰宅する前にその鎧戸を閉めていく。若者はいったん鎧戸を閉めるとあとは目もくれなかったが、彼が口笛を吹きながら帰っていったあと、薄暗がりから現れたハンキンソンはおおいに興味を持った。長年鍛えてきた成果だろう、ハンキンソンの目は人一倍鋭く、一瞥するかしないかのうちに、鎧戸の一枚にかなり目立つひびが入っているのに気づいた。そこから店内の明かりが見える。つまり、中が覗けるのだ。

ハンキンソンは幾度となく、その裂け目から店の中を覗くことに成功した。この観察を決行するのは決まって夜間で、それには細心の注意と迅速さが必要だった。一週間もしないうちに彼は多くの情報を得た。その多くはもともと明らかなことだった——すなわち、店は土曜が休業日であること、月曜から木曜までは夜九時に閉まること、金曜の夜は十一時まで開いていることなどである。しかし鎧戸の裂け目を通しての観察は、彼に新たな情報をもたらした。閉店後の毎晩、それが九時であろうと十一時であろうと、老店主のイシドール・マルコヴィッチ、この白髪で猫背のユダヤ人は誰の手も借りずひとりで、最も高価な商品を陳列窓やカウンターから大きな金庫へ移す作業に専念する。ようするに、古くみすぼらしい店ではあるものの、ここにはハンキンソンが喉から手が出るほどほしがっている宝石類があるのだ。

ハンキンソンは慎重に手筈を整えた。まず最初に、この強奪行為は夜間に遂行すると決めた。二番目に、犯行の間、老人が常にひとりきりとなることを確認した。三番目に、建物内に住んでいるのは他には娘がひとりだけだという知識を仕入れた。まだ若い娘で、マルコヴィッチの孫娘らしいが、こちらは二階で寝起きしているようだ。ハンキンソンはもっともな結論を下した。この娘は金曜の夜には閉店時刻よりずっと前に床に就いてしまう。少なくとも、上の階の部屋の窓に明かりが灯っているのは毎晩九時半前後までだった。建物には娘を別としてマルコヴィッチ本人以外、誰もいない。つまり、金曜の夜、商品が金庫にしまわれているとき、建物内で起きているのはマルコヴィッチだけだ。となれば当然、金曜日が最高の選択ということになる。

しかしハンキンソンは店の外からの観察だけでは満足しなかった。店の内部を間近で見ることが必要だと感じた。そこで彼は店を二度訪れるのに絶好の口実を見つけた——ちょっとした貴金属を修理に出し、数日後、引き取りにいくのだ。これらの折に新しい猟場をじっくりと調べた。二度目の検分のあと、彼はこれなら大丈夫だと自分に言い聞かせた。マルコヴィッチ老人が貴重品をしまい込んでいる大きな金庫は、壁から離れたところに置かれている。壁と金庫の間には、人ひとり、楽に身を潜められるほどの空間があった。唯一厄介なのは、誰にも気づかれずに店に入り込むことだ。長い間抜け目なく見張ってわかったのは、マルコヴィッチがカウンターの後ろにいないときは代わりに縮れ毛のユダヤ人の若者がいて、若者がいないときはマルコヴィッチがいるということだった。

ハンキンソンは二度、金曜の夜を待ち、機会を窺った。二度目の金曜の十一時十分前、その機会が訪れた。老宝石商は何かの用事で若者を使いに出し、その直後、カウンターを離れ、店の奥へ姿を消した。それに乗じてハンキンソンは店内に忍び込み、金庫と壁の間に身を隠した。そこには古いコートやマントがぶらさがっていて、埃っぽく黴臭かったが、隠れるにはちょうどよかった。マルコヴィッチが戻ってきたとき、もしこのくたびれた衣類を仔細に点検していれば、一ヶ所ではハンキンソンの鼻が、他の一ヶ所では足が突き出ているのを発見したかもしれない。しかしマルコヴィッチは何の疑いも抱かなかったし、ハンキンソンは息を殺すことに長けていた。

宝石店の日課は淡々と進んでいった。間もなく縮れ毛の若者は鎧戸を閉め、賃金を受け取って帰宅した。マルコヴィッチはドアに鍵を掛け、鎖をつけて、錠を下ろした。そして店の奥の質屋に姿を消した。さらに錠を下ろし、かんぬきを差す音が聞こえた。そのあと奥のほうから、コルクを抜く音と、液体が流れてはねる音がかすかにした。あのじじいめ、ハンキンソンは心の中でつぶやいた。これから一杯ひっかける気だな。やがて葉巻のきつい匂いが漂ってきて、間もなくマルコヴィッチが戻ってきた。髭をはやした口元の片側に葉巻をくわえ、湯気の立ったタンブラーを手にしている。ラムの強烈で魅惑的な香りがハンキンソンの身体にしみ込み、古い衣類の不快な匂いを忘れさせた。事前の監視のかいあって、ハンキンソンにはマルコヴィッチの手順が手に取るようにわかった。

マルコヴィッチ老人はまず金庫の鍵を開けるところから始めた。次にカウンター上の鍵の掛かった陳列箱から商品を取り出した。続いて、陳列窓の中央を占めている、内側に金網を張った囲いのようなもの――目の詰まった頑丈な金網で、留め金がついている――から、より高価な商品を持ってきた。囲いの中には、指輪やネックレス、ダイヤモンドと真珠の装身具を載せたトレイが収めてあった。値札のついているものもあれば、ないものもある。

何度も陳列窓の分厚いガラスに鼻をこすりつけていただけあって、ハンキンソンは数百ポンドの価値のある品物をそれらのトレイから自分のポケットに楽々としまい込むための名案を思いついていた。値の張るものは――彼は考えた。場所を取らないもんだ。

ハンキンソンの計画では、陳列窓から運ばれたトレイと陳列箱の商品が金庫に移される前の、カウンターに並べられた時点でマルコヴィッチを襲うつもりだった。襲撃の手筈はすべて整っていた。砂袋はすでに右手に握られている。左のポケットには老人の口に突っ込む猿ぐつわの用意がある。もうひとつのポケットには手首を縛る紐が入っていた。その瞬間は徐々に迫り、今やすぐそこまで来ていた。マルコヴィッチは薄紙の上に褐色の紙を重ねた小さな包みを陳列箱から取り出した。そして忍び笑いをもらしながら、カウンターにダイヤモンドを振り落とし、金庫に向き直った。

きらめく宝石に光があたるのを見て、ハンキンソンの全身はかっと熱くなり、次に冷たくなり、また熱くなった。こいつは本当に大当たりだった！　これほどの幸運は予想もしていなかった。彼には宝石の知識はないが、天然ダイヤと人造ダイヤの区別ぐらいはついた。そして光り輝くこれらの石は、南アフリカのダイヤモンド鉱山から産出された正真正銘の本物に間違いなかった。

しかもその数ときたら、片手一杯分近くはある。どれも良質なものに違いない。老ユダヤ人は宝石に覆いかぶさるようにして、鉤爪めいた指でさまざまな角度にひっくり返しながら、くすくす笑っている。そのいかにも満足した様子が宝石の価値を示していた。そして——いよいよそのときが来た。ハンキンソンは隠れていた場所をそっと抜け出し、砂袋をマルコヴィッチの禿げ頭に叩きつけた。マルコヴィッチは本能的にはっとして両手をあげた。そしてひと声うなると、よろめいた。そのまま倒れかかりそうになるのをハンキンソンが受けとめた。マルコヴィッチが床に激しく身体を打ちつけるのはハンキンソンの企みには入っていないからだ。彼は老人をそっと横たわらせた。二分後、老人にしっかり猿ぐつわをかませ、さらに二分後には、後ろに回した両の手首をきつく縛りあげていた。

ここまでやり遂げて立ち上がったとき、ハンキンソンの耳に突然、奇妙な音が飛び込んできた。何か生き物が息を吸いながらクンクン、フンフンと鼻を鳴らすときの音で、手が届くほど近くから聞こえる。ハンキンソンはその音の正体に気づいた。閉じ込められた動物が檻の裂け目に鼻を押しつけて立てる音だった。

「ちくしょう！」ハンキンソンは小声で悪態をついた。「ワン公がいやがったのか！」

そのあとの彼は一刻も無駄にせず、最も価値の高い宝石を、ダイヤモンドはこっちに、金製品はこっちに、という具合にポケットに移した。移し終えたとき、彼はふと、なぜマルコヴィッチの店で一度も犬の姿を見なかったのだろうと訝しんだ。やがて鼻を鳴らす音は徐々に低くなり、聞こえなくなった。再び、すべてが静寂に戻った。ハンキンソンは倒れている老人の姿を一顧だにせず、カウンターを回ってドアに向かった。首尾よく仕事を成し遂げたら長居は無用というのが彼の持論なのだ。しかし行きしなに明かりを消すのは忘れなかった。

鍵と鎖とかんぬきを手際よくはずし、用心深くドアを開けようとしたとき、ハンキンソンの耳が店の奥の物音をとらえた。彼は振り向くと、思わず罵りの声を上げた。ドアが音もなく開いて、そこにランプを頭上にかざしたマルコヴィッチの孫娘が立っていたからだ。彼女は寝間着姿で、長くつややかな黒髪を腰の下まで垂らしていた。大きな瞳が恐怖で見開かれ、星のようにきらめいている。そして彼女のそばで盛んに膝に鼻を押しつけているのは、ハンキンソンがこれまで目にしたうちで最も風変わりで醜い外見をした犬だった。

その姿はなんとも異様で、犬種すらわからない。色は薄汚い黄色で、目は片方しかなかった。この状況にハンキンソンの思考は否応なく混乱し、犬については悪い夢を見ているのだと信じ込み、考えていたことすら夢中で呪った。

ハンキンソンには考えるべきことが他にあった。彼は身の危険に気づき、突如、店内に駆け戻った。娘は金切り声を上げ、彼の顔目がけてランプを投げつけると、ヘビのような身のこなしでドアの向こうに引っ込み、鍵を掛けてしまった。

ハンキンソンもぐずぐずしてはいられなかった。手探りで店のドアまで進み、ようやく外に出た。店の敷居を跨いだとき、何かの堅い身体が両脚に体当たりしてきた。その不快な感触に猛烈に憎悪をかき立てられ、ハンキンソンはそれを蹴飛ばした。しかし彼が舗道に出たとき、振り向くとそこに犬の姿はなかった。彼は再び毒づくと、その場を立ち去った。

辺りには誰もいなかったが、左右どちらとも二十ヤードほど行けば人通りがあった。ハンキンソンはその連中に紛れ、追い越して姿を消すつもりだった。彼が速やかに立ち去ろうと右を向いて歩を早めたちょうどそのとき、ユダヤ娘が建物の横手の出入り口から道に飛び出してきて、叫び声を上げた。それは離れたところをそぞろ歩いている深夜の散歩者をひとり残らずぎょっとさせる声だった。

「人殺し！」

ハンキンソンは反射的に一番近くの通路に飛び込んだ。入り口では明るかった通路は、中に入ると真っ暗闇で、そこを出るとまた明るくなった。突き当たりで曲がったとき、肩越しにちらりと振り返ると、彼を追いかけてくる複数の人影が見えた。また、そう遠くないところに鈍い足音が聞こえた。彼は深刻な事態が迫っていることを悟り、覚悟を決めて駆け出した。周辺には路地や袋小路や奇妙な空間が網の目のように広がっていた。ハンキンソンはそうした路地のひとつからひとつへ、イタチに追いかけられるウサギのように逃げまわった。だが彼がどこへ行こうと、奇妙な鈍い足音がついてくる。彼は例の片目の黄色い犬を尻尾の先まで呪った。

それでいながら——一度、二度、三度と彼が振り返ると——少なくとも一度は拳銃を握って——犬の姿などどこにもないのだ。追跡してくるのが獣であろうと人であろうと、必ず横切るはずの明かりの射しているところにすら。

ハンキンソンはついに息が切れ、二度、三度、やみくもに道を曲がったあと、暗い中庭に駆け込んだ。次の瞬間、何かに足首をつかまれたような気がした。彼は激しくつんのめり、壁に頭をぶつけた。目に無数の星が飛び、耳の奥でブーンという大きな音が起こるのを感じた。その直後、何も感じず、見えなくなった。

第二章

　やがてハンキンソンは意識を取り戻した。そして徐々に、自分がまったく未知の状況に置かれていることがわかってきた。頭が重く、時折刺すような痛みが走るが、それ以外は特に不快感はない。何かとても柔らかく暖かいものの上に横たわっていた。頭はきちんと枕に乗せられている。誰かの手が彼の身体に丁寧に毛布を巻きつけているのを感じた。これらの事柄から察すると、少なくともここは留置場の独房ではない。そうした場所で収容者にこんな心遣いが示されることはないのを、彼は経験から知っていた。しかし目を開けても役には立たなかった。周囲は奇妙な暗さに包まれていたからだ。完全な暗闇ではなく、深くぼんやりした、青みがかった暗さで、その中央、彼の頭上高くに、ルビー色のかすかな光の点が認められた。わかったのはそこまでで、闇の色が黒ではなく青だということ以外、何も言えることはなかった。

　視覚以上の働きを示したのが嗅覚だった。馴染みのある匂いにハンキンソンの鼻梁は広がり、刺激を受けた。風変わりな香りが周囲のそこかしこにまとわりつき、染み渡っている。それはサフランや麝香（ムスク）、白檀などの香りで、あまりの濃厚さに彼はむせて咳き込んだ。その時点まで周囲は不気味なほどの静寂に包まれていた。ハンキンソンの咳は地下室で発射された銃声のように響き渡った。それが静まり、再び静寂が戻ったとき、ハンキンソンの近くで犬が鼻を鳴らす音が聞こえた。彼はすべてを思い出し、全身に冷たい汗が噴き出すのを感じた。その瞬間、音もなく光の洪水が押し寄せ、ハンキンソンがまばたきしながら目を凝らすと、傍らに巨軀の中国人が立っているのが見えた。自国の服をまとった中国人は、スフィンクスの顔を思わせる表情でハンキンソンを見下ろしていた。この異様な光景に、ハンキンソンは驚愕のあまり反射的に目を閉じてしまった。すると冷たい手が額に置かれ、完璧な英語を流暢に話す声が聞こえた。

「ご気分はいかがかな?」声が問いかけた。

ハンキンソンは思い切って再び目を開けた。彼は改めて、じっくりと中国人を眺めた。中国人は眼鏡をかけていて、はっきりと目を見ることはできなかったが、その声音にはなだめるようなところがあり、ハンキンソンは元気づいた。

「ひどく妙な気分です」彼は答えた。そして身体を動かそうとしたが、なぜかそれは叶わなかった。「どうして」彼は続けた。「どうしておれはここへ来たんですかね、旦那さん」

「わたしが自分の家へ運び込んだのさ」中国人は穏やかに答えた。「外の空気を吸おうと軒先に出たら、すぐ目の前を、犬を連れたきみが走り過ぎていったのだ。犬が突然きみの足首につかみかかり、きみは躓いて倒れ、壁に激しく頭をぶつけた。ほら」彼はハンキンソンの右のこめかみに当てられた濡れた包帯に繊細な指先を置いた。「頭のこの部分がもっと固い物と接触したのだ。きみの前頭骨が並みより頑丈なのが不幸中の幸いだった」

ハンキンソンは目を見張った。そして唯一、無難だと思われる事柄を口にした。「あの犬は今、どこにいますか?」彼はさも心配そうに尋ねた。「どうしているんでしょう、旦那さん」

中国人はハンキンソンが横たわっている長椅子の先のドアを指さした。

「あの犬なら、あそこに無事に預かっている。われわれについて中に入ってきてね——それで外に出ていかないように気をつけていたのだ。あれはよくよく機敏な動物と見える」

ハンキンソンはまた身体を動かそうとして再度、不可能ではないまでも困難であることを悟った。

「本当にお世話になりました、旦那さん」彼は言った。「それじゃ、差し支えなかったら、これで失礼しようと思います」

中国人は重々しく首を振った。

「それはだめだ。今、動いたら、きみのためにならない。わたしの言うことをきいて、このままおとなしく休んでいなさい」

「そりゃまた、どうしてです?」ハンキンソンは訝しんだ。「ひどい怪我はしてないんでしょう、旦那さん。頭をぶつけただけで——たいした怪我じゃない。あたしは用事があるんで、これで——」

「そして、きみに用のある人間もいる」中国人が言った。「警察だ」

ハンキンソンはまたも凍りついたが、あえて驚いた顔をした。

「警察ですって?」彼は叫んだ。「警察が何だっていうんです? あたしは——」

中国人は腕を伸ばし、ハンキンソンの枕元の後ろから、車輪付きの小さなテーブルを引き寄せた。

そして無言でハンキンソンにそちらを見るように合図した。

「こんなばかな!」ハンキンソンはうなった。

テーブルの上を覆い尽くさんばかりに並んでいるのがいかに心躍るものであっても、今の状況のハンキンソンにはあまりうれしくなかった。それらの品はきちんと分類して置かれていた。金時計の列があれば、ずしりと重い金鎖の列もある。ペンダント、オーナメント、ブレスレット——これらはすべて金でできている。ハンキンソンはそれ以下の価値のものなど眼中になかったからだ。さらにさまざまな宝石があった――良質の真珠――極上のルビー――それらすべての中央に置かれた青いベルベットの布の上に、老宝石商が忍び笑いをもらしていたダイヤモンドが鎮座していた。そしてテーブルの片隅にはハンキンソンの拳銃があった。

テーブルの上のものを見るうちに、ハンキンソンはたまらなく気分が悪くなってきた。しかし、それは彼が予期していたことだった。彼にできるのは、せいぜい、眼鏡をかけた無表情な顔を非難がましく睨みつけることぐらいだった。中国人の態度に変化はなかった。

「その品々で」中国人はテーブルをさしながら言った。「じゅうぶん説明になるだろう。もしさらに説明が必要だというのなら――マルコヴィッチは死んだ」

ハンキンソンは跳び上がった――現在の無力症のような奇妙な状態が許す限りでだが。

「ふざけるな！」彼は低い声で言った。「嘘に決まってる！　そんなこと、あるわけないだろう。だって、おれはただ――」

「警察が店に駆けつけたときには、とうに死んでいたそうだ」中国人は言った。「殴り方が強すぎたのだな。そして多分、きみは猿ぐつわの扱いにあまり慣れていなかった。ともかく彼は死に、警察がきみを追っている」

ハンキンソンは泣き言を並べ始めた。

「あんたはおれを騙してるんだ！」彼は哀れっぽい声を上げた。「サツにおれを引き渡すつもりなんだ！　こんなふうにおれを寝かせてさ、それでおれに何かしたんだ。だからおれは動けないんだ」

「それは」中国人は答えた。「わたしがきみに与えた薬のせいだ。しばらく休めばもとに戻る。きみを警察に引き渡すつもりはない。きみは完全に安全だ——繰り返すが完全に安全だ——わたしの言うとおりにする限りはね」

ハンキンソンは相手を見つめた。疑惑は去らなかったが、中国人の態度にはそれを和らげる落ち着きと自信が感じられた。突然、彼の目は輝き、声からは哀れっぽさが消え、ほとんど陽気なまでになった。

「わかってくれるんだな、旦那。あんたとなら万事うまくやれそうだ」彼は媚びるように言った。「ちっ、あの爺さんを殺っちまうつもりなんか、毛頭なかったんだ！　その宝の山の中で気に入ったもんがあれば言ってくれ、何でもやるよ」

中国人は再びテーブルを視界の外に押しやった。

「その件についてはあとでゆっくり話し合おう。今のきみに必要なのは、何か食べることだ。そのあとは夕方まで眠りなさい。それから、きみを逃がす方法を考えるとしよう」

ハンキンソンの小さな目が、鋭く、疑い深くなった。

「本当だな？　おれがこうしている間に、サツを呼んだりしないだろうな？」

「わたしのことは信用して大丈夫だ」中国人は答えた。「警察を家に入れるのは性に合わない。わたしにも事情があるのでね」

それを聞いてようやくハンキンソンは安心した。彼は救い主を自分の同類と見なした。やがて彼は中国人が運んできたスープを飲み——うまくて濃厚なスープで元気が出た——そのあと、穏やかで平和な眠りについた。

第三章

ハンキンソンが再び目覚めたとき、部屋には二人の中国人がいた。ひとりは先ほど話をした大男で、もうひとりはやはり中国の衣服を着た、ハンキンソンと同じような背格好のもっと若い男だった。細長くつり上がった目をした男で、ハンキンソンを見る顔からは何の表情も読み取れなかった。大男は小柄なほうの男に、ハンキンソンには理解できない言葉で話しかけていた。ハンキンソンが目を開けていることに気づくと、彼は会話を中断した。

「ずいぶんと気分がよくなったようだ」大男は言った。問いかけるのではなく、断言するような調子だった。「さあ――そろそろ起きてもいいだろう。隣の部屋に食べ物と飲み物が用意してある。こちらへ来たまえ」

ハンキンソンは身を起こし、伸びをした。確かに、すっかり気分がよくなっている――怪我のあともない。回復を実感すると、行動への意欲がわいてきた。彼はここから出たかった。本能的に周りを見て、自分の獲物が並んでいた小テーブルを探した。だが、小テーブルはもうそこにはなかった。

「隣の部屋にありますよ」大柄な中国人はにやりとして言った。「来なさい」

ハンキンソンは二人のあとについて、簡素な設えの部屋に入った。そこは居間兼台所として使われているようだった。英国風のテーブルと椅子一式がある。ハンキンソンは身振りで座るように促された。小柄なほうの中国人が片隅に腰をおろし、彼を見つめた。大柄なほうが彼に焼きたてのローストチキンを供した。ハンキンソンはこんな柔らかい肉を口にするのは生まれて初めてだった。強い酒もひと瓶飲ませてもらった。これほどの美酒を味わうのもまた初めてに思われた。彼はこれは何を意味するのだろうととまどいながらも、たらふく食べ、おおいに飲んだ。そしてついにそれ以上飲み食いできなくなると、皿を押しのけ、自らの救い主の顔を真っ向から、半ば問い詰めるようなまなざしで見据えた。大男の中国人がただで〝善きサマリア人〟を演じるつもりなどないことは明らかだからだ。彼も他のみんなと同じように、分け前がほしいのだ。

「で、お次は何だい、旦那」ハンキンソンは馴れ馴れしく問いかけた。「そっちさえかまわなければ、さっさと失礼したいんだがね。ここの居心地も悪くはないが、この界隈はもう、あんた方が健全と呼ぶところとは言えないだろう?」

ハンキンソンが食事を終えるのを同胞の傍らに座って待っていた大男の中国人は、夕刊紙を取り出して客人の前に置いた。長い先細りの指が、深夜の強盗殺人に関する派手な見出しと不愉快な記事をさした。それを読むにつれて、ハンキンソンの青い顔はさらに青くなった。

「あんたは、おれを逃がす方法があるって言ってたよな」彼はついに口を開いた。「そしておれはあんたに、分捕ったものから喜んで好きなのをやるって言ったんだ――そうだろう、旦那? あの話はどうなった?」

「きみを逃すことは可能だ」中国人は答えた。「だが――それには英国を離れなければならない」

「離れるだって? 英国を!」ハンキンソンは叫んだ。「冗談じゃない! おれは一度だってこの国を出たことがないんだ! 言葉だって、英語しか喋れない。それがどこへ行けって? まさか――まさか、あんた方の国じゃないだろうな？　そいつはあんまり遠すぎるぜ」

大男の中国人は、相手の注意を引くように身を乗り出した。

「いいから聞きなさい。ちょうど今、ある中国船がワッピングに停泊していて、今夜、アムステルダムに向けて出航することになっている。船長に話をつけたから、きみを乗せていってくれるだろう。アムステルダムに着いたら、そこで処分すればいい――例のダイヤモンドを。ダイヤモンドを売れば、アメリカ行きの船に乗れるだろう――あるいは、どこでもきみの好きなところへ」

ハンキンソンは頭の中で盗んだ品を数え上げた。

「ダイヤモンドだって？」彼は考えながら言った。「ダイヤモンド以外にもいろいろあったじゃないか」

「きみが持っていたものの価値を見積もってみたが」中国人は重々しい口調で告げた。「ダイヤモンドには約二千ポンドの価値があった。アムステルダムで売れば、その三分の一は手に入るだろう。その他の宝石類の価値は約四、五百ポンド。それをわたしに残してくれればいい――わたしの取り分として」

「よし、決まった！」ハンキンソンは叫んだ。「だけど、その船のところまではどうやって行くんだ？」彼は不安げに尋ねた。「きっとサツの連中が血眼になっておれを探しているに違いないんだ！どうすれば、やつらを出し抜ける？」

大男の中国人は身振りで小柄なほうに合図した。

「この彼が、きみに服を貸してくれる。きみは日が暮れたあとで中国人を装って出かけるのだ。わたしが手伝ってあげよう――ちょっとした化粧や何やらでね。さあ、すぐに始めよう――あまり時間がない」

ハンキンソンは喜んで早変わりの要請に従った。服を脱いで下着姿になると、中国のズボンをはき、底の柔らかい中国の靴をはいた。上着の寸法は彼にぴったりで、物珍しく、シルクのような肌触りが心地よかった。大男の中国人はハンキンソンを座らせると、数色の顔料と繊細なブラシの入った箱を取り出して、彼の顔と頭に化粧を施した。中国人は本物の芸術家顔負けの熱心さで作業を進め、脇に立つ同胞の男は表情ひとつ変えずにそれを称賛した。

半時間後、ついにハンキンソンは鏡を見るように言われた。立ち上がった彼は鏡を見て絶句した。彼が驚いたのは自分が別人になっていたからではない。中国人の職人技が自分をもうひとりの中国人そっくりに変身させていたからだった。大男の中国人は薄笑いを浮かべながら、同胞の身体に手をかけ、鏡に向かってハンキンソンの隣に並ばせた。ハンキンソンは二つの黄色い顔を見つめて、息を呑んだ。

「なんてこった」彼は言った。「なんだよ――この顔はこいつと瓜二つじゃないか」

大柄な中国人は愉快そうに笑った。そしてハンキンソンの顔に最後の仕上げを施すと、帽子をかぶせ、偽物の辮髪(べんぱつ)をつけて、本物の中国傘を持たせた。それから簡潔な指示を与えた。ハンキンソンはこれからテムズ河岸のとある波止場に向かう。そこで船の乗組員に会い、中国船に乗り込む。通りでは謹厳で実直な態度を保つように――何より忘れてならないのは、決して誰とも、とりわけ警官とは、口をきかないこと。もし誰かに呼び止められたら、曖昧にほほえんで首を振れ。

「わかったよ、旦那」ハンキンソンは言った。「余分な口はきかないことにする。さあ、お宝をよこしてくれ!」

大男は小さな袋を取り出し、口を開けた。その中に燦然と光り輝くものが見えた。ハンキンソンは大急ぎでそれを金銭を入れていたポケットにしまった。そして堅い表情を大男に向けた。

「もうひとつある。これから見知らぬ土地へ行って、見ず知らずの連中の間に入るんだ。拳銃なしじゃやっていけない。返してくれよ、旦那」

大男の中国人は拳銃を取り出し、完全に装塡されているのをハンキンソンに見せると、すました顔で自分のポケットに入れた。

「これは通りで渡そう」彼は言った。「途中まで送っていく。さあ、出かけよう」

大男の中国人は有無を言わさず、ハンキンソンを夜の戸外へ連れ出した。二人が出ていくと、若いほうの中国人は彼らの行った方向がよく見える窓に駆け寄った。二人が街灯の光の中に入り、また出ていく。すると、不意に二つのおぼろな人影が暗闇から現れ、こっそり二人のあとをつけていった。中国人はその続きを見たい一心で、興奮気味に窓枠を押し上げ、身を乗り出した。その瞬間、部屋に繋がれていた黄色い犬が、自分を拘束していた頑丈な紐を一日がかりで食いちぎるのに成功した。窓から身を乗り出していた若い中国人は、ほんの一瞬、しなやかな体が跳びかかるように自分の脇を通り過ぎるのを目にした。何が起きたのか彼が理解する前に、その体は通りの角を曲がって見えなくなった。やがて彼は窓を閉め、いつものスフィンクスめいた顔つきに戻った。

大男の中国人が戻ってきて、同胞ににやりと笑ってみせた。

「連中がやつをつけていったよ」彼は短く言った。

「見ていました」一方が応じた。

大男は再び相好を崩した。

「あの男がうちの戸口で倒れたのは幸運だった。彼はよくわれわれの役に立ってくれたよ。ともかく、彼があそこに倒れることは二度とないだろう。われわれはずいぶんと得をした。彼が稼いだ品はわれわれの手元にあるんだからな——あっちは何の価値もない偽物をつかまされて。上々じゃないか！」

若いほうの男はこれには何も答えなかった。犬が逃げたことも黙っていた。

「そろそろ出かける時間ですよ」

それだけ言って、淡々と東洋風の服を脱ぎ、ハンキンソンが先ほど脱ぎ捨てた地味なグレーのツイードのスーツに着替えた。

第四章

十分後、ハンキンソンの服を着てマフラーで顔を隠し、ハンキンソンの帽子を鼻まで深くかぶった人物が、静まり返った家を脱け出し、回り道をして、より安全なよその土地へと立ち去った。あとをつける人影はなかった。暗くなってからその人物を待ち伏せしていた二人連れは、ハンキンソンを尾行していったからだ。

そしてハンキンソンは何も知らずに歩を進めていた。彼は身の安全を信じ、ガス灯の煌々とした明かりに照らされて歩くのをどれだけ多くの人間に見られているかも気にかけなかった。ポケットには彼がダイヤモンドだと信じるものが入っている。あの大柄な中国人が本物の宝石を偽物にすり替えたとは思いつきもしなかった。彼は宝石は高く売れるだろうと期待していた。そのうえ拳銃も持っている。そのためか、ちょっとした役者気分になり、道々、頬が緩むのをとめられなかった。大柄な中国人に言われた最短の経路を歩いていたので、いくらもしないうちに目的地に到着した。ハンキンソンの頭の中は自分のことでいっぱいだったので、安物のスーツを着た、黄色い顔の、細くつり上がった目の二人の男がぴたりとついてきていることにはまったく気づかなかった。ましてや、例の醜い片目の雑種犬が、壁やら店の正面だのに身をすり寄せながら、ひとつしかない目を追跡相手から片時も離さずについてくることなど、知る由もなかった。

ハンキンソンは波止場に足を踏み入れるまで犬の姿を目にしなかった。木造の波止場は寒く荒涼として、ひと気もない。こんな夜更けに用事のある場所ではないのだ。向こう岸に建つ宿の窓から淡く黄色い光が漏れている。曇り空の高みに半月が浮かんでいた。そこかしこでガス灯のかすかな炎が燃えている。この乏しい明かりの中に、ハンキンソンは不意に黄色い犬のひとつ目——敵意のある不吉な目——を認めた。彼はかっとしたかと思うとぞっとして、犬を見つめる以外、何もできなくなった。

船からやって来るボートなど一艘もない。それどころか周辺には何の動きもないようだ。実際、波止場には彼自身と犬以外、生き物の気配はなかった。犬はしゃがみ込み、ただひたすら彼を見ていた。雲間から月が顔を出すと、また犬のひとつ目が見えた。ハンキンソンは生粋のロンドン訛り(コックニー)で低く毒づいた。

木材の山を通り過ぎてもなお呪いの言葉を吐いているハンキンソンに、二つの人影が忍び寄り、突如襲いかかった。月光に鋼(はがね)が閃き、ハンキンソンが変装に使っていた柔らかなシルクの上着が翻った。彼は仰向けに倒れたが、ナイフが引き抜かれると、必死に身をよじって横向きになった。革製のワイン袋に針で穴を開けたときのように血が噴き出すのを感じたが、頭はまだじゅうぶん冴えていた。彼は無意識に拳銃をつかみ、退きかけていた二つの人影に向かって、左へ、右へと発砲した。そして薄れていく視界の中で、二人の姿がぐらつき、倒れるのを——間違いようのない倒れ方をするのを——見届けた。

「ふっ!」ハンキンソンはがっくりと頭を落としながらあえいだ。「やっつけたぜ——二人とも」

ハンキンソンが息絶えると、黄色い犬がそばに来て、彼を見つめた。

テムズ河岸の波止場で、月光に照らされ、三つの死体が横たわっている。三人のうち、ひとりは中国の衣服を身につけた英国人、二人は安物のスーツを着た中国人で、英国人は刺され、中国人は撃たれ、英国人は片手に余る数の偽ダイヤを所持しており、中国人はほぼ何も持っていない。その三人を、みすぼらしい、片目の黄色い犬が見守っている。この光景を見つけた者は誰しも、そのひとつひとつが第一級のミステリだと考えるだろう。その謎を解ける二人の東洋人は別の場所にいるが、東洋人というものは常に、口を慎む術を心得ている。そして黄色い犬は不幸にも、人間に自分の言葉を理解させることはできないのだった。

5　五三号室の盗難事件

第一章

ウィッチポートの〈グランドハーバー・ホテル〉C館のルームメイド、ベアトリスは、週六日勤務のうち三日、午前一時まで働いている。それが誠実に仕事をこなすにあたっての自分に課された義務だと考えていた。真夜中を二十分過ぎると大陸からの船が入港して、その後の四十分間、ホテルは忙しくなる。仕事量はその都度変わり、かなり多くの客がやって来ることがあれば、数えるほどしか来ないこともある。すべては客が経験してきた船旅の中身にかかっていた。北海の波が穏やかな気分だったときは、旅人は残りの時間をウィッチポート辺りでぐずぐず過ごすより、埠頭沿いの線路で待機している急行列車でロンドンに直行するほうを好む。時間にしてわずか九十分の距離だからだ。しかし北海の機嫌が悪いときは――往々にしてありがちなことだが――ふらふらになった客が静かな部屋と乾いたシーツの心地よさを求め、一も二もなく押し寄せてくる。従って、ベアトリスにしても同僚のルームメイドたちにしても、仕事量の多寡にかかわらず、完全に夜の用意が整うまではそれぞれの持ち場についていた。

C館は静かで奥まった位置にあった。B館に接続した小さな別館で、本来はB館―Iとでも呼ぶべきだろう。客室は六つしかない――両側に三部屋ずつだ。右手にあるのが五〇号室、五二号室、五四号室で、左手にあるのが四九号室、五一号室、五三号室だった。廊下の突き当たりには〈グランドハーバー・ホテル〉自慢の豪華な浴室が設けてあり、それぞれの客室ドアの間にはふかふかのクッションがついた、ゆったりと身を沈められるソファが置かれている。ここには海を主題にした彫刻も飾られていて、くつろぐには最適の場所だった。長期宿泊客は毎晩十一時半には就寝してしまうので、それ以降、ソファのひとつで身を休め、手近な電灯のもとで小説を読みながら船の入港を待つのがベアトリスの習慣だった。小説は港の売店の貸本屋から一冊二ペンスで借りてくる。仕事で忙しくても週に二冊は読んだ——とりわけ、内容が面白かったときには。ベアトリスの小説の好みは、控えめに言っても変わっていた。恋愛小説にはまったく興味がわかない。問題小説は内容が理解できない。読んでみたら随筆や講話の類だったという小説にはあくびが出てしまう。冒険物なら少しは食指が動くが、我を忘れて読みふけるほどでもなかった。ベアトリスが心から夢中になれるのは、第一級の殺人で始まり、誰もが夢にも疑わなかった人物の逮捕で終わる、典型的な血湧き肉躍る探偵小説だった。そしてこの種の読書をそれなりに長く続けた結果、今や彼女はいっぱしの探偵小説通、または専門家になっていて、法律や法医学、ロンドン警視庁、検死審問、殺人事件の裁判の手順などについて、彼女と同じ立場の若い女性が知っているであろうことよりはるかに多くの知識を身につけていた。

三月のある真夜中、ベアトリスがとびきり刺激的な小説に没頭していると、階下から聞き慣れた音が聞こえてきて、大陸からの船が入港し、その乗客の何人かがホテルにやって来たことを知らせた。彼女は決して義務を怠らない忠実な娘だったので、本を脇に置き、B館に向かった。そこにはエレベーターの昇降口があり、間もなく鉄製の格子扉ががちゃがちゃした音とともに勢いよく開いて、ホテルのポーターがスーツケースとかばんを提げ、二人の男を伴って降りてきた。ベアトリスは習慣に従い、すばやく、しかし詳細に二人を観察した。ひとりは小柄でやや太った紳士、毛皮の裏のついたコートやマフラーですっかり着膨れており、見かけからして外国人に違いなかった。もうひとりは長身でしなやかな体つきの好男子で、その態度物腰は、もうひとりがいかにも非英国人らしいのと対照的に、いかにも英国人らしかった。ベアトリスはこれまでの豊富な経験から、この男を軍人と見なした。三人が近づいてきたとき、男が自分に投げた一瞥を見たベアトリスは、ユーモラスで意味深長な目をしていると思った。

「五三号室と五四号室を」ポーターが言った。

ベアトリスは踵を返し、小さな行列を先導しながらC館の廊下を進んだ。そして向かい合った二つの部屋のドアをさっと開け、電灯のスイッチを入れた。ポーターは立ちどまって二人の男を見た。「さて」背の高い男が連れの男に目顔で笑いかけながら言った。「どちらの部屋にしますか？　見たところ、両方とも似たようなものだが」

外国人らしい男は手袋をはめた両手を広げた。

「どちらでもかまわんよ」男の話す英語は、文法は正確だが発音はひどかった。「きみの言うとおり、似たようなものだ。どちらでも同じだが――うむ。きみはそちらを――わたしはこちらにする。しかし、きみはすぐに来てくれるんだろう？」

「ええ！」大柄な男は笑いながら請け合った。「必ず」

彼は踵を返して五四号室に入っていき、小柄な男は五三号室に入った。ベアトリスは二人のために湯を取りにいった。

数分してベアトリスが戻ってきたとき、男たちは二人とも五三号室にいた。二人はすでにコートを脱ぎ、マフラーをはずしていた。背の高い男はひと目で英国仕立てとわかる、粋なグレーのツイードの旅行用スーツを着ていた。背の低い男のほうは襟にシルクの折り返しのついたフロックコートを着ている。彼は大きな葉巻ケースを手に持ち、中身を吟味していた。背の高い男はサイドテーブルに置かれた未開封のウィスキーの栓を携帯用のコルク抜きで引き抜こうとしているところだった。彼は陽気そうな笑顔をベアトリスに向けた。

「きみは必ず役に立ってくれる娘さんだ。だからきっと、タンブラー二つと砂糖にレモン一個、それから沸かし立てのお湯を持ってきてくれるだろうね——早ければ早いほどいいんだが」

「かしこまりました」ベアトリスは答えた。「すぐに持ってまいります」

しかしベアトリスが廊下に出ると、邪魔が入った。ポーターが再び別の紳士——五一号室に泊まる——を連れて上がってきたのだ。その客も外国人らしい。黒い目に浅黒い肌をした、三十がらみの男だった。幸いなことに彼は何もほしがらず、さっそく自分の部屋に籠ってしまったので、ベアトリスは五三号室で頼まれたものを用意しにいった。それにはあまり手間取らなかった。数分後、彼女がトレイを手にして戻ると、男たち二人は葉巻をふかしていた。背の高い男が満足げにうなずいた。

「いい娘だ！　明日の朝、チップをあげるからね。そう言えば、きみは朝も仕事につくのかい？　そうだとしたら、何時に？」

「六時半です」ベアトリスは答えた。

「起きたらできるだけ早く、お茶とビスケットを二、三枚持ってきてくれるかな。七時二十分発の列車に乗りたいんだ。忘れないでくれよ。そしてこちらの紳士には——」彼は外国人に向き直り、笑いながら尋ねた。「お目覚め用に何かお飲みになりますか？　それなら彼女に頼んでおくといいですよ」

しかし背の低い男はきっぱりと首を振った。

「いや、けっこうだ！　明日の朝は自分から起きたいと思うまで寝ているつもりだ。あわてることはない！　用ができたらベルを鳴らす。ともかく今は、きみが作ると約束してくれた例のパンチがほしいのだが」

「それでは、おふた方とも、他にご用はございませんね？」ベアトリスは確認した。

「ないとも！」背の高い男が答えた。「おやすみの挨拶だけだよ。おやすみ」

「おやすみなさいませ」ベアトリスは丁寧に応じた。

彼女は廊下の端に去ると、先ほどの刺激的な小説を手に取った。好き勝手が許されるなら、もう数章読み進めていただろう。主人公は稀に見る知能犯を追い詰めようとして、絶体絶命の危険にさらされていたからだ。だが、時刻はもう一時近くで、六時にはまた起きなければならない。そこでベアトリスは床に就いた。そして七時二十分前には紅茶とビスケットを携えて、五四号室のドアを叩いていた。

背の高い男はすでに着替えて、すっかり出発の支度をすませていた。彼はまたもや例の陽気そうな表情を浮かべ、ベアトリスをねぎらった。

「すばらしい！」ベアトリスがトレイを置くと彼は言った。「時間厳守にまさるものはないからね！ほら、ぼくも準備万端だ！　これなら余裕で汽車に乗れるだろう。さあ、昨日約束したチップだよ」彼はベアトリスの掌に半クラウン銀貨を二枚置いて笑った。ベアトリスはいつものように丁重に礼を述べ、部屋を出た。十分後、彼も自分のスーツケースを提げて出てきた。ベアトリスは仕事柄、これまで多くの紳士を見てきたが、みな似たり寄ったりで、あまり印象に残る人物はいなかった。しかしなぜかこの紳士に限っては、もう一度会うことがあるだろうかと考えた。確かに彼は、とても感じのよい紳士だった。

　早朝の時間はいつもと変わりなくゆっくり過ぎていった。泊まり客は起床後、朝食をとると、ホテルを去るか、残ってぶらぶらするかしていた。ベアトリスが抜かりなく見守る中、八時に四九号室の男女が階下に降りていった。彼らは滞在して一週間になるが、やることはいつも同じだった。五〇号室の若い女性は八時半にチェックアウトした。五一号室の異国風の男はずっと部屋にいる。一方、五三号室の客は十時になっても姿を現さず、ベアトリスは彼が起きてくれるようにと願った。早く部屋を掃除したかったからだ。

　しかし十一時になるまで五三号室からは何も聞こえてこなかった。それが一転して、立て続けにいろいろな物音が聞こえてきた。最初に聞こえたのは五三号室のベルの鳴る音だった。彼女が湯を持って廊下を歩いていくと、五三号室のドアが乱暴に開けられ、当の泊まり客、色鮮やかな部屋着を着た人物が、激しく取り乱した様子で両腕を振りまわしながら現れた。

「支配人だ！」彼は叫んだ。「支配人を呼べ！　警察だ！　警察を連れてこい！　いや、待て。昨日の夜、きみがわたしの部屋で見た、あの男――五四号室に泊まった彼は――彼はどこにいる？」

「もう、ここにはいらっしゃいません！」ベアトリスは驚いて答えた。「あの方は七時にお発ちになりました。何か問題がございましたでしょうか？」

　背の低い男はうめいた。

「盗難にあったのだ！」彼は太い声で言った。「盗みだよ！　やつの仕業に違いない――そら、あの男だ！　パンチを利用してわたしに一服盛ったのだ！　ああ、わたしはばかだった！　ともかく支配人を呼んでくれ。盗難にあったのだ！」

男は大仰に腕を組み、踵を返して部屋に戻った。ベアトリスは湯の容器を部屋に置くと、事務室に飛んでいった。肉体的にも精神的にも胸がどきどきしていた。しかし、さらに動悸が激しくなったのは――精神的に興奮したという意味だが――支配人について五三号室に戻り、外国紳士の災難話を聞いたときだった。ここに至ってついに、彼女は本物の犯罪に直面することになったのだ。

支配人が事の一部始終を知りたがったので、外国紳士は必死に冷静になろうとしながら説明した。「つまり、こういうわけだ」彼は両手を振りながら言った。「わたしはアムステルダムから来た。ダイヤモンドの商いが仕事でね。極めて価値の高いダイヤモンドをいくつか、ロンドンの顧客のために運んできたのだ。船の中では非常に気分が優れなかった。ひどく揺れたからな。そのとき例の、昨夜、一緒にここへ来た紳士と親しくなった。気さくで親切な人物だった。このホテルに泊まり、ぐっすり眠ってから、翌日ロンドンに向かうと語っていた。わたしに昔ながらの美味いパンチを作ってくれるとも言った。彼の大型の旅行かばんの中にはパンチを作る本物の材料がそろっていた。そこでわたしはここに来て――この娘さん、彼女はわれわれがこの部屋にいるのを見たはずだが――彼女がお湯とその他の細々したものを持ってきてくれた。そして彼はパンチを作った。確かにえらく美味かった。われわれは葉巻も吸った。わたしの葉巻を。愉快な時間を過ごし――やがて床に就いた。そして目覚めると――考えていたよりずっと遅い時刻だった。わたしはすぐに起きて、ベルを鳴らした。それからダイヤモンドをしまっておいた小さなケースを取り出そうと枕の下を手探りしたが――見ればケースがなくなっているじゃないか！　盗まれたのだ！　あのいかにも愛想のいい男が――彼がわたしに薬を盛って、盗んだのだ！　警察を呼んでくれ。なんとしてでも逮捕してもらわねば！」

支配人はベアトリスに視線を向けた。

「このお客様がおっしゃっているのは五四号室の背の高い紳士のことか？」彼は尋ねた。「そうか。しかし、あの方はもう出発なさったんだろう？」

「今朝七時にお発ちになりました」ベアトリスは答えた。「七時二十分の列車に乗るつもりだとおっしゃっていました」

アムステルダムから来た男はスリッパをはいた足を踏み鳴らして、天井をにらんだ。

「発っただと？　くそ、あの裏切り者、悪魔め！　だが、あんた方は彼を知っている。つかまえるのを手伝ってくれるだろうね？　どうだ？」

支配人は顎をさすった。当時はまだ宿泊名簿への記入は強制ではなく、泊まり客が名前や住所を記入するか否かは本人の自由だった。ホテル側としては、彼らがまともな人物で、手荷物を持っているか、あるいは前払いをしてくれる限り、その素性にこだわる必要はないのだった。つまり客は人ではなく数字なのだ。

「あの方がどなたなのかは皆目見当がつきません」支配人は言った。「昨晩、あなた様と一緒にいらしたときにちらりとお見かけしただけですので。どこのどなたかは存じ上げないのです。ひと晩泊まるだけ、あるいは夜の数時間を過ごすだけのお客様が、一ヶ月で数百人いらっしゃいますから。しかし、あの方は非常に立派な紳士のようにお見受けしました。軍関係の方ではないかと思うのですが」

「わたしは盗みにあったんだぞ！」アムステルダムの宝石商はこれまでよりはるかに居丈高に言った。「地元の警察を呼んでこい！」

「もちろんです、お客様」支配人は応じた。「ですが、ひとつだけ、お伺いしたいことがございます。床に就かれたあと、部屋をお出になったことは？」

「ああ、そりゃ、あったとも！」客は認めた。「今朝八時頃だったか、昨夜保管室に預けたかばんからものを取りにいったとき、十分ぐらい出ていた。しかし、部屋には鍵を掛け、鍵はポケットに入れていた」

支配人は難しい顔つきになった。決して口はすべらせないが、どの客室にもたいして造作なく入れることをよく承知していたからだ。

「なるほど！　しかし、お客様はそのとき、ダイヤモンドを収めたケースをポケットに入れたりはなさいませんでしたか？」

「何のためにだ？」アムステルダムの男はかみついた。「いや、あれは確かに枕の下に置いていった。わたしは部屋に鍵を掛け、廊下を歩いていき、十分後――十五分後かもしれんが――自分のベッドに戻り、もう一度眠りについた。今の今までな。そうしたら、ケースが影も形もなくなっているではないか！　いや、わたしにはわかっている！　あいつがわたしに薬を盛り、夜の間にこの部屋に忍び込んだのだ。早く警察を呼んでくれ！」

「なるほど！」支配人は繰り返した。「もちろん、警察に連絡いたします。しかし当ホテルには、昨夜、お客様と同じ船でいらした方が四、五人、お泊まりになりました。お客様が高価な品を持っていらっしゃることを知る者が、アムステルダムからつけてきたのかもしれません」

「いや、犯人はあの男だ！」盗難にあった男はいっさい聞く耳を持たなかった。「やつがあの極上のホットパンチでわたしに薬を盛ったのだ。しかもわたしは、うちとけて愉快に話しているうちに、愚かにもやつにダイヤモンドを見せびらかしてしまった」

「ほお！」支配人は声を上げた。「それはそれは！　そうなると話は変わってきますな。すぐに警察に通報しましょう。他になくなっているものはありませんか？　たとえば財布とか手帳とか」

「財布も手帳も、他には何ひとつ盗まれていない。金も指輪も時計もすべてある。やつが持ち逃げしたのはダイヤモンドだけだ、悪党め！」アムステルダムの宝石商は息巻いた。「だが、きっと見つけてやる。警官隊を呼んでくれ。刑事たち、それもとびきり有能な連中を。早く捜査に取りかからせなければ！」

「ともかく、腕利きをひとり、よこしてもらいましょう」支配人は言った。

その腕利き刑事はアムステルダムの宝石商が身支度をすませるまでに到着し、捜査が始まった。ベアトリスは午前中、度々彼らの情報を耳にした。彼女自身も刑事から長い取り調べを受けた。この刑事というのがうんざりするほど退屈な、想像力を欠いた人物で、彼女が小説の中でしばしば出会う刑事たちとは似ても似つかなかった。しかし彼は、あの背の高い陽気な紳士が七時二十分発ロンドン行き列車の一等乗車券を買ったことを教えてくれた。すると紳士は九時かそこらにはロンドンに着いていたことになる。

「つまりその客は、このオランダ人が盗難にあったと気づく二時間以上も前に、首尾よく大都会に行方をくらましていたわけか！」刑事はぼやいた。「なのに、オランダ人は五分以内に彼をつかまえろとのたまう。無理な相談というものだ！　しかし、宝石を取り戻すためなら五百ポンド出そうって言うんだから、それだけの価値はあるんだろう」

「五百ポンドの賞金ですか！」ベアトリスは息を呑んだ。

「そのとおり」刑事は言った。「それだって少ないぐらいだ。今しがた、支配人と二人で聞いたばかりだが、その小さなケースに――わたしの煙草入れ程度の大きさしかないくせに――入っていたダイヤモンドの価値は三万ポンドは下らないそうだから。やれやれ！　ところで、きみはもう何か知っていることはないかい？」

「これ以上は何も存じません」ベアトリスは答えた。

しかしこの点において、ベアトリスは忠実な娘でありながら、嘆かわしくも真実に背いてしまった。その朝、背の高い紳士が出発したあとで五四号室を清掃したとき、鏡台に一枚の名刺が置き忘れてあるのを見つけていたのだ。裏の白紙の面は鉛筆書きの数字でいっぱいだったが、表の面には見事な浮き出し技法で名前と住所がこう記されていた。

第二二一槍騎兵連隊　H・A・マーヴィン大尉
ペルメル街、〈陸海軍クラブ〉、

第二章

その日の午後はベアトリスの半休日にあたっていた。勤務が明けるのは午後一時だ。三十分後、同僚のルームメイドたちは、彼女がとびきりの装いで出かけるのを目にして驚いた。洗練された黒の外出着は注文仕立てで、その値段はベアトリスの去年一年分の給金をはるかに上回るものだった。仕上げに上品な靴と手袋、つば広の帽子を合わせたベアトリスはそこはかとなく垢抜けていて、港駅のプラットフォームに居合わせた男たちの多くがその端正な姿と物静かな雰囲気に称賛のまなざしを送った。しかしベアトリスはそれらには目もくれなかった。他の事柄で頭がいっぱいだったからだ。彼女の財布にはお金とロンドンへの三等の往復切符が入っていた。二時十分前に急行列車に乗り込んだ彼女は、三時を数分過ぎた頃、大都会の喧騒のただ中に降り立った。

ベアトリスはロンドンには詳しかった。彼女は文字通り生粋のロンドンっ子だった。何度かロンドンの大きなホテルでルームメイドをしていたこともある。言わば、生まれ故郷の土を踏んだわけである。若くとも二ペンスの価値を知る倹約家の彼女としては、通常ならトラファルガー広場までバスで向かったことだろう。しかし今はとうてい通常と言える状況ではなかったので、タクシーを拾い、運転手にセント・ジェームズ広場の角で降ろしてほしいと告げた。普段からの観察癖の賜か、ベアトリスはクラブ地区を熟知していて、〈アシニーアム〉と〈カールトン〉、〈ユナイテッド・サーヴィス〉

と〈陸海軍クラブ〉の区別もついた。やがて〈陸海軍クラブ〉のそばでタクシーを降り、運転手に料金を払ったあと、その高級な建物に向き直ったが、冷静で控えめな態度は〈グランドハーバー・ホテル〉を出てきたときと変わらなかった。

〈陸海軍クラブ〉の堂々たる正面玄関の奥にいた守衛たちは、この殿堂に身なりのよい若い女性が泰然と現れ、しとやかだがきっぱりした口調で、第二二一槍騎兵連隊のマーヴィン大尉にお目にかかりたいのですがと告げると、格別な驚きとともに感動にも似たものを感じた。彼らは賢明にもこれは普通の場合とは違うと判断した。同時に、ベアトリスのことを、明らかに上流階級の出身ではないものの、只者ではないと見極める眼力も持ち合わせていた。正面玄関にいた二人の守衛はまじまじと彼女を見たあと、思案気に目配せを交わした。

「マーヴィン大尉ですか?」ひとりが答えた。「ううむ！　この二、三週間、お見かけしていないですね。第二二一連隊は今どこに宿営していたっけ?」

「オールダーショット（イングランド南部ハンプシャー州にある英陸軍訓練基地）だ！」もうひとりの守衛が答えた。「しかしマーヴィン大尉は大陸に――オランダかどこかに旅行中だ――二週間ほど前から。出発した朝はクラブにおられたんだが」

「マーヴィン大尉は昨夜、英国に戻られたのです」ベアトリスは言った。「お着きになった直後にウィッチポートでお会いしました。それで、もう一度お会いしたいのです――とても大切なお話があるものですから」

守衛たちは再びベアトリスの顔を探るように見て、さらに互いの顔を見た。

「しかし、大尉は今日、こちらにはおられないのですよ」ひとりが言った。「つまり、今はまだ。しかしロンドンにおいでなら、いずれこちらへ見えるでしょう。もちろん、あなたが昨夜お会いになったのなら、大尉は英国に戻っておられるわけで、彼にとって英国とはロンドンかオールダーショットを意味しますから」

「大尉は今朝、七時二十分の列車でロンドンに来られたのです」ベアトリスは言った。「大尉がロンドンにいらっしゃるときのお住まいをご存じですか?」

「ええ!」守衛のひとりが応じた。「知っています。ですが住所をお教えするのは規則に反しましてね。しかし」彼はベアトリスのがっかりした様子を見て付け加えた。「もし大尉がロンドンにおられるなら、五時までにはここにいらっしゃいますよ、必ず。伝言があれば――」

「いいえ」ベアトリスは断った。「とても重要な用事ですから――あの方にとって。またお訪ねします。それまでどこかでお茶でもいただくことにしますわ」

ベアトリスは守衛たちに返答する隙を与えず、軽快な足取りで立ち去った。しかし自分でも知らないうちに、あとに多くの憶測を残してきた。彼らのクラブに若い女性が精鋭騎兵連隊の士官を訪ねてくるのは稀で、そんなときは、何が目的なのかと不思議に思うのである。

「賢くて控えめな娘だ!」守衛が相棒に向かって言った。「それにしても奇妙な話だな! 怪しいところは微塵もないが」

「不可解だな!」もうひとりが応じた。「確かに不可解だ! 彼女はまた来るに違いない、諦めずに」

しかしベアトリスがクラブを再訪することはなかった。彼女は〈陸海軍クラブ〉を去ると、洗練された店でアフタヌーンティーが楽しめるセント・ジェイムズ街に向かった。ところがペルメル街の角まで来たとたん、求めていた男の姿が目に飛び込んできた。今の彼は最新流行の服に身を包んでいた。

つやつやしたシルクハットをかぶり、ぴかぴかしたエナメル革の靴をはいて、堂々たる名士そのものに見えたが、人の顔を覚えるのが得意なベアトリスはすぐに彼だとわかった。彼はクリーヴランド街の方角から道を渡ってくるところだった。ベアトリスは通りのこちら側に待ち構えるように立ち、淡い菫色(すみれ)の瞳で正面から見つめていた。彼の驚きは相当なものだった。

「これはこれは！」彼は反射的に帽子を持ち上げながら叫んだ。「ルームメイドのお嬢さんじゃないか！　なんだってまた、こんなところへ？」

ベアトリスは五四号室の鏡台で見つけた名刺を取り出した。

「あなたを探しに来たのです。たった今、クラブをお訪ねしたところです。あなたはいらっしゃいませんでした。五時頃お戻りになるはずだと教えてもらったので、もう一度伺うつもりでした」

ベアトリスの遠出の原因となった人物は、几帳面に巻いた傘の柄に両手で寄り掛かりながら、際立った長身を彼女のほうにかがめ、狐につままれたような顔をしていた。それでも、口元にはすでに陽気な微笑の兆しが見え、丁寧に手入れされた口髭が震え始めていた。

「それにしても――どうしてだ？」彼は言った。「何が――いったい何があったんだね？」

「あの紳士のことなのです、夜中にあなたと一緒にお着きになった」ベアトリスは説明した。「あの方は十一時に目が覚めて、盗難にあったと気づいたのです」

マーヴィン大尉はまたもおおいに驚いた――跳び上がらんばかりに。「まさか！」彼は人が振り返るほどの大声で叫んだ。「まさか――あのダイヤモンドが？」

「ええ、そうなのです」ベアトリスは答えた。「三万ポンドの価値があるとか。そして――そしてあの方は、あなたが自分に薬を盛り、そのあとそれを盗んだと信じているのです。それで刑事さんに言いつけて、そして――」

遮るようにマーヴィン大尉が笑い出した。その人目をはばからない爆笑ぶりにベアトリスはぎょっとした。大尉は笑い出したときと同じ唐突さで笑うのをやめ、彼女の肩に手を掛けて、くるりとセント・ジェイムズ街のほうを向かせた。

「さあ、行こう。お茶でも飲みながら、一部始終を聞かせてくれ。こんな愉快な話は前代未聞だ！こっちだよ」

瀟洒なティーショップの静かな一隅で、ベアトリスは〈グランドハーバー・ホテル〉での今朝の出来事を細かく語った。彼女の連れは笑いをこらえるのに必死な様子だった。明らかにこの出来事は彼のユーモア感覚に合ったらしい。しかしベアトリスが最後の最後まで話し終えると、例の陽気そうな顔は真剣かつ現実的な表情に変わった。

「いいかい、よく聞いておくれ、お嬢さん。ほら、古い諺に、誰の得にもならない風は吹かない、とあるだろう？　そのとおり――この些細な出来事はきみに幸運をもたらすだろう。まず確かめておきたいが、このオランダ人が五百ポンドの賞金を提供しようとしているのは間違いないんだね？　ぼくがこれからきみに話そうとしていることのためには、極めて重要なんだ」

「はい、刑事さんはそう言っていました」ベアトリスは答えた。「あの外国の紳士が支配人にそう約束しているのも聞きました。それだけではありません。わたしが出かける頃にはホテルじゅう噂でもちきりで、タイプ打ちのビラが掲示板に貼られていました」

「いいぞ！」マーヴィン大尉は叫んだ。「すばらしい！　さあ、これからぼくが言うことをよく聞いてくれよ」

彼は小さなティーテーブル越しに身を乗り出し、ささやき始めたが、話の所々で押し殺したような笑いをはさまずにいられなかった。一方、そのときまでは見事に真面目さを保っていたベアトリスも――もともとはユーモアの感覚に長けていたので――やがては微笑を浮かべ、一度などは声を立てて笑った。

「まあ、そういうわけだ」マーヴィン大尉は言葉を結んだ。「これは明白な事実であり――きっときみに利益をもたらすことになる。この件から学べることも二つある。ひとつは無実の人間を性急に疑ってはいけないということ。もうひとつは空きっ腹に強いパンチを飲んではいけないということだ、とりわけ船酔いに苦しんだあとにはね。だが、そんなことは取るに足りないことだ。きみにとって大切なのは、あちらに戻ることだ」

「五時直後に発つ列車があるのです」ベアトリスは言った。

「だったら、ちょうどいい頃合いだな」大尉は言った。「行こう、タクシーを拾ってあげるから。ぼくもきみと一緒に戻れたらな。あの小男がきみにやりこめられたあとの顔を見られるなら、喜んで一年分の俸給を差し出すんだが！」

ベアトリスが無事、タクシーの座席に収まると、マーヴィン大尉はドアに手を掛けた。

「ではごきげんよう、お嬢さん。きみは本当に賢い娘だ。結婚の予定はあるのかな？」

「はい、婚約者がおります」ベアトリスは慎ましく答えた。

「いい男であることを願うよ。きみにはとびきりの伴侶を得る価値がある」

「ありがとうございます。若いけれど尊敬に値する人で――有望な職人なのですが、きっと成功してくれると思います。堅実で勤勉そのものですから」

大尉は身を引きながら帽子を持ち上げた。

「幸せに！」そう言って手を振った。「さようなら！」

ベアトリスがやや疲れながら、それでも落ち着き払って〈グランドハーバー・ホテル〉に戻ってきたのは、ちょうどディナーの時間が終わったときだった。ベアトリスがロビーの支配人室の前を通ると、開いたドアから、支配人、オランダの宝石商、刑事、警部らが口角泡を飛ばして議論しているのが見えた。タイプ打ちのビラも印刷したものに取り替えられている。その一番上には〝賞金五百ポンド〟という文字が黒字ででかでかと刷られていた。このビラのコピーはホテルのドアというドアすべてに貼られていた。しかしベアトリスはビラには目もくれなかった。彼女はそっと持ち場に戻ると、洒落た外出着からルームメイドの制服に着替え、エプロンと帽子をつけて身支度を整えた。それから五三号室に赴き、マスターキーを使って中に入った。二分後、彼女は階下に降りていき、支配人室の半分開いたままのドアをノックした。中からは複数の興奮した大声が聞こえた。

「ですから、すべてはあなたをつけてきた大陸の強盗団の仕業に違いないと申し上げているのです！」支配人が断言した。「あの船からは四、五人のお客さんがありました。そしてあなたはご自分で、十五分ほど部屋を空けたとおっしゃったじゃありませんか、品物を置いたまま。ですから――」

「わたしは犯人はパンチを飲ませた男だと言っておる！」アムステルダムの宝石商はわめきたてた。「やつがあれを作っている間、わたしは一、二度背を向けた。だから――」

ベアトリスはもう一度ドアをノックして、中に入り、手にしたモロッコ革の小さなケースを被害者に差し出した。

「あなた様のものだと思いますが」彼女はおっとりと言った。

アムステルダムの宝石商はハイエナ顔負けの歓声を上げると、ケースをつかみ、夢中で蓋を開けた。「わたしのダイヤモンドだ！」彼は叫んだ。「ああ、助かった！　わたしのダイヤモンドが戻ってきた！」

「こいつは驚いた！」支配人が目を丸くしながら声を上げた。「いったいどこでこれを見つけたんだ？」

「こちらのお客様が置かれたのではないかと思ったところです」ベアトリスは答えた。「お客様のベッドのマットレスとマットレスの間です。不意に思いついたのです、お客様はケースをどこかへ隠し、その場所を忘れてしまわれたのではないかと。それで探してみましたところ――見つかったのです」

アムステルダムの宝石商はいきなり額を叩き、うめいた。

「彼女の言うとおりだ！」彼は面目なさそうに言った。「忘れておった！　とにかく強いパンチだったからな！　今、思い出した！　部屋から出ていくとき、彼は、あの大男は、わたしにこう言ったのだ、『あなたの宝石に気をつけなさい』と。

『わかっているとも』わたしはそう答えた。『どうするか、きみに教えてやろう――これの上で寝るのさ』。そしてわたしはベッドの――マットレスの間に置いたのだ――枕の下ではなく。ああ、全部思い出した――そうとも！　あのパンチのせいだ、強くて美味い。今朝はそいつのせいで頭がぼうっとしておった。だが――それが何だ？　わたしは取り戻したのだ、わたしの大切な、美しいダイヤモンドを！　いや、きみは実に賢い娘だ――誰よりも賢い娘だ！」

「恐れ入ります、お客様」ベアトリスは言った。「では、よろしければ五百ポンドいただきます」

アムステルダムの宝石商は口をあんぐりと開け、目をむいた。顔色を変えて自分を取り囲む男たちを次々に見つめたが、返ってきた視線はどれも厳しかった。

「しかし――これらはなくなったわけじゃない、結果的には！」彼は強く異議を唱えた。「わたしのベッドの中にあったんだ、わたしが金を払って泊まったベッドの！　どうだね、きみ、かわいいお嬢さん、ちょっとしたプレゼントを――」

　支配人がドアを閉め、その前に立ちはだかった。彼はアムステルダムの宝石商の顔を見て、壁に貼られた賞金のビラを指さした。五分後、ベアトリスは金を手にして支配人室を引き上げた。彼女は相変わらず冷静だったが、その夜いつもの小説を読んだときは少し味気なく感じた。この二十四時間に起きた現実の出来事が、あまりに刺激的だったからだ。

6

物見櫓（バービカン）の秘密

第一章

イングランド北部在住の人望厚い老弁護士、セプティマス・ヘラードは重要な仕事で西部のとある町まで来ていた。が、思いのほか早く、二日目の午前中には片が付いたため、ロンドン行きの急行列車に乗るまで四時間の空き時間ができた。彼は一刻も時間を無為に過ごせないたちだった。従って、ホテルで昼食をとり、支払いをすませると、ベテランの給仕頭にウィルチェスターでこれから訪ねていって見られるような名所はあるだろうかと尋ねた。給仕頭は客の雰囲気から判断した結果、ウィルチェスター郡立博物館はいかがでしょうかと、喫茶室の窓から市場の向こうに見える古びた建物を指さした。

「お誂え向きだ！」ヘラード氏は上機嫌でさっそく出かけていった。

給仕頭が勧めたのはまさにぴったりの場所だった。ヘラード氏はかねてより古物研究や考古学に興味を持っており、古い書類を数時間熟読したり、苔むした記念建造物の銘を数日かけて判読するのがまったく苦でなかった。そこで期待に胸を弾ませながらウィルチェスター博物館の堂々たる正門をくぐると、半時間ほど、さまざまな展示物をじっくり見て回った。その後、いつものように彼自身の特別な趣味――コイン鑑賞に没頭した。

ウィルチェスター博物館にはコインの展示ケースがいくつかあり、みな整然と分類され、並べられていた。金貨、銀貨、銅貨――ローマ占領時代の最も初期のものから、後世のスチュワート朝のものまである。ヘラード氏はそのどれにも興味を引かれたが、ある展示の前で足をとめたとき、その関心は突如、驚きに転じた。彼は一瞬、目を凝らすと、腰を抜かさんばかりに驚き、思わず絶叫に近い声を発した。

「まさか、こんなことが！」彼は人目もはばからず叫んだ。「これは何だ？　わたしの目は確かなのか？」

見間違いでないことを確認するために、ヘラード氏は内ポケットから度の強い拡大鏡を取り出し、絹のハンカチで磨いてから、半ば恐る恐る、半ば希望を抱いて、彼がこんなにも取り乱す原因となった展示物を見つめた。たいていの人から見れば、その展示物はこのうえなく単純で平凡なものだろう。分厚いカードに頑丈なクリップでとめられているのは三枚の古い銀貨で、現代の二シリング銀貨ほどの寸法だった。いずれも際立って良好な状態にあり、文字も細工もくっきりと明確で、まるでたった今、鋳造したかのようだ。カードの下半分には力強い手書きの文字で次のように記されていた。

〈名高いサークルストウ緊急貨幣　一組

考古協会会員、Ｆ・ペイヴァー＝クロンプトン氏所蔵〉

ヘラード氏が拡大鏡越しに凝視すること――一度、二度、三度。やがて彼は拡大鏡をポケットにしまい、絹のハンカチを取り出して額をぬぐった。

「いやはや」彼はつぶやいた。「間違いない！　こんなことが起きようとは」

彼は急いで展示室を出てロビーに向かった。そこでは管理人が暖炉の火で爪先を暖めながら新聞を読んでいた。

「ちょっと失礼！」ヘラード氏は興奮を抑え、必死に冷静さを装いながら言った。「あそこにある展示品についてだが――持ち主はペイヴァー＝クロンプトン氏だと書いてありますな。ペイヴァー＝クロンプトン氏が今どこにお住まいか、教えてくださらんか。この近くですかな、それとも――」

管理人は無言で椅子から立ち上がると、新聞を脇に置き、大儀そうにドアまで歩いていった。そしてドアを開け、市場の立っている広場に出るように身振りで合図した。さらに分厚い人差指を伸ばして言った。

「カラスどもが飛んでいる木の下に、古い赤煉瓦のお屋敷が建っとるのが見えましょう？　あれがペイヴァー＝クロンプトンさんのお宅ですよ。庭の塀に、真鍮の表札が掛かった小さなドアがあって、正面玄関に続いとります。や、これはどうも」

ヘラード氏は管理人の手に一シリング握らせ、彼が暖炉の前に戻る頃にはすでに市場の半分まで来ていた。早足で歩きながら、懐から名刺入れを取り出した。名刺を用意して待ち、間もなく呼び鈴に応じて現れた小間使いからペイヴァー＝クロンプトン氏が在宅だと聞いたときには危うく歓声を上げそうになった。

二分後、ヘラード氏はペイヴァー＝クロンプトン氏と顔を合わせたが、二人がいる部屋は二折版（フォリオ）に八折版（オクタボ）、古い印刷物や骨董品などがひしめき合っている状態で、目を輝かせ、感じのよい笑顔を浮かべた年配の紳士、ペイヴァー＝クロンプトン氏は、あたかもそこから二度と脱け出せずにいる囚われ人のように見えた。ヘラード氏は深々と頭を下げた。ペイヴァー＝クロンプトン氏も会釈を返すと、訪問者の名刺に目を落とした。

「ヘラードさんとおっしゃるのですか」彼は言った。「サークルストウからお越しになったのですね？　これはまたはるばる遠くから。しかも非常に興味深い土地です――。わたしが所有する――」

「その件ですが」ヘラード氏は声をうわずらせて言った。「あなたはわれわれの町の古城が一六四七年に攻囲された際に造られた、有名な緊急貨幣（包囲攻撃を受けている地域において発行される、暫定的な法定通貨である旨を明示した硬貨）のセットをお持ちですね。わたしはたった今それを目にしたばかりです――当地の博物館で。そこでぜひ教えていただきたいのですが、どこで――どちらでこれらのコインを入手されたのでしょう？」

「買ったのですよ！」ペイヴァー＝クロンプトン氏は間髪を入れずに答えた。「去年のことです」

ヘラード氏は息を呑み、唯一、分厚い書物や骨董品に占領されていない椅子にどすんと腰を落とした。そして両膝をこすりながら、この家の主人をじっと見つめた。

「お聞きください」彼は思いつめたような声で言った。「そのコインのセットは、わたしが顧問弁護士を務めるサークルストウ市の財産なのです。しかも、ほぼ類のない、ええ、実際、ある意味では唯一無二の品と言えます。なぜなら、それはかつて鋳造されたうち、文字通り最初に造られたセットだからです。数年前、極めて不可解な状況のもとで、わたしどもはそのセットを失いました。そして」彼は印象的に締めくくった。「その日から何の解明もされぬまま、今日に至っているのです」

ペイヴァー＝クロンプトン氏は机に戻り、訪問客の顔を注視した。

「しかしですね」彼は口を開いた。「あのセットがあなた方のものだと、どうしてわかるのですか？　この世に存在するセットはひとつではないでしょう。わたしは何年も前、かなり若かった頃に〈サザビーズ〉で別のセットが売られているのを見ましたよ。ですから――」

「失礼ですが」ヘラード氏は答えた。「あなたのお持ちのセットがわたしどものものであることは確かです。なぜなら、コインにはみな非常に小さな符丁がついているからです。わたしがこの手でつけたものです。ええ、間違いありません。すばらしい――すばらしいことだ！」ヘラード氏は叫んだ。

「ほんの偶然からあの博物館を訪れることになり、あの――」

「まあ、ちょっとお待ちを！」ペイヴァー＝クロンプトン氏はそう遮りながら腰をあげ、ものであふれた書斎の壁龕（アルコーブ）に置かれた食器棚に向かった。「ワインでも飲みながら、この謎にまつわる話のいっさいをお聞かせください。そのセットは――もしそれがあなた方のものだとして――むろん、この段階ではまだそれを認めるつもりはありませんが――盗まれたというわけですね？」

　ヘラード氏は両手を広げ、首を左右に振った。

「それが皆目わからないのです！」彼は答えた。そして差し出されたグラスを受け取り、中身を味わうと、称賛の言葉をつぶやいて、興味深い話題に戻った。「包み隠さず、お話しいたしましょう。ご存じとは思いますが、一六四七年、サークルストウ城が議会派に包囲されたとき、王党派の守備隊は銀でこれらの緊急貨幣を鋳造しました。コインは三種類あり、それぞれ文字が違います。これらは今日では非常に稀少な存在となっています――特にセットでそろった場合には。収集家に知られたものでは四セットといったところでしょうか。ごくわずかですがばらで存在する例もあります。しかし、わが市はごく初期の段階で、最初に鋳造されたセットを入手し、秘蔵してきました――現在はこの通りの先に飾られているわけですが。かつては市の書記官の手で金庫に厳重に保管されていました――十一年ほど前までは――そこからが問題なのです！」

「ぜひ聞かせてください」ペイヴァー＝クロンプトン氏は熱心に促した。「大変興味をそそられる話です」

「十一年前」ヘラード氏は続けた。「サークルストウの書記官に、フランク・マーシュフィールドという者がおりました。頭の切れる、やる気にあふれた若者でした。わたしとは同業で、わたしたちのところへ来る前にすでに数年の経験がありました。彼は自分の仕事を優秀にこなしました。言わば書記官の手本のような男で、誰もが彼を高く評価していました。それがまったく突然、極めて嘆かわしい、驚くべき出来事が起きたのです」

「町の財産とともに姿を消した、でしょう?」ペイヴァー＝クロンプトン氏が含み笑いを浮かべて言った。

「なんとも情けなく――そして異常な話です」ヘラード氏は答えた。「状況がまたこのうえなく妙でして。覚えておいででしょうか、ちょうど十一年前、ロンドンで古い自治体が所有する金銀製品の展覧会がありました。ご記憶ですか?　さて、その展覧会にわれわれの市も秘蔵の品を貸し出すよう求められまして――十四世紀の職杖、リチャード三世より賜った有名な親愛の杯、そのほか独特で貴重な品を一、二点、これに加えて自慢の逸品――緊急貨幣のセットを出展することになりました。そして万が一にも間違いの起きないよう、マーシュフィールド自身がロンドンに持参して、先方に直接手渡すように取り決めました。ある朝――正確に言うと十二月七日、非常に暗く霧深い冬の日だったのをよく覚えていますが――マーシュフィールドは貴重品を収めたかばんを提げ、ロンドン行き九時発の急行列車に乗るために、スパーゲイトの下宿を発ちました。彼は下宿の戸口で女家主に出がけの挨拶をしました。スパーゲイトの突き当たりでは二、三人の顔見知りと話をしています。その後、駅までの道の途中にあるフィンクルゲイトの角を曲がるのを、信頼できる別の隣人に目撃されています

――しかし、その瞬間から、マーシュフィールドはいっさいの消息を絶ってしまったのです！　少なくとも」ヘラード氏は大きく強調して付け加えた。「サークルストウの住人からは完全に。みな彼のことを見るか聞くかすれば大喜びするでしょうに――心から！」

「なるほど！」ペイヴァー＝クロンプトン氏はいかにもという顔で相槌を打った。「そうでしょうとも！　むろん、何か間違いがあったのでしょうな」

「この続きは順を追ってお話ししましょう」ヘラード氏は思案げにワインを啜りながら答えた。「事件の経過は次のとおりです。参事会員のマーディル氏、彼はわれわれの財政委員会の議長なのですが、同じ列車でマーシュフィールドとともに上京する手筈になっていました。マーシュフィールドが駅に現れなかったので、マーディルは駅長に伝言を託しました。その夜、ロンドンのどこで――つまり、ホテルかどこかですな――落ち合うかといったことを。むろん、マーディルは、マーシュフィールドが予定の列車に乗り遅れ、次の列車で来ると思ったわけです。しかし、次の列車までに彼は来ませんでした。午後一時の列車にもです。そこで駅長が彼を探しにきました。当然、町は大騒ぎとなりました。以来、月日が流れ、今日に至るまで彼の行方は杳として知れないのです！」

「いっさい、音沙汰なしというわけですか？」ペイヴァー＝クロンプトン氏は尋ねた。「文字通り、ただのひとつも？」

「ただのひと言も残さずにです！　マーシュフィールドがフィンクルゲイトの角を曲がるのを見かけた住民が、われわれの町で彼を目撃した最後の人物になりました。彼は忽然と姿を消しました。こんな不思議なことがあるでしょうか。フィンクルゲイトから駅までは、城の脇を歩き、古い石段を数段降りるだけです。しかし彼の姿を見た者はいません。今となっては、朝霧が垂れ込めていた低地を目指して進み、隣接する森に分け入って、そのまま立ち去ったと考えるしかありません。誰も彼の姿を見ていないのは妙ですが。しかし彼には行方をくらますだけの理由があったのです」

「なるほど！」ペイヴァー＝クロンプトン氏はまたも無遠慮にほくそ笑んだ。「そうくると思っていました！　むろん、不都合があったのですな？」

「非常に外聞の悪いことです」ヘラード氏は頭を振りながら認めた。「お恥ずかしい話ですが、当時のサークルストウは行政的にかなり杜撰なところがありまして――今はだいぶ改善されましたが――われわれは職員の何人か、とりわけ書記官に、度を超えた自由を許していました。平たく申せば、マーシュフィールドが公金を横領していたことが発覚したのです。彼が手にした有価証券の一部はそれきり行方のわからないままです。他の一部は換金されていました。さらにまた、彼がいかにもまことしやかな口実のもと、紙幣を近隣の町々の銀行で金貨に換えていたこともわかりました。彼はかなりの量の金貨を持っているに違いありません――どこかに、千ポンド分の金貨を。これでなぜ彼が姿を消したのか、おわかりでしょう！」

「ひとつ、理解できないことがあります」ペイヴァー＝クロンプトン氏は言った。「あなたは、彼が持ち去った有価証券は事件以来行方知れずだとおっしゃった。この件が示すのは、彼がどこへ行ったにせよ、一度もそれを使用していないということです」

「そうですとも」ヘラード氏は同意した。「その点は確実です。実際、われわれは徐々にそれらにおける権利を取り戻しました。しかし、マーシュフィールドさえその気になれば、ロンドンに到着次第、換金できたはずです。彼を阻止するものは何もなかったのです。ですから彼がそれをしなかったのは、非常に驚くべきことです」

「ふむ！　そしてあなたは、彼があの特別な緊急貨幣のセットを持っていたとおっしゃるのですな――わたしのセットを」

「そうです。そしてわたしは確信しています。心から確信しているのです、あなたがお持ちのセットはわれわれが失ったセットだと。なぜかと申しまして、このわたしがあのセットのそれぞれのコインに印をつけたからです。その印をお示しすることもできます」

「では、あなたはあの緊急貨幣のセットを通じて、その男の足取りをたどることができるとお考えなのですね」ペイヴァー＝クロンプトン氏は客を鋭く見据えながら言った。

　ヘラード氏はせっぱつまった顔で言った。

「お願いです。あのコインをいつ、どこで、どのようにお買いになったのか、教えていただけませんか！」

　ペイヴァー＝クロンプトン氏は立ち上がると呼び鈴を鳴らした。小ぎれいな小間使いが現れるまで彼は思慮深く沈黙を保っていた。それから口を開いた。

「メアリー、いつもの旅行かばんを用意して、三十分後にタクシーを呼んでくれ。さて」小間使いが去ると、彼は続けた。「わたしがこれからどうするつもりか、お話ししましょう。あなたがはるか北方の町へ帰られる際には、むろんロンドンを通られるでしょう。わたしはあなたとともにロンドンに行き、わたしがあのコインのセットを買い求めた男のもとへお連れしましょう。いやはや、なんとも興味をかき立てられる話です。ぜひとも解決したいものだ。あなたにとってもわたしにとっても、大きな謎であるこの事件を！」

第二章

ペイヴァー＝クロンプトン氏とヘラード氏がパディントン駅に到着したのはその日の夜十時だった。翌朝十時、二人は〈グレートウェスタン・ホテル〉を出てタクシーに乗り込んだ。

「モーティマー街の中ほどへ」ペイヴァー＝クロンプトン氏が運転手に告げた。

ヘラード氏はその地域には不案内だったので、連れとともにタクシーを降りると、道すがら、並々ならぬ興味を持って辺りを見まわした。そこは彼の目には大変な大都会に映った。フランス人の店、イタリア人の店、ユダヤ人の店、骨董品店、古い調度品やがらくたの店などを眺めているうちに、ペイヴァー＝クロンプトン氏が肘にふれてきた。彼が注意を向けさせた先には、磨くのを怠けて久しいような小さな真鍮の看板が、いわゆる共同住宅の横手のみすぼらしいドアの上に据えられていた。看板には〈骨董商、イサカル〉の文字が見える。

「同業者仲間では一番抜け目のない男ですよ」ペイヴァー＝クロンプトン氏が汚れきった階段に足をかけながら言った。「わたしはいつも、彼こそがこの店の中で一番大きな骨董品ではないかと感じてしまうのです。埃や蜘蛛の巣はお気になさらず——しかし首は引っ込めておいてくださいよ」

階段はまだだいぶあった。ようやくのぼりきると、ペイヴァー＝クロンプトン氏は屋根裏部屋に違いない部屋のドアを押し開け、時と場合が別ならヘラード氏が夢中になってしまうような由緒ある品々の中央に彼を招き入れた。ヘラード氏の注意はすぐにひとりの老人に吸い寄せられた。老人は鉤鼻で、小さな縁なし帽（スカルキャップ）をかぶり、長い顎髭をはやしている。地味で目立たない服装に身を包んだ彼は、山と積まれた骨董品の真ん中に置かれた机から立ち上がると、深く頭を下げながらそばに来た。

「やあ、ミスター・イサカル」ペイヴァー＝クロンプトン氏が気さくに声をかけた。「このとおり、またお邪魔したよ。しかし、今回は買い物が目的ではない――ちょっと訊きたいことがあってね。つまり」彼は老商人の肩を親しげに叩きながら続けた。「あんたに教えてほしいことがあるんだ。わたしに例のサークルストウ緊急貨幣を売ってくれたとき、これは最近、サークルストウ城の近くで発掘されたばかりのものだと請け合ったのを覚えているね？」

「わしは自分が請け合われたことを請け合っただけですよ、旦那」イサカルは大きな眼鏡越しに瞬きしながら、両手をこすりこすり答えた。「旦那には、わしがそれを買った人間から言われたことを申し上げたまででして」

「そこだよ、ご主人」ペイヴァー＝クロンプトン氏は言った。「さて、誰から買ったんだい？　事情があって是が非でも知りたいんだ。それと――売ったのは本人と代理人、どちらだと思う？　これは非常に重要な点だ」

「代理の者ですよ、旦那」イサカルは答えた。「そうでなかったら、何もお教えできんところです。わしは自分の取引では決して本人の名を漏らさないのを鉄則にしとります。あとあとろくなことにならないからね。しかしこの男は間違いなく代理でしたよ」

「ほう、で、彼は何者で、どこに行けば会えるんだ？」ペイヴァー＝クロンプトン氏は勢い込んで尋ねた。「今すぐ見つけたいんだ」

「やつのことはあだ名でしか知りません」骨董商は答えた。「わしらの業界では、スナッフィー――タウラー横丁のスナッフィーという名で通っとります。それ以外の名前は知りません」

「タウラー横丁のスナッフィーと呼ばれる男をロンドンじゅう探しまわれと言うのかい？」ペイヴァー＝クロンプトン氏は情けない声を出した。「どうやって――」

「そんな必要はありませんよ、旦那。タウラー横丁はホルボーンをはずれたところの脇道、というか裏通りにありましてね。スナッフィーという男はそこで骨董屋をやっとるんです。やつを見つけるのはわけありませんよ。ただし」老人は狡猾そうな表情で付け加えた。「やつから何がしかの情報を引き出せるかとなると、そりゃまた別の話です。ところで旦那、よければぜひごらんください、この正真正銘、掘り出し物のルイ十四世様式のかぎ煙草入れを。こいつはですな――」

ペイヴァー＝クロンプトン氏はこのときばかりは誘惑を逃れ、再びヘラード氏を慎重に導いて階段を降り、タクシーを拾って乗り込んだ。

「タウラー横丁のスナッフィーか」彼は走るタクシーの中で叫んだ。「なんという名前だ！　きっと場所もろくでもないところに違いない！　嘆かわしいことだ。かかる貴重な遺物が、そんな場所で、そんな連中の手により取引されているとは」

タウラー横丁には難なく到着したものの、そこは確かに掘り出し物が期待できるような場所柄ではなかった。ベッドフォード街方面のホルボーンから延びる狭い路地で、ペイヴァー＝クロンプトン氏とヘラード氏がようやく肩を並べて歩けるほどの幅しかない。しかもなお、肘が両側の汚い店や半木造の家屋の古窓にかすりそうだった。そうした窓の中でもひときわ汚れの目立つ窓に、恐ろしく埃をかぶった、しかし悪くない骨董品が飾られていた。ペイヴァー＝クロンプトン氏は足をとめ、ドアに手をかけた。

「この店ですよ、賭けてもいい。それにしても固いドアだな」

向かいの家から自堕落そうな女が外を覗いていて、ヘラード氏と目が合った。

「そこの人なら留守ですよ」女は言った。「この時間にいることなんてないんです。どこにいるんだか知りたいって言うんならね、〈シャコとペリカン亭〉にいますよ。ほら、あそこに見える――あのパブです。毎朝、ラムをひっかけに通ってるんですよ」

二人の捜索者は〈シャコとペリカン亭〉をちらりと見るなり、顔を見合わせた。とても黒ラシャのコートとシルクハットの身なりで踏み込めるような場所ではない――品位に関わる。

「奥さん」ヘラード氏はそう呼びかけてポケットから一シリング取り出し、腕を伸ばして待ち構えている手に渋々落とした。「わたしどもはスナッフィーという名の人物を探しています。もしあなたのおっしゃる男が彼なら、ここまで連れてきていただけないでしょうか。彼には――そうだな――」

「店の品の件でわれわれが会いたがっているとお伝えください」ペイヴァー＝クロンプトン氏が引き取って言った。

女はそそくさと〈シャコとペリカン亭〉へ向かい、ドアのひとつに消えた。やがてそこからひとりの男が出てきたが、その姿はイサカルなどよりはるかに見ものだった。でっぷりした大男で、無理やり着込んだフロックコートは袖が短すぎ、前は脂で汚れている。襟の折り返しには安物の飾りを盛大にぶらさげていた。見るからにいかがわしい、不道徳そうな人物だ。てかてかした赤ら顔をして、ブタのような小さな目がいかにも悪賢く疑り深そうだった。男は巨体を揺すりながら路地を歩いてくると、みすぼらしい帽子のすりきれたつばに手をあてて、二人に挨拶した。その目は明らかに彼らを値踏みしていた。

「ようこそ、紳士方。何をお見せいたしましょうか。上等なチッペンデール風家具と極上のシェラトン式家具が――」

「あんたはヨークシャー生まれだね」ヘラード氏は思わず警戒を忘れて言った。「訛りでわかる」

タウラー横丁のスナッフィーは店のドアを開けながら向き直り、あまりうれしそうでもない目つきで相手を見た。

「ヨークシャー生まれのお人を見るのは久しぶりですよ」彼はうなるように言った。「で、あたしがヨークシャー生まれならなんだって言うんです？」

「いやいや、別に何も！」ヘラード氏は答えて、スナッフィーについて店に入った。「ただ、きみがそうだと言っただけだ――わたし自身もそうだ、その点では」

「そしてわれわれがきみに会いにきたのも、そのヨークシャーの件のためだ」ペイヴァー＝クロンプトン氏は言った。「きみのことはイサカル氏から聞いた。実は――それ相応のお礼はするよ、情報をくれたらね――われわれは知りたいことがあるんだが、まず、間違いなくあんたが教えられることだ。あんたは少し前、モーティマー街のイサカル氏にサークルストウの緊急貨幣のセットを売ったのを覚えているかね？」

弁護士の鋭い眼力で同郷のヨークシャー人を観察していたヘラード氏は、スナッフィーの不愛想な顔がかすかに引き攣るのを見逃さなかった。そしてまた、彼がイングランド北部の生まれであることを指摘されてからずっと目に宿っていた疑惑の光が増したのにも気づいた。疑惑は声音にもはっきりと表れていた。

「で、それがどうしたって言うんです?」

「あんたがいつ、どこで、どうやって、そのコインを手に入れたのか、教えてもらいたい」ペイヴァー=クロンプトン氏が答えた。「もし教えてもらえれば、お礼に――」

「えへん」ヘラード氏が遮るように咳払いをして、連れの肘を小突いた。「いや、その――そう性急に金銭の報酬を申し出るのは控えましょう。まず先に、教えてもらえるか確かめてから――」

タウラー横丁のスナッフィーは返事をせず、ヘラード氏の横槍にも特に気を悪くした様子を見せなかった。無言で雑然としたがらくたの間をのそのそ歩き、角の事務机まで行くと、ひどく手垢のついた汚い台帳を取り出し、鉤爪のような指でページをめくり始めた。

「そいつについちゃ、特別なことは何も覚えちゃいないね」彼は不機嫌そうに言った。「あれば、何か思い出せるようなことをここに書き留めてるはずだ。緊急貨幣だって? 何枚だね?」

「三枚セットだ」ペイヴァー=クロンプトン氏が答えた。「さあ、これほどの取引をあんたが忘れるはずがない! あんただって、あれが有名なのを知っているに違いないんだ!」

スナッフィーは突然勢いよく台帳を閉じ、すばやく顔を上げた。ヘラード氏にはそれがいささか芝居がかった仕草に見えた。

「ああ、今、思い出した!」スナッフィーは叫んだ。「いや、あれがそんな有名な品とは知りませんでしたよ――あたしにはちょっと専門外なんでね。もし知ってたら、あのユダヤ人にもっと吹っかけていたところだが」

「じゃあ、彼はあんたにいくら払ったんだね?」ペイヴァー=クロンプトン氏は自分がイサカルにどれほど高額の小切手を振り出したか考えながら問い質した。「さあ、いくらだ?」

スナッフィーは苦々しげに質問者を見て首を振った。「それはあたしの問題だ――そしてあの爺さんの。あんたには関係ありませんよ、旦那。さて、お次はどこで手に入れたかって？　その情報を教えたら、いくらくれるんです？」

ペイヴァー＝クロンプトン氏は連れに向き直った。ヘラード氏も身分を明かす潮時だと思った。

「回りくどく話すのはやめにしよう」彼は言った。「なあ、きみ、聞いてくれ。あのコインはサークルストウ市から盗まれたものだ。わたしはその弁護士だ。そして――」

「なるほどね、あんたの正体はそんなとこだろうと思ってたよ」スナッフィーが遮った。「いかにもそれらしいからな！　だがね、あたしはそれについちゃ、何も知らないよ。知ってるのは、あのコインがあたしのとこに持ち込まれたってことと、あたしがそれを買ったってことだけだ。五ポンドくれりゃあ、知っていることは全部話すがね」

「いや」ヘラード氏は言った。「それは断固として断る！」

スナッフィーは台帳を机の上に放り出し、表紙を乱暴に叩いた。

「だったら、もう話すことはないし、あんたらにもあたしの店から出てってもらいましょう！　あたしはこの問題にはいっさい関係ないんだから」

「それはどうだろう」ヘラード氏は言った。「これは深刻な事件だ。きみは証拠を提出させられることになる」

「まあ、待ちなさい」ポケットに手を入れていたペイヴァー＝クロンプトン氏がささやいた。「わたしに任せてくれ！　これは賢明な出費だ、つまり――」

「だったら、二ポンドにしよう」スナッフィーがうなった。「あとはもう半ペニーだって負けられんよ」

抵抗するヘラード氏をよそに、彼の連れと骨董商の間で話がついた。骨董商は儲けをポケットに収めると、弁護士にあからさまな冷笑を浴びせた。

「さてさて」彼は言った。「お話しできるのはこれだけです——あのコインはセットであたしのところに持ち込まれたんです。陳列窓に似たようなものがいっぱいあるのを見たんでしょうな、若い男があれを持ってきて、あたしに買う気があるか尋ねたんですよ。で、あたしは買いました。これで全部ですよ！」

意地の悪い笑いを向けられ、ヘラード氏は首を振った。

「いや。それ以外にも知っていることがあるはずだ。その男は何者だ？　彼の名前は？」

「客の名前なんぞ、訊くわけないでしょう」スナッフィーは吠えた。「名前についちゃ、いっさい知りません」

「少なくとも、どんな種類の男だった？」ヘラード氏は食いさがった。「それぐらいはわかるだろう！」

「労働者階級ですな——庭師とか、そんなような」スナッフィーは低い声で言った。「休日にロンドンにやって来て、コインは果樹園で掘り起こしたものだと言ってました。さあさあ！」

「どこの？」ヘラード氏は問い詰めた。「サークルストウのか？」

「他にどこがあります？」スナッフィーがかみついた。「あたしが知っているのはここまでです。さあ、二人とももう帰ってください。知っていることは全部喋ったんだし、店を閉めて飯を食いに出かけたいんです。あたしからはこれ以上何も出ませんよ！」

ヘラード氏が連れの腕にふれ、二人は店を出て、ひそひそとささやきを交わしながら立ち去った。

一方、彼らがあとに残した男は、二人の姿が徐々に遠ざかり、ホルボーンの人波に溶け込むのを見届けると、店のドアに鍵を掛け、自らも巨体を揺らしてホルボーンに向かった。そしてきょろきょろと辺りを見まわして、二人の客が通りを渡り、ゆっくり西の方角に歩いていくのを目にすると、いやらしい忍び笑いをもらしながら最寄りの電報局へ向かった。

ヘラード氏とペイヴァー＝クロンプトン氏はすっかり会話に没頭しながら歩いていたが、夢中になるあまり時折立ちどまっては、歩行者たちの苛立ちのもととなった。

「こいつはまずいぞ」重い荷物を運んでいた男にあからさまに悪態をつかれ、ヘラード氏は言った。「ここでは、はた迷惑になる」彼は周囲を見まわして高級レストラン〈ホルボーン〉に気づいた。「あそこに入るとしましょう。ちょうど昼時だし、座ってじっくり話ができますからな」運よく片隅の静かな席が取れ、料理を注文すると、ヘラード氏は話の先を続けた。「あの男がわれわれを欺いているのは間違いありません。彼はわれわれに語ったよりずっと多くのことを知っているはずだ。それに――何より重要なことに、彼はヨークシャーの人間です」

「なぜ、それが重要なのです?」ペイヴァー＝クロンプトン氏は尋ねた。

「サークルストウはヨークシャーの町ではありませんか。わたしは彼の訛りを聞いたとたん、何かが怪しいと思い始めました。彼がサークルストウの誰かと関係がないとどうして言えましょう――そこの誰かと接触していないと――彼自身がこの数年、あそこにいなかったと。確かに、わたしにはかつてあの地で彼を見た記憶はありません。しかし、狭い町とはいえ、見落としていた可能性もある。あの男の名前がわかればよいのだが」

「それを知るのは難しくないと思いますよ」ペイヴァー＝クロンプトン氏はいかにも世慣れた口調で応じた。「あの男はタウラー横丁に住んでいます。そして彼が扱っているのは家具調度の類だ。きっと職業別人名録に名前が載っているでしょう。ああしたものはここにも置いているのではないですか――給仕君！」

やがて給仕がロンドンの職業別人名録を持ってきた。ペイヴァー＝クロンプトン氏は眼鏡をかけてページをめくり始めた。ほどなく、彼は記載事項のひとつを指で叩いた。

「ほら、あった、この男に違いない――タウラー横丁で家具骨董店を営んでいるのは一軒だけですからな」彼は声を張り上げた。「トマス・キャプスティック」

小さなテーブル越しに熱心に覗き込んでいたヘラード氏は跳び上がった。その勢いはすぐそばに立っていた給仕がグラスや食器を受けとめに飛び出してこなければならないほどだった。

「キャプスティックですと！」ヘラード氏は叫んだ。「キャプスティック！　信じられん！　キャプスティックとは！　驚いたなんてものではない。われわれはすぐにサークルストウに向かわねばなりません――ただちにです！」

「まあ、落ち着いて」ペイヴァー＝クロンプトン氏がすばやくなだめた。「まず料理が先ですよ。さて、その興奮はどうしたわけです？」

ヘラード氏は今一度ちらりと人名録に目をやり、腰を落とした。

「キャプスティック！　こんな話があるだろうか」彼はうなった。「キャプスティック！　それはサークルストウ城の管理人を務めている女性の名前なのです。彼女は古い物見櫓に住んでおりまして――むろん、今では廃墟となっていますが、その中に部屋がいくつかあるのです。うむ、あのスナッフィーというやつは、彼女の身内に違いありません」

「どうも核心に近づきつつあるようですな」ペイヴァー＝クロンプトン氏は言った。「これだけの情報を得たからには、タウラー横丁に戻って、もう一度あの古狸に会ってみましょう。あなたは彼に二つの質問をぶつけなければなりません。サークルストウ城の女性は彼の親戚なのか？　あの緊急貨幣は彼女から入手したものなのか？　それで次の段階に進めるでしょう。その前に――ああ、きみ、ワインリストをくれないか」

活力を取り戻したヘラード氏とペイヴァー＝クロンプトン氏は、より用心深く、タウラー横丁まで来た道を引き返していった。しかし、汚くむさくるしい店にはしっかり鍵が掛かっており、トマス・キャプスティックの姿はそこにはなかった。今度もまた、向かいの女が戸口から顔を突き出した。

「スナッフィーなら出かけましたよ」彼女は言った。「旦那さん方が帰られたあとすぐに戻ってきましてね。それからかばんを持って出かけましたが、こう言ってましたよ。これから仕事で地方に行くので、もし誰かが会いにきても、一週間かそこらは戻らないって。まあ、いつものことなんですけどね」

捜索者たちは再びホルボーンへ引き返し、タクシーを拾ってホテルに戻った。

「問題は」タクシーの中でヘラード氏は考え込むように言った。「問題は、あのならず者が――わたしはやつをならず者だと確信しておりますが――サークルストウに向かったのかどうかということです」

ペイヴァー＝クロンプトン氏はくすりと笑った。

「いやいや、失礼だが、それはたいしたことではありませんよ。目下の問題は、あなたの歴史的な町に行くのに何時の列車がつかまるかということです。今のわれわれに必要なのは、一刻も早くサークルストウに駆けつけることですから」

「つまり、メアリー・アン・キャプスティックに会うということですか？」

「メアリー・アンだろうが、メアリー・ジェーンだろうが、わたしの考えでは彼女が次の手掛かりです」

「でしたら返事はすぐです。三時十五分にキングス・クロスからお誂え向きの列車が出ます」

「ではそれに乗って当地に赴くとしましょう。きっとそこにわれわれが突き止めようとしている流れの源があります」

　その夜八時、ヘラード氏と彼の連れは、吹きさらしの荒野の鋭い空気を吸い込みながら、彼方にそびえ立つサークルストウ城の雄姿を見つめた。偉大なるノルマン人の遺産である砦が今なお睨みを利かせている。二人はその力強い巨体を行く手に眺めながら暗闇の中を歩いていった。

「われわれはまっすぐ物見櫓（バービカン）に向かったほうがよいのでは？」ヘラード氏が提案した。「前触れなく、単刀直入に尋ねてみてはどうかと」

「名案です！」ペイヴァー＝クロンプトン氏は同意した。「どういうふうに質問するべきか、助言させていただけますかな？　この女性がドアを開けるや否や、いっさいの前置き抜きで単純に質問をぶつけるのです。このように。『やあ、ミセス・キャプスティック、あんたはロンドンのタウラー横丁のトマス・キャプスティックという男を知っておるかね』」

「そいつはいい」ヘラード氏はつぶやいた「そうしましょう」

　しかしヘラード氏と彼の連れは昼に続いて二度までも、自分たちの目の前のドアに鍵が掛かっているのを発見した。数部屋の住居に改造された古い物見櫓（バービカン）は暗闇に沈んでいた。菱形の窓からはロウソクの光も炎の輝きも漏れてこない。ヘラード氏は扉をどんどんと叩いたが、応答はなかった。そのうち近くのコテージのドアが開き、男がひとり出てきた。

「ジョン・グリーン——いいところに！」ヘラード氏は男のほうに歩み寄った。「やあ、ジョン。ミセス・キャプスティックの居所を知らないか？　まさか、この時間にもう寝ているということはないだろう？」

　ジョン・グリーンは振り返ってコテージの中を覗き込み、細君の名を呼んだ。やがて気のよさそうな女があたふたと出てきた。

「まあ、ヘラードの旦那さんじゃございませんか」細君は強いヨークシャー訛りで言った。「はあ、ミセス・キャプスティックですか、あの人なら昼前に出かけていきましたですよ。ケテルビーまで娘のライザに会いに——病気にかかってるもんですからね。ミセス・キャプスティックは列車に乗るために十一時に出かけたんですが、その二時間ぐらいあとに、彼女宛ての電報が来たんですよ。電報を持ってきた少年があたしに預けていったんでございます。で、あたしは家の鍵も預かってたもんですから、中に入ってテーブルの上に電報を置いてきました。ひょっとしたらライザの訃報じゃないかと思ったんですけどね。もちろん、確かなことはわかりませんが」

「おや、彼女はあんたに鍵を預けていったんだね？」ヘラード氏は暗闇の中でそっと連れを突つきながら言った。「いや、ちょっと物見櫓（バービカン）の家から取ってきたいものがあってね。その鍵を貸してくれんかね、奥さん？　ついでに訊くが、ミセス・キャプスティックは今夜じゅうに戻ると言っていたかね？」

細君は自分のコテージに引き返し、鍵を取ってきて手渡した。

「戻るかもしれないし戻らないかもしれないと言ってました。全部、ライザの容体次第ってことで。もし悪かったら、あっちに泊まると言ってました」

ヘラード氏はキャプスティック夫人の住まいのドアを開け、連れを中に入れると、ドアを閉めてマッチを擦った。小さな部屋のテーブルの中央に一本のロウソクが立っていて、そばに薄茶色の封筒があった。ヘラード氏はそれを見て、ペイヴァー＝クロンプトン氏に視線を移した。

「どうでしょうな」彼はいささか後ろめたい表情でささやいた。「わたしは――実はこの電報を開けてみようと思うのですが！」

ペイヴァー＝クロンプトン氏は黙認のしるしにうなずいた。

「状況を考えれば、わたしがこの手でやるべきことだ。きっとその電報はライザからではなく、ロンドンから来たものでしょうからな！」

薄茶色の封筒をゆっくりと開けるヘラード氏の指はかすかに震えていた。彼は電文をちらりと見ると、うめきとも叫びともつかない声を上げ、その薄い紙を連れに手渡した。

「あなたのおっしゃるとおり」ヘラード氏は言った。「これはロンドンからです。あの忌々しい詐欺師からだ」

ペイヴァー＝クロンプトン氏はゆっくりと電文を読み上げた。

「サークルストウ、バービカン・コテージ、ミセス・キャプスティック。ケサ、ヘラードガキタ。スグニタチサルベシ。イトコのトム」

「十二時五十分に打たれていますな」ペイヴァー＝クロンプトン氏はそう言って思い出した。「われわれが彼の店を出た直後では？　しかし、さっきの奥さんの話では、ミセス・キャプスティックは十一時に出かけたということだから、この電報は受け取っていないということになりますな」

「運がよかった」へラード氏は言った。「彼女は戻ってくるでしょう――何の疑いも抱かずに。さて、どう思われます？」

「極めて単純ですよ」ペイヴァー＝クロンプトン氏は答えた。「あのスナッフィーというやつがこの女性から例のコインを手に入れたことは間違いありません。しかし――彼女はそれをどこから手に入れたのでしょう。そして何を知っているのか――マーシュフィールドについて」

二人の紳士は互いに問いかけるようなまなざしで相手を見た。その直後、ぎょっとしたことに家の外から重い足音が聞こえた。へラード氏が忍び足で戸口に近寄り、用心深く外の様子を窺った。

「地元の警官だ」彼はささやいた。「完全に信頼できる男です――彼を中へ入れましょう。役に立ってくれるかもしれません」

室内に呼ばれた警官は驚きの目でへラード氏を見つめた。

「問題でもありましたか？」彼はへラード氏からペイヴァー＝クロンプトン氏に視線を転じたあと、何か足りないとでもいうように周囲を見まわしながら尋ねた。「キャプスティックのおかみさんのことで何か？」

「かなりまずいことになりそうなのだ、ジョンソン」へラード氏は重々しく告げた。「まだはっきりしないのだが」彼はペイヴァー＝クロンプトン氏に向き直った。「今のうちにちょっとした予備調査を行ってはどうでしょう。何か示唆するものがあるかもしれません――」

ペイヴァー＝クロンプトン氏は首を横に振った。この期に及んではあまり役に立つまいという意見を述べようとしたそのとき、耳の鋭い警官が戸口に向かい、外を見て、再びドアを閉じた。

「ミセス・キャプスティックですよ」彼は言った。「もう、すぐそこに来ています」

ヘラード氏は作戦を展開することにした。「そっちに下がっていてください、ペイヴァー＝クロンプトンさん」彼は語気鋭く言った。「ジョンソン、きみはその隅のほうに――ドアの後ろに隠れてくれ。彼女が入ってきたらすぐ、ドアとの間に立つんだ。さあ、来るぞ」

息詰まる緊張の瞬間があった。それからドアが押し開けられ、背の高い、痩せこけた年配の女が入ってきた。背後にグリーンとその細君のとまどった顔が見える。流れてきた強い酒の匂いから察すると、キャプスティック夫人は少々酔っぱらっているらしい。ヘラード氏に向けた目には敵意がむき出しだった。

「ちょっと、ヘラードさん」彼女は大声で詰め寄った。「何の権利があって、あたしの鍵を使って家に入り込んだんです？　貧乏人の家だってお金持ちの家と一緒じゃありませんか。あたしはあなたや他の誰からも、迷惑をこうむるつもりはありませんよ。言っときますけどね、ヘラードさん！　いったい何の権利で――」

キャプスティック夫人の雄弁がいきなり途切れたのは、警官の姿が目に入ったからだった。警官はヘラード氏の合図を受け、手振りでグリーン夫妻を追い払うと、ドアを閉め、その前に立ちはだかった。キャプスティック夫人は突如息を呑み、訪問者の顔を順ぐりに見つめると、やがて崩れるように椅子に腰を落とした。

「ちょっと、これはどういうこと?」彼女の憤りはたちまち怯えに変わった。「何が起き――」

「さあ、ミセス・キャプスティック」ヘラード氏はきっぱりと言った。「あんたは真実を語らねばならん。こっちはそちらが思っている以上のことを知っているんだ。さあ、言ってごらん、あんたがロンドンにいるいとこのトマス・キャプスティックに売ったあの品は、どこで手に入れた? さっさと白状しなさい!」

それはあったりで飛び出した言葉だが、命中したのは明らかだった。ヘラード氏は手を振って電報を示し、追い打ちをかけた。

「さあ、早く」ヘラード氏は彼としては最も厳しい態度で続けた。「何か隠そうとしても無駄だ。あんたは例の品を――他にももっと多くのものを――数年前、マーシュフィールドから手に入れた! それについて本当のことを話しなさい――彼についても。あんたの秘密は必ずわれわれが引きずり出してやる。たとえ、この古い物見櫓(バービカン)のありとあらゆる石と木材をばらさなければならないとしても な! だから白状するんだ!」

キャプスティック夫人はすでに椅子の中で身悶えしながら、うめき声を上げ、すすり泣きを始めていた。その目が食器戸棚のグラスの隣に置かれた黒いボトルに向けられた。

「後生ですから、あれをひと口ください!」彼女は絞るような声で言った。「ひどく気が動転して。それにあたしは心臓が悪いんです! ほんの少しだけ飲ませてください、ジョンソンさん。そしたら、本当のことを話します、旦那さん方。そして何もかも終わりにします――あたしだって、長年ずっと心の重荷だったんですよ」

「彼女に望みのものを与えてやりなさい」ヘラード氏はジョンソンに命じた。そして囚人が啜ってはまた啜るのを見守った。やがて彼女の頬に赤みが戻ってきた。「いっさいがっさい、白状するんだ」

「さあ、無駄な抵抗はやめて」ヘラード氏は言った。「いっさいがっさい、白状するんだ」

キャプスティック夫人は帽子の紐をほどくと、深々とため息をついた。

「ずっと恐れてきたんです、いつかはばれるんじゃないかと」彼女はうめくように言った。「いとこのトマスにもそう言ったんだけど、絶対に安全だからって。いえね、こういうわけなんですよ、ヘラードさん。さっきあなたがおっしゃったように、マーシュフィールドさんが行方不明になったときのことです。あれはひどく霧の濃い朝でした——それでよけい簡単にあんなことになっちまったんです。いとこのトマスは数日前からうちに泊まってたんですが、ちょうど朝食が終わったとき、ドアをノックする音がして、マーシュフィールドさんが顔を覗かせました——その白くて妙な顔を見て、あたしたちは急いで立ち上がりました。『お願いだ、ミセス・キャプスティック』彼は言いました。『ひと休みさせてくれないか。そして何か気付けを——死にそうなんだ』と、こうです。『駅に急いでいたんだが、心臓がおかしくなって——もうへとへとだ』そう言ってよろけながら入ってくると、持っていたかばんをどさっと置き、そこの椅子に倒れ込んでしまいました。あたしは大急ぎで気付け薬を探し、いとこのトマスはそこの食器棚の中のお酒を取りに走りました。でも、あたしたちが何もできないうちに、マーシュフィールドさんは奇妙なうなり声をもらしたかと思うと、それきり息を引き取ってしまったんです」

「死んだのか！」ヘラード氏は叫んだ。

「あたしたちが身体にさわったときは、完全にこと切れてました」キャプスティック夫人は断言した。「あの人は死んだんです、あたしの命を賭けてもいいです！　手にふれたとたん、わかりました。もちろん、そのあと、あたしは大急ぎで手伝いと医者を呼ぼうとしました。でも、ご存じのとおり、ヘラードさん、あの頃、この辺りには家一軒、コテージ一軒、なかったんです――今のはみんな、そのあとに建ったもんで――だから助けを求めにいくご近所などなかったんですよ。それにトマス、彼にとめられました。『死人に医者なんか呼んでも手遅れだ』彼はそう言いました。『それより、おれにあのかばんの中身を確かめさせてくれ』。もちろん、トマスは気のすむようにしました。彼がかばんを開けると、そこにはたくさんの金貨と書類、それから町の貴重そうなものが入ってました。みな、あとになって行方不明になったと発表されました。トマスはそれを見ると、ドアに固く鍵を掛け、あたしに手伝わせて死体をそっちの奥の部屋に運びました。そしてその日のうちに出かけて、町でいろいろ嗅ぎまわり――もちろん怪しまれないようにですよ――帰ってくるとあたしに、このことを知ってる者は誰ひとりいない、この町にはひとりとして、マーシュフィールドが物見櫓（バービカン）のそばに来たなんて考えるやつはいないんだからと言いました。そして、すでにみな、マーシュフィールドが町から逃げ出したと噂していると。そんなわけで――そうです、あたしたちはお金をいただいちまうことにしたんです。トマスが預かって、ロンドンに持っていきました、残りの品物も一緒にね。でも、かばんに入っていた書類は別です。あの書類は――」

キャプスティック夫人は口をつぐみ、恐ろしげに聞き手の顔を見た。

「あの書類は」ついに彼女は押し殺したような声で続けた。「あれは死体と一緒にしてあります。そしてあの死体は、階段の底の古い地下室のひとつに埋まってます。ああ、あたしは何度、夜中にマーシュフィールドがあの階段をのぼってくる足音を聞いた気がしたことか。でも、それは妄想だとわかってます。だってあたしたち、あの人の死には何の関係もないんですから。そして――それで全部です。ヘラードさん、いとこのトマスはどうなります?」

ヘラード氏は厳しい表情で他の二人を見やってから、キャプスティック夫人に向き直った。

「あんたのいとこのトマスは容易につかまえてやるさ。あんたをつかまえたのと同じぐらいにな。ミセス・キャプスティックを警察署へ連行しろ、ジョンソン。そしてわれわれは仕事に取りかかるとしよう」

7

影法師（シルエット）

第一章

平日の朝、あちこちの郊外から都市へと通勤してくる無数の人々の中でも、リミスはひと際ぱっとしない、平凡な若者だった。誰もわざわざ振り返ってまで彼を見ようとはしない。たまたまリミスに目をとめたとしても——そんなことがあったとして——あと半マイルも雑踏の中を歩けば彼と同じような人間はごまんと見つかるに違いない。とにかく人目を引かない、生彩のない、ありふれた——エンドウ豆やジャガイモと同じぐらいありふれた存在だった。愛想のよい、正直者らしい顔立ちで、目には人並の知性が感じられる。髪の色はいたって普通だ。実用的なツイードのスーツに至るまで、すべてがあまりに特色なくできているので、広大な牧場の草の葉一枚にかき立てられる程度の興味しか持たれなかった。リミスについて語るとしたら——時間を無駄にするのを覚悟で——彼は群衆の中のただひとりに過ぎず、それ以上の何ものでもなかった。

しかし、人は第一印象に飛びつくと、ときに重大な過ちを犯すことがある。リミス——ホレス・シンクレア・リミス——は、二つの人格を持っていた。彼は決してジキル博士ではない。同様にハイド氏でもなかった。だが彼は非常に首尾よく二重生活を送っていた。

朝起きてから夕食をとるまで、リミスの一日は極めて杓子定規に過ぎていった。朝食をすませたあと列車で出勤し、九時半から五時半まで商社の事務員として働く。彼の勤務態度は勤勉そのものだった。しかし、両親と二人の妹とともに暮らすキュー地区の閑静な通りの小さな家に帰り、夕食をすませると、リミスは別人になった。これについては誰も何も知らない。夜、出かけてから戻ってくるまで、家族の誰も彼がどう時間を過ごしているか知らないのだ。

では実際にリミスがどのように過ごしているかというと、きっと誰の目にも恐ろしく退屈に映るだろう。だが、絶えず冒険を求めて目を配ることは、彼にとっては特別な刺激だった。冒険というものがどんなふうにやって来るのか、それがどんな形となって現れるのかは見当もつかないが、それでも彼は虎視眈々とその機会を狙っていた。彼はしばしば川岸を訪れた――泳ぎ上手の彼だから、いつの日か溺れかけている金持ちを助けてお礼に全財産を遺されるとか、あるいは美女を助けて結ばれるとか、そんな幸運に恵まれることがあるかもしれない。またあるときの彼は地味な酒場の暗い片隅にじっと座り、悪巧みの詳細を耳にするのを待っていた。もちろん、それは謎の言語で語られているが、彼には理解できるはずだ。そしてまた、リッチモンド・パーク、ウィンブルドン・コモン、パットニー・ヒースなどさまざまな公園に出かけては、ひと気のない場所をうろついた――そこには常に殺人の、少なくとも暴行事件の可能性が潜んでいるからだ。二人の怪しい人物が片隅で額を突き合わせているのを発見するのも、リミスにとっては重要なことだった。そんな連中に付きまとってくだらないトラブルに陥ったのも一度や二度ではない。結局その二人はパイプの煙をくゆらせながら穏やかに談笑している一般市民に過ぎないと判明するのだが。そのうえ、一度などは彼自身が警察の疑惑の対象となったことがある。疑り深い警官を納得させるには大変な苦労を要した。無人の戸建て住宅をかぎまわっていたのは、持ち主が海辺へ避暑に出かけて留守の間、泥棒に入られていないか確かめるためだったと。

「きみはそんなことに首を突っ込んじゃいけない」警官はうんざりしたようにリミスを見て、強い口調でたしなめた。「他人の家の安全など、きみには関係のないことだ。こうしたことはわれわれ専門家に任せて、まっすぐ家に帰りなさい。いいね？　ド素人にうろついてほしくないんだよ。さあ、帰った、帰った」

リミスは密かに笑みを浮かべながら引き上げた。俗に探偵小説と呼ばれるものを読んで育った彼は、警官全般の知的能力に極めて低い評価を下していた。先ほどの警官が無礼にも邪魔してきたとき、彼はもし自分が本当にあの家で泥棒を発見したらどうするべきか熟考していたのだ。彼が笑ったのは、警察の人間どもには、それが制服警官だろうが私服刑事だろうが、自分のような理論づけはできないことを知っていたからだ。

「素人とはね、まったく！」リミスはくすくすと笑った。「まあ、ぼくに絶好のチャンスが巡ってくるまで待っているがいい！　そうすれば――」

絶好のチャンスは突然訪れた。ある月の明るい夜、リッチモンド・パークで最もひと気のない草地を横切っていたリミスは、数ヤード先に人の身体らしきものが横たわっていることに気づいた。それは何かを暗示するように身動きひとつしなかった――あまりにじっとしているので、そろそろと近づきながらも、自分の身体が小刻みに震えるのを感じた。しかしもはや、それが動かないのを不思議には思わなかった。襟ぐりの深いチョッキの下の、光沢のある白いシャツに、深紅の鈍い染みがゆっくりと広がっていくのを目の当たりにしたからだ。

第二章

その深紅の染みの光景は、リミスの心に容易には名状しがたい感情を呼び起こした。ついに——夢でも幻でもなく、文字通り彼の足元に——探し求めてきた冒険が現れたのだ。それも考え得る限り、最も残酷な形で。これは間違いなく殺人だ——殺された人間でなければ、こんな不自然な、不意を突かれたような姿勢で横たわってはいない。リミスは妙に冴えた頭でその場の状況を把握した。彼は草地に横たわる男を見つめた。明らかに外国人だ。身なりもよい。白い顔が月明かりを反射している。両腕は大きく広げて投げ出され、微塵も動かない。突如、その事実がリミスの神経にのしかかってきた——意外なほど重く、そして深く。おずおずと前に進んでいた自分の足が小枝を踏んで乾いた音を立てたときは、思わず跳び上がってしまった。

ようやく身動きひとつしない人影まで歩み寄ると、リミスはかがみ込み、最後は脇に膝をついた。意を決して死んだ男の額にさわってみる——黒みがかった豊かな髪が乱れ、露わになった浅黒い額には、ごくわずかな温もりが残っていた。だらりとした腕に自分の手を重ねてみると、こちらもまだかすかに温かい。リミスは不意に死体から目を上げると、無駄と知りつつ、周囲に目を凝らした。「殺されたのはたった今だ！」彼はつぶやいた。「まだ温かい！　そうだ！　犯人はまだ近くにいるに違いない！」

その瞬間、リミスは人影を見た。彼のすぐ背後には、広大なリッチモンド・パークで緑のオアシスを作る雑木林が広がっている。そこは柵で囲われていて、リミスが死人の傍らにひざまずいている場所の真後ろにも手すりが延びていた。その彼方から月が燦然と、死体を取り囲む短い芝生に豊かな銀色の光を降り注いでいる。リミスが周囲を見まわしたその刹那、くっきりと浮かび上がったひとつの影法師——人物の頭と肩の影が目に入った。影がかぶっている異国風の山高帽は、先細で頂上がくぼんでいて、つばが広く伸びている。つばの下からは左右に二つのものが出っ張っていた。リミスにはそれが並はずれて長く尖った口髭の影だとわかった。

リミスが目撃したのと同時に、影法師は揺らめき、遠ざかり、見えなくなった。彼は跳ね起きて柵に駆け寄り、その向こうを見渡したが、シダの茂みに散らばっていったウサギの他は何も見えなかった。ウサギが立てるかすかな物音以外、他には何も聞こえない。再び静寂がのしかかり、聞こえてくるのは彼自身の心臓の鼓動ばかりだった。

「怪しいやつ！　ぼくは見た——この目で見たぞ！」

リミスは柵から離れ、左右に目を向けた。片側に八十ヤード、もう片方に六十ヤードは延びた柵内は、大部分が樹木と下草で厚く覆われていた。さらにリミスの知るところでは、その雑木林は裏手に深く広がり、やがては樹木の茂る小さな谷に落ち込んでいる。そこから先は公園内のひと気のない場所に続く道が無数に延びていた。彼は首を振った。

「干し草に落ちた針を探すようなものだ！　とてもひとりでは手に負えない」

考えてみれば、どんな仕事でも独力で処理することはできない。これは人が秘密にしておくことのできない物事のひとつだ。彼は警察に発見したものについて話さなければならない。そこで、一番近い門まで行って警官を見つけ、再び死体のもとに戻ってきた。

　このときの捜査で、犯人は凶行後、短刀か先の尖った刃物で死体の額を引っかき、奇妙な印（マーク）をつけていったことがわかった。それは二本のまっすぐな線で、一方がもう一方より長く深い。流れた血液が固まり、大理石のように白く秀でた額の上でTという文字を作っていた。リミスはひと気の絶えた公園を足早に横切りながら、頭をひねった。そして不意に閃いた。

「そうだ、もちろん！」彼は叫んだ。「そうに決まってる。裏切り者（traitor）のTだ！　よし！」

第三章

次の二週間、ホレス・シンクレア・リミスはちょっとした有名人になった。彼の名前は世間に知れ渡り、各紙に写真が掲載された。警察当局、治安判事、検死官、陪審員、その他さまざまな役人たちが、リミスをリッチモンド・パーク事件の第一目撃者だと認識している。彼は突如、注目の的となった。人々は何かと口実を設けては彼の両親のもとを訪れた。

リミスが昼食をとるカフェには野次馬が押し寄せ、ウェイトレスたちはやがてうんざりしてあれが彼だと指さすようになった。彼は勤め先をも混乱させた。部長から最年少の社員まで、誰もが一部始終を繰り返し聞きたがった。とうとう社の重役たちは彼に休暇を与え、検死官と治安判事から用済みだと言われるまで戻ってくるなと渋い顔で告げた。それからの華々しい二週間、検死法廷でも治安判事裁判所でもリミスの姿が見られた。そこにいないときでも、どこかしらに出向いていた。

しかしリミスは、検死官や治安判事の尋問でも、知っていることすべては話さなかった。従って、事件で明らかになったのは次のことのみである。被害者——短刀で刺されて即死した男は、捜査の結果、身元の解明につながるものは何ひとつ所持していないことがわかった。しかし写真を公表した結果、以下の事実が判明した。被害者はイタリア人で、殺された日にロンドンに到着している。ソーホーに宿を取り、同地のレストランで食事をして、ウェイターの証言によれば夜七時に、彼に自己紹介していた別のイタリア人とともに立ち去った。警察がその男を逮捕したところ、被害者の所持品と思われるものをいくつか持っていることがわかった。しかし男の容疑はただちに晴れた。男の言い分によれば、見知らぬイタリア人に自己紹介したのは確かだが、それは相手が英語の不自由な同国人だとわかったからだ。持っていたイタリアの貨幣がもとは被害者のものだったのもまた確かだが、それは両替をしてやったからで、男からは英国の貨幣を与えていた。他に未使用のジェノヴァの絵葉書が何枚かあるが、これも被害者からもらったものだ。たまたま二人とも出身がジェノバの近くだったためである。しかし二人が関わったのはそこまでだった。男は被害者とともにソーホーからチャリング・クロス駅まで歩き、そこでリッチモンド・パーク行きの列車に乗せてやった——その後は一度も被害者の姿を目にしていない。男はこれらすべてを易々と、かつ疑いの余地なく証明した。殺人当夜の男には鉄壁のアリバイがあったのだ。男は釈放され、この殺人事件はリミスが最初に通報した時点、つまり振り出しに戻ってしまった。何事も起こらず、名乗り出る者もない。検死陪審団は被告が正体不明のまま評決を下し、世間はより新しい興奮を求めてうずうずし始めた。そしてリミスは行動を再開した。ある秘密を抱いていることを、密かに、そして誇り高く意識しながら——。彼は警察にも報道機関にも、検死官にも治安判事にも草地で見た謎の影法師についてひと言も話さなかった。なぜなら、これは彼の事件だからだ。

リミスは心にある計画を抱いていた。この謎を自分自身の手で解決するつもりなのだ。法に則り、警察には通報せざるをえなかった。しかし、この事件は彼のものだ。警察はこの件についてはこれ以上何も発見できないだろう。それどころか、世間から忘れられれば却って喜ぶに違いない。しかしリミスは決して忘れるつもりはなかった。やがて彼は真実をつかむだろう——静かに、密やかに、確実に。彼が真相をつかんだとき、そのときこそ、その栄光を最大限に利用するつもりだった。おそらく彼はこの件について本を書くだろう。少なくとも、新聞記者たちは彼について書き立てるに違いない。ことによると――それはずっと彼の夢だったのだが――市井の事務員の職を捨て、犯罪の専門家としての仕事を始めるかもしれない。

リミスの見たところでは、身元不明のイタリア人殺しは――実際には、被害者は宿にマルコ・チャッピという名前を残していたが――敵討ちの果ての惨劇だ。リミスはそれに関する血なまぐさい小説を本棚いっぱいに持っていた。あるいはブラックハンド（一九世紀末から二十世紀初頭にかけて活動したイタリア人の犯罪秘密結社）の仕業かもしれない。彼はその話についてもおおいに読んでいた。チャッピを殺したのが誰であれ、額のあのマークは明らかに犯行後、裏切り者の烙印として押されたものだ。これは秘密社会の伝統と完全に一致する。リミスが見た、芝に影法師を投じていった男はきっとどこかの秘密結社の人間だ。そうなると肝心なのは男を発見することだ。

探し物はただ待っているだけでは見つからない。それはリミスもよく承知していた。彼はあの男を探しにいかなければならない。それも――これまた言うまでもなく――探すのは見込みのある場所でなければならない。見込みのある場所といえば、ソーホーではないだろうか。だがソーホーを探すならハットン・ガーデンやクラーケンウェルもはずすわけにはいかない。トッテナム・コート街の一部も。かくして、リミスは仕事が終わってもまっすぐ帰宅せず、シャフツベリー街とオックスフォード街の間の通りという通りを隈なく歩きまわることになった。これ見よがしな口髭をはやし、先の尖ったソンブレロをかぶった男の姿を求めて。

それはリミスにとっては新しい経験だった。彼は今まで聞いたこともなかった物事をたくさん知るようになった。ロンドンの中心地で極めて大陸風の生活を送ることができるのを発見した。風変わりなカフェやレストランに通い始めた。そこでは英語はめったに聞かれず、チェコ語からレバント訛りまで驚くほど多くの聞き慣れない言語や方言が飛び交っていた。彼は見慣れない料理を食べ、安いワインを飲んだ。奇妙な風体の男や、初めて見る類の女たちの多くに観察の目を向けた。そして不思議に思った。このロンドンはいったいどんなふうに、ボルドーやらコンスタンティノープルやらの出身の、ありとあらゆる怪しげな異人の掃き溜めとなったのだろう。しかし、こうして何週間も経つというのに、彼には探している男の影すらつかめなかった。

リミスは自分自身が興味の——疑惑ではなく——対象となる可能性があるとはまったく考えていなかった。いくら自分が定期的にグリーク街やデーン街を見まわり、その界隈の外国レストランで一時間も二時間もねばっているからといって、彼が——明らかに場違いではあるものの——そこで何をしているのか、誰かが疑問を持ち始めるかもしれないとは夢にも考えなかった。ロンドンを知る者なら誰もが知っていることだが、この地域にはもともとのロンドンっ子以外、芸術家でない住人や常連はいない。長髪の詩人、短髪の役者、異様な服装で悪目立ちしている画家、バレリーナ、コーラスガール、目の眩むような喜びのひと時を求めてフリート街から来る若者たち。一方、リミスは決して芸術家の信奉者や若い女優の追っかけには見えなかった。にもかかわらず、ある晩、静かなレストランの片隅で、彼をおおいに驚かせ、面食らわせる出来事があった。ひとりの娘が向かいの席に気安く腰をおろし、すぐさまウェイターを呼んでちょっとしたものを注文したあと、突然身を乗り出して話しかけてきたのだ。

「ここに座ったのは、あなたと話がしたかったからなの」彼女はささやいた。「お願い、わたしと知り合いのようなふりをしてちょうだい。わたし、ずっとあなたを見張っていたの――何週間もね」

この不意打ちに、リミスの野暮ったい、そばかすの浮いた顔はかっと赤くなった。彼はひたすら目を丸くした。

「ぼくを！」彼は言った。「このぼくを！」

「ええ、あなたを」娘は答えた。「あなたはリミスさんでしょ、リッチモンド殺人事件の目撃者の。あなたはリッチモンド・パークでチャッピを見つけた――彼の死体を。それ以来、この付近で多くの時間を費やしているわね。ずっと誰かを探している。そうじゃない？」

リミスはこの単刀直入な質問に即答するかわりに、相手の顔をまじまじと見た。きれいな娘だった。浅黒いオリーブ色の肌をして、美しい髪と目を持っている。身なりは控えめだがよく似合っているし、言葉に残るかすかな訛りも却って魅力的に聞こえた。しかし、流暢な英語を話してはいても、英国人でないのは明らかだった。これまでの人生で一度も外国の女性と話したことがなく、外国の男性ともめったに話したことのないリミスは、即座に生粋の英国人が海峡を越えてきた者に感じる疑念を抱いた。娘の美しさにもかかわらず、彼の態度はどこか辛辣で、話し方も無作法になった。

「それが何か？　ぼくは知らない人間と私的なことは話さないよ」

ちょうどそのとき、ウェイターがアイスクリームを運んできた。彼女はそれをつついていたが、ウェイターが再び立ち去ると、世捨て人の心さえ融かしてしまうような微笑をリミスに向けた。

「気を悪くしないでね。ただ、ちょっとだけ考えてみて。女の助けはいつでも役に立つものよ」

「どんな助けだろうと、必要だと言った覚えはないんだが」リミスは答えた。「ともかく、記憶にないね」

「それでも、あなたは喜ぶと思うわ」娘は臆さずに言った。「ねえ、わたしはあなたの求めているものをよく知っているのよ」

「ほお！」リミスは横柄な声を出した。「それはそれは！　ぼくの考えが顔に書いてあったかな？ともかく、ぼくにはきみの狙いがわからないよ！」

この頃には彼はかなり気が大きくなっていた。そこでこの強引な同席者を真っ向から見つめた――女性に奥手のリミスにしては立派なもので、悠々と自信ありげにほほえみかけさえした。しかし間もなく、視線や微笑を交わすことにかけては、謎の若い娘のほうに分があることを悟った。

「そう？」娘は彼を見据えた瞳に圧倒的な威力を発揮しながら言った。「だったら、教えてあげるわ。わたしはね、あなたの求めているものを求めているのよ！」

リミスは疑惑に身を固くした。他人の耳を恐れ、神経質に周囲を見まわした。だがそこは静かな一角で、彼らの声が届く範囲には誰もいなかった。

「そこまでよく知っているなら、ぼくが何を求めているのか、教えてくれるだろうね」彼は半ば挑戦的に、半ば腹立ちまぎれに言った。「世の中にはお節介な人間がいるが、ぼくは――」

「あなたはチャッピを殺した人間を追っている」彼女は冷静に遮った。「そして――わたしもよ」

その答えがあまりにも軽やかに、自信満々に返ってきたので、リミスは沈黙せざるをえず、ただ目を見張っているしかなかった。娘はアイスクリームを食べ続けている。

「ほら」彼女は淡々と言った。「当たりでしょう？　ね、あなたと話すもっともな理由があるじゃない」

リミスは不意に言葉を取り戻した。彼は身を乗り出し、好奇心に目を光らせた。

「どうしてきみは彼を探し出したいんだ?」小声で問いかけた。「なぜ——何のために?」

娘はアイスクリームの最後のひと口をなめ、スプーンを置いた。そして美しい顔をリミスの鼻先に近づけながら、甘い声でひとつの言葉をささやいた。

「復讐よ!」

第四章

一時間後、リミスはまだレストランの静かな一角にいた。澄んだ目と魅惑的な声の娘も一緒だった。二人の間のテーブルにはイタリアワインのボトルが置いてある。娘はその中身を少しだけ啜り、リミスは豪快に飲んだ。だが一時間経ってもまだ、彼は秘密を打ち明けようとしなかった。娘のほうは彼にすべてを話していた――彼女が話したがったすべてを。リミスの耳にはそれが、寝室の棚に丁寧にしまってある刺激的な小説の一章のように聞こえた。彼はその話を貪るように頭に入れた。乾いた土が雨を吸い込むように。死んだ男は娘の恋人だった――イタリアから彼女に会いにきたのだ。ところが騙されてリッチモンド・パークのあのひと気のない場所におびき出され、そこで殺された。今となっては、犯人を探し出し、司法の手に引き渡すことが彼女の務めだ。リミスが忌み嫌ったのはまさにその点だった。彼はなんとしても自分自身の手で犯人を引き渡したかったのだ。そしてはっきりそう言った。

「この件には時間も金も少なからず費やしたんだ。これまで幾夜通ったことか！　見張ったり待ったりにいくらかけたことか！　ぼくはやつをつかまえたときに手にする成果を人と分け合う気にはならないね」

「でも、わたしならあなたを手伝えるわ！」娘は熱心に言った。「あなたが何か秘密を持っているのはわかっている――検死審問でも警察裁判所でも、ずっとあなたを観察していたんだもの――それでわかったの、感じたのよ、あなたにはまだ話していないことがあるって。だからね、もしあなたがわたしに全部話してくれたら、わたしのほうでもちょっとした、ささいな情報を提供できるかも――」

「きみがその足で警察に駆け込まないとどうしてわかる？」リミスはあくまで疑念をとかなかった。

「わたしの名誉にかけて誓うわ」娘は黒い瞳に火花を散らせて答えた。

「この約束が破られることはあり得ないわ」

リミスは顎をさすった。申し分のない回答だった。まさに小説のヒロインが口にするであろう言葉だ。彼はもう一杯ワインを飲んだ。経験したことのない豊かな味わいに、虚栄の笑みが浮かんだ。

「本当に犯人の心当たりはないんだね――ひとりも？」彼は突然決意をぐらつかせて尋ねた。

「ええ、ひとりも。でも、ロンドンには何人か同胞の知人がいるの。チャッピはそのうちの誰かを知っていたかもしれないわ。もし何か手掛かりがあれば――ねえ、話してくれない？」

リミスはさらにワインを啜り、左右の親指をいじった。そして再びほほえんだ。それは自惚れ屋が何かを知っているときのほほえみ方だった。

「きみに何かわかったら、それをぼくに委ねてくれるかい？　どう利用するか、任せてもらえるだろうか」

「喜んで！」娘は声を張り上げた。「わたしには手柄なんて必要ないもの。わたしの望みはその男が吊るされるのを見ることだけよ――犬のように吊るされるのを！」

彼女は最後の言葉を、真珠のような歯並びの間から絞り出すように口にした。リミスはそこに強い意志を感じ、彼女を助手にするのも悪くないと思った。突然ワインの酔いが回り、彼はテーブル越しに身を乗り出した。

「あるものを見たんだ」——彼は虚栄の笑みを深めながら言った。「そのあるものとはね——影法師だよ」

娘のほうでも身を乗り出し、熱い息と髪の香りがリミスの鼻先に迫った。

「影法師？」彼女はささやいた。「それから？」

リミスはすべてを打ち明けた。これまで心の中で何度も繰り返し語ってきたので、簡潔に、印象的に再現することができた。娘は彼の話にいちいちうなずいていた。

「その影法師は、背が高い男のものに間違いないのね——山高の、広いつばの帽子をかぶった——そして口髭が頬の左右に突き出ている！　ええ、ええ！」

「誰か当てはまるやつを知っているのかい？」リミスは尋ねた。

「ねえ、あなたがいくらこの辺りを探しまわっても」娘は話をそらすように答えた。「男が口髭を剃り落として、その種の帽子をかぶるのをやめるぐらい、わけないことよ。絶対に見つからないと思うわ」

「ぼくが聞きたいのは、きみに思い当たるふしがあるかということだよ」リミスは問い詰めた。

「そういう影法師になりそうな男なら半ダースは知っているわ。何か——何か他にないの？　ねえ、わたしたちはもう一蓮托生よ。わたしがどれだけあなたの役に立つか、今にわかるわ」

リミスはチョッキのポケットに指を入れた。そして思わせぶりに片目をつぶってみせた。

「警察ってやつは」彼はもう一度ウィンクして言った。「自分たちのことをものすごく有能だと考えている。ところが現場を隅から隅まで調べても、何ひとつ見つけ出せない。ぼくもちょっと見て回ったんだけどね。連中の半分も時間をかけずに見つけたよ——こいつを！」

リミスは人目につかないように小さな物体を取り出し、二人の間のテーブルに置いた。それはかなり使い込んだホワイトメタル製のマッチケースだった。片面には象徴的な意匠がイタリア国旗の色——緑、白、赤でエナメル加工されている。もう片面は二文字からなる組み合わせ文字(モノグラム)——AとPとの——になっていた。

「どうだい？」リミスはくすりと笑って言った。「ほら、こいつをどう思う？　小さな大発見だ。これを落としたのは——どうしたんだ？」

娘はマッチケースをしげしげと眺め、すばやくひっくり返したあと、椅子の背にもたれ、リミスの背後にある鏡に映った一点を見つめていた。そして突然、振り返って店内を見渡した。

「今、入ってきた紳士と話がしたいの」彼女は言った。「向こう端のあの席に座ったばかりの、年配の紳士よ。彼のところへ行って、ちょっとこちらの静かなところまで来てミス・モレリと話をしてほしいと伝えてくださらない？」

リミスは本来、女性には礼儀正しくすることを旨としていた。そこでポケットにマッチケースを戻して立ち上がった。

「事件と何か関係があるのかい？　だったら教えてくれないか？」

「何もないわ」娘は落ち着いて答えた。「少なくとも、わたしが話したようなこととは何も。わたしはただあの紳士に、ある男がロンドンにいるかどうか訊きたいだけなの」

リミスは店内を歩いて年配の紳士のもとまで行った。紳士は太り気味の気さくそうな人物で、二重顎の下にゆったりとナプキンをはさんでいるところだった。リミスは身をかがめ、娘の言葉を伝えた。

紳士は驚いた顔で彼を見つめた。

「ミス・モレリという名前の方は存じませんな」彼は流暢な英語で答えた。「どなたかとお間違いではないですか」

「あちらにいる若いご婦人ですが」

リミスは振り返り、通りに面した出入り口に近い、静かな一角を指さした。それと同時に口から叫び声がもれた。娘の席が空だったからだ。

「なぜだ――なぜ。彼女が――いなくなってしまった！」

年配の紳士は鼻を鳴らし、リミスをじろじろと見たあと、ワインリストを取り上げた。彼がこの侵入者を無視するという決意を露わにしたので、リミスは言葉もなく、ぽかんと口を開けて自分の席へ引き返した。そしてそばにいたウェイターに話しかけた。

「ぼくと話していた若いご婦人はどこへ行った？」

ウェイターはドアの方向を見やった。

「お帰りになりました――お客様があちらの席に行かれるとすぐ――急いで出ていかれました」

リミスは勘定を払い、自らも立ち去った。そしてゆうに半時間はレストランの入り口の付近をうろついていた。しかしモレリ嬢は戻らず、ついにリミスはキュー地区の静かな通りへ帰っていった。

翌朝目を覚ましたとき、リミスは何もかもつくづく嫌になっていた。イタリアワインのおかげで肝臓に軽い異常を感じるし、ひどい頭痛がする。しかも前夜はほとんど眠れていない。ひと晩じゅうベッドの中で寝返りを打ちながら、結局、自分は黒い瞳の乙女に騙されたのだという結論に達した。そして彼女について自分なりの仮説を立て、自己満足に浸った。その仮説によれば、娘はチャッピを殺した刺客が属する秘密組織のスパイで、リミスが本当はどこまで知っているか見極めるために送り込まれたのだ。彼女が非常によい首尾をおさめたということは否定できない事実だった。

「せいぜいぼくの頭でできるのは」リミスは苦々しげにつぶやいた。「連中をおびき出して、調子に乗せ、警察に引き渡すことぐらいだ！　名誉とはね、まったく！　あの口のうまい性悪女なら、浴びるほどの名誉を得るだろうよ！　それにひきかえ、このぼくは——まったく、どうしようもない大ばか者だ！」

大ばか者だろうがなんだろうが、ホレス・シンクレア・リミスは出勤しなければならなかった。駅に向かう途中、新聞店の貼り紙にうつろな視線を向けた彼は、そこに躍る文字を見て目が飛び出しそうになった。〈リッチモンドで第二の殺人事件〉

リミスはすでに通勤列車の時刻に遅れかけていたが、そんなことは忘れて店に駆け込み、新聞を買った。外に出て舗道で棒立ちになったまま、すべてを忘れ——列車も仕事も部長の激怒も——貪るように記事を読んだ。そこにはこう書かれていた。

〈昨夜遅く、再びリッチモンドで殺人事件が発生した。今回の犠牲者もイタリア国籍の男性で、状況も、過日、リッチモンド・パークで起きたマルコ・チャッピ氏殺害のものと共通する点がある。両件とも殺害犯は痕跡を残しておらず、目下のところ、一件目同様、二件目の犯人の発見の見込みもまったく立っていない。しかしながら昨夜の事件においては、犯人は若い女であることがはっきりしている〉

リミスは口の中がからからに乾き、額からどっと汗が噴き出すのを感じた。彼は新聞を固く握りしめたまま、読み続けた。

〈昨夜十時半頃、リッチモンド在住のイタリア人で、同地で骨董商を営むアントニオ・ポレリ氏が、ガンウォーク小路の自宅の居間で家政婦と夕食をとっていたところ、玄関の呼び鈴がけたたましく鳴った。ポレリ氏自らが玄関に応対に出た。家政婦の証言によると、氏がドアを開けた直後、立て続けに三発、拳銃が火を吹いた。家政婦が玄関に駆けつけると、雇い主は死にかけているか、あるいはすでに死んだ状態で玄関広間にのびていた。家政婦が賞賛すべき冷静さでただちに道に飛び出すと、ちょうど若い女が大通りに向かって走り去るところだった。女の髪は非常に黒かったと家政婦は主張している。遺憾なことに、銃声によりすぐさま多くの野次馬が集まったものの、犯人の女は何の手掛かりも残さずに逃走し、この紙面が印刷されている時点においても逮捕には至っていない〉

リミスはゆっくりと新聞をたたみ、抱えていた本とサンドイッチの包みの間に注意深くはさんだ。今、すべてがわかった。すべてを理解した。あの娘は自分の動機は復讐だと語っていたが、あれは本当のことだったのだ。自らの手で復讐するつもりはないというのは真っ赤な嘘だった。だが、リミスはもうそれには腹が立たなかった――彼女を許した。彼を心から嘆かせたのは、チャッピを殺した犯人が、実は彼の隣人だったという事実だ。数週間前、隣の家に引っ越してきたのである。それなのに彼はソーホーに犯人の姿を追い求め、時間を浪費していた。実際にはリッチモンドに、目と鼻の先にいたというのに。

「千載一遇のチャンスだったのに！」彼はようやく列車に乗り込みながらつぶやいた。「みすみす逃してしまった！　しかし、あの娘はどうなるんだ？　いや、ぼくはもういっさい関わらないぞ！　彼女が何をしたのであろうと、愛情からしたことだ——愛の悲劇、そういうことなんだ。警察の連中に見つからないといいんだが！　本当に！」

もしリミスが知ってさえいたら、謎めいたモレリ嬢のためにそう気を揉む必要はなかった。リミスが部長の小言に辛抱強く耐え、仕事に取りかかった頃、ひとりの若々しい尼僧がヴィクトリア駅から大陸間急行列車（コンチネンタル・エクスプレス）に乗って英国をあとにした。彼女の姿を見た者は誰ひとり、その正体を見抜くことはできなかった。

8

荒野（ムーア）の謎

第一章

ノースシャーの〈レイトンスデイル・オールド銀行〉支配人エザリントンは、毎年恒例の一ヶ月休暇の第一週目にいた。判で押したような生活から解放され、いつもより一時間寝坊することで自由を満喫しているところだ。従って、この特別な――運悪くも波瀾の幕開けとなった朝も、スカーバラの〈グランド・ホテル〉の喫茶室に降りてきたのは十時過ぎだった。彼はスカーバラで二週間過ごしたのち、同じぐらいの期間をウィットビーで過ごすつもりだった。時計の針が十一時をさしていたとしても、気にすることはない。その日は何の予定もなかったからだ。彼が考える完璧な休日の条件とは、いかなる種類の予定も入れず、気ままに過ごすことだった。しかしその瞬間、予想外の出来事が起きた――ホテルのポーターが電報を手に、彼のあとから喫茶室に入ってきたのだ。

「お客様宛てです」ポーターは言った。「たった今届きました」

エザリントンは封筒を受け取り、窓際のいつもの席に持っていった。開封する前に朝食を注文したが、ウェイターと話す間もずっと電報の中身が気になっていた。彼は独身だった――同居している母と妹は非常に管理能力に優れているので、家庭内に問題が起きたとは考えにくい。二人とも火事か爆発でも起きない限り彼を煩わせようとは夢にも思わないだろう。副支配人のスウェイルは極めて有能な男だから、銀行のほうも万事順調に違いない。銀行の用件以外で彼に電報を打つ人物の心当たりはなかった。約束事の記憶もない。ウェイターが戻っていったので、エザリントンは薄茶色の封筒を開け、中に入っていた薄紙を開いて電文に目を走らせた。

「今朝六時、ブラインド・ギャップ・ムーアニテ、スウェイルノ射殺死体発見サル。殺人事件ノ模様。シキュウオ帰リヲコウ。到着時刻ヲ連絡サレタシ――リーヴァー」

エザリントンはいつもながらの落ち着いた態度で電報をたたむと、注意深く手帳にはさみ、たっぷりした朝食をしっかりたいらげてから、ウェイターに列車の時刻表を持ってきてほしいと頼んだ。しかし食事をする間も頭はずっと働かせていた。

殺人？　いったい誰がスウェイルを殺したいなどと考えたのだろう。エザリントンはスウェイルの姿を思い浮かべた。齢は三十の、物静かで温和な人物。学生時代から〈レイトンスデイル・オールド銀行〉で働いていて、勤勉そのものの暮らしぶりだった。そもそもスウェイルのように習慣を変えない男が、いかなる理由で五月の朝六時前に、ブラインド・ギャップ・ムーアのような荒涼としたひと気のない場所へ赴くことになったのか。エザリントンはスウェルについても彼の習慣についてもよく知っていたが、副支配人が早起きして朝日が昇るのを見にいくのが好きだとは、ついぞ聞いたことがなかった。しかもブラインド・ギャップ・ムーアへは町から徒歩で一時間はかかる。ひょっとしたら、彼は夜間、あるいは前日の夕方に撃たれたのかもしれない。もしそうだとしたら、彼はそこで何をしていたのだろう。彼は田舎歩きを楽しむような人間ではなかった――本の虫で、素人文士として町の遺物に関する随筆や論文を執筆していた。従って、帰宅後は家で過ごし、夜遅くまで机に向かうのを好んでいた。奇妙だ——何もかもが！　そのうえ——殺人だと？　尋常ではない、殺人とは！　それでも、スウェイルを知る者なら間違っても彼を自殺と結びつけたりはしないだろう。

エザリントンとしてはすぐにも行動しなければならない。彼は給仕頭にうなずいて合図し、そばに来させた。

「勘定を頼むよ」彼は言った。「思いがけず、呼び戻されたのでね。しかし、まず列車案内と電報の用紙を持ってきてくれないか」

レイトンスデイルまでは国を横断しての長旅で、三回の乗り換えと二回の退屈な乗り継ぎ待ちがあり、エザリントンが小さな市場町の小さな駅に支線から降り立ったのは、五時の鐘が鳴ったあとだった。その朝彼に電報をよこした部下のリーヴァーが待っていた。二人は連れ立って町の中心に続く道へ歩いていった。

「それで？」エザリントンは例によって単刀直入に尋ねた。「朝から何か新しいことは？」

「何もありません」リーヴァーは答えた。「しかし、警察は今や、殺人事件だと確信しています。疑いの余地はないと言っていました」

「事実を教えてくれ。純然たる事実のみを」

「彼を見つけたのは、セルウォーター卿の猟場管理人です。今朝、六時直前のことでした。副支配人はブラインド・ギャップ・ムーアの頂上の、例の石塚の近くに死んで横たわっていました。医者たちの話では、至近距離から心臓を撃たれ、即死だったそうです。それと——彼は強盗にあっていました」

エザリントンは思わず驚きの声を上げた。

「強盗だって！」彼は叫んだ。「まさか！　殺人までして奪う気にさせるような、何をスウェイルは身につけていたというんだ？」

「時計と鎖がなくなっていました。それから――」

「せいぜい三ポンドほどの値打ちじゃないか！」エザリントンは遮るように言った。

「ええ。しかし彼は大金を所持していたんです。この一、二年、荒野（ムーア）の上のほうの、あの二軒の農家――〈ロー・フラッツ〉と〈クウォーリー・ヒル〉の家賃を集金していたことがわかったんです。彼は昨夜、そこにいました。〈ロー・フラッツ〉の農夫、マーシャルは彼に五十六ポンド払ったと言っています。〈クウォーリー・ヒル〉のトムソンは四十八ポンド払いました。ですから副支配人は百ポンド以上所持していたわけです」

「全部なくなっていたのか？」

「ええ、数枚の小銭を残して、時計、鎖、財布、手帳――すべてなくなっています。彼がいつもはめていた指輪もです」

「家賃はどういうふうに支払われたんだ？　小切手か、それとも現金か？」

「紙幣と金貨で払われました」

エザリントンはしばらく無言で歩いた。確かにこれは強盗目当ての殺人に見える。

「警察では犯人の目星をつけているのか？」

リーヴァーは首を横に振った。

「もしそうだとしても、わたしは聞かされていません。署長がすぐにあなたに会いたいそうです」

エザリントンは警察署に直行した。署長は彼の姿を見るなり、ごま塩の頭を振った。

「とんだことになりましたよ、エザリントンさん」署長は支配人が腰をおろすと言った。「この地区での勤務経験は三十年になりますが、殺人事件は初めてです」

「殺されたというのは確かなのですか？」エザリントンは低い声で尋ねた。

「他に何が？　もし自殺なら、彼の命を奪った拳銃が傍らに転がっていたはずです。いや――これは殺しです！　そしてわれわれには手掛かりのかけらもない」

「おもな事実については部下のリーヴァーから聞いています。彼に話していないことがありますか？」

「もうお話しすることはほとんどないのです、エザリントンさん」署長は答えた。「スウェイル氏の昨日の行動についてはすべて突き止めました。彼は終日、いつもどおり銀行にいました。あなたの部下の証言によると何も変わった様子はなかったそうです。そのあと五時に銀行を出て下宿に帰りました。そこでも普段と変わったことはありませんでした。家主の婦人の話では六時に夕食をとったそうですが――これもいつもどおりです。そのあと何も言わずに七時に出かけました。そして八時十五分に〈ロー・フラッツ〉農場のマシュー・マーシャルを訪ねました。マーシャルは彼に半年分の家賃を払いました。〈クウォーリー・ヒル〉のジェイムズ・トムソンを訪ねたのは九時直前です。トムソンも半年分の家賃を払いました。彼はトムソンと少しばかり話をして、九時二十分頃帰ったそうです。トムソンが門まで見送りに出て、彼が荒野（ムーア）を横切っていくのを目撃しています。もちろん、その頃には辺りは暗くなりかけていましたが、スウェイル氏は例の古い石塚――今朝死体で発見された場所のある方角に歩いていったそうです。彼は衣服以外何も身につけていませんでした――殺されてから盗まれたのです」

「距離的にはどのぐらいあるのですか？　彼が発見された場所と、その二軒の農家とは」

「〈クウォーリー・ヒル〉からはゆうに一マイルはあります――〈ロー・フラッツ〉からは一マイル半ですかね」

「あの荒野（ムーア）は夜はいたって静かですが、誰も銃声を聞かなかったのですか？」

「わたしもその点を考え、捜査しましたが、銃声を聞いた者はいませんでした。もし誰かが耳にしたとしても、セルウォーター卿の猟番が何かを撃っているとしか思わなかったでしょう。しかしこれまでのところ、その種の音に気づいた者がいるという話はないのです。あの二軒の農家を除いて、荒野（ムーア）のあの辺りに家はありませんしね」

「チャールズワース氏の家がありますよ――あの石塚の上のほうに」

「ええ、ですがあれは丘の頂きの向こうでしょう。ですから音は遮られると思うのです。わたしはチャールズワース氏を訪ねましたが、あの家の人たちは何も聞いていないそうです」

「誰か怪しい人物はいないのですか？」

「われわれの捜査では浮上していません。二週間前なら近くにジプシーがいたのですが、すでに引き払っています」

「では、密猟者は？」支配人は重ねて言った。「この町には、あの荒野（ムーア）で密猟する連中がいます」

「おっしゃるとおり。しかしわれわれにはそのうちの特定の人物を疑う根拠がないのです。獲物を求めてあそこにのぼっていった者が二人いましたが、両人とも、昨日の夕方から昨夜にかけてはずっと町にいたことが確認されました。いやいや、この事件はそれよりはるかに複雑になりそうですよ」

「どういうことですか？」エザリントンは尋ねた。

「昨夜、スウェイル氏があの家賃を集金に行くのを誰かが知っていたに違いありません」署長は意味ありげに言った。「彼は待ち伏せされていたのです。そうは言っても、わたしが明らかにできた限りでは、マーシャルとトムソン以外に彼が家賃を集めるのを知っていた人物はいないのですが」

「わたしも知りませんでした」エザリントンは言った。

「そうでしょうとも。二人の農夫によれば、彼はセラー老人が亡くなったあと、集金を引き継いだそうです。あの農家はロンドン在住のホジソン夫人のものなのです。さて、もし誰かがなんらかの理由で、スウェイル氏が昨夜これらの農家を回ったあと、現金で百ポンド所持するであろうことを知っていたとしたら、どうでしょう」

「二人の農夫のうちどちらかが怪しいとは思われませんか?」支配人は尋ねた。

署長はきっぱりと首を振った。

「二人とも正直でまっとうな人物です。いやいや! こいつは一筋縄では行かない事件ですよ、エザリントンさん」

エザリントンは辞去するために立ち上がった。結局、この問題に限っては彼にできることは何もないのだ。

「むろん、検死審問は行われるのでしょうね」

「明日の十時に」署長は答えた。「しかし、今申し上げたこと以外、われわれに証拠はありません。『正体不明の単独犯あるいは複数犯による謀殺』事件ということになるでしょう。何か判明すれば別ですが。今のところ、まったくあてはありません」

それはエザリントンも同様だったので、そう言ってその場を辞した。そして母や妹と食事をとり、彼の休暇を妨げた悲劇的な事件について語り合ったのち、ステッキを手に町を出て、殺人現場へと向かった。そこで黄昏の迫る中、チャールズワースに出会った。荒野(ムーア)の端、そばでスウェイルの死体が発見された石塚のはるか上方にある、〈ヒル・ライズ〉と呼ばれる古い家に住んでいる男だ。エザリントンはチャールズワースをよく知っていた。銀行の古くからの顧客で、木材の大きな取引をしている。家に帰る途中らしいが、エザリントンが見たときは探るように石塚を眺めていた。

「見るべきものは何もありませんぞ」支配人が近づいてくると、彼はそう告げた。「警察は一日かけて足跡を探していたが、何ひとつ見つけられなかった。それには草が密集しすぎているし、地面も固すぎますからな」

「何か見つかるのを期待して来たわけではありません」エザリントンは言った。「この道をのぼってきたのは数年ぶりです。今、ここに来たのは、辺りを見て回り、昨夜、本当に誰にも例の銃声が聞こえなかったか確かめたかったからです。あなたのお宅では何も聞こえなかったのでしたね?」

大柄で筋骨たくましいチャールズワースは振り向くと、荒野(ムーア)の頂上を指さした。「わたしの家があるのはあの向こうをちょうど四分の三マイル行ったところでしてな。ここからはずっと上り坂が続き、間にはうっそうと茂った森もある。だから家では拳銃の音はもちろん、何の物音も聞こえなかった」

「あちらの農家の人々はどうでしょう」支配人は尋ねた。

チャールズワースはもう一方を指さした。

「ここからは〈ロー・フラッツ〉は見えない。ずっと向こうを下った先の窪地にあるからです。〈クウォーリー・ヒル〉のほうは煙突だけなら見えるが――ほら、荒野(ムーア)の道の後ろに覗いている。彼らには何も聞こえんでしょう。警察にも言ったが、試してみれば容易にわかる。スウェイルを殺したのが誰であれ、うまい場所を選んだものだ。夜間、誰かがこの辺りをうろつくことなど、月に一度あるかないかですからな――特にこの時季は」

エザリントンはすぐには返事をせず、急速に夕闇が濃くなる周囲の景色を見つめていた。まったく、荒れた寂しい土地だ！　何マイルもヒースの茂みが続き、〈クウォーリー・ヒル〉の煙突の向こうには一軒の民家もない。

「彼を殺したのは誰なんだろう」ついにエザリントンはうわの空でつぶやいた。

チャールズワースは別れの挨拶代わりにうなずいて、丘の頂上に向きを変えた。

「それを知るものはこの世にひとりだけですな」彼はそう言って帰っていった。

第二章

副支配人の検死審問では、事件の解決になんらかの役に立つ、あるいはいずれかの人物が有罪であることを示す、いかなる証拠も提示されなかった。それでもひとつ、手掛かりといえるものが見つかった。それは近隣の谷間にある田舎駅の出札係がもたらした情報だった。死体が発見された朝の五時半、その出札係が始発列車の乗車券を発行するために駅に赴いたところ、荒っぽい、船乗りらしい男がプラットフォームを行きつ戻りつしているのを見かけた。男はやがてノースポート行きの切符を買った。

出札係は男の人相についてあまり細かくは覚えておらず、また、ノースポートは人口二十五万近い町なので、男を発見できる可能性は低かった。それでも、そうした人物――地元には縁のないよそ者が、スウェイルが殺されたであろう時刻の数時間内にブラインド・ギャップ・ムーアの石塚の五マイル以内の場所にいたのは事実だった。

しかし結局、この手掛かりからは何も得られなかった。他に証拠として提出されたものもすべて空振りに終わった。ひとつだけ、腑に落ちないことがあった。〈レイトンスデイル・オールド銀行〉は独自の紙幣を発行する数少ない地方銀行のひとつだった。農夫は二人ともそれら地元銀行紙幣でスウェイルに家賃を支払っている。彼らはそれぞれの紙幣番号を控えていたので、銀行では目を光らせていたが、月末になってもそれらが持ち込まれることはなかった。

ついにエザリントンはある結論に達した。この強盗殺人犯は、これらの銀行紙幣を扱うのは危険だと判断するだけの頭のある男で、一緒に手に入れた少量の金貨、腕時計、鎖、指輪で満足しているのだと。あるいはもっと抜け目なく、どこか遠方で両替するつもりかもしれない。そうなると紙幣がこちらにたどり着くのは、長い間隔をあけながら、ずっと先のことになるだろう。

こうして六週間が過ぎたある日、昼食を終えて銀行に戻ってきたエザリントンは、今や副支配人に昇進したリーヴァーに、自分がいない間変わったことはなかったか尋ねた。

「何もありません」リーヴァーは答えた。「チャールズワース氏が、〈フォーキンガム&グリーンセッジ商会〉に振り出した手形を回収した以外は。期日は来週ですが、手持ちの現金があるから、今、支払うとのことでした」

「彼がそうするのは二度目じゃないか?」エザリントンはリーヴァーが差し出した書類を見ながら言った。

「三度目です。四月に一度、そして一月に一度、回収しています。さらにもう三枚ありますが。八月と十月、十二月に」

支配人はそれ以上は何も言わなかった。彼は執務室に行き、席に着いた。あれこれ考えるうちに、ひとつの疑問が浮かんだ。なぜチャールズワースは〈フォーキンガム&グリーンセッジ商会〉に振り出した手形を呈示の数日前に支払ったのだろう。なぜ直近の三枚に限り、銀行に出向き、現金を払って回収したのだろう。通常の手順どおり、支払期日に手形引受人に呈示するのではなく。一度ならともかく、これは習慣化しつつある。チャールズワースはやり手の材木商だった。ノースポイントの会社——輸出代理業の〈フォーキンガム&グリーンセッジ商会〉とは多くの取引をこなしている。エザリントンの知る限りではこの十五年ほど、チャールズワースは材木の委託販売の決済でこの会社にしばしば多額の手形を振り出してきた。およそ半年前までは、振り出された手形は常に満期日が来てから支払いを呈示されていた。手続きはすべて迅速に行われた。しかし今しがたリーヴァーが言ったように、チャールズワースは直近の三回分を呈示前に自ら回収している。なぜだろう?

この疑問がエザリントンを悩ませた。なぜ一週間後には支払期日が来て速やかに支払われるはずの手形を自ら回収するような煩わしい真似をするのだろう。どう考えても妙な処理だ——しかも今年に入ってから三度も繰り返されている。やはり変だ。

エザリントンはリーヴァーが昼食に出かけるのを待ち、必要な帳簿や書類を集めた。そしてそれらを執務室に持ち込むと、メモ用紙にいくつかのデータと数字を書き留めた。前年の十月、チャールズワースは〈フォーキンガム&グリーンセッジ商会〉の六枚の引受手形を持ち込んだ。期限に関してはまちまちだった。それぞれがかなりの額で——たとえば、チャールズワースがまさにその日支払った額面は千五百ポンド以上だった。手形は総額で約七千ポンドから八千ポンドになるが、これらはもちろん、振出人によって支払われるやただちにエザリントンが割引処理していた。これは別に特別なことではなかった。エザリントンは長年、チャールズワースによって振り出され、〈フォーキンガム&グリーンセッジ商会〉によって引き受けられた、似たような引受手形を割り引いてきた。異例なのは——支配人としても奇異に思えたのは——チャールズワースが支払期日が来る前に、これらの手形の支払いをしている点だ。しかもこれで三度目になる。エザリントンはまたも自らに問いかけた——なぜだ?

やがて彼は帳面と書類を元の場所に戻し、支払期日を待つ多数の手形を取り出した。リーヴァーがまだ手元にあると言っていた、チャールズワースの手形三枚を選び出すのは簡単だった。エザリントンはそれらを執務室に持っていって机に並べ、それぞれを注意深く調べた。一枚目の支払期日は八月で額面は九百五十ポンド。二枚目は十月で八百ポンド。三枚目は十二月で千百七十五ポンドだった。しかしエザリントンの関心はそこにはなかった。金額には露ほども興味を持たなかった。彼が見ていたのは、それぞれの署名だった。やがて彼は自分が〈フォーキンガム&グリーンセッジ商会〉から受け取った手紙を保管していたことを思い出し、それらを見つけてくると、通信紙の署名と手形の表に書かれた署名とを細かく見比べ始めた。一通一通、一筆一筆、最初は裸眼で、二度目は拡大鏡の助けを借りて。そして、筆跡鑑定の専門家よろしく十分間かけて入念に調べた結果、それぞれの手形において〈フォーキンガム&グリーンセッジ商会〉の署名が巧妙に偽造されているという結論に至った。

エザリントンは長いこと、青いスタンプが押された長方形の紙片を見つめていた。それからたたんで封筒にしまい、自分の手帳にはさんだ。そしてリーヴァーが戻ってくると、彼のところへ行った。

「わたしはいつもより早く帰らなければならない」エザリントンは言った。「わたしなしでも困ることはないだろうから、あとはきみに任せる。しかし明朝九時きっかりにはここにいてくれ、リーヴァー。そのとき、また会おう」

エザリントンは速やかに自宅に戻り、外出の支度をして出発した。ノースポートまではわずか二時間の距離だが、ただちに赴く必要があった。彼の心に生まれた疑惑は、解決に手間取るようなことがあってはならない——すぐに解決しなければ。もし署名が偽造されたという彼の考えが正しければ、この先取り返しのつかない事態を招くかもしれないからだ。

チャールズワースが懇意にしてきた取引先〈フォーキンガム&グリーンセッジ商会〉の社名のもととなったグリーンセッジは数年前に亡くなっていた。当時のフォーキンガムも同様である。今はもうグリーンセッジ家の人間はいない。事業はすべて、ステファン・フォーキンガムという中年の人物が仕切っていた。個人事業主であるにもかかわらず、彼は昔ながらのやり方を保っていた。エザリントンが有名な海運都市ノースポートにある事務所に到着したとき、ステファン・フォーキンガムはすでに帰宅したあとだった。エザリントンは市外にある自宅に彼を追った。そして間もなく、密談のために二人きりで部屋にこもった。

「わたしを見て驚かれたでしょう」エザリントンは言った。

「正直、驚きました！」フォーキンガムは答えた。「もちろん、何か重要な件でいらしたのでしょうが」

「重要であると同時に、内密の件なのです――少なくとも、今のところは」エザリントンは手帳を取り出すと、三枚の手形を引き抜き、机に広げた。そして引受署名を指さした。「これらの署名はあなたのものですか？」

フォーキンガムはぎょっとした。身をかがめ、日付を見て、驚きの声を上げた。

「いや、とんでもない！　わたしはチャールズワースの手形の引受はしていません――そう、この一年半は。ちょうどその間は、彼とはいっさい仕事をしていないのです」

「すると率直に言って、これらの署名は偽造だと？」

フォーキンガムは肩をすくめた。

「わたしに関する限りは。わたしはこれらについては何も知りません――何ひとつ！　ある時期から彼との取引はやめていますので。あなたはまさか、あのチャールズワースが――」

エザリントンはフォーキンガムにすべてを語った。手形は全部で六枚あり、そのうち三枚が回収された。おそらく他の三枚も同じように回収されるだろう――誰にも偽造の件を知られることなく。話が結末に至ると、二人の男は顔を見合わせた。彼らはそれぞれ、考えを巡らせていた。しかしエザリントンは相手の男の脳裏にはない、別の件のことを考えていた――偽造よりはるかに悪質な件のことを。

「どうなるのでしょう?」ついにフォーキンガムが口を開いた。「というよりも、あなたはどう手を打つおつもりですか?」

「明日の朝、レイトンスデイルまでお越しいただけると大変ありがたいのですが。彼には毅然とした対処が必要です。あなたが彼に面と向かって否定なさること――これがまさにわたしの望むことです」

「いいでしょう」しばし考えたのち、フォーキンガムは承知した。「正午までにはそちらに伺います。さあ、話はこの辺で終わりにして、食事にしましょう――お帰りには八時半の列車があります。やれやれ、とんでもないことになったものだ! この裏にはいったい何があるのだろう」

エザリントンはそれについては話し合わなかった。彼はまだ別の一件について考えていた。帰りの列車の中でもずっとそのことを考えていた。夜の間も考えた。翌朝九時、銀行でリーヴァーを見つけ、自分の執務室へ連れていったときも、その件について考えていた。

「リーヴァー、きみはスウェイルが殺された日のことを覚えているだろう。ちょっと記憶を呼び起こしてくれ。彼がここでしたことで何か特別なことはなかったか? 銀行の業務に関する何かを。思い出せ！」

リーヴァーは打てば響くような若者ではなかったが、しばらく考えたあとこう答えた。

「特に思い当たることはありませんが、ただ、引受手形を残らず引っぱり出してきて、午後じゅう目を通していました。他には普段と違うことはありませんでした」

「スウェイルはその引受手形について、きみに何か語ったか？」

「いいえ。ひとつも！」

エザリントンはうなずき、もう尋ねることはないとほのめかした。しかしリーヴァーが部屋を出ていくや、再び銀行を出て、警察署へ向かった。

第三章

エザリントンは十時過ぎまで警察で署長のキャンベルと内密に話し込んでいた。銀行に戻るとすでに営業時間が始まっていて、二、三人の客が訪れていた。そのうちのひとりに、大柄で骨ばった農夫、〈ロー・フラッツ〉農場のマシュー・マーシャルがいた。

マーシャルはカウンターの前に立っていたが、明らかに少額の小切手を現金化したところで、カウンターの上には金貨と銀貨の小さな山があった。リーヴァーが反対側から身を乗り出し、農夫が大きな手につかんでいる何かを一心に見ている。

「本当だって！」マーシャルは訛り丸出しでまくし立てていた。「おれがこのソヴリン金貨のことを忘れるはずがないんだ、気の毒なスウェイルさんが殺された晩、あの人に払ったもんなんだから――ほら、こいつだよ！　間違いないって。あの人とおれと女房と、みんなでそのしるしを見たんだから」

エザリントンはまっすぐ農夫のそばへ行き、ソヴリン金貨を見た。確かに上部に誰かが深く刻んだ二つの文字――XとMが見てとれる。マーシャルが満面の笑みを向けた。

「今、リーヴァーさんに話してたんだが、ここにあるソヴリン金貨は――」

「お話は伺っていました」エザリントンは遮り、金貨を手に取って仔細に眺めた。「おっしゃっていたことは確かですか？」

「確かだとも。とことん確かだよ、エザリントンさん」農夫は即座に答えた。「スウェイルさんが殺された夜、家賃を支払う前に、金貨の文字に気づいたんだ。そいつについちゃ、二人で少しばかり話をしたんだよ。そうとも、そいつは絶対におれが渡した金貨だ！　だけど、それがこの銀行にひょっこり現れるなんて、妙だと思わんかね？　どうだい？」

「それはわたしがお預かりします」エザリントンはそう言って、しるしのついたソヴリン金貨をポケットに収めた。「リーヴァーが代わりの金貨をお渡しします、マーシャルさん」彼は農夫をドアに促しながら続けた。「今朝はこの件についていっさい口外なさらないでください。しかし十二時にまたここへ戻ってきてくださいますか？　ほんの数分ですみますので」

農夫は何か言いかけたが、さっとうなずくと、無言で出ていった。一方、エザリントンはカウンターの向こうのリーヴァーのもとへ行った。

「チャールズワースが昨日持ち込んだ金に金貨は混じっていたか？」彼は静かに尋ねた。

「二十ポンドほど」リーヴァーも不意に目が鋭くなった。いつもの鈍感さは返上したようだ。「なんてことだ！　あなたはまさか――」

「しっ！」エザリントンは言った。「聞きたまえ！　チャールズワースはちょうど十二時過ぎにここに来ることになっている。わたしが彼に電話した。まだ何も怪しんでいない。来たらすぐわたしの執務室へ案内してくれ」

十二時十五分にチャールズワースが入ってきたとき、執務室にはエザリントンの他に誰もいなかった。周囲の状況にも取り立てて注目すべきものはない。吸取紙の上にソヴリン金貨一枚と一通の封筒が置かれている以外は。

「ひとつふたつ、お尋ねしたいことがあります」エザリントンはいつにもまして冷静沈着な態度で言った。「あなたは昨日、当行にいくらか払い込みましたね――手形の一枚を回収するために。そこにあるソヴリン金貨はそのときの金の一部です」

「それで？」チャールズワースは無造作に金貨に目をやったが、まったく警戒する気配はなかった。「それが何か？」

エザリントンはペン先を金貨に向けた。

「そのソヴリン金貨にはしるしがついています。それはマーシャルさんがスウェイルに渡したものです――スウェイルが殺された夜に。それをどうしてあなたがお持ちだったのでしょう」

その言葉にチャールズワースの顔はわずかに紅潮した。そして身をかがめて金貨を覗き込んだ。

「知ったことか！」彼は気色ばんで言った。「金の持ち主など何度でも変わるものだ！」

「わたしが知りたいのは」エザリントンは言った。「そのソヴリン金貨がマーシャルさんからスウェイルの手に渡ったあとの持ち主についてです。それと――もうひとつ質問があります。あの夜、ブラインド・ギャップ・ムーアであなたがスウェイルと会ったとき、彼はあなたになんと言ったのですか？　さあ、答えてください！」

エザリントンは席を立ち、封筒を手に取って、そこから三枚の青い用紙を出し始めた。チャールズワースも立ち上がり、怪しむような目を向けながら後ずさりした。

「さあ！」エザリントンは繰り返した。「拒んでも無駄です。スウェイルはあなたに、引受手形にある〈フォーキンガム&グリーンセッジ商会〉の署名は偽物だと告げたのではありませんか？　それからご自分が何をしたか、ご存じですね、チャールズワースさん。しかし――」

エザリントンが喋りながらベルを叩くと、奥の部屋のドアが開いて、フォーキンガムと署長が現れた。二人の後ろには驚きに目を見張った農夫の丸顔もあった。

「おわかりですね」彼はフォーキンガムを手で示しながら言った。エザリントンは笑い声を立てた。「白状してすっかり終わらせたほうがいいですよ。さあ――」

「気をつけろ！」署長が叫び、部屋に飛び込んできた。「拳銃だ！」

しかし執務室は広いうえに、チャールズワースは反対側の端にいた。誰も近づけないうちに、彼は自らに拳銃を向け、頭を撃ち抜いた。

エザリントンは苛立ってうなるような声を上げた。

「急かしすぎたか！」彼はつぶやいた。「それにしても、この男がこんな真似をするとは夢にも思わなかった！」そして驚愕している署長のほうを見て、静かに言った。「彼を運び出していただけますか。事は――終わったのです」

9　セント・モーキル島

第一章

ジェフリー・ハラムがキティー・エラズリーと結婚して新婚旅行先に選んだのは、北西海岸のろくに交通手段もない、バースウィックという人里離れた寂しい村だった。双方の友人は口々に、結婚生活という大冒険に乗り出すのにそんなひっそりした場所を選ぶなど愚かだと言ったが、ジェフリーは意に介さなかった。

土木技師の彼は仕事でかつてバースウィックに来たことがあり、戻ってからその美しさをたっぷり恋人に語って聞かせたので、二人は結婚したらすぐ、そこで一ヶ月ほど過ごそうと決めていた。ジェフリーによれば、バースウィックには格別の魅力があった。そこは俗世から遠く離れた、古風な趣きのある、絵のように美しい漁村だった。どちらを見ても昔ながらの家ばかりだし、古びた宿には古いなりの安らぎが感じられる。周囲の海岸の光景は神秘的で、絵を描くのが大好きな新婚夫婦を喜ばせた。だが何よりすばらしいのは、バースウィックの真向かい、茶色の砂浜と輝く海を渡った先に、セント・モーキル島がそびえていることだった。島は黒い岩と灰色の崖でできていて、先端の頂に古い修道院の廃墟が建っている。初めて見たときから、ジェフリーは砂浜を渡って島を探検したくてたまらなかった。彼をいっそう島に惹きつけたのは、灰色の岬と波に洗われる入り江につきまとう、謎めいた幽寂だった。島は無人だった。何世紀も前から何千もの群れで住む海鳥に明け渡されてきた。バースウィックの住人が語る薄気味悪い話によると、島には幽霊が現れるらしい。首のない修道士、死んだバイキング、廃墟の中央でむせび泣く金髪の姫君。もしバースウィックの住人に砂浜から島に渡る、あるいはボートを着ける機会があったとしても、黄昏が海を包んだあとは決してそこに留まらないように気をつけることだろう。そう聞くと冒険心旺盛なジェフリーとしてはよけいにセント・モーキル島を隅々まで探検したくなった。家から外に出たり窓の外に視線を向けるたびにその幻想的な姿を目にする地元の人々がそんな感情をかき立てられるとは、いったいどんな場所なのだろう。

バースウィックに到着した二日目の夕方、新婚夫婦は手に手を取って村から少しはずれた場所にある砂浜に立ち、目の前の神秘的な島を眺めていた。日中、数えきれないほど何度も島を見たが、黄昏と沈黙に包まれたこの時間ほど魅力的に見えたことはない。ちょうど、大きな赤い球と化した太陽が穏やかな海のはるか彼方に沈んだところだった。西の空は深紅と金の塊だ。これらの鮮やかな色に対し、セント・モーキル島の頂に建つ廃墟は黒いシルエットになっていた。島自体は、誇り高く、挑むように頭をもたげてうずくまるライオンに見える。折しも干潮で、本土と島の間には広々とした茶色と黄色の砂地が延びていた。そのあちこちに、夕陽を浴びて真っ赤に輝く水たまりがあった。二人は言葉も忘れてその光景に見入っていたが、不意にジェフリーが口を開いた。

「明日の朝、あっちへ渡ろう。バスケットにランチを詰めてもらって、まる一日過ごすんだ。ぼくがバスケットを運ぶから、きみはスケッチ道具を持ってくれ。もしあそこで何も見つからなかったら、そのほうがおかしいよ！」

「今のままの光景が描けたらいいのに」花嫁が言った。

「この暗さじゃ無理だよ」ジェフリーは答えた。「どっちみち昼間、日光の下で描くしかないさ。さあ、どうやって行くか説明しよう。砂地に飛び飛びに立っている、あの柱の列が見えるかい？」

彼は妻の身体に手をかけて振り向かせた。村からほんの少しはずれた砂浜の向こうに、古くなって黒ずんだ高い柱がしっかりと立てられているのが見える。列はそこから始まって、二マイル離れた島に着くまで飛び飛びに続いていた。

「あれはみな、砂地を渡るときの道しるべだ。見てのとおり、きっちりまっすぐの列になっているわけじゃない——あちこちでいろんな角度に曲がっている。渡りきるまではあの道しるべから離れちゃいけないよ、流砂に嵌まる恐れがあるからね。必ず柱の左右十二ヤードの範囲内にいるようにして進むこと、そうすれば大丈夫だと漁師が言っていた。もし急激に潮が満ちてきた場合は、あの避難所にのぼるんだ。ほら、島との間に見えるだろう？　プラットフォームか教壇みたいな形をした、あの二つだ。頑丈な材木でできていて、上には梯子でのぼるようになっている。もし潮につかまったら、あれにのぼって、再び潮が引くまで待つんだ」

「それって、四、五時間はかかるってことでしょう」キティーは不満げに言った。「大変な時間の浪費だわ」

「問題ないさ」ジェフリーは答えた。「朝九時には潮が引くだろうから。だけどぼくたちは夜また干潮になるまで、まる一日向こうで過ごさなければならないんだよ」

二人は声をそろえて笑った。それぞれの心に同じ思いが浮かんだからだ——何時間、何日、何ヶ月、無人の島で過ごそうが、少しも問題でない。二人が一緒にいる限りは。

「それともちろん、じゅうぶんな食料の用意があればね」ジェフリーは現実的な問題を口にした。

「だがそいつはぼくに任せてくれ」

翌朝、まだ濡れて陽に輝く砂浜を、二人は浮き浮きと渡っていった。いくらもしないうちに彼らは二つの発見をした――ひとつは二マイルと聞いていた距離が実際には三マイル近くあったこと。もうひとつは足場がよいのは道しるべの柱の両側だけだということで、柱と柱の間は海水が膝の高さまで来る中を靴やストッキングを脱いで進まなければならなかった。このせいで時間がかかり、彼らがようやく島に渡り、狭い小道をたどって岬をのぼり、古の廃墟へ来たときは、すでに正午を過ぎていた。

「まずランチにして、それから探検に行こう」ジェフリーがかつては回廊の一部だった日陰の一角でナップザックを下ろしながら言った。「あの砂地との格闘で腹がへったよ。荷解きをして、食事にしよう。しかし、半分は残しておいたほうがいいな、午後遅く食べるために。戻るのはかなり夜が更けてからになるだろうからね。今、ぼくが悔やんでいるのは――」

「何なの?」長い沈黙のあと、キティーは尋ねた。ジェフリーは崩れた石積みの塊をのぼりながら、周囲をじっくりと観察していた。「何を悔やんでいるの?」

「日が暮れる頃に迎えにくるボートを手配しておけばよかったと思ってね。迂闊だったよ! 潮が変わるのは当然、夜遅くだから、ぼくらが陸に戻れるのは早くても十一時過ぎになってしまう!」

「それのどこが問題なの?」キティーは食材を取り出しながら尋ねた。「その時分だって、そう暗くなってはいないわよ。あの道しるべが見える限り、大丈夫よ」

「ぼくは宿の人々のことを考えているんだ」ジェフリーは答えた。「おかみさんに行き先を言ってこなかったんでね。バースウィックでは十時には床に就くのが普通だから、彼らは何事か起きたと考えるだろう。しかし、今となっては仕方がない。きみさえ疲れなければ――」

キティーは無頓着に笑った。健康で活力にあふれた二十歳の彼女には、疲労とはどんなものなのかよくわからなかった。

「わたしは疲れたりしないわ。なんてたくさん食べ物を用意してくれたのかしら！　それにあなたは魔法瓶を二本も持ってきたのね。なぜ二本なの？」

「夜になる前に必要になるさ。今にわかるよ。ぼくには経験があるんだ。備えあれば患いなし、というじゃないか。さあ、食事だ。それからまず、この廃墟を見て回ろう。そのあとで何枚かスケッチしようじゃないか」

しかし、その日、二人がスケッチをする機会は最後までなかった。

第二章

ビーフサンドを口いっぱいに頬張りながらはるか彼方を物憂く眺めると、バースウィックの赤い屋根と黄色い壁が六月の陽光に楽しそうに輝いていた。現在の幸福な状況に浸りきったジェフリー・ハラムは、今この瞬間のこと以外、何も考えていなかった。それだけに、妻が突然、しかし極めて静かに彼の手首に手をすべらせ、意味深長な言葉をささやいたときは少なからず驚いて不安になった。

「ジェフリー」彼女は言った。「動かないで！　わたしたち、見張られているわ」

ジェフリーは微動だにしないだけの冷静さは持っていた。そのままむしゃむしゃと食べ続け、飲み込むと、ささやき返した。

「見張られている？　誰に？　どこから？　何か怪しいことでもあるのかい？」

「喋らないで。何も変わったことはないように振る舞ってちょうだい」キティーは低い声で続けた。「たった今、あなたの左肩の真後ろにある壁の穴のひとつに、男の人の顔が見えたの――顎鬚をはやした、ハンサムな、外国人っぽい、残酷そうな顔だったわ。彼はわたしを見なかったけど――つまり、わたしが彼を見たことには気づかなかったけど。ちょうどそのとき目をそらしていたから。ねえ、どうしたらいいいかしら」

「知らん顔して食事を続けるんだ」ジェフリーは言った。「多分、ただの旅行者さ。それにしても妙だがね。もう少ししたら、辺りを見まわろう。そもそも、何を恐れることがあるんだ?」

キティーは首を振った。

「わからない。でも、彼はとても奇妙な、不吉な目をしていたわ。それにここはこれ以上想像できないほど寂しい場所でしょう? あなたはどうするつもり?」

ジェフリーは立ち上がると、これ見よがしに服からパン屑を払い落とした。そして妻に意味ありげにウィンクした。

「じゃあ、ちょっと見てくるよ」彼は大声で言った。「ぼくが辺りを調べてくる間に荷物をまとめておいてくれ、キティー。それから出かけるとしよう」

彼は廃墟となった大修道院に悠然と入っていった。そしてさり気なさを装い、ぶらぶらと、あちこちを隈なく歩きまわった。やがてパイプに煙草を詰めながら、一刻も早く喫煙を楽しむこと以外頭にないような顔をして戻ってきた。

「何もなかったし、誰もいなかったよ。きみの勘違いじゃないのか?」

「間違いないわ。それに、今、誰もいないのなら、よけいに妙じゃない?」

「荷物はここに置いていこう、そこの岩棚に。そしてもう一度見まわってみよう。人が忽然と現れたり消えたりする無人島に閉じ込められるのは、あまり気持ちのいいもんじゃない。廃墟の外側をたどって、あの岬のてっぺんまで行こう」

彼は妻の先に立ち、本土に面した側とは逆の、外海に突き出た崖の険しい尾根を歩いた。崖の突端まで来た二人は、はっとして足をとめた。彼らのはるか下のほう、海と湾曲した高い断崖によりほぼ完全に周囲の目から遮断された状態の小さな入り江に、船足の早そうな蒸気快速船（スチームヨット）が停泊している。

その左右で男たちがせっせと働いていた。世間知らずのキティーの目には彼らが何に精を出しているのかわからなかったが、彼女より世慣れているジェフリーは驚いて叫んだ。

「なんだ、あれは！　ヨットの色を替えている！　ほら、あの連中、船を青みがかったグレーに塗り替えているんだよ！」

　そう言われてキティーは、ヨットの優美な船体の半分が陽光に白く輝く一方、もう半分はすでに戦艦を思わせる地味な色合いになっていることに気づいた。

「それで——あれには何か意味があるの？」

「何の意味もないかもしれないし——いろんな意味があるかもしれない」それがジェフリーの答えだった。「しかし、連中の仕事の早いことときたら！　見る見る間に別の船になっていくじゃないか。あんな小さな船が人目につかないところまで運ばれて、白と金から目立たない冴えない色に変えられているなんて、ずいぶん妙だよ。それにしても、なんて美しいんだろう。あの形を見てごらん。すごいな、あのヨットなら時速二十六、七ノットは出るだろう。軽快に波をかき分けて進むんだ。もちろん、きみがさっき見た男はあれと関係があるんだろう。しかし——」

　突然キティーに腕をつかまれ、彼は言葉をとめた。彼女の耳は彼より先に、こちらへやって来る足音をとらえていた。次の瞬間、三人の男たちが、彼女と夫が立っている小さな岬の角を曲がってやって来た。男たちのひとりは他の二人の少し先を歩いてくる。キティーはジェフリーの袖をつかむ手に力をこめた。

「あの男よ」彼女はささやいた。

　ジェフリーはきっとなって、謎めいた新来者とその供の者に向き合った。そして生来の目敏さで、後ろを歩く二人が彼には国籍のわからない外国人であることを見てとった。彼らはまた、腰につけた革帯に拳銃を下げていた。それは彼らのリーダーも同じだった。リーダーは背の高い、口髭をはやしたハンサムな男で、見たところは中年だった。どこから見てもヨット用の服装をしているが、鉄灰色の目は冷たく大胆不敵で、ジェフリーはとっさに、そこにキティーが語っていた残酷で不吉な表情を見た。彼は無意識のうちに妻を引き寄せた。キティーも無意識にその動きに応えた。二人はともに探るような視線を見知らぬ男に向けた。見知らぬ男のほうは、二人に注いでいた固く冷たい視線を片時も緩めることなく、日焼けした手で癪に障るほど慇懃に帽子を持ち上げた。

「わたしのヨットを見ておられましたな、ご主人」男は冷やかに言った。

「とても美しい船だ」ジェフリーは答えた。彼はすでに確信していた。尋常ではない出来事に遭遇してしまったのだ。そして泰然とした態度を保とうと努力した。「形がすばらしい。ちょうど妻に話して――」

「あなたがあれをごらんになったのは運が悪かった」相手は無遠慮に話の腰を折った。「ここであれの姿を見られたのは、わたしにとっては不都合なことなのです。申し訳ないが、いくつか質問をさせていただかねばなりません。あなたと、あなたの妻――失礼、奥さんと――この島にいるのはあなた方だけですか？　それとも、旅行かピクニックで来たグループのうちの二人なのですか？」

ジェフリーの顔に血がのぼった。まっとうな英国人の若者の常として、彼は尋問されるのを嫌った。こうした有無を言わさない態度を取られてはなおさらだ。彼の声には無意識に嫌悪感が滲んだ。

「実際のところ、どうして見知らぬ方からそのような質問を受けなければならないのか、わかりませんね。しかし、あなたにはそれがよほど重要なことらしいから、お答えしましょう。ここにはわれわれだけです。では、これで失礼します」

しかし背の高い男と手下たちは小径に立ち塞がり、ますます冷たく険しい目を向けてきた。

「申し訳ないが、それは無理でしょうな」男は厳しい声で言った。「気の毒だが、あなた方はわたしが秘密にしておくつもりだったものに出くわしてしまった。この島も海岸も普段はひと気のない寂しい場所だし、下の小さな入り江は外からほとんど見えない。わたしはそれを知っていたから、誰の目にもふれずに入ってきて、また出ていけるものと考えていた。あなた方がここにいた以上、お手数でも、もう少し質問に答えてもらわなければならない」

ジェフリーの顔は今までよりさらに赤くなり、目は怒りで燃え上がった。

「しかし、何の権利があって――」彼は喧嘩腰で口を開いた。

「ジェフリー」キティーがささやいた。「この人の質問に答えて。それが一番よ」

「奥さんが正しい」男は尊大な口調で言った。「それが一番だ。そもそも、きみはこちらの質問に答えなければならない。ごらんのとおり、力ではこちらが優勢だ」

男が思わせぶりに連れのほうをさすと、ジェフリーの顔色は赤から白に変わった。それは恐れより怒りのためだった。

「なんだと！」彼は叫んだ。「あんたは力で女や丸腰の男を脅すというのか！　そんなことは――」

「ふふん」男は鼻で笑った。「強がっても無駄だ。いいかね、わたしは今実行中の計画を頓挫させるぐらいなら、喜んできみたち二人を撃ち殺すつもりだ！　細かいことにかまっていられないんでね。さあ、頭を冷やして、質問に答えるんだ。それが一番だということは保証してやる。きみらは何者だ？」

「ロンドンからの旅行者だ。向こう岸の村に少し前から滞在している」ジェフリーは渋々答えた。

「そして、島を探検するためだけに砂浜を渡ってきたと？」

「それだけだ！」

「歩いて渡ってきたのか？」

「歩いて渡ってきた」

「そして引き返す——いつ、どうやって？」

「同じ方法で戻るしかないだろう。干潮になるまでは戻れないから——今夜の八時から九時の間になるんじゃないか」ジェフリーはぼそぼそと言った。「しかし、こんなことがみな、あんたと何の関係があるんだ？」

「何から何まで関係あるのだ、不幸にも」男は答えた。「さあ、こちらの質問に答えてもらったことには感謝する。しかし、明日の朝まではきみたちを引き留めておかなければならない。二人とも明日の正午近くに潮が引くまでは帰れない。その時刻の十二時間前に、わたしは出発しているだろう。不便な思いをさせて悪いが、そこは致し方ない」

「ぼくたちを囚人扱いするというのか？」ジェフリーは気色ばんだ。「なんて横暴な！」

「そうとも——きみの言うとおりだ。だが、これは避けられないことだ。真相を打ち明ければ——いかにわたしがきみたちに率直かわかるだろう？——わたしはいわゆる現代の海賊でね、それもかなり大がかりな商売をしている。これは明白な事実だ。そしてわたしには誰にも見られずに出発したい切実な理由がある。まあ、きみたちに、わたしを目撃したことは内緒にすると誓ってくれと頼んでもいいんだ。きみたち二人の様子から判断すると、おそらく——いや、必ずや、誓いを守ってくれるだろうからね。だが実のところ、あえて危険を冒すわけにはいかないんだ。すべてを確実にしておかなければ。そのためには、きみたちが本土に戻るが早いか——わたしが安全に去るより前に——自分たちの見たものを口外しないように、きみたちを明朝まで監禁しなければならないのだ——是が非でも！　きみたちに危害は加えない。もし食料がほしいなら、ヨットから運び上げられる最高のものを用意しよう。だが、きみたちをここから動かすわけにはいかない！」

「もちろん、食べ物はほしいさ！」ジェフリーは声を荒げた。「だけど、運び上げるってどういうことだ！　ぼくたちを下へ連れていく気はないってわけか？　もしそうなら、ぼくたちはどこに閉じ込められるんだ？　何もかもけしからん、それに——」

「興奮するだけ無駄だ」今や看守役となった男が言った。「そうするしかないんだから。わたしはこの場所をとてもよく知っていてね、実際、以前はかなり何度も使っていた。もちろん、わたしの非合法行為のためだが。この廃墟にも価値のある財産をしばしば隠してきた。しかしもちろん、きみらに秘密を知られたからは、二度とここへは来られない。わたしがいかにきみらに好意的かわかるだろう？　二人とも簡単に撃ち殺せるんだから。しかも誰にも気づかれずにだ！　しかし、この廃墟の一部——入り口の古い塔にはまだ人が住める。で、きみらをそこに監禁しようというわけだ」

「今からか？」

「そうだとも！」男は答え、初めて笑顔を見せた。「きみらにこの辺りをうろつかせるような危険は冒せない。どうかわたしとこの男と一緒に来てくれ。もうひとりは、敷物やクッション、食べ物や飲み物をヨットに取りにいかせる——煙草もね。どれだけきみらを丁重に扱うつもりかわかるだろう？」

ジェフリーは怒って首を振り、不明瞭につぶやいた。捕獲者は意に介さなかった。彼は手帳を取り出し、何やら走り書きしていた。やがてページを破り取ると手下のひとりに渡し、ジェフリーも妻も聞いたことのない言語で二言、三言告げた。そして身振りで去るように命じた。それから彼らに古い塔に向かって進むように指示した。

「二人とも自分の荷物を持っていきたいだろう」彼はまんざら不親切でもない調子で言った。「失礼ながら、勝手に調べさせてもらったよ、きみたちがぶらぶら歩きまわっていたときに。それで水彩スケッチの材料があるのを見つけた。だからきみたちは絵を描いて過ごすこともできる――ほら――塔の窓からはすばらしい光景が眺められる。それに今は夏だから、夜になっても困ることはない。わたしが取りにやった敷物や何やらでじゅうぶん暖かいはずだ。しかも完全な囚人というわけでもない、深夜を過ぎれば。われわれはその頃までには島を出発していたいから、その直前に塔の鍵を開けていくつもりだ。そうすれば、きみらは明朝、再び潮位が下がり次第、ここから立ち去ることができる。まったく、これ以上の心遣いがあるだろうか。それに、きみらもわたしの抱えている危険を知れば、この用心ももっともだと思うはずだ」

十分後、ジェフリーと妻は囚人の身の上となっていた。一時間後、監獄の扉が開き、捕獲者とヨットに使いに出された手下が入ってきた。後者は敷物、クッション、食料の入った大きなバスケットを抱えていた。手下が荷物を下ろすと、自称海賊は二度目の笑顔を見せた。

「きみらが快適に過ごすために、どれほどわたしが心を砕いているか見てくれ」彼はそう言ってキティーを見つめ、一瞬、目を輝かせた。「きれいな水がないと絵が描けないことを思い出してね。ほら、この瓶の中身は純粋な水だ。では、おさらばだ。扉の鍵は今夜十一時頃、開けていく。ついでながら、その敷物やクッションはきみらに進呈しよう」

男はしかつめらしく会釈して、姿を消した。続いて扉が閉まり、鍵が掛けられた。

第三章

幽閉の身となった新婚夫婦は互いに問いかけるように顔を見合わせた。ジェフリーはポケットに両手を突っ込むと、どすんと足を踏み鳴らし、呪いの言葉を吐いた。

「ちくしょう！」

「まったくだわ」キティーは相槌を打った。「でもね、ジェフリー、考えてみて！　もっとひどいことになったかもしれないじゃないの。あの男、たっぷり一分間はわたしたちを撃ち殺すことを考えていたわ！　でも、そうはしなかった。だからわたしたちは生きてここに一緒にいられるのよ。それに、結局、たかだか数時間のことだわ。本当に、ずっとひどいことになっていたかもしれないのよ！」

しかし、このときのジェフリーには他の場合と比較してあれこれ考える余裕はなかった。彼は侮辱を受けたことに苛立っていた。自由を奪われたことに、あれこれ指図を受けたことに、罪人のような扱いを受けたことに。それもよりによって、晴れて結婚したばかりだという、こんなときに。

「とんでもないやつだ！」彼は叫んだ。「いったい、どこの何者で、何を企んでいるんだ？　もちろん、よからぬことに決まっている。自分のことを現代の海賊のようなものだと言っていたな。海賊が聞いてあきれる！　この時代にそんなものがいるわけがない！　言ってみれば、ただの泥棒さ。真相を当ててみせようか、キティー。どうせあのヨットは盗んだもので、そいつを元の持ち主にも見分けられないほどに塗り替えているんだ！　そういうことさ。きみは気づかなかったようだが、ぼくにはわかった——連中はあの美しい白と金の船体に灰色のペンキを塗りつけていただけじゃない、装備を変えていたんだ。盗っ人だよ、あいつは」

「人殺しでなくてよかったじゃない——わたしたちの！」キティーは言った。彼女はすでに敷物とクッションを使って幽閉場所を居心地よくする作業に専念していた。「わたしたち二人とも、頭を撃ち抜かれて死んでいたかもしれないのよ。それがこうしてぴんぴんして、けっこう快適に過ごしている。それに、そこの窓からはとても美しい眺めが広がっているのよ、ジェフリー。見て！」

ジェフリーは床から顔を上げ、周囲を見まわした。彼らがいるのは、塔の最上階にある大昔の部屋だった。壁は裸の石がむき出しになっていて、床はセメント、屋根は黒い木材でできている。暖炉も家具もない。しかし部屋の片側には分厚い石積みの壁を深くへこませた空間があり、そこに作られた石造りの長椅子には、すでにキティーの手で敷物やクッションが並べられていた。また、部屋の片隅に古い樽が一、二個、年代物の収納箱が二、三個置いてあるが、これらの代物はどうやら椅子やテーブルとして役に立ってくれそうなので、ジェフリーが窓際に移動させた。窓にガラスはなく、かつて嵌められていた気配もない。それは石造りの壁の一部にできた広い隙間に過ぎず、かなりの風雪にさらされてきた分厚い石の縦仕切りにより二箇所に分けられていた。この縦仕切りの両側から、夫と妻は島とその向こうの海を眺めた。彼らの目に映るのは、文字通り、島と海だけだった。島に人影はなく、海には小型漁船の赤い帆ひとつ見あたらない。本土は反対の方角なので、当然、視界に入ることはない。古い廃墟のてっぺんに建つ高い塔から、風の吹きつける無人の岬や、きらきら輝く静かで帆影ひとつない海を見ていると、ここには自分たち以外誰もいないのだという事実がしみじみ胸に迫ってきた。

「ジェフリー」キティーは不意に口を開いた。「人が牢獄に閉じ込められたときって、こんな気持ちなのかしら」

「多少は似ていると思うよ」ジェフリーはぶっきらぼうに答えた。「この世のすべてから隔離されるようなものだからな、どんなに近くにいようと。頭のいいやつだよ、あの泥棒野郎は。ほら、ここからだと、あの入り江にしてもヨットにしても、ちらりとも見えないだろう？　それに、入り江の入り口が海側からうまく隠れているのに気づいたかい？　狭い入り口から入ってきて、深いところまで来たら回れ右、これで安全だ！　たとえどんなに蒸気船や帆船がこの島を通り過ぎても、あの入り江に船が隠れているなんて、絶対にばれることはない。ぼくが知りたいのは、あいつが盗んだヨットが誰のものかということだ――それがわかればすべての説明がつく。それにしても」彼は鼻の頭をなでながら続けた。「あの男、どこの国の者で、一緒にいたならず者たちに使っていた言葉は何だったんだろう？　ヨーロッパの言葉でないのは確かだが」

「わたしには見当もつかないわ。南米のラテン語訛りだってこと以外は――あれは堕落したラテン語とポルトガル語の混ざったものよ」キティーは耳学問を披露した。「でもね、われらが海賊については、正体ははっきりしているわ」

「何だというんだ？」ジェフリーは勢い込んで尋ねた。

「世界を股にかけるブラジル海賊よ。妙に洗練された話し方をしていたもの。とにかく、彼は礼儀正しい海賊だわ。わたしたちに食べ物と飲み物をたっぷり置いていってくれて、絵の具の水みたいな小さなことも忘れなかった。ジェフリー、わたしは絵を描くことにするわ。あなたはその前に海賊にもらった葉巻でも喫ったらいかが?」

ジェフリーは海賊にも葉巻にも悪態めいた言葉をつぶやいた。そのあとパイプに煙草を詰め、なおも窓から身を乗り出し、海を見つめていた。一方、彼よりずっと環境になじみやすい妻は、古い箪笥に悠然と腰をおろし、喜々として絵筆を握った。口にこそ出さなかったが、彼女には何の不満もなかった。しかしジェフリーは男だけあってそうもいかず、まだ苛々とぼやきながら、仮牢獄の窓から身を乗り出していた。

「あの男の目的が知りたいところだ——なんとしても」やがて彼は言った。「ともかく、やつは危険は冒さない。見てごらん、やつは二人の見張りを入り江の上の二つの地点、あらゆる方向が見渡せる位置に置いている!」

「何のために?」彼女は尋ねた。「わたしたちが逃げられないのを確認するため?」

「そんなことじゃないさ! ぼくたちが逃げられるわけないんだから!」ジェフリーはうなった。「あれは陸から誰かぼくたちのほうに来ないか、そして海からも何も近づいて来ないか、目を光らせるためだ。さっきも言ったように、やつは危険は冒さない。ああ、惜しいのは——」

「惜しいのは、何?」彼が苦笑いとともに口をつぐんだので、キティーは尋ねた。

「本物の英国海軍の船でも通りかかってくれればなあ! 好奇心の強い若い指揮官と有能な乗組員の乗った船が。そうしたら面白いものが見られるかもしれない。しかし実際は、ぼくたちは檻の中のネズミのようにここにとどまり、皮肉屋の悪魔の気が向いたときにようやく解放されて、やつがぼくたちを嘲笑いながら出航する間に鞭で打たれた二匹の犬よろしく帰っていくんだ!」

午後はじりじりと過ぎ、夕方が近づいてきた。キティーは相変わらずおっとりと絵を描いていた。

ジェフリーはぼやきながら大股で部屋を行ったり来たりしては、窓から身を乗り出して見張るということを繰り返していた。そして妻がそろそろ夕食の準備でもしましょうかと声をかけると、急に興奮した様子を見せた。

「キティー！　キティー！　船が見える！　早く来てごらん！」

キティーは窓の半分の側から身を乗り出し、ジェフリーが震える指でさす方向を見つめた。北西の水平線の彼方に、ひと筋の煙が立っているのが見え、それはたちまち大きくなっていった。そして見る間に、二隻目の船と三隻目の船が海と空とを分ける線の上を近づいてきた。どれも刻々と姿が大きくなってくる。

「あとから続いて来る！」再びジェフリーが叫んだ。「三隻が一、二マイル置きに一列に並んで、物凄いスピードでやって来るぞ！　ああ！　もし彼らが入り江の〝閣下〟を追っていたらどうなる？　あんなスピードで走れる船は他にないからな！」

「あれは何なの？」キティーが訊いた。

「駆逐艦さ！」ジェフリーは勝ち誇ったような笑みを浮かべて言った。「対魚雷艇用駆逐艦だよ！　他にあんなスピードが出せるものはない。リュックから双眼鏡を持ってきてくれないか。ああ！　もし本当に連中があいつを探しているのなら、どんなにか愉快だろう！　連中に合図ができればいいんだが！」

二人はジェフリーの双眼鏡を通して、三隻の長く低い船体や、威圧的な煙突、海が舳先から白い泡と飛沫の塊に引き裂かれていく様子を見守った。確かに、三隻は恐ろしいほどのスピードで近づいてくる。まるで何かの目的のために大急ぎでどこかに向かっているかのように。しばらくの間、夫と妻はすべてを忘れてうっとりと船を眺めた。それからジェフリーは低い声でうなった。

「ここに日光反射信号機があればなあ！　ぼくは扱い方を知っているんだ！　そうしたら、連中に信号を送れるのに。あの一番近くの船、もしあれがこのまま向かってくれれば、二マイル以内で受け取るはずだ。せめて手鏡でもあれば！」

「そうね、でもそんなことをしたら、例の海賊がやって来て、わたしたちの頭を拳銃で撃ち抜くでしょうよ」キティーが言った。「従順な傍観者の役がわたしたちにはお似合いなのよ、ジェフリー」

「あのうちの一隻でもこっちを探りにきたら、海賊だってぼくらをかまってなどいられなくなるさ。きっと、やつはもう連中に気づいたぞ。あの見張りを見ろよ！」

　入り江を見下ろす丘の頂上に配置された見張りが、はるか下のヨットに向かって旗で合図を送っていた。それから間もなく二人の囚人は、捕獲者の背の高い敏捷な姿が岬の道を飛ぶように駆け上がってきて見張りに合流するのを見た。彼は持ってきた望遠鏡を置いて調節し、三隻の駆逐艦をじっくりと観察した。それから明らかに見張りになんらかの命令を下し、立ち去った。見張りは積み石の後ろで腹這いになってもがきながら、姿を見られないようにして海を見張っている。

「船を見て！」キティーが叫んだ。「それぞれ散らばっていくわ！」

　海賊とその見張りに気を取られていたジェフリーは鋭く頭（こうべ）をめぐらせた。確かに駆逐艦が互いの距離をあけている。一番遠くにいた一隻は向きを変え、南西の方角へ向かった。真ん中の一隻はまっすぐ前進し続けている。一番近くの一隻が島に向かって直進してきた。今やじゅうぶんな近さにあり、双眼鏡を通したジェフリーの目にも、艦が島を警戒しているのが見てとれた。舳先から、ブリッジから、船尾から、望遠鏡が向けられ、鋭い視線が海岸の隅から隅まで注がれている。

「連中はやつを探しているんだ！」ジェフリーは断言した。「キティー、なんとかしないと。どうにかして駆逐艦の連中に合図ができればな！　とにかく、窓から何か振るぐらいはできるだろう」

「だめよ」キティーがとめた。「あの人たちが本気で探す気なら、そのうち見つけるわよ。だから待って、ジェフリー。わたしたちの役割は見物することよ。このお芝居のためのボックス席はないのかしら？」

ジェフリーは興奮のあまり小躍りしそうになった。駆逐艦が波を蹴立てながらいよいよセント・モーキル島の北端まで来たからだ。艦は突如スピードを緩め、岸に向かって用心深くじりじりと進み始めた。その頃には二人にも狭い甲板がはっきりと見えた。艦が廃墟の正面まで来たとき、ブリッジにいた士官が彼らの牢獄に双眼鏡を向けるのをジェフリーの鋭い目がとらえた。その瞬間、彼は冷静さも慎重さもかなぐり捨て、キティーが食料のバスケットから出したばかりの大きな白い布をつかみ、気が狂ったように振りまわした。

「とうとう、やってしまったのね、ジェフリー」キティーが言った。「きっとあの見張りたちの目に入るわ。もちろん、これから彼らの主人がやって来て、わたしたちを撃つでしょう。いいわ、その前に何かお腹に入れておきましょうよ」

ジェフリーが夢中になって笑ったのは、妻の冗談にではなく、自分が見たものに対してだった。見張りたちは両方とも、駆逐艦がすでに岬の真下まで来て島の様子を窺っているのに気づくと、泡をくって立ち上がり、入り江に向かって一目散に駆けていった。その直後、彼は再び笑い声を立てた。駆逐艦の舳先が入り江の狭い入り口に向けられている。続いて信号灯の鋭い炸裂音が鳴り響くと、崖に幾重ものこだまを呼び、何千羽という海鳥が荒々しく空中を旋回した。

「あれは仲間の駆逐艦を呼び戻すためだ」ジェフリーは叫んだ。「海賊を発見したんだよ。ごらん！　駆逐艦がとまっている」

駆逐艦の長く低く黒い船体は、すでに動きをとめていた。入り江の入り口のやや南、半マイルと離れていない位置でとまっている。ジェフリーは艦が位置する場所から士官と部下がまっすぐ入り江の中を見通せることを知っていた。彼にも見えた。ひとつのグループが忙しなくヨットに銃を向ける一方で、別のグループが二艘のボートの用意をしているのが。

「連中はヨットに乗り込むつもりだ！」彼は窓の縦仕切りにせっかちに拳を叩きつけながら叫んだ。

「しかし、まずヨットに発砲するに違いない。そら！」

突然、力強い轟音が空気をつんざき、キティーは両手で耳を塞いだ。女だけあって、彼女が即座に思い浮かべたのは、その持ち主のせいで自分が囚人にされた、妖精のように優雅な船が受けた被害のことだった。

「ひどいわ、あんな美しいヨットを撃つなんて！」彼女は叫んだ。「命中させたと思う、ジェフリー？」

「まさか！　あれはただ海賊どもの注意を引くためさ」ジェフリーは物知り顔で言った。「連中が発砲したのは、やつらにわからせるためだ。この相手はふざけた真似を許さないってことを。ごらん！　乗組員の乗ったボートが二艘、入り江に入ってくる。ちぇっ、そのドアを押し破ってここから出られるなら、一年分の給料を差し出してもいいんだが！　いいところを全部見逃してしまうよ。せめて入り江が見下ろせたらな！」

彼はドアのところまで行き、揺さぶったりガタガタ鳴らしたりしていたが、五百年前にオークの森から伐ってきたときと同じぐらい頑丈な材木には呪いの言葉を吐くしかなかった。一方、窓の外を観察し続けていたキティーは、突然甲高い声を上げた。

「ジェフリー！　ジェフリー！　海賊よ！　彼が逃げていくわ。見て！」

ジェフリーは窓辺に駆け寄った。そして理解した。自分たちの捕獲者がいかに大胆不敵であろうとも、駆逐艦のボートの乗組員と対峙して敵うとは思っていないらしいことを。男はすでに入り江から、先刻ジェフリーと妻に声をかけた地点までのぼってきていて、今はあちこちにうまく身を隠しながら、早足で遠ざかっていくところだった。ジェフリーは目を見張り、最後には笑いだした。

「ひっかかったな。あの男、砂地を渡って逃げるつもりなんだ。しかし干潮になるまであと二時間はかかるだろう。それに潮が引いたとしても――。ああ、キティー、早くあの連中がここまで来て、ぼくたちを出してくれたらなあ。そうすればめったにないものが見られるのに！　こんな大捕物を目の前にしながら指をくわえて見ているだけだなんて、忌々しいったらないよ」

彼らの願いもむなしく、利発そうな若い士官の先導する水兵の一団が入り江から現れ、慎重に辺りを調べまわってから廃墟に向かってくるまでに、ゆうに一時間はかかった。すでにとっぷり日が暮れていたので、囚人たちは声を限りに叫び、白い布を振りまくった。

「あの人たち、こっちを見たわ――こっちに来るわよ！」キティーはため息をついた。「ジェフリー、海賊をつかまえにいったりしないって、約束して」

「するもんか」ジェフリーはかみついた。「やっと対決する機会をつかませてくれ、それだけだ！おおい、おおい、おおい！」彼はこちらへやって来る捜索隊に向かって叫んだ。「おおい！　早く来てここから出してくれ！　来てくれ――早く！　きみたちに話すことがあるんだ！」

若い士官が足を早めて塔の下へ来た。彼はキティーの姿を見ると、片手を帽子にあてた。

「ヨットの男に閉じ込められたのですか?」士官は端的に尋ねた。

「ご名答」ジェフリーが答えた。「やつが鍵を挿しっぱなしにしていったかどうかはわからない。頼むから、きみの部下をよこしてドアを押し破り、ぼくたちを出してくれ。そうしたら、やつがどこにいるか教えるから」

三分後、興奮した若夫婦の目の前に現れたのは、提督の威厳と見習士官の秘めた情熱を併せ持つ、冷静沈着な若者だった。

「聞いてくれ!」ジェフリーは叫んだ。「ぼくたちをここに閉じ込めた男は海賊だ。この午後、自分でそう言っていた。きみたちの船が来ると、彼はヨットを脱け出し、島の向こう側へ逃げていった。砂浜を渡って本土のバースウィックへ行こうとしているんだ。しかし、そこへは潮が引くまで渡れない。それまではどこか岩場の影に隠れているに違いない。行こう、ぐずぐずしている暇はない! 彼を探し出すんだ! 彼とは絶対にけりをつけてやる。なぜきみたちが彼を追っているのかは知らないが」

キティーを見つめながらも耳はしっかり傾けていた海軍士官は、ゆったりとほほえんだ。

「その説明なら簡単です。あの男は正真正銘の海賊です。あなたはインドの藩王、バンガロールのラージャの名前を聞いたことがありますか? 三十発の礼砲で迎えられる人物だとか、そのようなことを。ラージャは自家用ヨットであちこち航行していたのですが、この二週間はニューヨークからリヴァプールへ向かう途中でした。それをこの海賊が——正体は神のみぞ知るですが——昨夜、ギャロウエー岬沖でラージャのヨットを襲い、すべての宝石を奪ったうえ、動けないように機械類を破壊して闇の中へと姿を消したのです。わたしたちはその数時間後、漂流していたラージャを発見し、ただちに海賊船を追跡してきました。あちらの砂浜に向かったということですが、ひとりでしたか？」

「ひとりだ！　さあ、行こう！」ジェフリーは繰り返した。「言っておくが、彼は逃げられない！あの砂浜は干潮になるまで渡れないんだ。ボートもない。だからそれまで下の洞窟か窪みに潜んでいるだろう。ああ、大丈夫だよ、キティー、心配しなくても。ぼくは撃たれたり何やらされるつもりはない。しかし、絶対に結末は見届けてやる！」

ジェフリーに案内され、海軍の男たちはバースウィックに面した浜辺へ急いだ。不意にひとりが叫んで指をさした。全員が立ち止まって目を向ける中、ジェフリーは誰よりも熱心についてきた妻を振り返り、視線を交わした。このなかで唯一、砂浜の秘密を知っていた二人には、海賊が破滅へとひた走っているのがわかった。潮がまだくるぶしの高さを流れているというのに、彼はもう歩き出していた。しかも、左右にある道しるべに沿ってジグザグに進むのではなく、そこから大きく離れ、まっすぐに渡ろうとしている。たっぷり半マイルは離れているにもかかわらず、ジェフリーは両手を口にあてて叫んだ。肺が裂けるかと思うまで叫んだ。

「道しるべから離れるな！　ばかめ！　道しるべから離れちゃだめだ！」

しかし、もし聞こえていたとしても、その警告はすでに手遅れだった。ジェフリーの最後の言葉が風に吹き飛ばされたとき、キティーが悲鳴を上げた。突然、背の高い姿が逆巻く水の流れに傾いたかと思うと、両腕を振り上げ、何かと格闘し、何もないところをつかみ、そして見えなくなった。確かにそこに存在したものが次の瞬間には何もなくなり、あるのは黒く高い柱の間を走る穏やかな潮の流れだけとなった。ジェフリーは妻の腕をつかんで抱き寄せ、驚いた様子の海軍の男たちをすばやく振り返った。

「流砂だ」彼は言った。「この砂浜にはあちこちに流砂が潜んでいるんだ。もしあの道しるべにぴったりついていなければ、命を失うことになるだろう。ともかく、あの男は失ってしまった」

若い中尉は首を振った。

「まったく、そのとおりです」彼は静かに言った。「哀れなものだ！　そしてこれで、あの男とともにラージャの宝石も消え失せたというわけです！」

10　法廷外調査

第一章

先頃判事に任命されたばかりの彼が死刑宣告を言い渡すのはこれが初めてで、最後の言葉に至ったときは少しばかり声が震えた。それでもなんとか口にして、こう付け加えたときには調子もはるかにしっかりしていた。

「……あなたの魂に神のお慈悲のあらんことを」

「アーメン」牧師がささやくような声で続けた。

判事の灰色のかつらの上に死刑宣告のしるしの四角い黒布が置かれる間、片時も目を離さずにいた被告席の男は突然にやりとした。皮肉な、半ば嘲るような笑いだった。そして両側にいた看守に肘をさわられると、肩をすくめながら言った——その厳しく腹のすわった声は、ためらいがちで自信のなさそうな判事の声とは対照的だった。

「あの世でこの世よりひどい目に遭うんじゃ、やってられねえよ！　だがよ、あんたたちの誰ひとり、あの世でどんなことが待ってるか知らねえだろうが。このインチキ野郎どもが！」

男は聞く者の神経を逆撫でせずにはおかない耳障りな哄笑とともに背を向けてその場を去った。一方、すでに席を立っていた判事もまた、裁判官の記章のさがった分厚いカーテンの奥に姿を消した。彼は重い足取りで執務室に向かった。州長官も職責を果たす意欲に燃えてついてきた。尊大で融通のきかないこの男は、判事と顔を見合わせるなり、首を左右に振った。

「なんとふてぶてしい罪人だ——けしからん！」彼はもったいぶった口調で言った。「嘆かわしい——実に嘆かわしい、あのような場で、ああした罰当たりな言葉を聞くことになろうとは」

判事はうんざりしたようにため息をつきながら、かつらをはずした。「わたしはこの裁判には納得しておりません。何ひとつとして！」

州長官はぎょっとした。彼のほうは心から満足していたからだ。彼の意見では、事件は完全に片が付いていた。

「なんと——納得していない？ そいつは——いや、しかし——証拠が——」

「証拠に基づけば」判事は落ち着いた声で言った。「陪審員には他の評決は下しようがなかったし、裁判もあの結果に終わらざるをえませんでした。しかし——わたし自身としては、まったく確信できないのです、この哀れな男が有罪だとは」

「おやおや！」州長官は驚きの声を上げた。「まあ、確かに、われわれはみな——」

「密かに自分だけの印象を持っている！」判事は皮肉めいた笑いを浮かべて引き取った。「まさにそのとおり。そして、たまたま、わたしの場合がそうなのです。たった今、感じたばかりですが——わたしは納得していません。むろん、裁判上は納得しました。しかし——」

「そうかそうか！」州長官は才気に乏しく、黒は黒、白は白としか考えられない男だった。「よくわかるよ。しかし、そんなことはたまたまさ」

判事はゆっくりとローブを脱ぎ、苦笑を浮かべて傍らの事務官を見た。

「たまたま、ね。そう、たまたまなんでしょう」

その後、判事は話題を変えた。そして間もなく、車で町外れにある判事宿舎へ帰っていった。州長官は彼を見送ってほっとした。弁護士時代のマチン判事殿はいささか気まぐれで変わり者だというもっぱらの噂だったが、見たところ、その傾向に拍車がかかっているようだ。

「有罪でないとは、まったく！」州長官は自分もまた田舎の邸宅へと帰る車の中でつぶやいた。「とんでもない話だ！　この事件ならまったく明白じゃないか。あれ以上、はっきりした証拠は聞いたことがない。マチンだって自分の口でそう言ったはずだ」

確かに、マチン判事は事件概要の説示においてそう述べた。判事が陪審員団に告げた、彼らに示された証拠は単なる状況証拠に過ぎないという注意も、被告人に有利には働かなかった。あらゆる事柄が被告人の有罪を示していた。その夜、判事は夕食のための着替えをしながら、今一度、すべての証拠をひとつひとつ検討してみた。そして最後に、誠実な陪審員であれば他の結論には達しえないと悟った。それでもなお――。

「つまるところ」マチン判事はつぶやいた。「結局は、直感のようなものだ。わたしには確かにその力が備わっている。そして、どこまで当てになるのかはわからんが、その直感が、あの哀れな若者は無実だとわたしに告げるのだ。無実だと！　それでも、これ以上ない強力な状況証拠の前では有罪と見なされるのだ！」

ムーアデイル事件として知られるこの出来事で示された証拠はこのうえなく強固なものだった。それはなんとも野蛮な激情に端を発した、卑しむべき悲劇だった。ムーアデイルは荒涼とした丘陵地帯の遠く寂しい谷間に位置する村で、当地の春季巡回裁判を受け持ったのがマチン判事だった。ともに若い農夫である二人の男が同じ娘に恋をした。彼らのうち、ひとりは今や殺されて墓に横たわり、もうひとりは独房に座り、殺人罪による死刑の執行を待っている。この悲しむべき事実が、もうひとつ別の事実により引き起こされたものだということは言うまでもない――娘がそれぞれの愛情を交互にもてあそんだのだ。世論代表とも言うべき州長官には極めて明白に思われたこの事件に、あまり込み入ったところはなかった。ムーアデイルの裕福な若い農夫、マイケル・クルダスは自らの耕地を所有しており、近所の娘、エイヴィス・ソームスウェイトと婚約していた。彼女は近隣一の美人と評判の娘だった。それが突然、婚約が破棄され、直後、娘は近くの農家の借地人、ジェイムズ・ガースと婚約した。乱暴で手のつけられない激情の持ち主であるマイケル・クルダスはガースが卑怯な手を使ったと疑い、町の市場で彼と激しい口論を交わしたのち、撃ち殺してやると公衆の面前で脅した。翌朝早く、ムーアデイルを発って丘を渡っていた羊飼いが、マイケル・クルダスの農場近くのもの寂しい場所で頭を半分吹き飛ばされた状態で横たわっているガースの死体を発見した。ガースが殺されたのは数時間前で、市場から家に帰る途中のところを撃たれた――それも至近距離から――ものと思われる。コテージのそばには新品の、明らかに発砲された直後に鳥撃ち銃から抜かれたとおぼしいカートリッジが転がっていた。ここに被告の有罪を証明する証拠が現れた。近隣でその特殊な型のカートリッジを使用するのはマイケル・クルダスだけだったのだ。殺しのあった翌朝、警察が彼の銃を調べた結果、つい最近発砲されたばかりだということがわかった。

状況及び、目撃者の証言によれば本気だったという野蛮な脅迫のことを考えれば、クルダスが復讐の虜となり、後先考えずに幸運な恋敵を待ち伏せして殺したことを疑う理由はないように思われた。

しかし、ただちに逮捕されたマイケル・クルダスは、即座に自らの無実を主張した。そのあと、のちに治安判事の前や公判で証言したのと同じことを供述した。確かにガースを撃ち殺すと脅したし、もしどこかで出くわせば本当に殺すつもりだった。しかし実際はガースを撃ってはいない。カートリッジや最近発砲された銃、極端に人口の少ないこの地域でその種のカートリッジを使う銃は他にないという明快な事実を突きつけられると、言葉短く、それらの事柄については何も知らないと答えた。彼は市場から酔っぱらって帰宅した。家でも浴びるように飲み、そのまま寝込んでしまった。その夜のことで思い出せるのはそれだけだ。しかし、これだけでも起訴する根拠としてはじゅうぶんだった。つまり、マイケル・クルダスが自分の農場近くのひと気のない小道でジェイムズ・ガースを撃ったとき、彼は酔っていた。家に戻ってさらに飲んだ。泥酔状態で頭の中はからっぽだったと言える。法廷にいた誰もがこの推測が正しいと考えた。誰ひとりとして、マイケル・クルダスが殺人犯であることを疑わなかった。

それにもかかわらず、マチン判事はこの事件において正義がなされたのかどうか、疑問に思った。この感覚は自分でも説明がつかない――それらは曖昧で形を持たず、しかし確かに存在していた。被告人席や証人台での、被告人の辛辣で皮肉でほとんど投げやりとも思える言動の何かが、判事に強い印象を与えた。死刑宣告の際に口にされた最後の言葉が今でも彼の耳元で響いていて、ムーアデイル事件にはこれまで見落としてきた要素があることを確信させた。その夜遅く、若く明敏な法廷弁護士で、彼の事務官も務めている甥とともに就寝前の葉巻をふかすうち、マチン判事は突然、徐々に形をとりつつあった解決策を思いついた。

「明日は昼までにすべての仕事を片付けるぞ」彼は言った。「それから午後の早い時刻の列車で出発する。この先一週間、仕事はないので、ある場所へ出かけるつもりだ。ここだけの話だが――ムーアデイルにな」

炉辺の反対側に座っていた若者は、判事の真剣な表情と鋭いまなざしに目を走らせた。

「ムーアデイルですか！　殺しのあった現場の？」

「そのとおり。実を言うと——これは口外しないでほしいのだが——わたしはあの事件について納得していない。そこで、ちょっとした法廷外調査を試みようと思う。ムーアデイルに行って調べて回るつもりだ」

「すぐにばれてしまうんじゃありませんか——顔が知られているんですから」若者は事務官として指摘した。

「そんなことはないだろう。目撃者にしても関係者にしても、そう何人もいない。ムーアデイルは北部でも最も辺鄙な谷だ。また、ちょっとした釣りもできると聞いている。わたしは古いツイードのスーツを着て、釣竿を持参するつもりだ。法廷で見かけただけの人間が、みすぼらしい私服姿のわたしに気づくことはないだろう。ともかく、わたしは出かけるよ」

マチン判事が何かをするつもりだと言ったときは必ずそうすることを、彼をよく知る者ならみなわかっていた。従って事務官は、この小旅行の計画はいささか尋常でないと述べるにとどめた。

「わたしは法廷の外でちょっとした調査を行うと言っただけだ」判事は笑って受け流した。「判事としての立場でムーアデイルに赴くわけではない。しかし、そうだな、たとえば、マクスウェルという名の、丘のある村で数日間休暇を取りたがっている、物静かな年配の紳士として行くのはどうだろう。もし誰かに——仮に警察にでも見咎められたら——そのときは穏便に口止めしておくよ」

それから判事は葉巻を放り捨て、床に就いた。しかしその前に、リュックに荷物を詰め、そばに釣竿を置いた。そして鏡に映った自分の姿を見ながら、判事のかつらと威厳のあるローブとは、快活な顔立ちの、どちらかといえば田舎地主のような外見の紳士になんと劇的な変化をもたらすのだろうと考え、思わず笑みがこぼれた。

「誰もわたしだとはわかるまい！」彼はそうつぶやいた。

第二章

翌日の午後遅く、くたびれたグレーのツイードのスーツを着て小さなリュックを背負い、左手に釣竿を持った年配の紳士が、ヒースに覆われた丘の斜面をジグザグに延びる小径をのぼってきた。彼は頂上でひと休みしながら、はるか下方で丘の間に消えていく谷を見下ろした。そして、狭いひと筋の曲がりくねった川や、こぢんまりした教会の小さな尖塔、灰色の橋の辺りにまとまって建つ石屋根の家々（コテージ）、暗い丘の斜面や峡谷にまばらに散らばる農場に目を向け、穏やかに、しかし皮肉っぽく笑った。これぞ詩人や画家が言うところの、牧歌的で平和な光景に違いない。

「だが不幸にも」谷へと下りていきながら判事はつぶやいた。「不幸にも人間の情熱というものは、そこが田園の理想郷だろうが悪のはびこる大都会だろうが、激しさにおいて変わりはない。わたしは昨日、その証拠をじゅうぶんに見せつけられた。いかにこのムーアデイルの自然の力が崇高に見えようと、人の心に関しては、セブンダイヤルズやホワイトチャペルとさほど違いはないのだ。どちらも粗野で荒々しい！　おおかた、宿もお粗末なものだろう——もしあればの話だが」

幸い、道沿いに小さなパブが見つかった。パブの主人は彼に、時々旅人や放浪画家を泊めることがある、客にはまともな部屋と清潔な寝具、簡単な食事を提供できるし、川では釣りができると告げた。

「申し分ないですな」判事はそう言うと階上の部屋に行き、旅の埃を落とした。

部屋の小さな窓からは丘の中腹にまばらに建つ家々が見渡せた。あのうちのどれがマイケル・クルダスの家かはわからないが、彼がそこに戻ってくることは決してないだろう――何か特別なことが起きて、彼を絞首刑から救い出さない限りは。判事はこうも考えた。青と紫の丘の斜面でひと際目立つあの緑の地のどこで、ジェイムズ・ガースは自らの死に遭遇したのだろう。やがて階下のパブに降り、注文したベーコンエッグを食べる頃には、彼の心は疑問でいっぱいになっていた。こんな寂しい土地で、はるか彼方に広がる空や夜の静寂、壮観な日没の光景への感動を忘れてまで、人は殺人を犯すほどの情熱に駆り立てられるものなのか。

しかし判事はすぐに悟ることとなった。優れた自然の中で暮らす人々も、都会暮らしの人間と同じぐらい他人を気にかけて生きているものなのだ。その夜、彼はパブの暗い片隅に座り、目と耳を働かせていた。男たちの出入りは激しかった――谷を通る途中で数分だけ寄っていく男、一パイントのエールを半時間かけて飲んでいく男、常連席に座り長居する男。しかし会話の種は常にひとつ――地元の殺人事件の結果についてだった。そして、それに対する意見もひとつしかなかった――ジェイムズ・ガースがマイケル・クルダスに撃ち殺されたことに疑いの余地はない。

しかし殺人が起きたときのマイケル・クルダスの精神状態に関しては、意見に違いがあった。判事は北部の方言には不慣れだったが、話の内容は容易に聞き取れた。ある批評家の一派はマイケル・クルダスは冷酷に被害者を撃ち殺したと見なし、他の一派は彼は行為に及んだとき酔っていて、自分の仕出かしたことはいっさい知らなかったと考えている。双方、自分たちの言い分を通すのにマイケル・クルダスの変わった性格を引き合いに出しながら議論していた。と、そのとき、若い男がずかずかと店に入ってきた。彼をひと目見るなり、その場にいた全員が口をつぐんでしまった。

片隅の暗い席から油断なく観察していた判事は、新来者の登場が引き起こした効果に目をとめながら、彼がカウンターへ行きエールを注文するのを興味深く見守った。新来者は背の高い不器用そうな男で、陰気な顔つきと冷たい目をしていた。全体の雰囲気と態度は無愛想なまでの内気さを示しており、誰とも視線を合わさずにいる表情はいかにも疑り深そうだった。明らかに人と話をする気分ではないらしく、カウンター近くに座っていた男たちのひとりに話しかけられると、ぎこちなく赤面した。

「この時季にしちゃ、いい天気だったな、クルダスさんよ」

新来者はむっつりして顔を背け、つぶやいた。

「文句なしだ」

彼はエールを飲みほすと、それ以上は何も言わずにすばやく出ていった。男たちは互いに顔を見合わせた。

「相変わらず無口なやつだな、マーシャル・クルダスは」ひとりが言った。「あれ以上はひと言も引き出せないだろう」

「まあ、こんなときは何も言わないのが一番だと思ってるんだろうさ」別の男が言った。「身内が縛り首になると聞きゃあ、誰だっていい気分はしない、そうだろう?」

シャツ姿でカウンターに寄り掛かっていた主人が笑いながら肘をかいた。

「ほれ、古い諺にあるだろう、誰の得にもならない風は吹かないって。絞首刑になるってのは、マイケル・クルダスにとっちゃ災難だが、あのマーシャル・クルダスにとっちゃ幸運だ。マイケルが残すものを全部手に入れるわけだからな」

小さなグループから同意のつぶやきがもれた。

「そうとも、そのとおりだ」年配の男が言った。「なんといっても、土地がある。マイケルにとって男の身内はマーシャルだけだ。そうなると、継ぐのはあのマーシャルしかいないってことになる！」

「だからあの古い諺は正しいのさ」主人が言った。「風はマイケルに損に吹いた――やつは縛り首になる――逆にマーシャルには得に吹いた――やつはマイケルの残したものを手に入れる」

その後、時計が十時を打ち、最後までいた二、三人の客が千鳥足で帰っていった。主人は表の戸締りをして戻ってくると、判事を見た。その顔にはもうひと喋りしたいと書いてあった。

「ちょっと前ここに来た、あの若いのは」彼は言った。「昨日、巡回裁判で死刑を宣告された男のいとこでしてね。連中が言ってたように、哀れな男が残すものをすべて相続するんですよ」

「そしてそれは」判事は尋ねた。「ずいぶんになるのかね？」

「かなりのもんですよ」主人は答えた。彼は自分でも一杯飲むと、パイプに煙草を詰め始めた。「マイケルは金に困るってことがなかった。百五十エーカーの土地は百年以上前からクルダス家のものなんです。彼らには自由保有権があるから、いずれはマーシャルのものになるでしょう――さっきの彼のね。それに、あたしの見たところ、マイケルはかなり金を貯め込んでた。いつも畑仕事に精を出してましたからね。最近こそ、色恋のことで浴びるように飲んでいたが、金遣いが荒いわけじゃなかった。そして、マイケル以外に相続者はいないんです。年取ったおばさんには数ポンド行くかもしれないが」

「いとこ同士は仲がよかったのかね？」

「そりゃもう、うまくやってましたよ！　身内意識丸出しってほどじゃなかったが、ほら、血は水よりも濃いってやつですよ」

「一緒に住んでいたのかね?」判事は探った。

「いや、違います。二人とも独り身でしたがね。ええ、マイケルの農場は〈ハイ・ギル〉っていいます。お客さんの部屋の窓から見えますすよ。マーシャルのほうは谷間で粉ひき場をやっています。さっきマーシャルがここへ寄ったのは、家へ帰る途中でしょう」

「今朝、この事件のことを新聞で読んだが」判事は言った。「この辺りの人々の、マイケルが有罪だという意見には疑問の余地がないようだね」

「絶対ですよ!」主人は自信たっぷりに答えた。「どう考えてもね! しかし、お客さんも今夜聞きなさったように、マイケルは自分のしたことをまるで知らなかったんだって声もあるんです。泥酔してたときにやっちまったというわけです」

「そんなことが可能だろうか?」判事は相手にというより、自分に問いかけるように言った。「いっさい何も知らないで撃つなどということが本当にできるものだろうか?」

「できると思いますね」主人はあっさり答えた。「というのは、あたしの知ってる連中には、へべれけのときに妙なことを仕出かしといて、素面に戻ったときにはこれっぽっちも覚えてないっていうのがいるからです。ともかく、ここらじゃ、マイケルを有罪と見ています。そしてまあ、彼は縛り首になり、マーシャルのやつが後釜に座るんでしょうよ」

「裁判ではひとりの娘の名が挙がっていたね」

主人はうなずき、次に首を振った。

「エイヴィス・ソームスウェイトです。いや、まったく! 事件の影に女あり、とはよく言ったものだ」

「その女性がどうしたと?」

「罪作りなことをしたんですよ。あの娘はべっぴんだ。それは誰も否定できない——しかし移り気でね。最初はマイケルといい仲だったのに、ジム・ガースに乗り換えた。それからまた心変わりをした。結局、マイケルが狂気に走ったのは、ジム・ガースに騙されたと思い込んだからなんです。しかし、どうも担いだのは娘のほうなんじゃないかって話がありましてね。それに」主人は声を落として、奥に女たちがいる厨房のドアにちらりと目をやりながら、こう結んだ。「それに連中の言うことには——一部の連中ですが——エイヴィスは二人を騙してたが、二人は彼女のことで揉めるかわりに、賢明にも和解して、それ以上彼女と関わらないことにしたってんです。わかりますか、お客さん?」

「なるほど」

その後、判事はロウソクを手に床に就いた。小川のせせらぎに心地よい眠りに誘われながら、彼は考えた。マイケル・クルダスが絞首台の床の身の毛もよだつ穴を通ってあの世へ落ちていくとき、マーシャル・クルダスは非常に魅力的な財産——殺人者が所有していたものでも、やはり価値はあるだろう——を受け継ぐという事実を。

「少なくとも」判事は眠そうにつぶやいた。「少なくとも、マイケルが本当に殺人者ならばな。さて、わからないのは——」

しかし、ここで彼は睡魔に負けてしまった。

第三章

翌朝、マチン判事はいかにも休暇中の旅行者のふりをしながら〈ハイ・ギル〉の付近を探索していた。そこで出会った老齢のきこりがジェイムズ・ガースの死体が発見された場所を教えてくれて、判事はおぞましい悲劇が演じられた現場の隅々まで自らの足でたどることができた。周囲を見まわしながら、彼は新しい見解をまとめあげた――こうした事件において、判事と陪審員団が犯罪現場に足を運び、その地理を研究するのは非常に有意義なことだ。

きこりは喋り好きなたちだった。彼が興行師の役を演じる機会はめったにない。そこで判事と出会った道の小高いところから、いろいろな場所を次々と指し示した。

「ほれ」きこりは真下の深い谷にぽつんと建つ農場をさしながら言った。「あすこにあるのが〈ハイ・ギル農場〉ですだ、ジム・ガース殺しで死刑になるっちゅうマイケル・クルダスの。あの小さな農場の庭の端っこに、ちっぽけな木立が見えますじゃろう。あすこが、マイケルがジムを待ち伏せしてた場所だと言われとります。あっちが、死体が見つかった場所、あっちが弁護士先生たちが大騒ぎしとるカートリッジが見つかったところですだ。ジム・ガースはあの庭の端を通って家に帰ろうとしとったんですな――あすこの、丘の斜面の上のほうにある自分の家に。それから、この谷の突き当たりの林の間に見える、あのコテージ、あすこに住んどるのが、二人の諍いの種になった娘ですわ――

エイヴィス・ソームスウェイトっちゅうね」

「娘の父親も農夫なのかね？」判事は尋ねた。

きこりは皮肉っぽく笑った。

「ソームスウェイトが何をやっとるのかは、わしより賢い人間でないと説明できませんわな。本人は猟場の番人になろうともくろんでおるが、世間から見ると、守るより失敬する分のほうが断然多かろうってことですだ。いかれたもんですよ、ソームスウェイトの衆は」

判事はそれには返答しなかった。地形に気を取られていたのだ。

「市場町――ハイデイルはどの方向かね？」

きこりは片手を上げて指さした。

「この道をクルダスの庭の角――さっき、ジム・ガースが撃たれたと言った場所まで下っていくです。そこで左に曲がって、あすこの丘の山肩をまっすぐ越えていくと――そしたらハイデイルが見えてきます。それが」彼は付け加えた。「ジム・ガースが殺されるために歩いてきた道ですだ。ジムが市場から帰ってくるところを、クルダスが銃を抱えて待ち伏せしとったんです」

マチン判事は情報提供者に一シリング与え、教えられた方角へ歩き始めた。そしてガースが命を落とした場所でしばし立ちどまった。確かに殺しにはうってつけの場所だった。木立が絶好の目隠しになるし、目的を遂げたあともその間からやすやすと脱け出すことができる。判事がそのときの光景を思い描いていると、傍らの門の掛け金がカチッとなる音がして、農場の庭から二人の人物が出てきた。彼らは顔を近づけて話に夢中になっていたので、すぐそばに来るまでよそ者の存在に気づかなかった。

二人のうちひとりは、前夜、パブで判事が目撃した男――マーシャル・クルダスだった。もうひとりはすらりと背の高い、黒髪で黒い瞳の華やかな若い女で、その美貌は地味な色彩の庭に咲き誇るシャクヤクのように、周囲の牧歌的な情景を圧倒していた。二人はよそ者の気配を感じて鋭く顔を上げた。マーシャル・クルダスは判事を宿の客だと気づいたようで、目を伏せ、顔を背けた。娘のほうは判事の顔を穴があくほど見つめ、彼が二人のそばを通り過ぎ、ある程度離れてから振り向いたときも、まだこちらを見ていた。

「むろん、あれがエイヴィス・ソームスウェイトだ」判事は悠々と歩を進めながらつぶやいた。「なるほど、めったにない美人だ」

判事は行楽客らしくぶらぶらと歩いていき、やがてきこりに教えられた山肩にのぼりついた。そこから二マイルほど彼方にハイデイルの町が見えた。四角くそびえる教会のまわりに灰色の家々が固まって建っている。しかし、マチン判事はその小さな町まで足を運ぶつもりはなかった。町には彼の素性を知っていそうな住人がいるからだ。数はそう多くない——警官や事務弁護士がひとりふたり、それと、マイケル・クルダスが脅し文句を使ったのを耳にした証人が二、三人。しかし、判事の散歩にはある目的があった。法廷で彼の前に広げられていたこの地域の地図の、〈ハイ・ギル〉からハイデイルに続く道端に、〈ピジョン・パイ〉という名の宿が記されていた。彼にはその宿に関してある思惑があった。そこでそれを目当てにずんずん歩いていき、やがて、松の木と樅の木の間にぽつんと建つ、半分壊れかけた妙なボロ宿を見つけた。彼は中へ入っていき、明らかに暇を持て余している様子の亭主にエールを注文した。

亭主から殺しの話を聞き出すのは簡単だった。実際、彼は判事が入店したとき、前日の新聞のその記事を読んでいた。

「察するに」判事は水を向けた。「ご亭主はさぞこの事件の関係者をよく知っていなさるんだろうね」

亭主はいかにも訳知り顔でうなずいた。

「知っているかって？　そりゃあもう、端から端までね、お客さん。わたしは証人には呼ばれなかったが、マイケル・クルダスがジム・ガースに脅し文句を使ってたのを聞いたひとりなんですよ。ハイデイルの〈スリー・クラウンズ亭〉でね。あれは――あれは市の立つ日だった。むろん、マイケルのやつは酔っぱらってて――だが、自分で言った言葉を何ひとつ覚えていないってほどじゃなかった。『次におまえに出くわしたとき、おれが銃を持ってたら』やつはそう言ったんですよ。『狂犬を撃つみたいにおまえを撃ち殺してやる』と、まあ、そんな言葉を並べてましたっけ」

「新聞で目にしたんだが」判事は言った。「この店は二人の男たちの帰り道にあたるそうだね。事件の夜、クルダスはここへ寄ったのかい？」

「いや、寄りはしなかったんですがね」亭主は答えた。「前を通り過ぎるのは見ました。何やらぶつぶつ独り言をつぶやいてましたよ。ちょうど暗くなりかかる時分だったかな。でも、ジム・ガースのほうは寄っていきました――だから、わたしはずっとこう言ってるんですよ、彼が口をきいた最後の人間はわたしじゃないかってね。わたしはもう一度ジムに、マイケルに用心するように言いました。あの脅し文句を口にしたときのマイケルには殺意が感じられましたからね――おわかりになるでしょうが」

「で、ジム・ガースはなんと？」

「それが、おかしなことを言うと思って、あれ以来ずっと意味を考えてるんですがね」亭主は頭をかきながら答えた。「場所はちょうどこの辺りでしたよ――ジムは、ちょうど今、お客さんが座っていなさる椅子に腰かけてました。『もし、マイケル・クルダスが本当のことを知れば』彼はそう言いました。『おれを撃ち殺すかわりに、手を組みたがるだろうに』そこでわたしは訊きました。『だったらなぜ、その本当のことやらをやつに教えてやらないんだ?』するとガースはこう答えたんです。『ああいう男が怒りで頭がおかしくなっているときや酔っぱらってるときは、何を言っても耳を貸さないからだよ。まあ、どっちみち、今にわかるだろうさ』」

「ご亭主は彼の言葉をどう思う?」判事は尋ねた。

亭主は首を振り、煙草の煙で黒ずんだ梁を見つめた。

「わかりませんね、お客さん。しかし、まあ、ありそうな話としては——あの娘っ子が絡んでるんじゃないですかね。あの娘はジムをもてあそび、そしてマイケルをもてあそんだ——もし彼ら二人に別々にそういうことができるなら、二人まとめて一緒にでもできるんじゃありませんかね」

「しかし、あんたは何も知らないんだね」判事は念を押した。

「そうですとも」亭主は答えた。「何ひとつね! それでもやっぱり、ガースはああ言ったんですよ。あの世へ行っちまう一時間前に、その椅子に座りながらね」

判事はそれ以上何も言わず、やがて立ち上がって店をあとにした。戸口まで見送った亭主はどんよりした空模様を見上げた。

「土砂降りになりますよ」彼は険しい顔で言った。「あと半日ぐらいでね。お客さんはこの辺りに泊まられるんですか?」

「一日、二日ね」

「だったら、これまで見たことのないものが見れますよ。この辺りで雨が降るってえと——まあ、見てください」

判事はゆっくりムーアデイルに戻っていったが、天気のことは一瞬も頭になかった。判事がおもに考えていたのは、法廷で持ち出される証拠はどんな場合でも完璧にそろっているものだろうかということだった。もし彼がマイケル・クルダスの短い裁判の進行中に、〈ピジョン・パイ〉の亭主に対するジェイムズ・ガースの発言を知っていたら、きっとさらなる調査を主張していただろう。しかし――何の――あるいは誰の？

「まあ、まだ時間はある」判事はつぶやいた。

彼はその午後、宿の近所を散策して過ごし、夜は簡単な食事をすませたあと、再び前夜と同じ片隅の静かな席に向かった。薄暗さに目が慣れたとき、もう一方の隅の席に気になる顔を見つけた。彼が目を向けると、その顔もじっとこちらを見た。それを見て、マチン判事は前に見た顔だと思った。自分にはそれを覚えている理由があることもわかった。しかし、すばやく記憶を探ったものの、その顔をいつ、どこで見たのか、あるいはなぜその記憶を保っているのか、思い出せなかった。それはジプシーの血を連想させる顔だった――浅黒く、不気味で、狡猾な感じがする。薄暗がりの中でさえ、その顔を縁取る黒い縮れ毛や、ぼさぼさの眉の下からこちらを見つめる黒い目のきらめきが見分けられた。男は判事と目が合うと、暗がりから出てこちらへ近づいてきた。屈強そうな身体を別珍のズボンと綾織りの上着に包んだ中年男は、卑屈なほど慇懃な物腰で毛皮の帽子を取った。

「失礼ですが、旦那」男は言った。「この宿にお泊まりの紳士とお見受けしますが」

「そうだが？」判事は低い声で答えた。

「釣りをなさりたいと聞きましてね」相手は続けた。「宿の主人が言ってるのを小耳にはさんだもんで。よろしかったら、明日、いい釣り場にご案内できるんですが。雨のあとですから——今夜は降るでしょうな——きっとお楽しみいただけると思いますよ。そりゃあ、いい釣り場なんですよ、旦那」

「そこは勝手に釣りをしてもいい場所なのか？」判事は尋ねた。

「はあ、その点なら問題ございません。入会漁場ですからね。釣りは禁じられていないんです」男は淀みなく答えた。「ですが」ウィンクしながら付け加えた。「めったにない穴場なんですよ」

判事はしばし考えた。

「いいだろう」やがて彼は口を開いた。「明日、適当な時刻に迎えに来てくれ。今夜は雨になるんだろう？」

「もう半時間もすれば降ってきますよ、旦那」男は自信満々で答えた。「では旦那、また明日。夕方頃、お迎えに上がります」

判事がうなずくと、男は額に手をあてて挨拶し、間もなく帰っていった。入れ違いに宿の亭主が入ってきて、戸口で彼と短く言葉を交わしていた。

「今、出ていった男は」やがて判事は言った。「この土地の者ではないようだね」

「おっしゃるとおりです、お客さん——あの男は」亭主は答えた。「南のほうから流れてきたんです。もっとも、ここで猟番をやって六、七年にはなりますが。あれがソームスウェイトです。親父のほうの」亭主は判事のほうに近寄ってきて、声を落とした。「殺人事件で取り沙汰された娘の父親ですよ」

「ああ、なるほど」判事は関心なさそうに言った。「明日の朝、いい釣り場に案内すると言われたんだが。信用して大丈夫かな？」

亭主は声を立てて笑った。

「そりゃあ、絶対ですよ、お客さん。土地のもんでこそないが、この辺りのことをダン・ソームスウェイトほどよく知っている人間はいません。釣り糸を垂れるそばから喰いついてくるような場所へお連れするでしょう。雨のあとだから、きっとよく釣れますよ――そろそろ降り出しそうですな」

亭主が言い終わるか終わらないかのうちに、雨が降ってきた――山の多い地方ならではの唐突で爆発的な降り方だった。雨はその後もやむことなく、丘の頂きに群がる不気味な雲から一日じゅう降り続けた。判事が床に入ったとき、雨はまだ屋根や道路に激しく降り注いでいた。夜中に目が覚めたときも、相変わらずの土砂降りだった。明け方、半分目を覚ましたときも、絶え間ない雨音がした。ようやく起きて窓の日よけを上げると、小さな川はすでに氾濫して、そばの牧場はミニチュアの湖に様変わりしていた。それでも雨がやむ気配はまったくなかった。

朝から午後半ばまで雨は片時もやむことなく降り続け、谷間では騒々しい水音が幾重にも響き渡った。宿の窓から外を眺めていた判事は、暗い丘の中腹の黒い岩と紫のヒースの間に、長く白い流れが生じているのに気づいた。よく見ると、それらは上の荒野から注ぎ落ちてくる、新たに発生した滝だった。

時折、濡れ鼠になった旅行者が飛び込んできて、冠水して不通になった道の話をした。判事は自分が外界から隔離されてしまったような気がした。やがて午後も終わろうという頃、雨は降り始めたときと同じ唐突さでやんだ。そしてようやく雲間から太陽が弱々しく顔を出し、谷で逆巻く茶色い水に断続的なきらめきを投げかけた。判事が階下で紅茶を飲んでいると、戸口から浅黒い顔が覗き、あの紳士はお出かけの用意ができているだろうね、というソームスウェイトの声がした。

「こんなときに外へ出て大丈夫かね?」判事は窓に目を向けながら尋ねた。「四方を水に囲まれてしまうんじゃないか?」

「そこは任せてくださいよ、旦那」ソームスウェイトは胸を張った。「あたしについてきてくれれば、足首だって濡れさせませんぜ」

判事はためらいながらも出発することにした。彼にはこの外出を決行するだけの理由があった。まず、彼はスポーツに長けていたのでこの冒険に魅力を感じていた。次に、相手に悟られないように発見したかった——いつ、どこで、このソームスウェイトという男に会ったのか。最後に、この外出の間に、彼がムーアデイルに来る原因となった出来事に対するヒントが見つかるかもしれないという期待があった。彼はソームスウェイトに何かを質問したり語るつもりはなかった。それでも、ふと漏れたひと言やなにげない言葉が聞ければ、法律家としての三十年近い経験がおおいに役に立ってくれるだろう。

ソームスウェイトが案内したのは、その向こうに〈ハイ・ギル農場〉が建っている、峡谷に沿った岩だらけの道だった。ムーアデイルには至るところにこうした峡谷があった。それらは丘の中腹を深く浸食していて、今の時季のように木々に葉が繁っているときは、目が慣れるまでは夜の闇のように黒く見えた。

判事は興味深く周囲を見まわしながら歩を進めた。彼らが這い上がってきた岩棚や脆い巨岩の下では、水かさの増した川が草木や枝の残骸を飲み込みながら谷間に流れ込んでいた。このような状況でまともに釣りができるとは思えない。彼は案内人にそう指摘した。するとソームスウェイトは薄暗い峡谷の彼方の奥まった場所を指さした。判事が目を凝らすと、そこには古い製粉所の廃墟らしきものが見えた。

「あの壁の向こうに小さな池がありましてね」ソームスウェイトは言った。「抱えきれないほどどっさりマスが獲れますよ。それにあそこなら——誰にも邪魔されませんから」

彼は先に立って製粉所にたどり着くと、壁の角にあるドアのところまで判事を連れていった。そして、ドアを押し開いてその脇に立ち、身振りで中へ入るように示した。判事は素直に中に入ったが、そのとたん、自分が尋常でない状況に置かれたことがわかった。

彼があまりにも無防備に足を踏み入れたその場所は、高い壁に囲まれたアーチ形の広い空間で、屋根がなかった。一方の壁の半分ぐらいの高さの位置にあるのは明らかに水門の扉(ハッチ)で、そこから大量の水が滴り落ちている。判事が立っている石畳の床にはすでに浅い水たまりができていた。彼は即座にこの場所が製粉所の水車場だとわかった。水車自体はすでに撤去されていたが。同時にこうも理解した。もし彼の上にある壁のハッチがその後ろの堰の水圧に負けたら、この場所は数分で——あるいは数秒で水没してしまうだろう。

マチン判事が瞬時にここまで見極めたとき、嘲るような高笑いとともに濡れた石の上を走る足音が聞こえた。それからドアがばたんと閉まり、外側からかんぬきが掛けられた。彼はひとりになった——囚人に。

「そうだ、わたしは確かにこの男と前に会ったことがある」彼は不意につぶやいた。「これは復讐だ」危険が差し迫っているかもしれない——それどころか、実際に死ぬかもしれない——その意識は却って判事を冷静にさせた。頭上高く開いたところからソームスウェイトの薄ら笑いを浮かべた邪悪な顔がぬっと現れると、彼は動揺もせず、威厳すら漂わせて見上げた。

「きみ」判事は落ち着いた声で言った。「すぐに降りてきて、ドアを開けるんだ!」

ソームスウェイトはせせら笑った。彼は囚人の頭上十五フィートほどの側壁の、壊れかかった跳ね上げ戸から身を乗り出していた。そして横桟の上で腕を組み、眼下の誇り高い顔を見ると、再び鼻で笑った。

「あんた、忘れてるんじゃないか、マチン判事殿、今は立場が逆だってことを」彼は言った。「あんたは忘れるのが得意だな。おれは違うぞ――覚えておきたいことは全部覚えてる。おれはあんたを覚えている――昨日の夜、見かけたとたん、あんただとわかった。こんな幸運、夢にも期待してなかったぜ――こんなに長い年月のあとでな！」

判事は死にもの狂いで記憶をたぐった。そして突然、過去のある一日がよみがえり、うなずいた。

「きみのことを思い出したぞ。マルグレイヴの四季裁判所（年四回開かれた下級の刑事裁判所。一九七一年廃止）で会ったな――何年も前のことだ――わたしは市の裁判官に任命されていた。しかし、あの頃のきみの名前はソームスウェイトではなかった」

「それについちゃ、今も違うがな」男は嘲笑った。「だが、おれは同じ人間だ。そうとも、おれは確かにあんたに会った、あんたの言うとおりな、そしてあんたはおれに五年の刑を下した――五年の散々な年月を！　あんたを今いるところに五年間置いとけたらなあ。できるものならそうしたいぜ！」

「わたしのほうも覚えているぞ、きみがあの宣告を受けたのは当然の報いだ」判事は冷静に続けた。

「邪悪な性根はいまだに変わらんようだな。今度は何を企んでいる？」

「あんたの息の根をとめてやるのさ」ソームスウェイトは傲慢に答えた。「あんたは溺れ死ぬんだ――檻の中のネズミみたいにな。もうすぐ、そこの水門の材木を一、二本、叩き落として、あんたを風呂に入れてやる。それで一巻の終わりさ。周りを見てみろ。そこから逃げ出す方法なんてないぜ」

しかし判事は捕獲者に鋭く据えた視線をそらそうとはしなかった。

「ひとつ言わせてもらおう」彼は法的な問題でも論じるように落ち着いて言った。「きみは自らも窮地に陥っているんだぞ。わたしがムーアデイルに滞在中なことは知られている。宿の人間もまた、わたしがきみと外出したことを知っている。もし――」

「これについちゃ、〝もし〟なんてねえよ」ソームスウェイトは言った。「そこんとこは昨夜じっくり考えたんだ――とりわけ、どえらい大雨になるってわかってからはな。ともかく、おれの話はどんな検死陪審だって納得するだろうさ。あんたはおれと一緒に釣りに出かけた――おれはあんたを古い製粉所の裏手の釣り場に案内してやる、あんたはそこに残ってのんびり釣りをする、その間におれは飯を食いにいく。おれが戻ってみると、あんたは水車用の堰に落っこちて溺れ死んじまってるってわけさ。どうだい？」

「わたしは堰になどいない」判事は言った。

ソームスウェイトはまたも笑った。今度は心から楽しそうに見えた。「それがいるんだよ――おれが見つけたときにはな。よくよく考えぬいたんだ。あんたが溺れるのをここで見届けてやる。そしてあんたがくたばったら、あんたの後ろの水門から水を出す――あれは外側からしか開けられないから、あんたにはどうすることもできないがな――それからあんたをそこから引っぱり出して、堰に放り込んでやる。これ以上ないほど簡単だろう？　あんたは大雨で脆くなってた岸のせいで落っこちたんだ。何か言いたいことはあるか？」

「わたしが言いたいのは、きみが人殺しだということだ」判事は答えた。「きみが別の殺人を犯していないことを願っているが。それも怪しいようだな！」

「きさまは大嘘つき野郎だ！」ソームスウェイトがわめいた。「おれは誰も殺してなんかいない。それにきさまの身に起こることは殺人じゃない、当然の報いだ。きさまがおれを五年もぶちこんだとき、おれには女房と三人のガキがいた——それがシャバに出てきたら、残ってたのはきさまが今朝見た娘だけだった。そもそも、なんで——なんだって」彼は突如、怒りの炎を爆発させた。「何の目的でここらを嗅ぎまわりに来たんだ？　この判事野郎！　偶然のはずがない、そいつは確かだ。おれがジム・ガースを殺したとでも思ったのか？」

「それもおおいにあり得ると考え始めたところだ」判事は冷やかに言った。

「だったら、とんだお門違いだ」ソームスウェイトは陰険な笑いを浮かべて嘲った。「やったのはおれじゃない。どっちみち、きさまは秘密を喋れないところへ行っちまうわけだから、おれが誰の仕業か知ってるってことを教えてやってもかまわないぜ。そしてそれはマイケル・クルダスじゃないのさ！」

その瞬間、判事は自らの身に危険が迫っていることも忘れ、懇願せんばかりに熱心な顔を拷問者に向けた。

「ソームスウェイト！」彼は叫んだ。「ばかなことはやめるんだ！　わたしをここから出せ！　誰がガースを殺したのか教えてくれ、そうすれば千ポンド——二千ポンド払う！　この件に関してはいっさい口外しない——われわれの間だけの秘密だ。現金だ、ソームスウェイト、金貨で、即金で！　頼む、分別を持て、そして——おい、あれはなんだ？」

二人の頭上高く、ソームスウェイトが脅すように指をさし続けていた、ハッチの上のむき出しの壁に突如亀裂が走ったかと思うと、茶色の水が凄まじい勢いできらめくアーチを作りながら噴き出し、判事の足元の敷石にぶつかった。二人が叫び声も上げられないでいるうちに、亀裂は揺れ動き、深まり、広がり、大きな壁が巨大な手で二つに引き裂かれたかに見えたその直後、ムーアデイルの住民をぎょっとさせた轟音とともに、大量の水が逆巻きながら彼らに襲いかかった。水車用の堰が破れたのだ。それに気づいてぞっとしたとたん、判事は流水に巻き込まれ、打ちのめされ、押しつぶされ、回転する木や石の残骸とともに、息が詰まりそうな暗闇の中へ押し流された。

判事は人の断末魔の叫びを聞いたような気がした。はたしてそれが自ら発したものなのか、ぼんやり考えたとたん目の前が真っ白になり、その先の記憶は途切れた。白い世界と黒い世界の訪れがあまりに唐突だったので、彼には死が間近にあったのか考える暇もなかった。

意識が戻ったとき、マチン判事は自分が柔らかな温かいベッドに横たわっていることに気づいた。部屋はかすかに暗くなっている。近くで声がした——抑えた、つぶやくような声だった。彼はじっと横たわったまま、聞き耳を立てた。

「遅かれ早かれ、起こることだったのだ」そう言った声には職業的な響きがあった。「あの古い水車用の堰を大きな養魚池に変えるなど、言語道断の愚行だ。わたしは直接、トマス卿に警告した。異常な豪雨に見舞われた場合、どういうことになるか——その結果がこれだ！　村の半分が押し流され、八人の命が失われた。ここにいる患者は九死に一生を得たわけだが——それにしても、彼の意識が戻ったら、本当の身元を確かめなければならないな」

判事は顔を向けて口を開いた。そしてその声の弱々しさに我ながら驚いた。

「それはわたしから申し上げます」彼は言った。「わたしの症状がどの程度で、いつ出歩けるようになるか教えてくだされば」

二人の医師がそばに来て忙しく動き始め、判事は両者を観察した。

「迅速かつ明確なお返事をいただかねばなりません」彼は語気鋭く言った。「一週間以内にロンドンに移動できるでしょうか。イエスですか、ノーですか?」

「とんでもない!」年嵩の医師が答えた。「絶対にだめです。二週間後でも無理だ」

「ありがとう」判事は言った。「では、お手数をかけて申し訳ないが、電文を書き留めてください。そしてただちに送ってくださるよう、お願いいたします。わたしはフランシス・マチン卿、電報の宛先は内務大臣です」

二日後、内務大臣は執務室に座り、判事の電報を受け取ってすぐムーアデイルに派遣した高官からの報告に耳を傾けていた。報告が終わると、彼は微笑を浮かべた。

「つまり、こういうわけか」内務大臣は立ち上がって室内を歩きながら言った。「この問題における彼の直感を根拠に、そしてソームスウェイトという男が災害が起こる直前にたまたま発した言葉――誰がジェイムズ・ガースを殺害したか知っていて、それはマイケル・クルダスではないという――それをもとにマチンはわたしに、この裁判における死刑執行の延期を求めていると。そういうことか?」

「まさにそのとおりです」高官は答えた。「さらに彼は、閣下が彼の望んだことを実行なさったと知るまでは、きっと熱に浮かされた状態でありましょう。わたしはあんなにも何かに真剣な男を見たことがありません!　彼はこの男、マイケル・クルダスが無実であると確信しているのです」

「ではいったい、誰が有罪だと――あるいは有罪だったと――考えているんだ?」内務大臣は問いかけた。

「彼の推測によりますと」高官は答えた。「いとこのマーシャル・クルダスがガースを撃ち殺し、エイヴィス・ソームスウェイトという娘は共犯だったようです。そそのかしたのは彼女でしょうが」

「で、その二人は死んだと言ったな。洪水で溺死したと。娘の父親と同じように」

「マーシャル・クルダスと娘はともにクルダスの家で溺死しました。父親のほうは倒れてきた石積みの下敷きになり命を落としたそうです」

内務大臣は謎めいた微笑を浮かべた。

「マチンは」彼は言った。「常に妙な気まぐれと突飛な考えの持ち主だった。しかしわたしは彼が間違っているとは思わない。いいだろう、マチンに電報を打ってくれ。ひと言でいい。すぐに打って、彼を安心させてやってくれ」

高官は立ち上がり、ドアに向かった。

「内容はどのように?」

内務大臣はすでに席に戻り、熱心に書類を見つめていた。彼はうわの空で顔を上げた。

「うむ?　ああ!　それならもちろん、これだけだ――執行延期、と」

11　二個目のカプセル

第一章

東の空高く満月がかかり、そのそばで大きな星がひと際明るく輝いている。ロンドンブリッジの欄干に身を乗り出していたガースウェイトは、しんとした川面から、より密やかな天空へと目を向けた。星と月の燦然たるきらめきを、彼は吉兆と受けとめた。宵のうちからずっと彼の心は高揚していたが、頭上の光明によりその気分は急速に、一段と高まっていった。銀色の月もいっそう明るい色を帯びてきた。ロンドンの街の時計が不意に十一時の鐘を打った。最後の鐘の音が尾を引いて消えたとき、ガースウェイトは陽気な調べの鼻歌を歌い始めた。歌いながら彼は汽船を見下ろした。それはまさにその夜――正確に言えば翌朝の五時半だが――彼を旅の第一段階であるロンドン、つまりは英国から、異国へ、そして新しい人生へ連れ去ることになっている船だった。

新しい人生！　それを考えると、彼の心は眼下の茶色い川の、銀色の波頭の動きに合わせるように浮き立った。古い生活にはもううんざりだった。未来に向けてすべてを一新するつもりだった。今の彼の立場は、どこから見ても逃亡者、失踪中の公務員である。いくつかの形で持ち去ろうとしている大金は、彼が長年公務員として厚い信用を得てきた、遠く離れた町の財産なのだ。しかし、彼の胸に懸念はなかった。

こうした問題に不安を感じるのは良心の呵責を示すことになる。そして良心の呵責だの、悔恨だの、自分以外の誰かや何かへの配慮だのとは、ガースウェイトは完全に無縁だった。美しい月明かりのその晩、ガースウェイトがロンドンブリッジをぶらぶらしながら感じていたのは、自分の計画が実に見事に運んでいることに対する歓喜と愉悦のみだった。

長い年月——実のところ、公務員としてファーミンスター市に就職したときから、ガースウェイトは横領の計画を立ててきた。それも、けちな、取るに足りない流儀ではなく、壮大な方法で。彼がよき事務員として朝早くから夜遅くまで働き、自治都市の会計事務の裏の裏から隅々まで精通することに努めてきたのは、そうした理由からだった。そして勤勉さ、几帳面さ、卓越した事務能力により、順調に昇進を重ねてきた。その出世は目覚ましいものだった。

この特別な夜までの二年間、ガースウェイトは市の会計士だけでなく、出納官も務めてきた。ファーミンスターは面積はそう広くないものの、人口一万二千人の由緒ある自治都市で、課税評価額も高く、ガースウェイトの扱う金銭はかなりの額にのぼった。知識を駆使して細心の注意を払い、考慮を重ね、綿密に計画を立てたところで、ついに彼は市の公金に手をつけた。無駄骨に終わるにしても、市当局は早晩、究明に乗り出すだろう。

しかし、それまでにはまだ間がある。この件でガースウェイトに誇るものがあるとすれば、それは細部に及ぶ入念な目配りである。段取りには絶対的な自信があった。誰かが何か発見する頃には、すっかり手の届かないところに逃げのびているだろう。ガースウェイトには毎年一ヶ月の休暇をとる権利があった。彼はその休暇の直前に最後の準備をした。それから堂々と、むしろこれみよがしに、スカーバラに向かった——休暇を楽しむために。

しかし彼はスカーバラに到着したその夜のうちに、一週間に二度、サンダーランド—ロンドン間を航行し、スカーバラに寄港する汽船に乗り込んだ。そしてロンドンに着くや、テムズからロッテルダムに向かうバタヴィヤ汽船の乗船券を買った。ロッテルダムからはウィーンに向かうつもりだ。ウィーンにはすでに自由になる大金を投資している。そこからトリエステを経由して南米へ渡る予定だった。

すべては計画に計画を重ね、慎重に手配したとおりに進んでいた。文字通り足元には、彼を英国から連れ去る汽船が待機している。今現在は商品の積み込みを行っているところだ。朝になり満潮を迎えたら――それが五時半だ――船はテムズ川を下り、彼がすばらしい夢を描く新しい人生に向けて、順調に滑り出すことだろう。ガースウェイトはまだ若く、望みがあった――熱帯地方で面白おかしく贅沢に暮らしたい、眠ったように地味で古いファーミンスターで送ったのとは大違いの人生を送りたいという望みが。

ここまでいかに抜かりなくやってのけたかを思い出し、彼は低く笑った――あくびが出るまで笑った。そしてあくびとともに橋を離れ、ホテルに向かった。その夜の宿選びでも、彼はいつもの隠蔽能力を発揮した。街の中心部には行かず、ストランド街すら避け、川沿いに宿を求めた。英国での最後の数時間を過ごすことに決めた旧式であまり規模の大きくないそのホテルは、ロンドン大火記念塔のほとんど陰にあたる場所に建っている。彼の乗る汽船が停泊する埠頭からは歩いて五分以内だ。彼のやるべきことは五時に起き、スーツケースを持って乗船することだけだった。

もし彼が希望すれば、乗船して眠ることもできた。しかし旅客係の話では、商品の積み込みは夜通し続くということだった。ガースウェイトは実に几帳面なたちで、枕に頭を乗せるたびに少なくとも四時間はぐっすり眠ることにこだわっていた。今、彼はその眠りを得るために川から去り、ホテルの部屋に直行した。しかし部屋に入るか入らないかのうち、まだ鍵も掛けないうちに、ドアを軽く叩く音――静かに、それでいてはっきりしたノックの音が羽目板に響いた。

ガースウェイトは際立って図太い神経の持ち主でもあったので、慌てず騒がず、ドアの外の相手に入れと返事した。彼が予想していたのはメイドか下男だったが、ドアが開き、靴を脱ぐために座り込んだばかりの安楽椅子から見上げた視線の先にあったのは、同僚の事務員の薄ら笑いを浮かべた顔だった。

ガースウェイトはその顔と笑い方に実によく見覚えがあった。それらの主はティズデイルという名前の事務員で、おもな特徴は赤茶色のもじゃもじゃ頭、こそこそした探るような目つき、年がら年中浮かべているにやにや笑いで、この笑い方がもしこれほど狡猾で意味ありげでなかったら、とことん愚鈍に見えたことだろう。ガースウェイトは過去、そのにやにや笑いのために何度この男の顔をぴしゃりと叩いてやりたくなったか知れなかった。今、彼はこれまでよりいっそう強く、このにやにや笑いを視野から一掃したいという欲望に駆られていた。そんな気持ちを封じ込め、非常な努力で驚愕を押し殺した。

「それで?」彼はうなった。「ここで何をしているんだ?」

ティズデイルは慎重にドアを閉めると、そこに背を預け、両手をこすり合わせた。

「こんばんは、ガースウェイトさん」彼は猫なで声で言った。「こいつは――ちょっとばかし予想外だったんじゃないですかね」

ガースウェイトは靴を脱ぎ終わり、両足を備え付けのスリッパに突っ込んだ。その小さな作業を終えたとき、彼の心は決まった。

「さあ。きみは何の用でここへ来た？　何が目当てだ？　白状しろ！」

ティズデイルは満面の笑みを浮かべ、再び両手をこすり合わせた。

「目当てはね――あんたですよ！」彼は答えた。「まあまあ、ここは腹を割って話し合いましょうよ、ガースウェイトさん」

「ふざけるな」ガースウェイトは密かに尻ポケットに手を伸ばし、拳銃を取り出すと、訪問者の目にちらつかせた。「きみはまんまとこの部屋に入ってきた、ティズデイル。だが、ぼくの許可なしでは出ていけないぞ。これが見えるだろう？　何かあったら、すぐにも撃ってやる！」

「暴力の出る幕じゃないですよ、ガースウェイトさん」ティズデイルは涼しい顔で言った。「それがなんであろうとね。だいたい、恐れてなんていませんよ、わたしは！　いいですか」彼は手近の椅子を引いて腰掛けた。「わたしはね、いい話を持ってきたんですよ」

「話してみろ、ちくしょうめ」ガースウェイトはかみついた。彼にはどういうわけか、ティズデイルが自分より優位に立っていて、自分は屈服しなければならないということがわかっていた。「これはどういうことだ？」彼は怒鳴った。「きみはぼくをつけてきたのか？」

「そうですとも」ティズデイルは答えた。「説明しましょうか、ガースウェイトさん」彼はまたもやガースウェイトが心底癇に障る笑い方をして続けた。「いいですか、こう言っちゃ失礼だが、あんたはずっと極楽とんぼだったんですよ。あんたは誰にも疑われていないと信じてた。だが、わたしはあんたを怪しいと思ってましたよ――それにアーンショーさんもね」

ガースウェイトがいくら図太い神経の持ち主でも、これには驚いた。アーンショーはファーミンスター市の実力者で、財務委員会の議長であり、行動力のある人物だった。ガースウェイトとは個人的に親しい仲で、彼が自分を疑っているとは青天の霹靂だった。ガースウェイトは無言で情報提供者を見つめることしかできなかった。

「ほお？」ようやく声が出た。「なるほどね」

「そうなんですよ」ティズデイルが応じた。「わたしとアーンショーさんの唯一の違いはね、彼は何も知らないが、わたしは知っている――あることをね。そうでしょう？」

「どの程度だ？」ガースウェイトはむっつりと尋ねた。

ティズデイルは少しだけ獲物の近くに椅子を寄せた。ドアから離れすぎないように気をつけながら。

「そりゃもう、どっさりですよ！　今ここで話せるよりずっと多くのことをね。しかし、まあ――ひとつには水道設備の経費がありますね。それと、市の公債費、あとは――」

「もうたくさんだ」ガースウェイトはぴしゃりと遮った。「これ以上、御託を並べてくれなくてけっこう！　アーンショーはどうなんだ？　彼は何も知らないと言ったな？」

「確かなことは何も――ただ疑っているだけで」ティズデイルは答えた。「でも危険な段階にさしかかってますよ。わたしにあんたを見張らせたのはアーンショーだ。それがわたしがここにいる理由です」

「どうしてアーンショーがきみにぼくを見張らせるんだ？」ガースウェイトは詰め寄った。「きみは彼とぐるなんだな！」

「誓ってノーです！」ティズデイルは断言した。「わたしはね、ガースウェイトさん、自分が知ったことをそのまま誰かに伝えるほどばかじゃありません。アーンショーにも誰にも、発見したことについてはひと言も話してませんよ」

ガースウェイトは無意識のうちに安堵のため息をもらした。少なくともアーンショーはまだ事実を知らないのだ——。

「で？」やがて彼は言った。「この尾行については？」

「それですよ。ほれ、あんたが休暇でスカーバラへ発った日——一昨日のことですが——アーンショーはわたしを自分の部屋に呼び出し、口止めをしたうえで、スカーバラへ追っかけてあんたを見張るように言いつけました。もし鉢合わせしても、わたしには立派な口実が用意してある——ガス部門のホプキンソンと休暇を交換したってわけです。わたしはすぐにスカーバラへ発ちました——アーンショーは軍資金をたっぷりくれました。必要な場合に備えてね。むろん、あっという間にあんたを見つけました。そしてあんたがサンダーランド—ロンドン間の汽船に乗り込むのをこの目で見たんです」

「きみは絶対にあの船に乗っていなかった！」ガースウェイトは驚きのあまり叫んだ。「きみの姿は一度も見なかった」

ティズデイルは意地悪く笑い、指で鼻の横を叩いた。

「そりゃそうですよ、ずっといい方法を知っていますからね。わたしはね、ばかじゃないんだ、ガースウェイトさん。船はスカーバラのあとはロンドンまでどこにも寄らず、だからあんたがいったん乗船すれば逃げられちまう心配はないってことは、五分もしないうちにわかりましたよ。それで、船が出航するのを見届けるなり駅に行き、次のキングスクロス行きの急行に乗ったんです。ロンドンに着いたわたしは、この川岸まで来た——あんたを見つけるためにね！　あとをつけてこのホテルを突き止め、今夜、あんたがぶらぶら出かけたあと、隣の部屋を予約した。どうです？」

「で——次はなんだ？」ガースウェイトは尋ねた。

ティズデイルは両手をこすり合わせ、笑みを浮かべた。返答はしないが、ほほえみ続けている。

「アーンショーはきみの行動を承知しているのか？」ガースウェイトは尋ねた。

「まさか！」ティズデイルは即座に否定した。「知りやしませんよ。誰も知りません。わたしは自分の思うとおりに動いている。彼は関係ない」

「きみの行動に名前をつけてやろう」ガースウェイトは相手の狡そうな目を凝視しながら言った。「ひと言ですむ――脅迫だ」

ティズデイルはひっそりと笑った。

「わたしたちは誰でも自分のためにできることをする権利があるんだ、ガースウェイトさん。それが常識ってもんですよ。わたしは自分の意志でここにいる。アーンショーなんて知るものか――ファーミンスターなんぞ、くそくらえだ！　もし、あんたがわたしに骨折り損をさせず、それ相応のことをしてくれるなら――ね？」

「いくらほしいんだ？」ガースウェイトは尋ねた。ティズデイルが部屋に入ってきた瞬間から、彼にはこうなることがわかっていた。そしてその確信のもと、めまぐるしく頭を働かせていた。「値段を言え！　むろん、だからといって払うわけじゃないがな」

ティズデイルはしばらくの間、名案を探すかのように部屋のあちこちに視線を転じていた。再びガースウェイトの方向に顔を向けたとき、その目は彼の頭上の、ある一点に据えられていた。

「そりゃ、もちろん――あの公債だけでも、あんたはずいぶん――」

「公債のことなど、どうでもいい！」ガースウェイトは叫んだ。彼はある役割を演じていて、それを完璧に演じきるつもりだった。「もっとはっきりした言葉で言え！　口止め料にいくらほしいんだ？」

「二千——現金で！」ティズデイルは即答した。

ガースウェイトは立ち上がり、部屋の向こう端の影になった場所まで歩いた。そこにあるテーブルには、ウィスキーの瓶とミネラルウォーターのサイフォン、未使用のグラスがいくつかのっていた。彼はウィスキーを手に暖炉前の敷物のところへ戻ると、チョッキのポケットからコルク抜きを取り出し、ティズデイルの鼻先でコルクを抜いた。彼はこの事務員が酒に目のないことを知っていた。ウィスキーの香りが部屋に広がると、鼻をくんくんさせる音がした。

「さて、もしぼくがきみに二千ポンド渡したら——紙幣で」ガースウェイトは瓶を片手に、コルク抜きをもう一方の手に持ったまま言った。「そのあときみはどうするつもりだ？」

「ファーミンスターには戻りませんよ、むろん！」ティズデイルは答えた。

「ぼくは、何をするつもりかと言ったんだ」

「あんたがやってることをするんですよ——ずらかるんです。植民地とか——まあ、そんなとこへ」

「すぐに？」

「明日の朝に。つまり——あんたの紙幣に問題がなければね。紙幣は金（ゴールド）に換えられるはずでしょう？」

「紙幣に問題はないさ」ガースウェイトは苦笑して言った。「そこは大丈夫だ」彼は暗がりに戻り、グラスとサイフォンをもてあそび始めた。そして唐突に承知した。「いいだろう。その金額をきみにやろう」

「今すぐですか？」

「今、これからだ。紙幣はいつでもきみの好きなときに金に換えられる。きみは安全だ——ぼくと同じように。つまり――もしきみがすぐに出発するならね」

「もちろんですとも!」ティズデイルは請け合った。

ガースウェイトは分厚い札入れを取り出して封筒を選ぶと、その場から放り投げてよこし、中身を数えるように命じた。ここまではこの公金横領者の行動から目を離さずにいたティズデイルだが、その心躍る作業に専念する間は夢中で、ガースウェイトが札入れの別の仕切りから小さな物体をそっと抜き取り、グラスに注いだばかりのウィスキーに落としたのにも気づかなかった。

「その封筒にはちょうど二千ポンド入っている」ガースウェイトは告げた。「百ドル紙幣で二十枚だ。ちょうどいいところで声をかけてくれ、ティズデイル!」

ガースウェイトは片手にグラスを、片手にサイフォンをつかみ、振り返った。しかし見たのはティズデイルの顔ではない。かわりに、ある物質がウィスキーの中で妙な具合に広がっていくのを見守っていた。部屋の向こう端にいるティズデイルには何も見えていない。しかしガースウェイトは、物質が溶け、広がり、混ざるのを見た。サイフォンを押すと、ミネラルウォーターが大きな音を立てて飛沫を飛ばした。

「十七、十八、十九、二十。間違いなく」ティズデイルは紙幣を点検して言った。「それで――ああ、どうも、その辺でけっこうです。それじゃ、幸運を、ガースウェイトさん――われわれ二人に」

ガースウェイトは何も答えなかった。訪問者にグラスを渡し、彼がひと口ぐっと飲むのを見届けると、戻ってきて自分の飲み物を作った。すでに心臓が早鐘を打ち、呼吸は乱れ、こめかみががんがんしていた――その静かな部屋には死が訪れていたからだ。

多忙な生活を送る人間の例に洩れず、ガースウェイトは余暇のすべてを打ち込む趣味を持っていた。

実験化学をかじっていて、数年の間、彼の労力は毒物の研究に捧げられてきた。紙幣を取り出した札入れに二つの小さなカプセルを入れて持ち歩いていたが、そこには高度に濃縮した毒物が詰められていた。彼がそれらを持ち歩いていたのは、深刻な非常事態に備えてだった——今がまさにその非常事態だった。彼は絶対にスパイに生きてこの部屋を出ていかせないと決意していた。そして今、自分の飲み物を混ぜながら、ある物音がするのを待っていた。同時に今後の勝算についても考えていた。彼にはそれが完全無欠に思われた。そこでいつもの順序立ったやり方でそれらを要約してみた。

まず、誰もティズデイルがここまで彼を追ってきたことを知らない。

ホテルの人間は誰も彼とティズデイルが一緒にいるところを見ていない。

ティズデイルは彼の部屋のドアをノックしたとき、誰にも見られないように細心の注意を払ったはずだ。

彼が出発したあと、ティズデイルの死体が発見されるまでに数時間はかかるだろう。

ティズデイルの死体が発見されたとき、彼、ガースウェイトと死体を関連づけるものは何もない。

いかなる医師も専門家も、ティズデイルが毒殺されたと断言することはできない。この特別な毒物の痕跡は死後一時間以内に跡形もなく消えてしまうからだ。最先端の実験をもってしても検出することはできないだろう。

これらの結論にたどり着くと、彼は完全にいつもの冷静さと図太さを取り戻した。やがて言葉を発したときの声は、じゅうぶんしっかりしたものだった。

「飲み物は足りているかい、ティズデイル?」

ティズデイルには返事ができなかった。その前に死んだからだ。傍らの食卓にからのグラスを置き、彼は死んだ――奇妙な、つぶやくような小さなため息とともに。ガースウェイトは前に飛び出して彼の身体を受けとめ、座っていた椅子に押し戻した。それからそっと、注意深く床に降ろした。そして自らの悪運に、カプセルがこんなにも速やかに作用したことに感謝した。

第二章

しかし、ガースウェイトにはまだやるべきことがあった。ロンドンの小さなホテルの一室に横たわる死体。これをまるで小包のように持ち出すのは不可能だ。死体が発見されることは絶対に避けられない。警察、続いて検死陪審と、お決まりの騒動や尋問が待っているだろう。状況は極めて危険だった。並の人間なら怯えて取り乱しているところだ。しかしガースウェイトは並の人間とは違う。彼にはずばぬけた冷静さと機知、そして豊かな発想力があった。すでに山場は越えた。あとは自分の身の安全を確保するのみである。

彼は落ち着いて、手際よく仕事に取りかかった。手始めに死体の衣服のすべてのポケットをあらためた。そして数枚の紙片を見つけると、細かく引き裂き、部屋の暖炉で焼いた。財布、ばら銭、懐中時計と、いくつかの私物は残しておいた。これらの品々にはティズデイルの身元がただちに割れるようなものはいっさいなかった。頭文字さえも。

身元が確認されるのは遅ければ遅いほどよい。ガースウェイトにははっきりと予見できた。身元不明の死体についてお定まりの議論はあるものの、ティズデイルとファーミンスターが結びつくまでには数日、あるいはそれ以上かかるだろう。

深夜をとうに過ぎた頃、用心深くドアを開けたガースウェイトは、部屋から忍び出て鍵を掛け、隣の部屋に入った。そこがティズデイルの部屋であることは確かだった。最初に目に入ったのが、ベッドに無造作に放り出された、死んだ男の見慣れたコートだったからだ。彼はコートと鏡台に置いてあった手提げかばんを念入りに調べた。どちらも、何かが露見するようなものは入っていなかった。彼はかばんから簡素な洗面具を取り出し、鏡台と洗面台の上に広げた。そしてコートをドアのフックに掛けた。ここまですませると、再び部屋の電気を消し、ドアを大きく開け放したまま、部屋を出た。

今度は死体を移す番だ。

ガースウェイトはしばらく廊下に立ち、目と耳に神経を集中した。隣室からはかすかな寝息が聞こえてくる。もう片方の部屋からは静かだがしっかりした鼾が聞こえた。周囲の明かりはごくわずかだ。この宿では明らかにガス代をけちっている。

彼は自分の部屋を出たとき、ぎりぎりまで照明を落としていた。従って、ティズデイルの死体を部屋から部屋へ移すのはほぼ暗闇の中での作業となった。彼はそれをすばやく、音を立てずにやってのけた。死体から服を脱がせ、ベッドに横たえ、自然な形にふとんをかけた際は、すばやさに拍車がかかった。ドアの上部には明かり取りの窓がついている。数時間後、何度ノックしても返事がなければ、誰かがそこから中を覗くだろう。ティズデイルがぐっすり眠り込んでいるように見えることが大切だ。死体はまだ硬直していなかったので、彼はその手足を動かし、死んでいるのではなく眠っているような形に置いた。

「細部まで神経を配ることが肝心なんだ！」ガースウェイトはつぶやいた。「それを身につけてきたのは幸運だった！」

この能力を発揮して、彼は死者の持ち物を部屋のあちこちに配置した。財布は枕の下に、ばら銭は鏡台の上に、そのそばに懐中時計を置いた。このとき、時計のねじを巻くのを忘れなかった。仕上げに——これこそ彼が自負する達人の技だが——ティズデイルの靴をドアの外のマットに置いた。それから部屋の鍵を持って自室に引き上げ、すぐに自分のために強い飲み物を作った。

ガースウェイトはティズデイルが床にはらはらと落とした二千ポンド分の紙幣を拾い上げ、自分の札入れに戻した。そして五時の出立に備えて準備を万端にした。宿の料金は前夜のうちに支払いをすませてある。あとはただ、時刻を待ち、私物を携えて汽船に向かうだけだ。すべての用意が整ったので、ガースウェイトは服を着たまま横になり、三時間、無邪気な子どものようにぐっすりと眠った。彼は必要な時刻に目覚めた——習慣の賜だ。五分後——正確には四時五十分に——ホテルを出た彼は、外の通りで寒さに身を震わせていた。彼は再び身震いした。ただし、それはまったく別の理由からだった。ひとりの男が彼に近づいてきたのだ——明らかに、土手やら無許可の場所やらをねぐらにしている男だ。

「荷物をお持ちしましょう、旦那」この宿なしが申し出た。「チャンスをおくんなさい！　ひと晩じゅう、おっぽり出されて、ほんのひと口食べる小銭もねえんです」

「けっこうだ！」ガースウェイトはぴしゃりとはねつけ、その剣幕にたじろいだ男はいったん、こそこそと立ち去った。しかし、あまりの飢えに負けたらしく、再びこっそり近づき、あとをつけてきた。ガースウェイトが通りを渡り、別の通りに移っても、絶えず懇願し、施しを乞いながら、やがて埠頭が見え、それとともにロッテルダム行きの船が見えてくるまでついてきた。

この男に呼びとめられたとき、その場で一シリングでも与えておけばよかったのだ。男はそれを手に屋台でも求めて立ち去り、ガースウェイトが誰にも見咎められずに高飛びを実行できるようにしてくれただろう。しかしガースウェイトはこれまで一度として、一ペニーたりとも施しをしたことはなかった。そして、それ以上はその物乞いを気に留めなかった。彼は埠頭目指してずんずん歩いていった。男は後ろから悪態をつくと、ここまで薄情でない人々を求めてホテルのほうへ戻っていった。

ガースウェイトは背を向けるなり、その男のことはすっかり忘れてしまった。同時にティズデイルのことも心から追い払った。彼が最後にティズデイルのことを考えたのは、汽船の甲板に立ち、チョッキのポケットからティズデイルの部屋の鍵を取り出して川へ落としたときだった。汽船はちょうどグリニッジを通過していた。そのときからガースウェイトの心は軽く楽観的になり、北海を越える一日がかりの船旅を楽しむ余裕ができた。

汽船は速度が遅いうえ、時間も正午を過ぎている。ガースウェイトの旺盛な食欲は一マイルごとに強まり、船がマーゲイトに達する前に、たっぷりした昼食をとり終えていた。ここで少しだけ、九時間前に立ち去ったホテルで起きているかもしれないことを考えてみた。もちろん、この時刻にはもう、ティズデイルの死体は発見されているだろう。ホテルの連中は正午までは彼の邪魔をせず、そのまま寝かせておくはずだ――これは珍しいことでもなんでもない。しかし、正午か、あるいはその直後あたりから怪しみ始め、メイドが支配人を呼び、支配人がドアの上部の明かり取りの窓から中を覗いて、ティズデイルがぴくりともしないのを見て――。

ガースウェイトは声を上げて笑った。ホテルの連中がてんやわんやになっているのが目に見えるようだ。呼ばれてやって来た医者の姿も想像できた。そして警察の姿も――。

「おや!」甲板でガースウェイトの脇に立ち、マーゲイトの海岸や石の桟橋を眺めていた男が叫んだ。

「いったい、何事だ?　船のスピートが落ちていて、おまけにタグボートがこっちにやって来る!」

ガースウェイトは他の乗客らとともに男の言った方向を眺めた。確かに汽船は徐々にスピードを緩めている。そして確かに、こちらに勢いよく進んでくる小型のタグボートがあった。ごく小さなタグボートだが、スピードはかなり速い。いくらもしないうちに、そこに二、三人の男たちが乗り込んでいるのが見えるようになった。彼らがその小さなボートの乗組員でないことは明らかだった。やがてガースウェイトのそばにいた男がまたも叫び声を上げたが、そこには面白がるような響きが混じっていた。

「やれやれ！」男はくすくすと笑った。「わかったぞ！　ボートに乗っている私服の連中は刑事だ——それも、ロンドンの。賭けてもいい！　だが、連中と一緒にいる、あの男は何者だ？」

ガースウェイトは隣の男ほど視力がよくなかったので、甲板を歩いて移動した。刑事！　彼らが船をとめようとしている！　まさか、もしかして——。

次の瞬間、ガースウェイトはこの予期せぬ展開がどこからもたらされたものなのか悟った。今や汽船に迫りつつあるタグボートの甲板で、二人の屈強そうな男たちの間に立っているのは、小銭を得るチャンスをねだってきた宿なしだった。彼はこちらを見上げていたが、見下ろしていたガースウェイトに気づくや、連れの男の袖にさわり、熱心に指さした。

ガースウェイトはそのとき、何が起こったかを理解した。もくろみが悉くはずれたのだ。ホテルの連中は彼が見込んでいたより早くティズデイルを発見したに違いない。発見の噂は広まった。この忌々しい浮浪者がそれを聞きつけ、ホテルから出てきてロッテルダム行きの汽船に乗り込んだ男のことを思い出し、情報を垂れ込んだ。警察は船がマーゲイトを通過する前に航行をとめるために駆けつけた。そして面通しのために男を一緒に連れてきたのだ！

ガースウェイトはそっとその場を離れ、甲板の片隅に行き、札入れを取り出した。いったん司法の手に落ちれば万事休すだ。そんな運命はまっぴらだった。そこであの恐ろしいカプセルの二個目を探った。身体じゅうが、勝負は終わったと叫んでいた。いいだろう。もはやこれまでだ。

次の瞬間、ガースウェイトはまるで身体をつかまれたかのように跳び上がった。カプセルがない！　彼は狂ったように札入れを探った。弾みで紙幣や紙切れが落ちたが、ごみを落としたほどにも気に留めなかった。ホテルの部屋で最初のカプセルを取り出したとき、テーブルの上に落としたに違いない！　もしそうだとしたら、もしあれが発見されたら、そして分析されたら――ああ、そうしたら――。

背後で騒ぎが持ち上がり、彼ははっと振り向いた。タグボートの男たちはすでに船に乗り移っていて、ガースウェイトが振り向くのと同時に、彼が六ペンスを出し惜しんだ宿なしが汚い指を上げて再びこちらをさした。

奇妙にも、数週間後のある朝、ガースウェイトが数ある記憶の中から最も鮮明に思い出したのは、その汚い指の動きだった。数人の男たちが彼を独房から引き出し、絞首刑にしたときのことだった。

12　おじと二人のおい

第一章

メルキオル・ローゼンバウムは今まさに人生のどん底にいた。実際、にっちもさっちもいかない状況だった。あるはずのない六ペンス銅貨を求めて一張羅の服のポケットをひとつひとつ探ってみたが、結果はわかりきっている。三日前から彼のポケットはどれもからなのだ。疲労と空腹に苛まれながら、居間兼寝室の簞笥の引き出しを調べたが、こちらも徒労に終わった。比較的金回りのよいときのメルキオルは、一ペニー銅貨や半ペニー銅貨をソックスやカラーの間に無頓着に放り込んでおく。しかし、今はそこにファージング銅貨一枚ないことを彼はよく承知していた。そのとっておきの財源は昨日で尽きていた。たたんだシャツの内側に二ペンス銅貨があるのを見つけ、すぐさま一ペニーのロールパンとミルクに換えてしまったからだ。それ以来、何も口にしていなかった。一杯のお茶と、辛抱強い女家主が毎朝恵んでくれるバタつきパン三切れ――ありがたいことに分厚い――以外には。夕方になった今、メルキオルはたまらなく飢えていた。

同じ境遇の誰もがそうであるように、メルキオルもなんとか金を工面できないかと考えた。見通しは暗かった。途方もなく暗かった。メルキオルには定職がない。彼は発明家なのだ。子ども向けに機械仕掛けの玩具やゲームを作っている。現在、テーブルの上にはいくつかの才能の成果が置かれていた。程度の差こそあれ、いずれも未完成の状態だ。彼の仕事は、かなり好調なときもあれば、現在のようにまるで運に見放されてしまうときもある。だが今度ばかりは彼が覚えているうちでも最悪だった。この一ヶ月というもの、彼はすっかり干上がっていた。二週間前からほとんど、昨日からは完全に文無しだった。彼には頼る相手がいなかった。女家主から半クラウン借りるのは無理だ。前に借りた最後の一シリングをいまだに返していない。おまけに一ヶ月分の家賃も未払いだった。いとこのイシドールはまったくあてにできなかった。彼には今でさえ、十八シリング、それに利子がついて合計二十シリングの借りがある。質に入れる品物もなかった——質草になるような品はもうとうに持ち込んでいるからだ。

質屋（アンクル）のことを考えているうちに、メルキオルは本物のおじ（アンクル）、ソロモン・ローゼンバウムを思い出した。彼のことを考えるだけで冷汗が出た。それほどこの老人に借金を申し込むのは恐ろしかった。おじは金持ち、それも大金持ちだった。不動産も所有している。そして独り身でもあった。暮らしぶりは決して派手ではない。ガウアー・ストリート駅近くの、二間だけの小さなフラットに住んでいる。年の出費は全部合わせても百ポンドに満たない。なのに数百ポンドもの家賃収入がある。数百ポンドだ！　彼はそれを何に使うというのだろう。なぜそれを甥に分け与えてくれないのか。守銭奴！　それがあの老人、ソリーおじの正体だ。浅ましい、貪欲な守銭奴！　このどけち老人があり余るほどの金を持っているというのに、実の肉親である彼、メルキオルはパンにもありつけずにいるのだ！

メルキオルは両手をからのポケットに突っ込み、部屋を歩きまわった。そのせっぱつまった視線が突然、火の気のない暖炉の上に掛かっている安物のカレンダーにぶつかった。九月二十九日（聖ミカエル祭）——四半期支払日だ！　ソリーおじが自らの手で家賃を集めて回る、まさにその日ではないか！　今夜、老人の目の前には大金が山と積まれていることだろう。それらの金貨や銀貨、小切手や紙幣などのことを考えると、メルキオルの口から恐ろしいうめき声がもれた。きっと――きっと、がっぽり実入りのあったその日になら、ソリーおじだって身内のためにちょっとぐらいは融通してくれるだろう、たとえ、ほんの数シリングだけでも！　しかし、たった一ペニーせがむことを考えただけで、メルキオルはまたもどっと汗が噴き出すのを感じた。そして最後に老人に五シリング貸してほしいと頼んだとき、どんなふうに追い払われたかを思い出した。

その瞬間、止めを刺す出来事が起きた。先ほどから階下で女家主が別の間借り人のために新鮮なニシンを料理していたのだが、その匂いがメルキオルの部屋のドアの鍵穴を通り抜けて入ってきたのだ。メルキオルはわめき声らしきものを上げて帽子をひっつかみ、部屋を飛び出した。そして、こけつまろびつ階段を降り、建物をあとに秋の黄昏の中へと姿を消した。

メルキオルはエッジウェア街の北端にある、活気のないみすぼらしい通りに下宿していた。下宿を飛び出したときは文字通り一文無しだったので、ソリーおじの家へは徒歩で向かうしかなかった。彼はロンドンのその辺りの地理に詳しかったので、リッスン・グローヴの端を横切り、希望の地を目指した。勇気がくじけないように、精いっぱい早足で歩きながら。途中、しばしば食べ物を売る店の前を通り過ぎた。彼はそうした場所から目を背けているように努めたが、最後の最後にうかつにも一枚二ペンスのマトンパイを目にしてしまった。飢えた野良犬のようにうなると、彼は足を早めて一目散に突き進んだ。今回ばかりはソリーおじから金を貸してもらわなければ――たとえ一シリングでも――必要とあれば、血の涙を流したっていい。

ソリーおじはユーストン周辺でよく見られる陰気な通りのむさくるしい安アパートに住んでいた。こんなにも裕福な人物がなぜこんな場所に住んでいるのか、二人の甥、メルキオルとイシドールには謎だった。彼らならおじの財産の四分の一しかないとしても、メイダ・ヴェールに高級なフラットを借りるだろう。しかし、ソリーおじが住んでいるのはその粗末なアパートだった——たったひとりで——それもずいぶん昔から。彼はメルキオルとイシドールが生まれる前からそこに住んでいた。そして家賃を集めにいくときと、自分のアパートのそばをぶらつくとき以外はいつも部屋にいた。

安アパートの開けっ放しの入り口から中に入る前、メルキオルは注意深く周囲を見まわした。最上階のソリーおじの居間の窓に明かりが見える。メルキオルは鼻息荒く、汚い階段を上がっていった。アパートの入り口からソリーおじの住む階まで、誰にも会わなければ、誰の姿も見ず、声も耳にしなかった。

階段を上がりきらないうちに、メルキオルはソリーおじの居間のドアがかすかに開き、一フィートほどの幅の黄色い光が零れ出ているのに気づいた。何もかも静まり返っていた。部屋からは物音ひとつ聞こえない。メルキオルの靴は足音も立たないほどすり減っていたが、それでも影のようにこっそりと階段の最後の段を上がり、最大限用心しながら客間を覗き込んだ。

誰もいない！ 誰の姿も見えない。ソリーおじも——誰ひとりとして。しかし、テーブルの上、メルキオルが目を凝らしている場所から二ヤードと離れていないところに置かれているのは——金だ！ 金貨に紙幣、小切手、銀貨と銅貨！ メルキオルはひと目でこの状況の意味を理解した。老人は四半期支払日の収入を計算していたのだ——台帳があり、その上にペンが転がっている——きっと寝室に用があって作業を中断したのだ。だが、すぐ戻るに違いない。どのぐらいで姿を現すだろう。今すぐだろうか？

すべてはあっという間だった。メルキオルは音も立てずにすばやくドアから忍び込んだ。同じように音も立てずにすばやく、細く長い指をした手でひと握りの金貨をつかみ、もう一方の手で二枚の銅貨を取った。同様のすばやさで誰の目にもふれずに部屋を出て、階段を降りた。そしていったん建物の外に出ると、狐のように機敏に角を曲がり、別の角へ向かった。三分も経たないうちに、メルキオルはユーストン通りを渡り、地下鉄に突き進んで、三等片道切符と引き替えに盗んだ小銭をぴしゃりと窓口に叩きつけていた。

第二章

ソリーおじの居間から脱兎のごとく飛び出した十分後、メルキオルはエッジウェア・ロード駅で地下鉄を降りた。その頃には呼吸と平静を取り戻していた。彼は持ち前の鋭い感覚で——それは空腹によりさらに研ぎ澄まされていたが——わが身の安全を確信していた。建物に入るところも出るところも誰にも見られていない。ソリーおじはひどく耳が遠いから、居間の忍び足の音は絶対聞こえなかったはずだ。そしてそのほとんど直後にはこうして、ゆうに一マイルは離れた場所にいる。ついていた！　こんな幸運がかつてあっただろうか。

しばらくして完全に冷静になると、薄汚れた通りにさまよわせていた視線がレストラン〈レジョリ〉の裏窓の光景をとらえた。その窓の輝きがメルキオルをすっかり貪欲にした。彼はポケットの中の金貨を鳴らした。そうだ、いいじゃないか、一度ぐらいは。普段ならこうした場所は彼には分不相応だ。しかし今夜は違う。幸い、身につけている服もカラーもそれほど場違いなものではない。メルキオルはそれ以上ぐずぐずせず、狭い通りを渡ってレストランにするりと入り、一分後にはウェイターが丁寧なお辞儀とともに差し出したメニューに目を凝らしていた。

メルキオルは自分がパンのバスケットや薬味瓶にかじりつかないのが不思議だった——壁の漆喰でも口にできそうだったからだ。しかし彼は見事に自制した。スープ？　うん、スープはいただこう

――ひとつ、濃厚なのを――それから、好物のボイルドチキンに、ライスとマッシュルームを添えたのを――あとはワインをボトルで――ブルゴーニュ産の赤ワイン、最上級のボーヌを大至急持ってきてくれ。ウェイターが大急ぎでワインを取りにいった間に、メルキオルはパンの厚切りに手を掛け、ひと摘みの塩を振って、ついに恐ろしいまでの渇望を癒し始めた。

メルキオルはそうばかではなかったので、赤ワインを口にする前に大きなパンの塊を食べた。しかし、いよいよ一杯ゆっくり啜ると、新しい力、新しい才能、新しい発想がわき起こるのを感じた。ああ、なんと思いがけない幸運だろう――なんと恵まれた、喜ばしい幸運だろう！　これは現実だろうか？　結局はただの夢だったのでは？　目覚めると、そこは火の気のない寝室で、そして――。

「こいつは驚いた！」聞き慣れた声が叫んだ。「メルキーじゃないか！　いったいどういう風の吹き回しだ？」

メルキオルがぎょっとしてスープから顔を上げると、そこにいたのはいとこのイシドールだった。目付きの鋭い、ふてぶてしい面構えの若者で、態度はどこか強引だ。粋な服装に身を包み、ネクタイには馬蹄型の模造ダイヤのピンをつけている。彼はテーブルから身を乗り出し、まるで珍しい物でも見るように、メルキオルをじろじろと見た。そしてワインのボトルに視線を転じた。

「たまげたね！」彼は再び叫んだ。「ボトルとは！」

メルキオルは手振りでイシドールを席に誘い、楽しい会話の下ごしらえとして、ソヴリン金貨を取り出し、テーブルクロスの上にすべらせた。

「きみに借りていた一ポンドだ、イッシー。さあ、よければディナーをおごるよ！」

イシドールはソヴリン金貨をほんの一瞬いじったあと、さっさとチョッキのポケットにしまった。

それから徐々に目を丸くしてメルキオルを見た。

「まいったね。一体全体、どういうことなんだ、メルキー？」

メルキオルはスープの最後のひと口をすくって飲み、ウェイターに合図した。

「いや、ちょうど発明品がひとつ売れたのさ」彼はさりげなさを装って答えた。「何を食べる、イッシー？　なんでも好きなものを頼むといい。それから飲み物は？　自分で注文してくれ」

もともとはビーフのレアステーキにビターエールとつまみを注文する気でいたイシドールは、熱心にメニューに目を通した。

「シタビラメをくれ——でかいのを。そのあと、野ウサギのシチューをもらおう——濃厚なグレービーソースとスグリの実のゼリーをたっぷり添えるのを忘れないでくれよ。それから、と——そのワインはどんなのだ、メルキー、うまいか？」

「極上だ！」メルキオルは請け合った。「飲んでみるといい」

ウェイターが新しいグラスを持ってきて、イシドールは舌なめずりをしながら味わった。

「こいつはもうけっこう」彼は言った。「別のをボトルで頼む」ウェイターが去ると、彼は上機嫌で両手をこすり、テーブルの下に片手を伸ばしていとこの膝を握った。「メルキー、こいつめ」彼はささやいた。「全部でいくらの儲けになったんだ？」

メルキオルは縮れ髪をきっぱりと振った。

「それはきみには関係のないことだ、イッシー。きみは自分の十八シリングと利子二シリングを手にした。しかもディナーまで——それも上等の食事をワイン付きで。食後の葉巻とリキュールもおごろう、よければな。しかしぼくは誰にも仕事の話をする気はない。ともかく、いい作品だ」

「何なんだい？」イシドールは尋ねた。

「機関銃の模型さ——子ども向けの」メルキーは前もって用意しておいた嘘をついた。「豆の莢を撃つんだ――なかなかのもんだよ」

「どこが買ってくれたんだ？」イシドールがグラスを掲げながら尋ねた。

「〈メンデル〉だ」メルキーは不用心に答えた。「クリスマスが巡ってきたら、あそこは大儲けするぞ」

「いやはや、たいした運が転がり込んだもんだ」イッシーはそう言うと、さらにワインを飲んだ。「これからもっともっと運が開けてくることを願うよ、メルキー。きみは昔から天才だった！」

「きみのほうはどうなんだい？」メルキーは尋ねた。「順調か？」

「まああだ。月曜からこっち、三頭の勝馬に賭けたんだ。競馬関係ではまずまずやっている。ちょうど今もこの近くで営業していたんだ。馬を売りたいって男に会うためにね。なぜって、買いたいって男を知っているからさ。乾杯！　おれたちもそう捨てたもんじゃないぜ、メルキー。しかしだな――ひとつ、おれの助言を聞いてくれ。きみが自ら発明品を売って歩く必要はないんだ！　きみのやるべきことはせっせと発明することで、製品が売れるたびに特許料を取ればいい。わかるか？」

「そう思うかい？」メルキーは応じた。その頃にはすっかり満腹になって暖まり、元気を回復していたので、ソリーおじのことはまったく忘れていた。そして自分のついた嘘を真実だと信じかけていた。「それも悪くないかもな。ちょうど、すばらしい発明をしたところなんだ――〈フィルドリッジ〉に預けてあるんだが。連中は検討中で――今にも返事が来るかもしれない。もしあれが採用されて、完全に製品化されたら！　数千――いや、数万と売れるだろう！」

「いくらで売るんだ？」

「一シリング——大衆向けの玩具だからな。きっと儲かる——採用されたらの話だが」

ちょうどそのときイッシーの分厚いシタビラメが運ばれてきて、二人は半時間というもの、ともに満足しきって、がつがつと飲み食いした。料理をたいらげ、イタリア菓子も堪能すると、今度はコーヒーとリキュール、葉巻を味わい、金銭問題について語り合った。そしてメルキーが料金を支払い、ウェイターに六ペンス与える頃には、二人とも人生には確かに輝かしいことがあると感じていた——たまにだが。

イッシーは自信たっぷりに話しながら、メルキーが家に帰るのについてきた。メルキーは彼を先に部屋に行かせ、自分は女家主のいる地階に降りていった。そして家賃を払い、暖炉に火をつけるための薪をひと抱え借りた。イッシーのいる部屋に戻ると、彼が一通の封筒を掲げてみせた。

「テーブルの上にあったんだ。メルキー、こいつは〈フィルドリッジ〉からだぞ！　封筒に名前がある」

メルキーは薪を暖炉に放り込み、封を切った。そして手紙の中身に目を走らせると、歓喜の雄叫びを上げた。

「採用が決まったぞ！　明日の朝、先方へ行って条件を取り決めることになった。かなりの頭金と特許料を提案している」

イッシーは派手な山高帽を宙に放り上げた。それからメルキーの腕をつかんだ。

「暖炉の火なんか放っておけ、メルキー。さあ！　近くで一番上等のパブへ行って、きみの健康に乾杯しよう。今度はおれがおごるよ」

第三章

翌朝、メルキオルは頭痛とともに目覚めた。あれからイシドールとメイダ・ヴェールに繰り出し、高級パブを見つけて入ったが、何度も乾杯を重ねては葉巻をふかした結果、慣れない深酔いをして気分は散々だった。九時になると、前夜の清算で気をよくした女家主がベーコンエッグの朝食を運んできてくれた。メルキオルはうんざりして卵を、嫌々ながらベーコンを見た。そしてやっとのことでトーストをほんの少しかじり、紅茶を啜った。

やがて彼はトースト立てに差し込んであった安新聞を取り上げ、何気なく開いた。そのとたん、あんぐりと口を開けた。手にしたカップが震え、彼は虚ろなうめき声をもらした。原因は目にした記事にあった。

〈ユーストン付近にて不可解な窃盗事件発生

昨晩遅く、警察当局に不可解な盗難情報が寄せられた。事件が起きたのは夜八時十五分前から九時の間と思われる。状況は特殊なものだった。近隣の土地所有者であり、ペンキントン街の二間続きのフラットに居住するソロモン・ローゼンバウム氏は、四半期支払日であったため、昨夜の午後から夜にかけて家賃を集金し、七時半に居間で帳簿をつけていた。たまたま用事があり寝室に入ったが、その際、テーブルに小切手、紙幣、金貨、銀貨など、かなりの大金を置いたままにしていた。ローゼンバウム氏は非常に耳が遠いのだが、寝室で失神するか、あるいはなんらかの発作を起こすなりして、しばらく人事不省に陥っていた。氏が意識を取り戻し、客間に戻ることができるようになったとき、時刻は九時をやや過ぎていた。テーブルに置いてきた金銭を点検したところ、金貨で十一ポンドが紛失していることがわかった。氏は急ぎ警察に通報したが、深夜になっても犯人逮捕には至らず、何の手掛かりも発見されていない。建物への不審な人物の出入りは目撃されていない。一方、ローゼンバウム氏は建物の他の住人への疑惑をいっさい否定している。事件の尋常ならざる特徴は、この窃盗犯がたとえ何者であろうとも、望めばテーブルの上にあったすべて――われわれの調べでは総額二百ポンド以上に相当するものを持ち出せた点にある〉

メルキオルが新聞を手にしたときに感じたのが動揺だとすれば、それを取り落としたときには完全に逆上していた。とんだ番狂わせだ！　事態はまったく彼が思い描いていたようには進んでいない。〝ローゼンバウム氏は建物の他の住人への疑惑をいっさい否定している〟だと？　ちくしょう！　ソリーおじときたら、どこまで根性が曲がってるんだ！　建物の住人を疑うのが筋ってもんだろう――そうに決まってる！　そしてもし住人を疑っていないのなら――かわりに疑いを向けるのは――。不人情なおじのことだから、平気で彼を疑い始めるかもしれない――メルキオルを。

メルキオルは両手をポケットに突っ込み、まだかなり残っている金をいじりながら思案した。やがて立ち上がり、数シリングを除くすべてを安全な場所に隠した――すなわち、彼の発明した機械仕掛けの玩具の中の、木とおがくずの詰め物の間に。何が起こるかなんて誰にもわからないんだ。彼は自分にそう言い聞かせた。どんなに頭の切れる探偵でも、この場所を探し当てるまでにはずいぶん時間がかかるだろう。彼がこの作業を終えたとき、背後のドアが開いた。メルキオルがすばやく振り向くと、そこにいたのは探偵——ただし素人探偵のイシドールだった。

イシドールはメルキオルよりはるかに世慣れた男だったので、前夜のどんちゃん騒ぎを引きずっている気配はどこにもなかった。今朝も最高にめかし込んでいる。きちんと髭を剃り、髪を整え、服と帽子には丁寧にブラシがかけられていた。いたって元気そうで——そしてひどく真面目くさった顔をしていた。彼は片手にメルキオルにひどい苦痛をもたらしたばかりの新聞と同じものを持ち、咎めるように指さしながら、いとこの鼻先に突きつけ、首を振ってみせた。

「メルキー」彼は低い、緊張した声で言った。「きみだな！　これはきみの仕業だ、メルキー。とんでもないやつだ！　しらばくれたりするなよ、少なくとも、このおれにはな！　そんなことをしても無駄だからだ。まったくの無駄だぜ、メルキー。なぜって——おれは今朝、〈メンデル〉に行ってきたんだよ」

最後の言葉はいっそう低く、張りつめた調子で語られ、メルキオル・ローゼンバウムを震え上がらせた。彼はベッドの端に崩れ落ち、真っ青になってがたがたと震えた。

「そうなんだよ」イッシーは罪を弾劾する天使のようにいとこにかがみ込んだ。「たった今、〈メンデル〉に行ってきたんだ。なあ、メルキー、きみってやつは恐ろしい嘘つきだな、泥棒であるだけじゃなく！　きみは〈メンデル〉に何の発明品も売っていない——この一年半はな。ふふん、きみにはいとこのイッシーの行動が理解できないだろう、メルキー！　おれがどうしたかわかるか？　おれは今朝、早起きして例の馬の取引に立ち会った。そして家に帰る途中、新聞を買って、見たんだよ――あれを！　そのとき」イッシーはよく発達した鼻の横を指で叩きながら続けた。「そのとき、ぴんときたのさ！　きみのことならお見通しだからな、メルキー、お利口さん！　きみはソリーおじきの部屋に顔を出し、あの金を盗んだ。それからレストランに駆け込んで、その一部を空きっ腹に費した。なあ、メルキー、それでさ、残りの金はどこへやった？」

いとこが饒舌を披露する間に、メルキーは多少冷静さを取り戻し、今はふくれ面でイッシーをにらんでいた。

「昨日、きみのディナー代を払ってやったのはこのぼくじゃないか」彼はぼやいた。「きみは一番高いものを飲み食いした――おまけにワインとリキュールを飲んで、六ペンスする葉巻もふかした。その支払いをしたのはぼく――このぼくだ！　ぼくはきみに十八シリングと、利子として二シリング返した――全部合わせれば百五十パーセントだよ、まったく。おまけに、きみがぼくにおごるとか言って出かけたパブでも、結局またぼくがウィスキーと葉巻をおごったじゃないか。それ以外にも、家主にため込んでいた家賃を払っただろう？　このいっさいがっさいを差し引いたら、あといくら残っていると思う？」

「だいたい八ポンドかな」イッシーは間髪をいれず答えた。「おれが計算したところではそんなとこだ。さあ、早くしろよ。むろん、いとこのイッシーと山分けだ。どこにあるんだ、メルキー？」

メルキオルはうめき声を上げ、涙まで流したが、イシドールの性格はよくわかっていたので、じきに立ち上がった。そして機械仕掛けの人形の腹を割り、おがくずと詰め物の間から脱脂綿にくるんだソブリン金貨八枚を取り出した。彼が無言でそれを突き出すと、イッシーは涼しい顔でそのうちの五枚を受け取った。

「ご親切にどうも、メルキー」彼はその金貨を洒落たチョッキの内ポケットにしまった。「半分までよこせとは言わないからな、ほら——おまえは十一ポンド持っていたわけだから。それにしても、メルキー、おまえはなんてばかなんだろう！　新聞によれば、あそこには二百ポンドもあったというじゃないか。そんなチャンスを目の前にして、なぜもっとくすねなかったんだ？　一生に一度のチャンスだったのに。まあ、おまえは自分で取引をするには向いてないよ、全然。だけど、おまえにとって幸運だったのは、おまえの面倒を見てくれるいとこのイッシーがいたことだ。本当だぜ！　さあ、メルキー、ひとつ質問がある。おまえは自分が安全だと思うか？　洗いざらい話して聞かせろよ」

メルキーはソリーおじを訪ねたときのことを手短に説明した。イッシーは熱心に耳を傾けていたが、最後には笑顔になり、満足そうにうなずいた。

「よくやった！　何も不都合なことはないと思うぞ、メルキー。さあ、それじゃ、顔を洗って髭を剃り、ぱりっとした格好をしろよ。おまえもおれもこれから出かけるんだから——だろ？」

「もちろん、ぼくは出かけるさ」メルキーは不機嫌な声で言った。「ぼくの発明品のことで〈フィルドリッジ〉と商談の予約を取ったのはこのぼくなんだから」

「そしてそれを成功させるためにおれがついていくんだろう？」イッシーは言った。「そうとも、メルキー、な！　おまえは取引となるとまるでだめだからな。だが、いとこのイッシーがなんとかしてやる。さあ、急げよ、途中で何か食べていこう。そうすれば物事が明るく見えてくるさ。そして——なあ、おれがおまえのためにどれだけお得な取引をしてやるか、今にわかるだろう、メルキー」

第四章

〈フィルドリッジ〉でメルキオルとイシドールを相手にしなければならなかった人物は、自分がこれまで出会った利口で抜け目のない若者の中でもこの二人はずば抜けているという結論に至った。新しい機械式玩具を売り出すのは非常な賭けなのだと説得しようとしたが、無駄だった。商談の大部分を受け持ち、時折メルキオルに何かささやいていたイシドールは、たちまち〈フィルドリッジ〉が本気でこの玩具をほしがっているのを見抜き、それからは買い手に契約条件を呑ませることに集中した。条件を決めたのは他の誰でもなくイシドールだった。一時間後、彼とメルキオルが〈フィルドリッジ〉から出てきたとき、イシドールの片方のポケットには紙幣が、もう片方のポケットには契約書が入っていた。彼はいとこを近くのパブの静かな片隅に連れていき、酒を飲んで葉巻をふかしたのち、紙幣と契約書の両方を引っぱり出した。

「おれがきみのためにしてやったことを見ろよ、メルキー！　こんなこと、とても自分ではできないだろう！　内金として百ポンド、それにあのありがたい玩具がひとつ売れるたびに一ペニーの特許料が入るんだ。メルキー、きみはロスチャイルドにだってなれるぞ。そしておれはきみの代理人になってやる。こつこつ発明を続けろよ、メルキー。そうすれば、きみとおれとでひと儲けできるぞ！」

「金をよこせよ」メルキオルはそわそわして言った。「それから、いちいちきみとおれとか言うのはやめろ！　きみなんてほとんど関係ないじゃないか、イッシー。あの玩具を発明したのはぼくだろう？　もういい加減にしてくれ。ぼくがきみに喋らせていたのは、きみのほうがぼくより話すのが得意だからだ。でも主役はぼくだろう？」

「手数料だよ、メルキー、手数料！」イッシーはもったいぶって言った。「さて、おれの手数料としてきみはどれだけくれるつもりだい？」彼は紙幣をつかんだまま、指をうずうずさせているメルキオルから遠ざけていた。「きみはおれに六十パーセントよこすべきだ、メルキー、それが公正ってもんだよ！」

　メルキオルの顔は怒りのあまり蒼白になった。彼は小声でイッシーを罵り始めた。それに対してイッシーは紙幣を折りたたんでポケットにしまい、指で探っていたが、じきに自分が二時間前にメルキーから取り上げたばかりの五枚のソヴリン金貨をいじり、ちりんちりんと鳴らし始めた。

「わかったよ、メルキー」彼は言った。「だったら、この五ポンドはきみに返すよ。そしてまっすぐソリーおじきのところに行き、何もかもぶちまけてやる。それでおまえが二十年間ムショ入りすることになったら、メルキー、そこじゃ金の必要がないだろうから、この百ポンドはおまえが出てくるまでおれが預かっといてやるよ。残念だよ、メルキー。おれのいとこがそんな情けない目に遭うとは夢にも思わなかった。それも二百ポンドの札束のためだっていうんならともかく、たかだか十一ポンドのためにな！」

　メルキーは折れざるをえなかった。イシドールは取り分を五十パーセントまで下げた。合意に達すると、彼は注意深く十ポンド紙幣を五枚数え、契約書とともにメルキーに渡した。そのあと、残りの五枚をポケットに戻し、立ち上がった。

「じゃあな、メルキー。これから約束があるんだ。きみは家に帰って発明に取りかかるといい。一両日中に立ち寄るから進み具合を見せてくれ。頭を冷やしてよく考えるんだな。次には二百ポンドと特許料二ペニーをせしめてやるよ」

そう言い残してイシドールは立ち去り、メルキオルはこの密談が交わされた片隅でひとり、しばらく小声で悪態をついたあと、やはり店をあとにした。〈フィルドリッジ〉からの手紙が、彼がニシンを焼く匂いに負けて部屋を飛び出す前に届かなかったことを嘆きながら。あれさえ間に合えば、ソリーおじの家に行くことも罪を犯すこともなく、そして、あのペテン師、イッシーに出会うこともなく、そして——。

第五章

イシドール・ローゼンバウムはまんまと思いどおりになったことに満足しながら、次の商談先のエッジウェア街に向かった。よく知られた馬の保管場所でバスを降りると、いとも簡単に稼いだ五十ポンドの助けを借り、ちょっとした取引をした。五十ポンドで馬を買い、一時間後に別の人間に七十ポンドで売ったのだ——純利益二十パーセントだ。イッシーはほくそ笑んだ。取引を終えると、彼はそれを実行する手段を提供してくれたメルキーに感謝した。しかしメルキーに手数料を与えようとは露ほども考えなかった。ディナーをおごることさえも。そのかわり、すでに二時になっていたので近所で評判のレストランで贅沢三昧することにした。豪勢な料理に舌鼓を打ち、ボトル入りのワインを堪能しながら、朝から大仕事を達成したのだから自分には当然楽しむ権利があると考えた。そこで満腹になるまで食べ、濃厚なワインをボトル一本、からにしたあともそのままレストランに居座り、太い葉巻をふかしたり最高級のリキュールを啜ったりしていた。彼は自らを頭の切れる男だと考え、メルキーを骨の髄までしゃぶってやると誓った。

リキュールはイッシーのただでさえ想像力豊かな脳を新たな計略へと駆り立てた。彼はおじのソリー・ローゼンバウムのことに考えを巡らせた。今や、イッシーは馬をよく知るのと同じぐらい人間についても知っていた——そこは自信がある。ソリーおじについても調べ上げ、ある結論に達していた。

おじは裕福な人間の御多分に洩れず、貧しい身内をひどく嫌っていた。彼らが自分のそばをうろつくのさえ嫌がった。貧乏だと耳にするだけで苛々した。常に渋い顔で見た。まるで存在するだけで金をせびられるとでも考えているようだった。イッシーは懐がさびしいときはいつも――そうである場合のほうが多いのだが――決してこの金持ちの身内に近づかないようにしていた。ネズミにチーズの匂いがわかるように、ソリーおじの大きな鼻は貧乏を嗅ぎ分けることができると信じていたからだ。しかし景気のよいときはおじのもとを訪れ、少しばかり得意げに振る舞った。彼はこの老守銭奴が自分の財産を、金儲けのできない若者よりは断然、できる若者に遺したがっていることをよく知っていた。イッシーには固い信念があった。持てる者には足されるべきであり、持たざる者からは引かれるべきである。この世にこれほど確かなことはない。

二杯目のリキュールと追加の葉巻がイッシーの冒険心を煽り立てた。ちょっとソリーおじのところへ顔を出し、十一ポンド失ってがっくりきているのを慰めてやろう。同時に今の自分の羽振りのよさを見せつけてやろう。彼はそう考えるや、さっそく実行に移した。リキュールの最後の一滴を飲み干し、赤く分厚い唇に葉巻をくわえると、帽子を完璧な角度に傾け、洒落たコートのボタンを襟までとめた。そしてテーブルにチップを二ペンス置き、ふんぞり返ってレストランを出ていった。

イッシーが賑々しく訪ねていくと、みすぼらしい居間の、わずかばかりの火の燃える暖炉のそばでパイプをふかしていたソリーおじは、胡乱(うろん)げに甥を眺めた。しかし、その身なりをじろじろ見ているうちに顔つきが晴れてきた。いかにも羽振りがよさそうで、金の無心に来たのでないことは明らかだったからだ。彼はイッシーに、握手と、自分の肩を叩くことを許した。おまけに自分の隣に座らせる寛大さまで示した。

「うまくやっているのか?」おじは大きならっぱ型補聴器を傾けながら尋ねた。「少しは儲けておるのかね?」

「それはもう!」イッシーは叫んだ。「今朝も半時間前に二十ポンドの利益をあげたばかりです」

「何をしておるんだ?」ソリーおじは知りたがった。「宝石の行商か?」

イッシーはうんざりした顔を作り、声を張り上げた。

「まさか!」彼は大声で否定した。「馬ですよ! 馬の売買ですよ、ソリーおじさん。つまりね、今朝、五十ポンドで買った良馬を、七十ポンドで売ったわけです、一時間以内にね。どうです?」

「五十ポンドはどこで手に入れた?」ソリーおじはなおも尋ねた。

「貯めたんですよ」イッシーはわめくように言った。「ぼくだって金がないわけじゃないんですよ。ご存じかわかりませんが、預金口座には大金があるんです。実際、ぼくは大金持ちなんです。メルキーのようなその日暮しとは違います。じきにおじさんのように不動産購入を始めるつもりです」

ソリーおじは家長然とした顔を向け、もう一度じっくりと甥の顔を眺めた。そして裏に何かあると考え始めた。

「ふふん!」彼は鼻を鳴らした。それから再びイッシーに鋭い一瞥を投げた。「おまえは今朝の新聞を読んだか? わしについての記事を見たかね?」

「もちろんですとも!」イッシーはここぞとばかりに言った。「今しがた目にしたばかりです。それでこちらに伺ったんですよ」

「しかし、何のために?」ソリーおじは用心深く問い詰めた。「おまえは事件について何も知らんのだろう?」

「おじさんにお見舞いを言うためですよ！」イッシーはらっぱ型補聴器に向けて宣言した。「とんだ災難でしたね。それにしても、どうしてそんな大金をテーブルに置いたまま部屋を空けたんですか？」

　ソリーおじは渋い顔をしてうなった。

「気を失っておったのだ。わしは金を精算するまでは夕食をとらん。で、少しふらふらしたものだから、寝室に行って、ちょっとばかりラムを口にした。それからベッドのそばに倒れ込んだ。そのあと泥棒めが開いていたドアから忍び込み、わしの大事な金を奪ったのだ。あの金がなければお手上げだというのに！」

「金の計算をするときはドアを閉めておくべきです」イッシーは言った。「ぼくは必ずそうしています。もちろん、犯人はこの近所に住む誰かで――」

　ソリーおじはうめき声を上げ、不快感を示した。

「それはない。わしの隣人はみな、正直な連中だ。おまえはわしが不正直な連中の間で暮らしていると思うのか――このわしが」

「ですがね、十一ポンドなんて、おじさんにとってはたいしたことないじゃありませんか」イッシーは大声を出しながらも、精いっぱいなだめるように言った。「十一ポンドのために破産するわけではないでしょう？　どうして十一ポンドぐらい、目をつぶれないんです？」

　ソリーおじは横目で甥を見たが、そこにはなんとも言えないうんざりした表情が浮かんでいた。イッシーはしまったと思い、慌てて挽回を試みた。

「ぼくが言いたかったのは、おじさんなら十一ポンドぐらい失っても、痛くも痒くもないだろうということです」彼は早口でまくし立てた。「おじさんほどの財産家なら――」

「おまえはばかだ」ソリーおじは容赦なく決めつけた。「おまえには知恵はないのか。わしには痛くも痒くもなく十一ポンド失うことなどできん。昨夜わしから金を盗んでいったろくでなしはわしに損害を与えたのだ。わしは今日、ある投資をするつもりだった。ところが今となっては十二ポンド足らん。補うあてもない。わしは有利な投資の機会を失うことになるだろう。利益も大きかっただろうに。わしは貧しい人間だが、道端に落ちている十二ポンドなどあてにはせん。不動産を手に入れるためにどれほど懸命に働いたことか」

イッシーは不意に名案を思いついた。あまりの名案に危うく息が止まりそうだった。しかし平静を取り戻し、ソリーおじの肩を勢いよく叩いた。

「ソリーおじさん」彼は叫んだ。「どうでしょう、おじさんがその投資を続けられるように、ぼくが十二ポンドお貸ししますよ。次の四半期支払日までお貸しします、そして――そして利子は払ってくださらなくてけっこうです。どう思いますか、ソリーおじさん？」

ソリーおじは疑わしげに甥を見た。しかしイッシーが熱心にうなずくのにつられ、汚い鉤爪のような手を伸ばした。

「今ここには持っておらんのだろう？」彼は貪欲そうにささやいた。

「ここにありますす」イッシーは待ってましたとばかりに答え、札入れを取り出して十ポンド紙幣を一枚、注意深く選り分けた。それから騎手風チョッキの内ポケットに手を突っ込んだ。メルキオルが人形内部の隠し場所から出した五枚のソヴリン金貨をそこにしまっておいたのだ。そのうちの二枚を引っぱり出し、十ポンド紙幣に載せて差し出した。「さあ、どうぞ、ソリーおじさん」彼は太っ腹を気取って言った。「十二ポンド、次の四半期支払日までお貸しします。利息はいっさいいただきません」

ソリーおじは押し黙って紙幣とソヴリン金貨とを受け取った。彼は紙幣を灯りにかざし、指でいじり、匂いを嗅ぎ、食べてしまう以外のことはすべてやった。それからソヴリン金貨を最初は指で、次に目で念入りに調べた。やがて立ち上がると、らっぱ型補聴器を脇に置いた。

「おまえに一杯おごろうじゃないか、イッシー」彼は言った。「何が飲みたい、え？ ポートワインかな、ん？ ポートワインのうまいのを飲ませてやろう。そこの角に極上のポートワインを売る店があるのだ。ボトルを買いにやらせよう」

ソリーおじがそろそろと部屋を出て、階段を降りていくと、イッシーは椅子にふんぞり返って高笑いした。ああ、なんとおれは利口な男だろう！ なんとうまく立ち回ったことだろう！ 今やソリーおじの覚えめでたく、評価もうなぎのぼりだ。すべては天賦の才によるものだ。十二ポンドなど、ソリーおじが彼に遺してくれるはずの全財産に比べれば、何ほどのものだろう！ 彼は両手をこすり、喜びのあまり忍び笑いをもらした。そしてひとりきりなのをよいことに、財産が本当に自分のものになったらどうするか、白昼夢にふけった。

ソリーおじはたっぷり十分間は留守にしていた。ようやく彼の摺り足の足音が階段に聞こえたとき、それは別の足音を伴っていた。イッシーは跳び上がった。その足音が警官のものであることを知っていたからだ。

ドアが開き、ソリーおじが姿を現した。その手にはまだ先ほどの紙幣と二枚のソヴリン金貨が握られている。彼のドタ靴にぴったりついて二人の大柄な警官が入ってきた。彼らの詮索するような視線を前に、イシドールは自分がゴルゴンゾーラチーズのように白くなったり青くなったりするのを感じた。彼は椅子から立ち上がると、あんぐりと口を開けた。

「こいつです！」ソリーおじはぶるぶる震える指で執念深くイッシーをさした。「やつを捕まえてくだされ！　手錠をかけてくだされ！　裁判官がやつを刑務所へ入れると決めるまで、牢に閉じ込めておいてくだされ！　今すぐに、一刻も早く、捕まえてくだされ。窓から逃げ出さんように注意して！　この薄汚い、こそ泥め！　あんた方にはこれがどういうことか、おわかりか？」警官がイッシーの傍らに並ぶ間も、おじはわめき続けた。

「やつはここに顔を出し、二ポンドを——昨夜わしからくすねていった金貨のうちの二枚をわしに貸すと抜かしおったのです！　この金貨——これをごらんなされ！　ほれ、しるしがついておる、この金貨にはしるしがついておるのです！　わしの間借り人で、角を曲がったところで八百屋をしておるウォーターズという者が、この金貨で部屋代を払ったのです。その金貨には二枚ともしるしがついていた。わしがそのことを注意すると、ウォーターズは笑ってこう言ったもんです。『これで自分のだとよくわかるってもんですよ、ローゼンバウムさん』——確かにそのとおりだった。わしにこれがわからんはずがない——自分の金がわからんはずがない。それなのに、たった今、こいつはそれをぬけぬけとポケットから引っぱり出したのだ。この青二才のこそ泥が。ふん、恥知らずめ！　どうせおまえは裁判官の前に引き出されるだろう。さあ、連れていってくだされ、おまわりさん。とっとと手錠をかけてくだされ」

警官のひとりが手で合図するのと同時にイッシーは後ずさりした。しかし、すでに彼にはわかっていた。自分が法の手で真っ逆さまに奈落の底に突き落とされようとしていることを。万事休すだ。当然、メルキーはすべてを否定するだろう。そしてイッシーは自分がメルキーに対して何も証明できないことを知っている。それどころか彼にはアリバイすら証明できない。なぜなら、間の悪いことに昨日の晩、彼自身もソリーおじの家の近くにいたからだ。あのレストランに足を向ける前に。そう、彼の運は尽きたのだ。

「こいつは――こいつはひどい誤解なんだ！」彼はあえぎながら言った。「あの二ポンドは――」

「さあ、来るんだ」巡査のひとりが言った。そして片手をイッシーの身体に置き、おじのほうに向かせた。「あなたも一緒に来て彼を告訴しなければなりません、ローゼンバウムさん」

その言葉にソリーおじはいそいそと帽子を取り、イッシーを真ん中にして、悲劇の行列は進んでいった。

13 特許番号三十三

第一章

古本屋のアルフレッド・ペニーはなんとなく天職にたどり着いた人間のひとりだった。最初は食料雑貨店の丁稚だったが、その理由はひとえに、両親がそれを至極まっとうな職だと見なしたからだった。のちに丁稚から店員になったのも、その道しかないと思ったからだ。しかし彼はその両方の時代を通して、余暇のすべてをウォルバラに多数ある古本屋巡りに費やした。そして二十五になる前には、書籍業界——古本専門の——について本業よりはるかに詳しくなっていた。ペニーが最も足繁く通っていた店の主人、グリムズは、彼にいろいろ教えてくれたうえ、きみには安物の紅茶を包装する仕事より本を売買する仕事のほうがずっと向いているのだがと、よく謎をかけた。それはペニーもじゅうぶん自覚していたが、彼の世界は非常に狭かったので、そこから脱け出す方法がわからなかった。道を拓いてくれたのはグリムズ老人だった——その死によって。グリムズの一人娘は父親の店を継ぐ気はさらさらなかった。彼女には他にやりたいことがあり、それにはウォルバラを去ることも含まれていた。そこでアルフレッド・ペニーに、在庫品や得意客を含めて店をまるごと、破格の条件で譲ってもよいと持ちかけた。ペニーにはある程度まとまった貯金があった。さらに彼に好意的で信頼できる友人からも借金することができた。そうやってかき集めた金はグリムズの娘の手に渡り、ペニーは新しい看板を店の正面と二ペンス均一の古書棚に掲げた。こうして古本屋〈ペニー（元グリムズ）の店〉

はウォルバラの古書店街の新顔となった。

アルフレッド・ペニーは新しい仕事にのめり込んだ。寝ても覚めても考えることといえばそれだけだった。目利きの購入者たちは間もなく彼の扱う本に信用を置くようになった。彼は珍しい版や希少な小論文（パンフレット）、種々雑多な稀覯本の専門知識を身につけた。最初の年が終わる頃には、米の種類はおろか中国茶とセイロン茶の違いさえすっかり忘れてしまっていた。かつて未知の大海へと船出した、あるいは未踏査の森林地帯に踏み込んだどんな冒険家も、由緒ある大邸宅の図書室の競売に参加したり店に送られてきた本の包みを解くときにアルフレッド・ペニーが感じるほどの喜びをもって出発した者はいない。ごみのように見える包みの中にも、初版本や掘り出し物のパンフレットに出くわす機会はある。ペニーはこの発見を楽しんだ。そして時間があいたときには——滅多にないことだが——食料雑貨店のエプロンをつけていた十年間、自分はどうやって生きていたのだろうと感慨にふけるのだった。

ある冬の朝、ペニーが店で遠方の町の同業者から届いたばかりの目録をめくっていると、背後から物静かな、どこかおどおどした声が聞こえた。

「よろしければ、本を買っていただけますでしょうか？」

これは不要な質問に思われた。外には通行人に店内で本を買い取る旨を伝える看板があるからだ。しかしペニーはこうした問いかけに慣れていた。そこで即座に顔を上げると——そこには若く美しい内気そうな娘が、ひと目で喪中とわかる装いで立っていた。彼は弾けるように立ち上がり、きびきびと答えた。

「もちろんです、お嬢さん！　図書館まるごとからほんの小さな包みまで、どのような冊数でもけっこうです。お売りになりたい本があるんですね？」

「父の遺した本を母が売りたがっているのです」娘は答えた。「家まで見にいらしていただけますでしょうか」

「喜んで、お嬢さん。どういった分野の本でしょう？　数はどのぐらいになりますか？　お住まいはお近くで？」

「専門書が主だと思います――工学と、機械学の。でも他のものもありますわ――かなりたくさん。多分、全部で二百冊ぐらいになるでしょう。家はメイフィールド通りの十二番地です。今日でもよろしいですか？　もしそうしてくださるとありがたいのですが。わたくしども、明後日には引っ越すものですから」

「今日の午後三時に伺います」ペニーは住所を走り書きしながら答えた。「お名前をお聞かせ願えますか？」

「バーランドと申します」

「三時ちょうどにお邪魔します」ペニーは言った。

娘は速やかに去り、ペニーはそのほっそりした姿を見送りながら、不意に彼女とは以前会ったことがあるのに気づいた。そうだ、今、思い出した――彼女は食料品店の客だったのだ。ペニーは彼女が母親と来店するのをしばしば目にしていた。母親というのはおっとりした、職人階級風の婦人で、金に不自由している気配はいっさいなかった。彼はまた、突然、別のことも思い出した。

「バーランド――バーランドか！　そうだ、あれは去年、〈ラムズデイル〉の爆発事故で死んだ、あのジョン・バーランドの娘だ。彼は技術者だった――だから蔵書のほとんどが専門書なんだな。ぼくの得意分野じゃないが——だが掘り出し物のチャンスは常に、どこにでも転がっているものだからな」

その日の午後三時にペニーが訪れた家は、ウォルバラの大規模工業会社のうちでも最大手にあたる〈ラムズデイル機械製作所〉の間近に並ぶ、コテージ風住居の一軒だった。比較的上流の職人向けの住まいで、一階に居間と客間がある。しかしこの家の客間が本来の目的と違い、ジョン・バーランドの仕事部屋として使用されていたのは一目瞭然だった。部屋の片側にベンチと旋盤が置かれ、テーブルの中央にはさまざまな工具が几帳面に並べられている。壁龕（アルコーブ）には手製の本棚があった。未亡人は明らかに食料品店時代のペニーを覚えていた様子で、彼を招き入れながら、手振りで部屋を示した。

「主人が亡くなったときのままにしてありますの」彼女は言った。「何ひとつ、ふれておりません——まっすぐに置き直した以外は。こうして主人のものを見ておりますと、偲ぶよすがになりますから。ですが、わたしども母娘にはもうこの家を維持していく余裕がないのです。もっと手狭な家に移らなければなりません。ここにあるものもすべて手放さなければならないでしょう。こちらの工具は今夜にも人が買い取りにくることになっています。それで、この本のほうですが、いかほどで引き取っていただけますでしょうか？」

ペニーにとってこの手の懇願は毎度のことだった。グリムズ老人の跡を継いだのでよく小さな家に本の買い取りに呼ばれるが、ひと目で二ペンス均一コーナー以外に行き場はないとわかるものばかりだ。心優しい若者であるペニーにとって、売り手に彼らの蔵書にはたいした価値がないと説明しなければならないのは心苦しいことだった。経験から言うと、彼の主張は決まって儲け優先と受け取られ、彼が本を買い取った人々は、自分たちが五ペンスで売った本を彼がすぐさま五シリングで売りにだすと信じて疑わないのだ。ペニーは商業的価値があるものが見つかることを願いながら、バーランド氏の蔵書に向き直った。未亡人と娘が金に困っているのをすでに知っていたからだ。

「主人はこれらの蔵書にひと財産つぎ込みました」ペニーが専門家としての目と手で棚から棚へと調べていくのを娘と見守りながら、未亡人は言った。「その中には十シリング費やした本もあります。それがなくては作れないものがあるとか言いまして。主人はいつも何かしら機械類の発明をしておりました。もちろん、ラムズデイルさんは主人が発明したものはほとんどお作りになりました。バーランドはもうずいぶん昔から発明に専念していたのです――あの爆発事故で亡くなるまで」

「ご家族がその発明で利益を得られたのだとよろしいのですが」ペニーは言った。「発明というのは大金をもたらすものでしょう?」

「いずれにしましても、わたしどもにとってはたいした収入になりませんでした」未亡人はどこか苦々しげに言った。「発明によって入ってくるお金よりは出ていくお金のほうが多かったと申すべきでしょう。たまには、ひとつふたつの発明から十ポンド紙幣一枚、あるいはもう少し得られることもありました。でも、それが限界でした。主人は折にふれ、知恵を絞って取り組んでいる重要な機械の話をしてくれました。それがわたしたちをお金持ちにしてくれるはずだと。結局、主人が亡くなったときには一ポンドにもなりませんでしたけれど。残念なことに彼らはみな同じです。発明家というものは――いつも希望だけで生きているのです」

「でもね、お母さん、お父さんは亡くなるすぐ前の週に、もう少しで大発明が完成するところだとおっしゃってたじゃない。お父さんさえ、あんな――」

ペニーは娘の目に涙が光ったような気がして、慌てて事務的な作業に没頭した。

「ではこういたしましょう。全部まとめてお引き取りします。この町で少しでも売れる見込みがなければ、こうしたご提案はできません。これらの多くは時代遅れで、当方には無価値なものもあるからです。全部で二十ポンドでいかがでしょう、奥様。悪いお取引ではないと思いますが」

　ペニーは娘の驚きに喜びがまじっているのがわかった。中古として売られる本の価値を知っていたのだろう。しかし母親のほうはためらいを見せた。

「ええ！　でも申し上げましたように、主人は一冊に半ソヴリン使いましたのよ、ときには。もちろん、あなたが正当な取引をしてくださっていることはわかります。わたしはあなたが食料品のお仕事をなさっていたとき、よくお見かけしました。どうでしょう、もう少しなんとかなりませんかしら？」

「その数字ですと、当方の採算がとれるまでずいぶん時間がかかってしまいます」ペニーは答えた。「このような専門書はそう頻繁に売れるものではありませんから。代金は紙幣でお支払いしましょうか、奥様。手持ちがございますので」

「そうね、二十ポンドは二十ポンドですものね」バーランド夫人は言った。「わたくしと娘はそれでなんとかしなければなりません。バーランドにはあまり蓄えがありませんでしたから。彼は長年〈ラムズデイル〉で働いておりましたけれど、ラムズデイルさんはこの先、週に一ポンド支給してくださるだけです——年金とやらの名目で。週一ポンドとわずかな蓄えだけでは、とてもこの広さの家に住み続けることはできません。ですからもっと小さな家へ移ることになっております。わかりましたわ、では二十ポンドをちょうだいします」

　ペニーは五ポンド紙幣四枚を数えて差し出した。そのあと本の荷造りをしながら、娘と短い会話を交わした。後刻、店に戻る道すがら、ずいぶん彼女のことを考えた。なんと好ましい女性だろう。それがペニーの偽らざる気持ちだった。そして心から彼女を気の毒に思った。父親は高度に熟練した腕を持つ職人だったに違いなく、生きていれば、その壮大なアイディアは日の目を見ていたかもしれない。そうなれば——ひょっとすると。

大工業都市に暮らす人間の御多分に洩れず、ペニーも幸運な発明家のもとにあっと驚くような大金が転がり込む物語や伝説を聞いて育った。その例のうち半ダースはウォルバラが舞台だった。折しも、今まさにこの国の半分が——少なくとも工業都市においては——ラムズデイル・マルチプレックスの話題でもちきりではないか。つい先頃ラムズデイル氏本人が発明して特許を取った機械製品で、世界中の需要に合わせて供給しようとしたら満足のいく質では製造が追いつかないほどすばらしいものらしい。もちろん、幸運な発明者は間違いなく未来の百万長者だ。バーランドもあの爆発事故で命を落としていなければ——。

しかしバーランドは死に、未亡人と娘は彼のささやかな遺品を売却せざるをえない。その夜、ペニーはいつもの仕事を終えたあと、店の大きなテーブルに書籍を並べ、分類を始めた。まず、より優れた種類のものを劣るものから分けていく。このうちほんの数冊は、機械関連の実際に高価な本だった。ペニーはそれらを注意深く選んで脇によけた。早く買い手がつくことを願いながら。

その後、より大型の書物を開いて設計図や折り込まれた図版を見ていると、突然、そのうちの一冊から一枚の書類が舞い落ちた。書類の裏には無骨でぎこちない筆跡の、明らかにあまりペンを握ったことのない人間による署名があった。その署名を見たとたん、ペニーは驚愕した。その午後彼が考えた、発明家が得たかもしれない利益のことがまだ頭に残っていたからだ。折りたたんだ紙の裏には三行だけ、簡潔にこう書かれていた。「小生の発明品たるバーランド・マルチプレックスについての覚書。一九〇一年、十月六日。ジョン・バーランド」

ペニーはしばらく無言でこの覚書を見つめていた。それから時計に目をやると、店の戸を閉めて鍵を掛け、灯りを消し、書類とそれが挟んであった本を持って、ひとり住まいの二階の部屋へ上がっていった。

第二章

ペニーは小さな居間へ続く暗い階段をゆっくりと上がりながら、期せずして重大な秘密を分け合うことになった共謀者の気持ちになっていた。彼には確信があった。自分がかくも注意深くつかんでいる書類には、秘密が、謎が隠れていることを。バーランドのマルチプレックス？　マルチプレックスの機械が二つあったということはあり得るだろうか？　ないとは言えない。だが脳裏に浮かんだ可能性についてちらりと考えただけで、吐き気がするほどの嫌悪感に襲われ、急いでランプをつけた。

小さな部屋は静まり返っていた。ペニーにはその静寂が、これからやろうとしていること――運命の巡り合わせにより、他の誰でもなく彼のもとにやって来たメッセージ、すなわち死者からのメッセージを読むという行為――にぴったりだと思えた。事の成り行きは明白だ。ジョン・バーランドはこの書類を書いたあと、頻繁に使っていた本の折り込み図版の間に挟んだに違いない。そして再び取り出す前に事故により命を落とした。以来、誰ひとりその書類を目にすることはなかった。彼、アルフレッド・ペニーが偶然発見するまでは。

ペニーはテーブルにつき、目前の書類――普通の筆記用紙の半分の大きさの紙を開いた。そこには彼をおおいに驚かせ、考え込ませる事柄が書かれていた。

「小生の発明による〈バーランド・マルチプレックス〉に関する覚書
最初にこの機械装置の発想を得たのは七年ほど前――おそらく一八九四年の冬である。

以来、ほぼ間断なく取り組む。

この件は誰にも――ラムズデイル氏にさえも口外せず。

一八九八年、設計開始。

一九〇〇年、設計完了。

同年、一号機を製作。

同年、これを破棄。

同年、二号機を製作開始。

完成後、ただちに破棄。

一九〇一年四月、三号機にして決定版を製作開始。

一九〇一年九月二十九日、これを完成。

申し分なし。これまで発明した中で最も優れた機械装置である。

一九〇一年十月六日、この装置の特許を取得し、市場に出すための調査と助言を求めるため、設計図と模型をラムズデイル氏に委ねる。

これは小生の三十三番目の特許装置となるであろう。そして、かつて想像すらしなかった富をもたらすに違いない。


ジョン・バーランド」

書類の発見者はそれをテーブルの上に取り落とし、大きく息を呑んだ。ペニーは平凡で素朴な若者だった。しかし彼には生まれつき想像力と洞察力が備わっていたので、この出来事の経緯も手に取るようにわかった。すべては単純なことなのだ。バーランドは不慮の死を遂げた。バーランドは雇い主であるラムズデイルに設計図と模型を渡した。そののち、バーランドの妻や娘さえも——設計図と模型の存在を知らないことを知っていたのだ。そして自身の名前で特許を取得し、機械を製造し始め、市場に出した。今はそこから莫大な利益を得ている。ウォルバラでラムズデイル・マルチプレックスの成功を知らぬ者はない。製造が追いつかないほどの売れ行きなのだ。それは紡績産業に大変革をもたらした。ラムズデイルが海外の製造会社から受け取った莫大な権利金に関して、途方もない噂が流れた。ラムズデイルはこれまでも裕福だったが、今や億万長者だと言われている。つい最近もラムズデイルの家の近くを友人と歩いていたとき、ラムズデイルはマルチプレックスのおかげで週に何千ポンドと稼ぐのだと聞かされたばかりだ。

「それでいて、真の発明者の妻と娘にはわずか週一ポンドしかよこさないとは！」ペニーはつぶやいた。「なんて卑怯な悪党だ！　しかし——」

しかしどんな手が打てる？　ペニーが見たところ、バーランドの未亡人は平凡で気が弱く、自分の権利のために戦う術を知っているとはとても思えない。仮にラムズデイルになんらかの請求をしたところで、得るものは雀の涙だろう。しかし娘のほうは優れたたちに見えた。彼女と交わした短い会話の中で、ペニーは彼女が学校の教師であり、教育を受けた身で、いくつか抱負を抱いていることを知った。美しく、気立てもよい。ペニーは彼女に少なからぬ感銘を受けていた。もともとこの小柄な古本屋には義侠的なところがあったが、今や彼は古の騎士のような気持ちになり、テーブルを勢いよく叩いた。バーランドの娘は正当な権利を得るべきだ。だが――どうやって？　巨大なる敵、ラムズデイルを相手に立ち上がり、刃向かっていくには、彼、アルフレッド・ペニーはあまりに非力だ。

　名案というものは常々、心からそれを欲する人間のもとへやって来る。ペニーのもとへも来た。あるひとつの名前――ウィルミントン氏――の形をとって。ウィルミントン氏はペニーの上得意で、金と仕事以外のことにも目を向ける、ウォルバラの富豪としては珍しい人物だった。彼は本を買った。絵画でよい取引をした。非常な金持ちで、影響力を持っている。治安判事や参事会員を務め、かつてはウォルバラ市長を務めた経験もある。そのうえ非常に親切で気さくな性格だった。ウィルミントン氏こそまさしく助言を求めるのに最適な人物だった。そこでペニーはコートを着ると、大切な書類をポケットにしまい、ランプを消して、ウィルミントン氏の住むお屋敷街へ向かう路面電車に乗るため家を出た。

　ウィルミントン氏は陽気な顔立ちの老紳士で、ペニーが通されたときはひとりで居心地のよい書斎にいた。彼は小柄な古本屋に笑顔を向けると、暖炉のそばに来るように手招きした。

「やあ、ペニー！」彼は大声で言った。「ずいぶん急いで来たようだが、どうしたのかね？　何か掘り出し物でも見つけたか？　もしやカクストン版（十五世紀の英国で最初の活版印刷業者カクストンが印刷した書籍）かね？」

　ペニーは椅子に座り込んで息をつき、相手の顔をひたと見つめた。

「カクストンよりはるかに珍しいものを見つけたのです。ぼくにはそれが――その、恐ろしいものに思えるのです、ウィルミントンさん。あなたは――あなたはラムズデイル・マルチプレックスをご存じですか？」

ウィルミントン氏は啞然とした。この土地でラムズデイル・マルチプレックスを知らぬ者はない。しかし――ペニーは何を知ったというのだろう?

「それは?」ウィルミントン氏は尋ねた。「どういうことだ?」

ペニーはぐいと身を乗り出し、声を落としてささやいた。

「あれを発明したのはラムズデイルではありません! 彼の発明ではないのです、ウィルミントンさん――不正が行われているのです!」

ウィルミントン氏は目を険しくして訪問者を見つめた。ペニーは腰をおろし、自分の言葉を請け合うように深くうなずいた。

「きみには話すべきことがあるようだ」ついに老紳士は口を開いた。「最初から始めたまえ! それも正確にな」

ペニーは深々と息を吸い、経緯を語り始めた――その午後、亡くなった男の娘が店に入ってきた瞬間のことから。聞き手は熱心に耳を傾けていたが、その顔はどんどん深刻になり、ペニーが話の最後に覚書の紙を手渡したときにはすっかり曇っていた。

「こんなことが起ころうとは!」彼は憤慨して言った。「なんと忌まわしい話だろう、ペニー! しかも残念ながら、きみの仮説はどうも正しいようだ」

「ウィルミントンさん」ペニーは真剣な表情で言った。「これは紛れもない事実です。どうかお知恵をお貸しください!」

「むろん、そのつもりだ」老紳士は覚書に繰り返し目を通しながら言った。「まず、肝心な点から見てみよう」彼は席を立ち、膨大な書籍が収められている本棚に向かった。「察するところ、この気の毒な男が死んだのは、この書類を書いたのと同じ頃だろう。《ウォルバラ・オブザーバー》のファイルで、その爆発事故の記事を調べてみよう」彼は分厚いファイルをめくっていたが、やがて、大きな見出しのついた記事を指さした。「ここにある。バーランドが事故で命を落としたのは十月七日だ。この覚書を書いたまさにその翌日じゃないか！」

「そしてラムズデイルの手に模型を渡した翌日でもあります！」ペニーは息を詰めるようにして言った。

ウィルミントン氏はそれにはなんとも答えなかった。ただ無言で新聞のファイルを元の場所に収めると、本棚の別の場所に行き、官報の束らしきものを手に戻ってきた。

「これを見れば、特許局がいつこの機械を公告したか、すぐにわかる」彼は机につきながら言った。「ペニー、きみはこの種の手続きには精通しておらんだろう、ん？　わたしは現役時代、散々処理した経験があるのでよく知っておる。発明者はまず、自分の発明の暫定的または最終的な設計明細書を特許局に提出しなければならない。特許局の審査官はその明細書と設計図に不備がないか審査する。問題がなければ官報に発明明細書を公告する。それから二ヶ月の期間を設ける。――これは誰でも承認に異議申し立てできるようにするためだ。もしその二ヶ月以内に何の反対もなければ、特許は承認される。わかるかね？　ではラムズデイル・マルチプレックスがいつ公告されたのか見てみよう――ええと、一九〇一年――。　ほら、あった、ここだ――一九〇一年十二月。すると特許が承認されたのは今年の二月だということになる。それ以降はラムズデイルと彼が免許やら権利やらを売ったさまざまな連中が独占して機械を製造したきたわけだ。　ペニー、もしバーランドの覚書の内容が本当なら、実にけしからんことだ！」

アルフレッド・ペニーは深くため息をついた。言葉が見つからない――彼にできるのは首を左右に振り、貧しい人々から奪われようとしている安楽に思いを馳せることだけだった。

ウィルミントン氏も首を振った。

「ラムズデイルは誠実という言葉とはかけ離れた男だ。彼についてはいくつか芳しくない噂を耳にしている。他人を不当に利用するといった類のな。それを評してやり手と呼ぶ者もいる。わたしに言わせればただの悪人だ。彼のやり方は見え透いておる。おそらくバーランドはラムズデイルにこの優れた機械のことは誰にも話していないと告げたのだ。例の爆発事故でバーランドが死んだとき、ラムズデイルは自分が――唯一自分だけが――この件を握る立場になると悟った。彼はただちに策を弄し、自分自身の名前で機械の特許を取得した。一方で未亡人と娘には生涯、週一ポンドを与えることで良心を満足させているのだ。そんな程度のもので！　けしからん、実にゆゆしき問題だ！」

「どうすればよいのでしょう？」ペニーは問いかけた。

ウィルミントン氏は腕時計に目をやった。

「八時半か」彼は考え込むように言った。「今夜のうちに策を講じる時間はまだじゅうぶんにある。こうしたことは相手の不意を突くのが一番だ。しかし、われわれにはもう少し助言が必要だ。わたしと一緒に来なさい――チェルウィック氏の家を訪ねて、彼にすべてを打ち明けよう。わたしよりはるかに影響力のある男だから、もし彼が単刀直入に話をすればラムズデイルも耳を傾けるだろう。今はちょうどラムズデイルに耳を傾かせる時期だ。なぜかって？　ラムズデイルが爵位を授かるという噂があるのだ――ナイト爵位だか准男爵位だか、そんな類の名前の――しかし、もしこの一件が世間に漏れたら、なあ、ペニー、彼の野望は木っ端微塵に吹き飛ぶぞ！」

第三章

それからの一時間、ウィルミントン氏の隣人チェルウィック氏の自宅では、両紳士の間で熱心な会話が交わされた。その内容に耳を傾けていたペニーは、本と人間とどちらが面白いのかわからなくなった。彼はウィルミントン氏を以前からよく知っていた。チェルウィック氏についてはウォルバラ随一の法律家としての名声を耳にして久しい。今、彼はこの二人が自分の前で額を寄せて話し合う様子を密かに楽しんでいた。一部始終を聞き、覚書を読んだチェルウィックは、機敏で抜け目のないマーティン・ラムズデイルのことだから、この軽蔑すべき問題についても己の利益を守るための手段を講じているに違いないと述べた。頑なに自分の権利を主張し、抗議し、あげくはバーランドから発明の権利を譲られたのだと、法廷で宣誓までするかもしれない。あるいはまた、発明の一部は自分自身のものだと申し立てる可能性もある。

「この覚書はそれが虚偽であることを証明するものだ」ウィルミントンは言った。「虫の知らせか、バーランドは発明した機械については誰にも、ラムズデイル氏にさえも打ち明けなかったと記している」

「なるほど。しかしラムズデイルは、機械は未完成だったのを自分が完成させたのだと言うかもしれない」チェルウィック弁護士は指摘した。「われわれの手にオリジナルの設計図と発明説明書、それに模型さえあればな」

「ラムズデイルは全部自分で作れたかもしれないぞ」ウィルミントンが言った。

「あの男は頭がいいし、自分の手で設計図を写すだけの才はじゅうぶんある。製図工としての腕は確かだからな」チェルウィックは言った。「模型に関しても、作ったのがバーランドだと証明するのは難しいだろう。この書類は紛れもなくバーランドの手書きによるもので、マルチプレックスと呼ばれる機械について述べている。同時に、その模型を設計図とともにラムズデイル氏に渡したと書いてある。われわれはそれが現在、〝ラムズデイル・マルチプレックス〟として知られている機械と同一のものだと証明しなければならない。わたし個人としては、それが事実であり、マーティン・ラムズデイルが破廉恥な盗っ人であることにいささかの疑いも抱いていない！　しかしどうやってそれを証明する？」

アルフレッド・ペニーの感じやすい心は憤りで膨れ上がり、腸が煮えくり返りそうになった。彼は権利をだまし取られた母と娘のことを思った。そして、目の前の二人の大物に比べれば自分は取るに足りない存在だとわかっていても、不正と迫害への憎しみからこう口にせずにいられなかった。

「世論を味方につけられませんか？」彼は弁護士を見つめながら言った。「ぼくにはきっとうまくいくと思えるのですが――きっと！」

チェルウィックは満面の笑みを浮かべ、ちらりとウィルミントンを見た。

「そうだな、ペニー君」彼は答えた。「きみの言うとおりだ。わたしもそう確信している。しかしマーティン・ラムズデイルのような男は世論など気にかけぬものだ――いずれにしても、そうした類の世論には。ラムズデイルに対しては、われわれはもっと強力で大胆な手法を用いなければならない。

ウィルミントン、ひとつだけ方法がある。彼にはったりをかけるのだ！」

「具体的には、どのように？」ウィルミントンが尋ねた。

「彼にわれわれが強力な――そう、実際に握っているよりはるかに強力な事実をつかんでいると思わせるのだ。まずはペニー君、バーランド夫人の住所を書き留めてくれ。ありがとう。わたしは明日の朝一番に彼女を訪ねるとしよう。そして、きみには午後三時きっかりに、わたしの事務所に来てほしい。きっとラムズデイルもその場にいるだろう。きみたちはわたしに話を合わせてくれ。わたしが要求するまで、どちらもひと言も口にしてはならない。きみたち二人は――そう、きみたちはラムズデイルに語る以外のことも知っている、そうだろう？　それが唯一の道だ――はったり――正真正銘のはったりだ！」

「あなたはその手段が有効だとお考えなのですね？」数分後、玄関でチェルウィックの見送りを受けながらペニーは尋ねた。「あの二人のご婦人たちが利益を得ると考えていらっしゃるのですね？」

　チェルウィックは小柄な古本屋の肩越しに、ウィルミントンに片目をつぶってみせた。そしてペニーの背中を叩いた。

「きみは彼女たちに朗報を伝える喜びを得ることになるだろう！」

　こうしてチェルウィックは客人を送り出し、書斎に戻ると、ジョン・バーランドの覚書を耐火金庫にしまって、しっかり鍵を掛けた。

第四章

翌朝、ラムズデイル——自らの名を冠する世界的な工業用機械製造会社の所有者——は、ことのほか機嫌がよかった。同じく自らの名をつけた機械装置は文字通り金の山を産み出している。その機械を作るために新しい倉庫を建て、新しい工場を建造しなければならなかったほどだ。それでもなお、工員たちの製造作業は追いつかなかった。彼は二つの大陸の複数の製造メーカーに許可証を発行し、承認を与えていた。こうして作られた機械の一台一台がラムズデイルの金庫に多額の特許使用料をもたらした。ラムズデイルは見渡す限りの金の海で泳いでいる自分を夢見たことがあるが、その夢は猛スピードで現実になりつつあった。驚くべき機械は主要な取引に大変革を起こし、世界中の製造業者がそれを設置するために床面積を空けていた。ラムズデイルにはこの状況が少なくともあと三年は続くことがわかっていた。その頃までには彼は——もはや想像もつかない。

ラムズデイルに良心の呵責はなかった。まったく気は咎めなかった。彼にとっては昔から、金と金がもたらすものこそが崇拝に値する唯一の神だった。この出来事はすべてビジネスだ——言うなれば熾烈なビジネスであり、それ以上でもそれ以下でもない。もしジョン・バーランドが生きていれば、ラムズデイルは彼からあの発明を買い取っただろう。相当な高額を提示し、バーランドも満足したに違いない。しかしバーランドは——ラムズデイルにとって好都合なことに、突然の爆発事故によりあの世へ行ってしまった。それゆえ、バーランドは現世では何も儲けられなくなった。それはラムズデイルが儲けていけない理由にはならない。彼は自分の行動については抜け目なく、用心深かった。慎重に調べた結果、バーランドの発明については誰も——未亡人と娘さえも何も知らされていないことを確信した。ラムズデイルは名誉にこだわる男ではない。彼に言わせれば、目の前に差し出されたこの思いがけない幸運をものにしなかったら、ばかである。バーランドの家族については——彼女たちが金持ちになったところで何になる？　労働者の妻と学校教師の娘が！　彼女たちに大金を持たせたところで、どう扱えばよいのかもわかるまい。死ぬまで週一ポンドもらえれば御の字だろう。娘は今、二十歳だ。七十まで生きると考えて、二千六百ポンド受け取ることになる。大金だ——じゅうぶんすぎる金額だ。

　アルフレッド・ペニーが覚書を発見した翌日の朝、ラムズデイルは自分の工場内を喜色満面で歩きまわっていた。彼が上機嫌なのにはそれだけの理由があった。その朝、彼のデスクには彼を特別に喜ばせた二通の手紙が届いていた。一通は世界的な機械メーカーからのもので、一万台の機械を製造したく、受け入れられれば一台につき十ポンドの特許使用料を現金で支払いたい旨が書かれていた。

　ラムズデイルはその類の手紙が好きだった。書類にサインをして手紙に同封するだけで十万ポンドが転がり込んでくるのだ。彼にとってはそれが一番の朗報だった。二通目は地元国会議員からの私信で、機械とは何の関係もない。ただ内密に、彼の名前が来たる新年の叙爵名簿に准男爵として記載されることを伝えるものだった。どちらの手紙が自分にとってより喜ばしいのか、ラムズデイルには判然としなかった。しかしあながち空想にふけらない人間でもなかったので、紙切れに繰り返し、サー・マーティン・ラムズデイル、Ｂａｒｔ．（准男爵）と走り書きしているところに、社員のひとりが手紙を持って入ってきた。

「〈チェルウィック&ラドボーン法律事務所〉からです。じかに届きました。返事は無用だそうです」

ラムズデイルは未開封のまま手紙を置いた。そして再び自分の名前を走り書きしてから、思いついてM.P.（下院議員）と書き足した。しかし、よくよく考えてみると、彼はそう国会に関心があるわけではなかった。少なくとも下院には。近頃は猫も杓子も下院議員になれるからだ。いや、彼は爵位につくのだ。そこで紙にバロン・ラムズデイル・オブ・ウォルバラと書き、自己満足に浸った。そして自らの幼稚な行為に苦笑しながらその紙を破り捨て、〈チェルウィック&ラドボーン法律事務所〉からの手紙の封を開いた。

一分後、椅子から立ち上がったラムズデイルは不意に麻痺に襲われでもしたように震えていた。常に冷静で明敏な頭脳も、どこかから致命的な一撃をくらったかのような感覚がした。彼は立ち上がったときと同じぐらい唐突に再び腰を落とした。そして短いが厳しい言葉の綴られた手紙を繰り返し見つめた。そのうち頭がはっきりして震えもおさまってくると、他人にはどれだけ嘘をつこうとも決して自らを偽ることのない男の常で、ラムズデイルは現実に向き合った。あの件がばれたのだ！

彼は長いこと座ったまま、途方にくれていた。秘密がばれた！　疑いの余地はない。彼は〈チェルウィック&ラドボーン法律事務所〉のチェルウィックのことを知っていた。チェルウィックは根拠もなしにこのような手紙を書く人物ではない。しかし――どういうわけで露見したのだろう。誰によって？　いつ？　どんな状況のもとで？　どう考えても、この世の人間で彼の秘密を暴ける者はいない。しかしチェルウィックの手紙はこれがただの推量や憶測、ましてや当てずっぽうなどではないことを示していた。やはりチェルウィックは秘密を嗅ぎつけたのだ。そして彼を呼び出した――有無を言わせず——今日の午後三時に。

高級クラブ〈ウォルバラ〉で昼食をとるのがラムズデイルの日課だった。そこには毎日午後一時から三時の間、町の指導者的人物のほとんどが顔をそろえている。チェルウィックとウィルミントンもその日、いつものようにそこにいたが、ラムズデイルの姿はなかった。弁護士と元市長はその件について意見を述べ合った。三時二十分前にともにクラブを出て〈チェルウィック&ラドボーン法律事務所〉に歩いていくと、玄関ホールでペニーが所在なげにうろついていた。

時計が三時を打つのと同時にラムズデイルが部屋に案内されてきた。チェルウィックとウィルミントン、ペニーは張りつめた雰囲気の中、無言で座っていた。ラムズデイルは不機嫌そうに全員の顔を見た。状況は承知していたので、チェルウィックの辛辣な態度やウィルミントンの冷淡で軽蔑的な挨拶にもさして驚きはしなかった。しかし、その後ろで、なぜか軽蔑よりさらに厭なことを想像させる妙な目つきでこちらを見つめている小男は何者だ？　ラムズデイルはこの小男をいつか、町のどこかで見たような気がした。だが結局は思い出せなかった。こいつが秘密を嗅ぎつけた人物なのだろうか？　いずれにしても、ラムズデイルはたちまち他の二人よりもアルフレッド・ペニーを恐れるようになった。彼の態度は地味で目立たないながら、人を不安にさせるものがあった。未知の力という言葉があるが、この場合がまさにそれだった。ラムズデイルにはこのおとなしそうな小男が何を知っているのか、何を話せるのかわからず、それゆえに彼が恐かった。

しかし、ラムズデイルは強気で押し切るつもりだった。そしてさっそく行動に移した。まず手始めにチェルウィックの手紙を机に放り投げた。チェルウィックは手紙をつまみ上げ、冷静に放り返した。そしてラムズデイルに向かって有無を言わせない表情で椅子を指さした。

「ミスター・ラムズデイル」チェルウィックは言った。「わたしの事務所でこうした真似は慎んでもらおう！　きみの運命はわれわれの手の中にある。それを速やかに理解したほうが身のためだ。きみがここへ来たのは虚勢を張るためではない、償いをするためだ。もし拒めばどうなるか、今にわかるだろう。聞いているかね？」

「聞いていますよ」ラムズデイルは無愛想に答えた。

「だったら、その先もよく聞くといい。きみにわれわれが知っていることを聞かせよう――われわれが知っている――そして世界中が知るようになることだ、きみが道理をわきまえない限り――きみはわきまえてくれると思うがね。きみが自分の発明として特許を取得した機械は、断じてきみが発明したものではない。そのうちのぜんまいひとつさえ、きみの発明ではないのだ。ジョン・バーランドが工場で不慮の死を遂げる前日、きみのもとに設計図と模型を持ち込むまで、きみは一度としてその発明の話を聞いたことがなかったし、思いついたことすらなかった。それなのにきみは、誰にも知られないとわかるや、己の利益のためにその発明を盗んだのだ。ミスター・ラムズデイル、きみが求めている爵位は決してきみのものになることはないだろう。われわれがきみに卑劣な盗っ人の烙印を押し、世間に公表するからだ！　聞いているかね？」

ラムズデイルの目はぎらつき、額の血管が膨れ上がった。しかし彼はチェルウィックの人となりを知っていた。弁護士の率直な問いかけに対する答えとして彼が荒々しく絞り出した言葉はこれだけだった。

「どこに証拠がある？」

弁護士はすかさず前に折りたたんで置いてあった書類に手をかけると、それをウィルミントンとペニーに向けた。

「証拠ならここにある」彼は叫んだ。「お望みとあらば、他にいくらでも！　間違いは犯すまい、ミスター・ラムズデイル。きみはわたしがどういう人間か知っている。きみが知らずとも、わたしは自分が何を話しているか知っている。さて、どんなことが起きると思うかね？　償いか、徹底的な暴露か。どちらだ？　無駄な抵抗はよせ！　今ここで、質問に答えてもらおう」

ラムズデイルは最後のあがきを見せた。

「そんなやぶからぼうの質問にすぐ答えられるとお思いか？　ある程度考える時間が必要だ。考えて、そして――」

「考える時間ならまる一年あったはずだ」チェルウィックは言った。「わたしは今ここで、と言っただろう。まだわからないのか！　わたしは未亡人と令嬢から、彼女たちのために行動するように全権を委ねられている。きみとしては今すぐわたしとウィルミントン氏の提案する条件どおりの補償をするか、あるいは拒絶してその結果を甘受するかだ。わたしはきみが築いた、そしてこの先も築くつもりでいる利益について非常に正確な知識を持っている。そのうえで、亡くなったジョン・バーランドの未亡人と令嬢のために、補償として現金での一括払いを受け入れる用意がある。しかしきみに何かを考える時間を与えるのは、たとえ十分でもお断りだ。だから今、決断したまえ！」

ラムズデイルはチェルウィックからウィルミントンへ、ウィルミントンからペニーへ視線を移した。そしていきなり古本屋を指さした。

「その男は誰なんだ？　この件とどんな関係があるというんだ？」

「彼が何者かはどうでもよろしい」チェルウィックは語気鋭く言い返した。「この件が法廷に持ち込まれれば、すぐにわかるだろう。さあ、それでは答えてもらおうか！」

ラムズデイルは立ち上がり、意味ありげに奥の部屋に目をやった。

「あんたとウィルミントンさんと少し話がしたい、内密で」

三人が奥の部屋にいる間、アルフレッド・ペニーは期待に身を震わせながら座っていた。もしこれが自分自身の問題であったとしても、これ以上不安にはなれなかっただろう。ドアが開き、彼らが戻ってくるまでが何年にも感じられた。彼は探るように三人を見た。ウィルミントンの顔には満足の表情が浮かんでいた。チェルウィックは折りたたんだ紙片をつかんでいた。そしてラムズデイルの目には安堵に近いものが宿っていた。ラムズデイルは今一度、鋭く、訝るような目でペニーを見た――それからずかずかとドアに向かい、ひと言も言わずに出ていった。

ウィルミントンがチェルウィックの背中を叩いた。

「よくやってくれた！　大成功だ。とはいうものの――あの男はこれからも莫大な金を稼ぐのだろうな」

「気にしないことだ」チェルウィックは言った。彼は腰をおろし、手にした紙片を封筒に入れて表に名前を書くと、ペニーのほうを向いた。「さて、ペニー君」彼はきびきびと言った。「わたしはきみに、きみが朗報を運ぶ役だと約束した。ついてはこれをバーランド夫人のところへ持っていってくれたまえ。わたしは今朝、夫人や娘さんと少し話をした。だから夫人にはこの封筒の中身の意味することがわかるはずだ。今夜はこれをしっかり金庫にしまっておくように、そして明日の朝、これを持ってわたしの事務所に訪ねてくるように伝えなさい。さあ、急いで！　そうだ、タクシーで行くといい！」

ペニーは〈チェルウィック&ラドボーン法律事務所〉を飛び出し、最初に見つけたタクシーに飛び乗った。メイフィールド通りまでは少し距離があるうえ坂道なので、彼にはタクシーが永遠にたどり着かないように思われた。しかしついにタクシーが停まると、ペニーは封筒を振りながら、小さな家へ駆け込んでいった。車で来たにもかかわらず、彼の息は切れかけていた。

「持ってきましたよ――ほら、ここに！」ペニーは叫びながら、バーランド夫人の両手に封筒を握らせた。「チェルウィックさんからです！　彼はあなたにはこれがなんだかわかると言っていました。ぼくは――開けてください、奥さん！」

彼と美しい娘はバーランド夫人の肩越しに、夫人が封筒を開けるのを見守った。夫人は取り出した小切手をひと目見るなり叫び声を上げ、テーブルに落とした。ペニーと娘はかがみ込んで、それを読んだ。

「サラ・バーランド夫人に二十五万ポンドを支払われたし。

マーティン・ラムズデイル」

その直後、アルフレッド・ペニーは尋常でない行動をとった。当然、彼は母親を抱きしめ、美しい娘にキスするべきだった。ところが彼は、深い、恐ろしいうめき声をもらし、一目散に家を飛び出していったのだ。そして店に帰り着くまで足をとめなかった。驚く店員を尻目に、熱に浮かされたように前日バーランド夫人が売却した本をかき集め、丁寧に荷造りした。今となってはバーランド母娘がこれらの本を買い戻したがるに違いないと思ったからだ。

その夜、店を閉めて二階に戻ったペニーは、独り住まいの部屋を見まわして、額を叩き、うめき声をもらした。

「引き裂かれた」彼はつぶやいた。「引き裂かれた――幸せな愛の夢を見ようとしたその瞬間に。引き裂かれた――莫大な金によって。二十五万ポンドの相続人になった若い娘が、貧しいアルフレッド・ペニーに目を向けるはずはない」

しかし、その点においてアルフレッド・ペニーは間違っていた。彼は二度とバーランド嬢には近づくまいと決心していた。そんな折、ある朝、路上でバーランド嬢に出会った。ペニーは会釈をし、顔を赤らめ、悄然と通り過ぎようとした。しかしバーランド嬢のほうには――こちらも頬を染めてはいたが――別の考えがあった。

「ペニーさん」彼女は飾り気のない率直さで話しかけた。「あのすばらしい知らせを持ってきてくださって以来、どうして一度も会いに来てくださいませんの？　どうか教えてください――あのお金のせいですの、ペニーさん？」

ペニーの顔はますます赤くなり、いっそ地面が割れて自分を飲みこんでくれればいいのにと思った。彼には型どおりの言い訳などとうてい思いつかなかった。

「ペニーさん」バーランド嬢は真剣に、その魅力を全開にして言った。「もし日曜日に我が家にお茶にいらしてくださらなかったら、わたくし、決して――」

彼女が口をつぐんだので、ペニーは力を振り絞り、これだけ言った。

「決して――何です？」彼はささやいた。

しかしバーランド嬢は首を振った。

「いいえ、その先は申しませんわ。なぜならあなたはきっと来てくださるからです。そうでしょう？」

　こうしてペニーは豊かな富と美しい妻に恵まれることとなった。彼は時折、ウォルバラの通りでラムズデイルとすれ違う。そして互いに視線を交わす。そんなとき、ラムズデイルはいつもペニーに何か尋ねたそうな顔をする。しかしラムズデイルの姿を見るとペニーは――彼は今や古本屋ではなく稀少本の収集家である――決まって〈高潔なる叱責〉の像から模したかのような表情を浮かべるのだった。

14　セルチェスターの祈禱書

第一章

リンカーンズ・イン・フィールズの有名法律事務所〈スクライヴン&ランパード&ポーキングホーン〉のジュニアパートナーである事務弁護士ガイ・ランパードは、ある秋の朝、なぜ自分はこんな眠ったような町に来る羽目になったのだろうと思いながら、急行列車から降り立った。彼がこのセルチェスターへ来た理由は、ポケットの中に電報という形で入っている。ショアゲイトを歩きながらそれを取り出し、文面に目を走らせた。もうこれで二十回目になる。

「次ノ列車ニテタダチニオイデコウ。最大級ノ非常事態発生ス。セルチェスター首席司祭」

〈スクライヴン&ランパード&ポーキングホーン法律事務所〉でセルチェスターの首席司祭を知らぬ者はない。事務所では彼の祖父の代から顧問弁護士を務めてきたからだ。従って、ガイ・ランパードは首席司祭のことなら何でも知っていた。そのひとつは、首席司祭が現在の高位に就いてまだ一年にしかならないということだ。それ以前はロンドンの高級住宅街ベルグレイヴィアの中心部にある瀟洒な教会区の司祭だった。もうひとつの――そしてこの電報に確かに関連があると思われる事実は、彼がいわゆる神経質で興奮しやすい男で、些細なことに大騒ぎする傾向があるということだ。弁護士をセルチェスターに呼び出したのもつまらない理由からかもしれない。大昔から何ひとつ変わっていないように見えるこの眠たげな土地に、深刻で緊急な問題が現実に持ち上がるとは、ガイ・ランパードにはとても信じられなかった。

やがてランパードはプランタジネット朝時代から徐々に崩れてきているアーチ状の門構えを通り抜け、静けさと平和と威厳に満ちた古い境内に足を踏み入れた。セルチェスターへは何度か来たことがあるので、ここで目にするあれこれは昔馴染のようなものだった。古きよき建築様式と有名なイチイの木が目印の、大聖堂音楽監督の家。あちらはヘンリー七世時代創建の、屋根と切妻壁が有名な主教座聖堂参事会員邸宅。そちらは狭間胸壁を備えた門構えの主教公邸。そしてこちらが首席司祭の公宅で、見事な芝生と木陰のある庭が広がっている。その庭を、背中で手を組み、俯いて、いかにも悩み事を抱えている風情で歩いてくるのは首席司祭その人だった。彼はランパードの足音を聞いて顔を上げると、安堵したようにため息をつき、片手を差し出しながら早足で近づいてきた。

「ああ、きみだったんだね、ガイ」彼は叫んだ。「ほっとしたよ。ポーキングホーンが来るんじゃないかと思っていたんでね。この事件には若さと活力が必要なのだ――少なくとも、わたしはそう思っている」

「何があったのですか?」ランパードは尋ねた。

首席司祭は家の窓にちらりと目をやると、手振りで訪問者を静かな木陰の散歩道に連れていった。ブナとサンザシの木陰まで来ると、彼は絶望の表情を浮かべてランパードに向き直った。

「実はだね」彼は声をひそめ、わけありげな調子で言った。「実はセルチェスターの祈禱書が行方不明になったのだ!」

そう言われてランパードは最後にセルチェスターを訪問した日の記憶を呼び起こした。あのときは古い大聖堂を見て回りながら、楽しい午後を過ごした。特に印象深いのは、古い書物や証文、羊皮紙、何世紀にもわたって収集されてきた品々に囲まれた、図書館での一時間だ。そして、かの有名なセルチェスター祈禱書。非常に古く価値の高い彩色写本で、同種のさまざまな書物とともにガラス張りの展示ケースに保管されていた――もちろん、見るだけでふれることはできない。その祈禱書を見るためにヨーロッパじゅうから古物研究家や稀覯書愛好家がやって来た。大西洋の向こうからも収集家が訪れ、セルチェスターの首席司祭と聖堂参事会員をうらやんだ。それらアメリカ人収集家のひとりが祈禱書の購入を申し出て、その場でただちに一万ポンドの小切手を書いたと聞いたのを、ランパードはおぼろげに思い出した。

「セルチェスター祈禱書が！　あれがなくなったとおっしゃるのですか！」

「盗まれたのだ、恐ろしいことに」首席司祭は絞り出すような声で言った。「すべてがあまりに不可解で、苦悩するしかない。これまでのところ、わたしにはあれがいつ、どうやって、誰の手で盗まれたのか、まるで見当がつかないのだ。きみには一部始終を話したほうがいいだろう。そのために呼んだわけだからな」

「しかしですね、首席司祭様」ランパードは控えめにほほえみながら言った。「わたしは探偵ではありません。警察に通報するか、ロンドン警視庁に電報を打ったほうがよいのでは？」

「警察には届けたくないのだ。大騒ぎになるのは避けたい。それできみを呼んだのだ。きみなら必ず、何か思いついてくれるはずだ」

「わかりました」ランパードは承知した。「それでは事件について教えてください」

「経緯（いきさつ）はこのとおりだ」首席司祭は言った。「今日は月曜日だな。うむ。わたしは土曜日の朝、祈禱書を見た——友人たちに披露したのだ。実は特権を行使して展示ケースから取り出したわけだが。それはこの手で元の場所に戻した。ところが今朝になると——朝食前に堂守が駆け込んできて、祈禱書がなくなっていると言うではないか。わたしは彼とともに大聖堂に行き、図書館に入った。展示ケースにはいつものように鍵が掛かっていた。だが祈禱書は消えていた。そういうわけなのだ！」

「現時点で紛失のことを知っているのは何人ですか？」

「件（くだん）の堂守とわたしだけだ。聖堂準参事会員である司書にさえ伏せてある。非常に運のよいことに、彼は今日、町を離れている。だがむろん、紛失の件はそう長く伏せておけるものではない。わたしはきみが来るまで図書館に鍵を掛けておいた。これからそちらへ行こう」

「少しお待ちください。まず日曜日のことについて逐一お伺いしたいのです。あなたはご自身の手でご友人に祈禱書を見せたとおっしゃいましたね。そのときのことをお聞かせください」

「先週は数人の滞在客がいた。四、五人で、このうち何人かは古くからの友人だ。二、三人は娘の友人で、こちらについてはよく知らない。きみも知るとおり、娘はロンドンで美術を学んでいる。客人はその美術友達だ」

「男性ですか、女性ですか？」

「女性だ——若い女性たちだ」首席司祭は少し苛々したように答えた。「むろん、彼女たちには何の怪しいところもない。マーガレットの友人なら潔白に決まっている。わたしがこうしたことを語るのは、ただ土曜日の朝の状況を説明するために過ぎない。わたしは一行に大聖堂の内部を案内し、むろん、図書館にも連れていった。さっきも話したとおり、そこで祈禱書を披露した——わたし自身が取り出して、また元に戻した。昼食の直前のことだ――そう、一時だった。案内係の堂守、ウィルキンズによると、問題の土曜日、図書館と内陣を訪れた見学者はほんの二、三人で、それぞれ知った顔だった。ひとりはフリーボロー卿、彼は書物を調べるために来た。もうひとりは町の若いご婦人で、聖ヘッドヴィーグ礼拝堂の写生をしていた。三人目はロンドンの著名な建築家のブラザーワイト氏。以上だ！」

「昨日――日曜日についてはどうです？」

「日曜日には誰も案内していない。図書館は土曜の五時から月曜の九時まで閉じていた」

「展示ケースにはあなた以外にどれぐらいの方が近づけたのでしょう？」

「二人だけだ。主教様が鍵をお持ちだ。それと司書も」

「おそらく、どちらかが祈禱書を移動なさったのでは？　調べてみましたか？」

「そんなことはここの中央にある塔を動かしたと考えるようなものだ」首席司祭は即座に否定した。「いや、それは無用だ。第一、主教様はご不在だ――一ヶ月はよそにいらっしゃる。いやいや、きみ、祈禱書は盗まれたのだよ！」

「そうですか。それでは何か手を打つべきですね」ランパードは言った。「図書館内部と、祈禱書を保管していた展示ケースを見せてください。いずれにしても警察を呼ばざるをえないでしょうが」

首席司祭はひとしきり小声でぼやきながら、先に立って図書館に続く回廊を歩いた。警察に通報するのはこのうえなく厄介だ。彼はそう言った。事件は新聞に載り、醜聞となって、ありとあらゆる不快な事態が持ち上がるに違いない。まず自分たちの手で速やかに解決できないものか。首席司祭とランパード、堂守のウィルキンズは古めかしい図書館に入り、誰にも邪魔されないように中から鍵を掛けた。

首席司祭はステンドグラスの横長の窓の下に置かれたガラス張りの展示ケースに足を向けた。そして展示ケースに所狭しと並んだ古(いにしえ)の書物や羊皮紙、陶器の破片、古めかしい遺物などの合間にある空間を指さした。

「そこが本来、祈禱書のあるべきところだ」彼は打ち沈んだ調子で言った。「だが、今はない。わたしはまさにその位置に、この手で祈禱書を戻した。土曜日の、そう、一時十五分前に。そして、ここにいるウィルキンズによれば、そののちウィルキンズが図書館に入ったのはフリーボロー卿ただひとりだ」

「そのとおりです。あの方は」ウィルキンズが図書館の向こう端を指さしながら応じた。「ダグデイルの『イングランド修道院史』の写本を調べたいとご希望なさいまして。わたくしがあの高い棚から取ってさしあげました。お調べになる間はずっとおそばに立っておりました。ちょっと確認したいことがあっただけだということで、卿が室内にいらしたのはほんの数分でした。そのあと図書館にはどなたもおいでにならず、わたくしは五時にドアに鍵を掛けました。今朝八時半に再びこの手で開けるまで一度も開いておりません」

ランパードは展示ケースにかがみ込み、錠を点検した。

「それは特殊な錠でして」ウィルキンズが言った。「鍵は三本しかございません」

「一本は首席司祭様がお持ちのものだな。ケースの鍵を開けてください、首席司祭様。どんなふうに開くのか見てみましょう。そしてもし――」

ランパードは口をつぐみ、顔を上げた。ポケットの中を探っていた首席司祭が鋭い叫び声を発したからだ。

「どうしたことだ」彼は激しく苛立った口調で言った。「鍵がない！　ケースに鍵を掛けたとき、間違いなくここにしまったはずなのに。わたしは確かにこの服を着ていた、そして――」

彼は慌ててすべてのポケットをひっくり返し、中身を調べたが、結局、鍵は出てこなかった。

「こんな奇怪なことがあるだろうか！　鍵をどこか別の場所に置き忘れたということはあり得ない。わたしの記憶力はずば抜けているのだから」

「しかし、普段はその特殊な鍵は持ち歩いておられないのでしょう？」ランパードが尋ねた。

「ああ。決して持ち歩くことはない。普段はわたしの机の、特別な引き出しの特定の場所に保管している。しかし断じて――絶対に――土曜日の朝、その引き出しから取り出したあとは戻していない。あの鍵はこのポケットの中にあるべきなのだ」

「なるほど。しかし、やはりその場所にお戻しになったに違いありません。それをすっかり忘れておしまいになったのでしょう」

首席司祭は顔をしかめて文句を言っていたが、ついに行方不明の鍵を探しに急ぎ足で図書館を出ていった。堂守がランパードに向かって言った。

「主教様の鍵を持ってまいります、先生。主教様はお留守ですが、首席司祭様がご必要だとお伝えすれば、司祭様が貸してくださるでしょう」

「そうしてくれ」ランパードは言った。「時間の節約になるだろう」

ひとりになると、ランパードは展示ケースのガラス板にかがみ込み、年代物の展示品をつぶさに眺めた。そこにあるのはすべて何百年も前のもので、書物、上質皮紙の切れ端、金属細工、ガラスや石の破片など、古い品ばかりだった。だが突然、彼の目は、丸まった羊皮紙の証文に半分隠れた、古いとは言えない何かの形をとらえた。その何かとは、よく婦人物のブレスレットにさがっているエナメル細工の金のたれ飾り（ペンダント）だった。ランパードの眼力はそれが他の神さびた遺物とは場違いな、現代の安物であることを見抜いた。

「ああ」彼はつぶやいた。「さて、どうやってここに紛れ込んだものか——こんな古くてかび臭い場所に比べれば、まだボンド街や宝石店のほうが似つかわしいだろうに。もちろん、誰かが落としたのだ！　それにしても——誰が？」

　ウィルキンズは数分で戻ってきた。セルチェスターの主教公邸は大聖堂に隣接しているからだ。ランパードは彼から鍵を受け取ると、すぐにまた別の口実を設けて追い払った。

「訪問者の名簿はないかな？　ちょっと見せてほしいんだが。最近記載された名前に目を通しておきたいんだ」

　ウィルキンズはランパードが首席司祭の顧問弁護士であることを知っていたので、素直に立ち去った。ランパードは急いでケースを開け、エナメル細工の金のペンダントを取り出した。それをどこかに結びつけていたはずの鎖はぷっつり切れていた。彼はすぐに自分が発見したものの重大さを悟った。盗みを働く手——それも間違いなく女性の手が、誰も見ていない隙に祈禱書を持ち出し、その行為のさなかにブレスレットについていたこの小さなペンダントを落としたのだ。

第二章

　首席司祭と堂守は同時に図書館に戻ってきた。堂守は大きな名簿を携え、首席司祭は興奮して落ち着きがない。

「お手上げだ！」首席司祭は叫んだ。「鍵はどこにも見つからない。探せるところはみな探した。どこかで落としたに違いない。その場合は――おお、きみが見つけてくれたのか？」彼はランパードがこっそりペンダントをポケットにしまったのには気づかず、主教の鍵を錠に差し込んで回しているのを見て問いかけた。「すると、わたしはここで落としたのだな」

「いいえ」ランパードは否定した。「これは主教様の鍵です。ウィルキンズが司祭様から借りてきてくれました。あなたがご自分の鍵をなくされたのは確かです。泥棒はそれを拾って利用したに違いありません。ちょっと訪問者名簿に目を通させてください、そのあとで――」

「しかし、泥棒はどうやってここに入り込むことができたのだ？」首席司祭は語気を強めた。「何もかもますますわからなくなるばかりだ。考えてみれば――」

　ランパードは名簿の最後のページにすばやく目を通すと、勢いよく閉じた。

「首席司祭様」彼は穏やかに、しかし毅然として言った。「この事態を軽んじてはいけません。やるべきことはただひとつです。今すぐ、わたしと警察に行っていただきます」

首席司祭は権威ある身だが、ここは弁護士の意見に従うべきだと判断した。そこでランパードとともに大聖堂広場を横切り、警察署に向かった。しかしどうにも不満の表情は隠せず、何度となくぼやいた。このような事件を衆目にさらすのは、厭わしさの極みだというわけである。

「わたしの望みは内々の目立たない調査だ」警察署の正門をくぐりながら彼は言った。「これが――その――盗まれていたことを公にせずに取り戻せないものだろうか？」

「首席司祭様」ランパードは弁護士らしくたしなめた。「セルチェスターの祈禱書は、言ってみれば公の財産です、名義上は主教様と聖堂参事会に属しているとはいえ――手段を選んでいる余裕などありません。それに」彼は深刻な口ぶりで付け加えた。「実際のところ、何が起こっているか、またはどのような陰謀が進行中かわからないのですよ。これは悪辣極まる犯罪集団の仕業かもしれません」

首席司祭と弁護士はただちに警察署長と面会できることになった。彼らが警察署長の執務室に通されると、そこには先客がいた。この近隣の実力者、地元裁判所の議長も務めるマクスベリー伯爵で、明らかに署長と密談中の様子だった。伯爵は首席司祭とうなずきを交わしたが、相手の顔色を見てとるや、何をそんなに悩んでいるのかと尋ねた。

「実は」首席司祭はランパードに促されて答えた。「わたくしは弁護士と、重大な盗難についてご報告するためにまいりました。セルチェスター祈禱書が盗まれたのです――少なくとも、非常に不可解な状況のもとで行方不明となりました。ここにいるランパード氏は盗まれたに違いないと申します。わたくしの考えでは――ええ、確かに盗まれたのだと思います」

伯爵と警察署長は目配せを交わした。伯爵がさっと首席司祭のほうを向き、問い質した。

「それはいつのことだ？」

「土曜日と考えるべきかと」首席司祭は答えた。「そのように見えるのです。状況をご説明いたしましょう」そして彼は一部始終を語った。

「土曜日の午後一時から月曜日の朝早く――ともかく今日までの間です。重要なのはそれが行方不明になったということです。お力を貸していただけませんか?」首席司祭は警察署長のほうを向きながら締めくくった。「申し上げるまでもなく、祈禱書には計り知れない価値があるのです」

伯爵と警察署長は再び顔を見合わせた。それから伯爵は勢いよく両手を叩いた。彼は田舎でよく見るタイプの大男で、堂々たる農夫のような風貌をしていた。態度も活力にあふれている。

「それで決まった!」伯爵は叫んだ。「これは仕組まれたことだ。強盗団(ギャング)だよ! ここに来たときから、わしにははっきりとわかっていた。ロンドンの強盗団の仕業だよ、むろん。しかも、べらぼうに頭の切れる!」

「わたくしにはよくわかりませんが」首席司祭は力なく言った。

「これ以上ないほど明瞭ではないか!」伯爵は決めつけた。「きみはあの古い本を土曜日になくした。わしがメダルをなくしたのは――日曜日だ! そら、あのマクスベリー・メダルだよ、世界的に有名な。わしの先祖に――八代目だか九代目だか、そんなことはよく覚えておらんが――スペイン王から――こちらも何代目かは知らんが――授けられたものだ。よほど大手柄を立てたのだろう、王はその先祖のために特別な金メダルを鋳造させた。むろん、世界でただひとつしかない。人々は観光に来ると必ずこれを見せてくれと言ってくる――真っ先にな。外に貸し出すこともあった――警察に守らせてだが。そのようなことがいろいろあったわけだ。それが消えてしまった! 昨夜は確かにあったものが、今朝になるとなくなっていたのだ、現実に! 何から何まできみの祈禱書と一緒ではないか。

これはロンドンの窃盗集団の仕業だ。セルチェスター祈禱書が土曜日、マクスベリー・メダルが日曜日。獲物としては申し分ない。恐ろしく頭のよい連中だ!」

首席司祭はこの演説の間、目をぱちぱちさせ、両の親指をくるくる回しながら座っていたが、ようやく声を上げた。

「つまりあなたは、何者かがマクスベリー・メダルを盗んだとおっしゃるのですか?」

伯爵は悠然と葉巻をふかしながらうなずいて、一片の煙を吐き出した。

「そのとおり。なくなったとか消えたとか見えなくなったなどというよりは、はるかに説明がつくじゃないか!」

「どうなさるおつもりですか?」首席司祭は尋ねた。

「わからん。ここにいるキルバーンに訊いてくれ」伯爵は警察署長を身振りでさしながら言った。「きみはどうするつもりだ?」今度はランパードに向き直った。「きみは弁護士だったな。むろん、名前も知っている。きみはこの件をどう思う? 厄介な事件だな、え?」

「メダルが盗まれたときの状況について閣下からお聞かせ願えればありがたいのですが」ランパードは言った。

「状況だと? うむ、なるほど。しかし取り立てて説明するほどのことはないのだ。あのメダルはマクスベリーの南の客間にある骨董品の陳列棚(キャビネット)に保管していた。昨夜遅く、わしがこの目で見た。ところが今朝早く、家令が報告にきたのだ——見当たらないと! そして部屋の窓が開いていた。それがすべてだ!」

「キャビネットには普段から鍵が掛かっていたのですか?」

「なんとも言えん。今、考えてみると、掛かっていたとは思えん。ともかく、昨夜は掛かっていなかった。わしがこの手で取り出して、何人かの客人に披露したから確かだ」

「マクスベリーに滞在客がいたとおっしゃるのですね？」ランパードは念を押した。

「屋敷には客があふれておった。ただし、その中には泥棒はおらん。どの男女もよく知っておるのだ。それにしても」新たな興味に伯爵は赤ら顔を輝かせた。「それにしても、誰も彼もがあの古い祈禱書やわしのメダルに目の色を変える理由が解せん。祈禱書だの半クラウン金貨程度の大きさのメダルだのに、どれほどの価値があるというのだろう。言うなれば無価値ではないか。謎もいいところだ。そう思わんかね？」

「セルチェスター祈禱書には」首席司祭が重々しく口を開いた。「何千ポンドもの価値があるのです。アメリカのさる資産家が――確か貯蔵肉を扱っていた人物だったと思いますが――わたくしの前任者に一万ポンドで買い取りたいと申し出たのですよ」

「だったら、その申し出を受けなかったきみの前任者はとんだ愚か者だ」伯爵は平然と罰当たりなことを言った。「わしなら誰かがマクスベリー・メダルを買い取ってくれるなら、その半額でも大歓迎なんだが。しかし」彼は再び沈み込み、こう付け加えた。「売り飛ばすわけにはいかんのだ。それが家宝の忌々しいところよ！」

四人の男たちはしばらく無言で顔を見合わせていた。やがて首席司祭が目を輝かせた。

「わかりましたぞ！　もちろん私見ではありますが。これはまさしく奸知にたけた盗賊の仕業です、単独か、あるいはマクスベリー卿の言われるとおり、複数の。わたくしとしては単独説に傾いておりますが。貴重な骨董品に嗜好を持つ盗人です。そうです、わかりました。いたって明白に！」

「わしには見当もつかんが」伯爵はランパードに片目をつぶってみせながらつぶやいた。「しかし議論するのはやぶさかでない。いつも広い心を保つようにしておる、それが一番だからだ。では、きみの推理を聞かせてもらおうか」

首席司祭は眼鏡の位置を直すと、勢い込んで脚を組んだ。

「こうです。賊はこれら二つの品——有名な祈禱書と、これまた有名なメダルのことを聞きつけました。そして是が非でも我が物にしようと考えました——いかなる目的でかは、そのやましい心のみが知るところですが。彼は当地を訪れました。ことによると紳士然とした身なりでやって来て、〈天使と権杖ホテル〉(エンジェル・アンド・セプター)に宿泊したやもしれません。そして大聖堂の図書館へもぐり込みました。土曜日の朝、わたしが一行を案内したときも、おそらくそこに身を潜めていたのでしょう。あそこなら容易に身を隠せますから。そこでわたしが鍵を落とすのを目撃したのではないでしょうか。わたしはあれを図書館の床に落としたに違いありません。もちろん、賊にとっては、そのあと祈禱書を盗み、都合のよいときに大聖堂から脱け出すことなど朝飯前だったでしょう。そして——」

「少しばかり時間をつぶし、それからマクスベリーにやって来て、わしのメダルを奪っていった」伯爵が割り込んで言った。「見事な見解だ！ さて」彼は立ち上がり、帰り支度をしながら、警察署長に向き直った。「またいつもの捜査だな、え、キルバーン？ 刑事たちが足跡や指紋、その他ありとあらゆるものを調べまわることだろう。ともかく、きみに任せるよ」

この言葉とともにマクスベリー伯爵はその場を去り、首席司祭と顧問弁護士はしばし警察署長と取りとめのない会話を交わしたあと、悄然たる面持ちで司祭公邸へ帰っていった。

「もちろん、昼食に寄ってくれるだろうね」首席司祭は言った。「おや、もう二時になるじゃないか！　すっかり遅くなってしまった！　やれやれ、なんとも悲惨で恐ろしい出来事だ。今に何か新しい考えが浮かぶかもしれないが」

　ランパードは特に新しい考えがほしいとは思わなかった。すでにひとつ考えていることがあったからだ。しかし彼はそれを口にしなかった——少なくとも食事をして元気を回復するまでは。昼食を終えると、彼は首席司祭の娘のマーガレットをこっそり脇へ呼び、庭園の閑静な一角へ連れていった。二人は幼馴染で、彼らの間には若者ならではの仲間意識と信頼があった。

「聞いてくれ」木立と灌木の間に用心深く身を隠し、ランパードは言った。「きみは人並に秘密を守れるだろう。これは重大な秘密だ。きみに見せたいものがある。ぼくがいいと言うまで、この件については言も漏らしてはいけないよ。これを見てくれ」彼はエナメル細工のペンダントを取り出すと、掌に載せてマーガレットに突きつけた。「これに見覚えがあるかい？　誰のものだかわかるかな？」

　ランパードはすぐに彼女がそれに見覚えがあり、持ち主も知っていることがわかった。マーガレットは頬を上気させ、目を輝かせた。

「まあ、どこで見つけたの？　もちろん、知っているわ。ヴァンダーキステ夫人のお気に入りのブレスレットからなくなったものよ。彼女、土曜日の午後じゅう探していたわ。あなたはこれを庭で拾ったの？」

「ヴァンダーキステ夫人って、誰だい？」ランパードは飛びついた。

「先週ずっとここに泊まっていた人よ。わたしたちがロンドンにいた頃からの知り合いで——」

「もうロンドンに帰ってしまったのかい？」

「いいえ。土曜日の夜にマクスベリーに向かったわ。今はそこに一週間の予定で泊まっているの。マクスベリー卿のお屋敷には明日と水曜日の障害物競馬（スティープルチェイス）のために大勢のお客さんが泊まっているのよ。でも、どうしてそんなことを訊くの？」

ランパードはペンダントをポケットにしまうと、マーガレットの手首をつかんだ。そして意味ありげな表情で彼女を見つめた。

「ああ、すべてはあとで打ち明けるよ」彼はささやくように言った。「不思議なことがあるんだ。生死に関わるような物騒な話ではないがね。しばらくは言葉も視線もため息も無用だ。完全なる沈黙――秘密厳守で頼むよ」

ランパードはマーガレットをその場に残し、きびきびした足取りで邸内に戻った。そして、すでに書斎に引きこもり、額にハンカチをまいて《クォータリー・レヴュー》（トーリー党機関紙）の最新号を片手にうとうとしていた首席司祭を起こした。

「首席司祭様」ランパードはきっぱりと言った。「ただちにマクスベリーまでご同行願います。たった今非常に重要なことがわかりまして、大至急マクスベリー卿にお会いしなければなりません。首席司祭様の車を手配しますから、五分以内には着けるでしょう。事は急を要します」

伯爵自慢の聖域――銃、釣竿、クリケットのバット、スポーツ書、フランスの小説などが並んだ小さな書斎――に三人だけで閉じこもり、話すべきことを話したあと、ランパードはペンダントを取り出して、結論を簡潔に述べた。お抱え弁護士として頼りにされて六年、その間に彼はいくつか奇妙な事柄を知り、不思議な光景も見てきた。しかし、このときマクスベリー伯爵とセルチェスターの首席司祭が示した反応ほど不思議で奇妙なものは初めてだった。貴族と聖職者はあんぐりと口を開け、憤りと不満の表情でランパードを見つめた。やがて二人は話し出したが、言葉の選択は違ったものの、意見は同じだった。

「たわけたことを！」伯爵は叫んだ。「ヴァンダーキステ夫人だと！　ふん！　彼女はわしの古くからの知り合いだ。いたってまともな婦人だぞ、どこから見ても。ばかを言うのはやめてもらおう、きみ。きみの判断は間違っている」

首席司祭は椅子から立ち上がり、明らかに不快な様子で厳かに首を振った。

「わたしの意見も同じだ。もちろん、言葉は違うが。わたしはマクスベリー卿に心から賛成だ。まったくあり得ないことだ、親しい友であるヴァンダーキステ夫人がそんなことを――おお、ばかげている！　わたしは夫人を若い頃からよく知っている。彼女の結婚式を執り行ったのはこのわたしだ。ご主人を亡くしてからは、ロンドンの教会にも熱心に通っている。極めて世慣れたご婦人で、趣味は社交と、あとは――その――」

「ブリッジですね！」ランパードが先回りして言った。首席司祭の車を待つ五分間に、マーガレットからさらなる情報を仕入れていたのだ。「そして競馬に劇場巡り、最新流行のファッション、その他、金のかかることなら何でも。いいでしょう、わたしはあなた方に自分が発見したことをお話ししました。もしこれ以上問題を追求するおつもりがないのなら――」

　彼は席を立ち、ドアへ向かった。

「だったらなんだ？」首席司祭が懇願するように片手を上げる一方で伯爵が問いかけた。「どうしようというのだね？」

「セルチェスターの警察署長のもとに行き、すべてを報告します。それがわたしの義務ですから」

　首席司祭が苦悶のうめき声を上げ、伯爵は両手をポケットに突っ込んで暖炉の前の敷物に両脚を投げ出した。

「なんと厄介な話だ、うんざりする！」彼はうなった。「むろん、われわれは彼女に、いかなる経緯（いきさつ）でセルチェスターのあの展示ケースの中で彼女の持ち物が見つかったのか質さねばならん」

「おっしゃるとおりです」ランパードは答えた。「のみならず」彼は首席司祭が激しく取り乱すのをちらりと見て付け加えた。「彼女があなた方の持ち物をどうしたかも問い質さなければなりません！」

伯爵は改めて弁護士の顔を見た。

「念のために尋ねるが！」彼は皮肉っぽく言った。「きみはご婦人から言い分を聞く前に咎めるような真似はしないだろうね？」

「そう、そうだ！」首席司祭があたふたして言った。「わたしもそれが心配だ。わたしは——おお、そうだとも！——物事は見かけで判断すべきではない。わたしが——」

「ヴァンダーキステ夫人から言い分をお聞かせ願えれば大変ありがたいですね」ランパードは切り返した。「もしお二人がヴァンダーキステ夫人に釈明の機会を与えるのであれば喜んで拝聴します。あなた方はお二人とも、この事件がすでにご自分たちの手に負えないことをお忘れなのではないでしょうか。お二人は警察をお訪ねになりました。警察はすでに捜査を開始しています。ですから、もしヴァンダーキステ夫人がこちらにご滞在なのでしたら、穏やかに話し合いを持たれたらいかがでしょう。駆け引き次第では、盗まれた品々を取り戻す機会はまだあります」

伯爵は一、二分、ランパードの顔を見ていたが、やがて無言で立ち上がり、部屋を出ていった。ランパードのほうは窓に向き直り、マクスベリー庭園の堂々たるブナやカシの木々に目をやった。首席司祭はというと、部屋の中を行ったり来たりしては、ひとつ文句を繰り返していた。

「嘆かわしい！　実に嘆かわしい！」

伯爵は数分で戻ってきた。彼が部屋に招き入れた婦人は、中年と呼ぶにはまだ早い、洗練された、いかにも快活そうな美人だった。彼女はランパードの姿を見るとぎょっとして、首席司祭に視線を転じると青い顔になった。そして三人にさっと視線を走らせたあと、無意識に両手を組み合わせ、いきなりこう叫んだ。

「ああ、これはどういうことですの？」

伯爵は慎重にドアを閉め、椅子を前に押した。

「いやいや！」彼は言った。「むろん、たいしたことじゃない――心配しなくて大丈夫だ。こちらの紳士は首席司祭殿の顧問弁護士でね、ひとつふたつ、きみに尋ねたいことがあるそうだ。どうか彼の質問に答えてくれ、そしてこんなことはさっさと終わりにしてしまおう！　実は昨夜、家宝のメダルが紛失してね。土曜日にはセルチェスターの大聖堂図書館から古書が持ち出された。われわれは警察に通報しなければならなかった、そして――」

ランパードが意図的に冷たいまなざしを向けると、女は目を伏せ、その顔色は頬紅をぬっているらしいにもかかわらず、さらに青くなった。そこで突然、ランパードはポケットに手を突っ込み、ペンダントを取り出して彼女に突きつけた。

「これがあなたのものだということはわかっています」彼は静かに告げた。「あなたのブレスレットからはずれたものだ――まさにそのブレスレットから。わたしはこれを――これを今朝、祈禱書が盗まれた展示ケースの中で見つけました。どうした事情でこれがあのケースに紛れ込むことになったのか、お話しくださったほうがいいと思いますよ」

張りつめた沈黙が流れた。いつになく落ち着かない様子の伯爵がそわそわと口を開いた。

「さあ、答えたほうがいい。何も怖がるようなことはないんだから――そうだろう？　正直に話してくれないか――ん？」

ヴァンダーキステ夫人は突如、伯爵に食ってかかった。

「何も怖がるようなことはないですって？」彼女はばかにしたように叫んだ。「あなたの知らないことがあるのよ。怖がるようなことは何も――いいえ、死ぬほど怖かったわ。だからあれを持ち出したんだわ！」

首席司祭が絶望したようにうめき、伯爵は口笛を吹いた。

「なんと！」彼はとうてい信じられないという口調で言った。「では、きみがあれを盗んだのか。両方とも？」

「ええ、両方とも！」

「いったい、何のために？」伯爵は問い質した。

「そうしなければならなかったからですわ！」夫人は切り返した。「あなただってそうなさるわよ、わたくしのように追い詰められた身になれば」

「追い詰められた――どのように追い詰められたのか、話してもらえないかね」伯爵の声も大きくなった。「さあ！ここにいるのは友人ばかりじゃないか、そうだろう？」

「もしヴァンダーキステ夫人がお望みなら、わたしは席をはずします」ランパードは申し出た。

彼がドアへ向かおうとするのをヴァンダーキステ夫人がとめた。

「いいえ！あなたは弁護士さんでしょう？でしたら、わかってくださると思いますわ。ええ、お話しして、すべてお終いにいたします！実を申しますと、わたくし、ある人物にまったく逆らえない立場におりますの。その人物というのは女性ですわ、あなたもご存じの」彼女は伯爵のほうを向きながら言った。「少なくとも名前を聞いたことはおありでしょう。レオニーですわ！」

「なんと！仕立て屋のか！」伯爵は仰天した。

「仕立て屋――ええ。でも彼女には別に二つの顔がありますの。古美術品やら骨董品やら、そんなものを売る店を営んでいて――そしてまた、公認の金貸しもやっているのです」

「どうぞ一部始終をお話しください」ランパードが促した。

「わたくしは彼女に借金があるのです――それも相当な額の」ヴァンダーキステ夫人は続けた。「まずはドレスの仕立て代です。やがて彼女から高利のお金を借りて支払いにあてました。もちろん、その後もたびたび借金を重ねなければなりませんでした。そしてついに、彼女への借金で首がまわらなくなってしまったのです。そのうち、彼女はわたくしにあることを仄めかしました。わたくしはしょっちゅう名士方の邸宅を訪問しているのだから、何かを持ち出す機会はいくらでも――」

「祈禱書とメダルもか！」片方の掌に拳を叩きつけていた伯爵が鼻息荒く言った。「この極悪非道の疫病神が女性であるとは、残念至極だ！　ランパード君、むろん、ヴァンダーキステ夫人は本当の犯人ではない。悪いのは――」

「どこです」ランパードはヴァンダーキステ夫人のほうを向きながら冷静に尋ねた。「祈禱書とメダルはどこにあるのです？」

ヴァンダーキステ夫人は首を振った。

「二つとも今朝のうちに書留小包であの女に送ってしまいました。村の郵便局からわたくしの手で。この領収書に彼女の住所が書いてあります」

ランパードはその紙片を受け取り、注意深くしまった。それから他の二人に向き直った。

「小包が配達されるのは明日の朝になるでしょう。郵便配達人が到着するまでにわれわれはこの住所に先回りしていなければなりません。首席司祭様、あなたは町までいらっしゃる必要はありません――わたしが代わりに行きますので。しかし、あなたにはいらしていただきます、マクスベリー卿」

「行くとも」伯爵は力をこめて言った。

〈レオニー商会〉には流行の最先端をいく顧客が大勢いた。彼らには、やり手の女主人が突然店を閉め、商売を投げ出し、何処へともなく姿を消したわけがどうしても理解できなかった。同様に、多くの収集家にひいきにされていた骨董店がいきなり閉店してしまったことを不思議に思う人々もいた。また、ひっそりと営まれていた高利貸の店が一夜にしてなくなったことへの憶測がやむことはなく、借りていた金の返済を求められる者が誰ひとりいないこともさらなる憶測を呼んだ。しかしながらマクスベリー伯爵とガイ・ランパードは、これらの唐突な出来事が起きた事情を熟知していた。それは件の婦人も同様である。もし彼女がこれらの紳士の名を紙上で目にすることがあれば、必ずやかつて彼らとともに過ごした悪夢のような十五分間を思い出すだろう。彼らにどのように最後通牒――指図に従う以外、選択の余地はないという――を突きつけられたかも。そのささやかな出来事の記憶がよみがえるたびに、かの婦人は腸が煮えくり返るような気分に襲われたが、マクスベリー伯爵はその一件のことを考えるたびに、心から満足し、満面の笑みを浮かべて忍び笑いをもらすのだった。

15　市長室の殺人

第一章

　ロンドン発の急行列車がリンカスターの小駅に到着した。わずか一分の停車時間の間に降りてきたのは眼鏡をかけた地味な身なりの中年男だけだった。一見、知的職業の人間、たとえば医師や弁護士、公認会計士などに見える。プラットフォームには数人いたが、男に注意を払う者はいなかった。男はすぐに切符を渡して改札口を抜け、町に向かって足早に歩いていった。低い丘の尾根沿いに昔ながらの家屋が並び、丘の頂きから突き出た二つの目印——古めかしい市庁舎の高い屋根と地区教会の四角い塔——が、十二月の夕暮の光に輝いている。五分後、男は町の中心部にいた。そこは市場だが、薄明かりのもとで一瞥しただけで、中世から何ひとつ変わっていないという印象を受けた。切り妻のある丸木造りの家々、菱形窓、奇妙な組み合わせ煙突、丸石敷きの舗道、柱で支えられ天蓋で覆われた市場十字架、一方に建つ古風な教会、そしてもう一方の市庁舎——これらすべてでリンカスターが出来上がっているように見えた。広場からは数本の狭い通りが思いがけない角度に延びている。ここが英国古来の城市（バラ）の真ん中であることは、よそ者でもすぐにわかった。時代を経るごとに珍しい存在になりつつある城市だが、ここでは明らかに人々の生活が過去と調和している。

　しかし、ロンドンから来た男はいつまでも辺りを見まわして時間を無駄にするような真似はしなかった。彼の目は突き出たランプに塗られた文字をすばやくとらえた。ガスの炎で浮かんだその文字とは〝警察署〟だった。いかにも事務的な人間らしい足取りで、男はその下にあるドアに向かった。ドアは半分開いていた。中に入ると、ほとんど家具もない事務室の立ち机で、眠そうな顔つきの若い警官が官報らしき書類や請求書を広げて書き物をしていた。警官は顔を上げ——地方出らしい素朴な顔つきだ——聞こえたというしるしのように口を開いた。

「署長はおられるかな?」よそ者は尋ねた。「もしおられたら、ロンドン警視庁から部長刑事のミルグレイヴが来たと伝えてもらえないだろうか」

警官はそれを聞いて恐れ入り、ロンドンから来た刑事に無言で目を走らせると、どたばたと奥の部屋に入っていった。そしてそこにいるらしい誰かに小声で報告すると、振り返り、入るように合図した。ミルグレイヴが敏速に足を踏み入れると、そこにいた大柄でがっしりした男が頑丈そうな手を差し出してきた。ミルグレイヴの来訪に喜びと安堵を露わにしている。

「ご足労くださり、感謝します」署長のサットンは燃え盛る暖炉のそばに肘掛け椅子を引き寄せながら言った。「ご存じのとおり、当地ではこの手の事柄は頻繁に起きることではありません。そこでひとつ、警視庁の方のご助力を仰ごうと思いまして。おそらく」彼はミルグレイヴに椅子を勧めながら言った。「おそらく事件についてはお聞き及びと思いますが——新聞で読まれたでしょう?」

「いいえ」ミルグレイヴは旅行かばんを床に置き、コートのボタンをはずして腰をおろした。「何も存じません。こちらで殺人事件があり、署長のご要望でわたしが捜査の手伝いをするために派遣されると決まったこと以外には。確かに新聞の見出しは目にしましたが、その下の記事は読みませんでした。それがわたしの流儀なのです——じかに事実を知ることが。では、さっそく事件の全貌をお聞かせいただきましょう」

「先に食事でもなさいませんか？」署長は田舎の人間らしい気遣いをみせた。「長旅のあとですから、さぞ――」

「いえ、せっかくですが――仕事が先です。まずは何が起きたのか、どう対処しているのか、教えてください。すべてを知ったうえで判断したいのです。できるだけ詳しくお聞かせください」

署長はざっくばらんな好人物で、ロンドン警視庁犯罪捜査課から来た男の性格におおいに興味を持ったようだった。自分の椅子を暖炉に引き寄せ、どっかと座り込みながら首を振った。

「奇妙な事件です――当地にとっては。警察に入って三十年あまりになりますがね、こんな妙な事件は聞いたことがない。さて、わたしは話し下手ですが、できるだけ順を追って説明しましょう。系統的にお話しするために、今日は一九一四年十二月十日、木曜日ですな？　よろしい、一昨日――十二月八日、火曜日の夜ですが――わが町の若き市長、ガイ・ハニントン氏が、市場のほうから歩いてきて、正面玄関から市庁舎に入り、市長室へと上がっていきました。それが八時半のことです。市長が入ってきたのを見たのは管理人のリアロイドだけで、これは年金退職をした警官です。あとでご案内しますが、リアロイドは細君と市庁舎の一階の部屋に住んでいます。誰もその部屋のドアや窓の前を通らずに正面から入ることはできません。市長が玄関ホールに入ってきたとき、リアロイドは自分の部屋の戸口に立っていて、市長に何か用事はないか尋ねました。市長はないと答え、ちょっと書類を見に市長室へ行くだけだと言いました。そして市長は階上へ行き、リアロイドと細君は夕食の席につきました。

ゆうに一時間が過ぎ、リアロイドは細君に、市長はまだ階上にいるのかなと言いました。それから玄関ホールに出て、パイプをふかしながら市長が降りてくるのを待ちました。しかし待てど暮らせど市長は姿を見せず、やがて十時になり、リアロイドが市庁舎の戸締りをする時刻になりました。リアロイドは不安になり、階上に行って、ドアの前で耳をすましました。しかし彼には何も聞こえませんでした——動きまわる音も何も。そこでついにドアをノックしたが、返事はありません。彼はドアを開けました。そして即座に異変が生じたのを知りました。哀れな若き市長が、執務机と暖炉の間の敷物にのびていたからです。両腕を投げ出し、じっと動かない状態で」

「死んでいたのですか?」ミルグレイヴは尋ねた。

「完全に事切れていました。そこは間違いありません。リアロイドは市長をひと目見るなり——市長は仰向けにのびていて、灯りが煌々とあたっていました——急いで細君のもとに戻り、市場に住まいのあるウィンフォード医師とわたしを——わたしは角を曲がってすぐのところに住んでいまして——呼びにやりました。ウィンフォード医師とわたしは同時に現場に到着しました。医師は遺体をざっと検分すると、死後一時間は経っていると言いました。死因は刺殺でした」

「刺殺? 刺し殺されたのですか?」

「心臓をひと突きです。それも」署長は意味ありげに首を振った。「背中からです。ウィンフォード医師によると、市長は机で書き物をしていたところを、背後からナイフ、あるいはその類のもので心臓を突き刺されたようです。市長は跳び上がり、両腕を投げ出し、身をよじって、発見された場所に仰向けに倒れました。即死同然だっただろうということです」

「リアロイドは何の物音も聞いていないのですね——倒れる音も、叫び声も」

「ええ、何も! しかし、この市庁舎はイングランドでも最古の建物のひとつであることを思い出していただかねばなりません。今にその目でごらんになるでしょうが、壁といい床といい、ひどく厚くできているのです――場所によっては八フィートから十二フィートになる。いや、リアロイドは何も聞いていません。格闘があった形跡もいっさいなく、すべて元の位置にありました。市長は手紙を書き始めていて、日付と『拝啓』まで書いていました。その手紙と次の議会の協議事項を書いた紙が吸取紙の上に置いてありました。ペンは床に転がっていました。市長以外、誰も部屋にいた形跡はありません。そしてリアロイドは、市長のあとには誰が上がっていくのも見ていないし、聞いてもいないのです」

「それでも、誰かが上がっていったわけでしょう?」

「リアロイドと細君が夕食をとっている間に上がっていったのかもしれません。いや、しかし、それはちょっと考えにくいですな。ドアには大きなガラスのパネルがはまっていて、そこから階段が見えるのですが、リアロイドはそちらに顔を向けて座っていたのですから。八時半から十時の間に玄関に出入りした人物を見たという情報もありません。とはいえ、誰かがいたに違いないのです――殺人犯が――他に入り口はないのですから」

「裏口はないのですか」ミルグレイヴは確認した。

「その時間には通れません。裏口は職員が帰庁するとき、六時に閉められますので。いや、犯人が誰かはともかく、やはりリアロイドがたまたま背を向けたときを狙って忍び込んだに違いない。そして同じ手を使って出たのです」

「疑わしい人物は?」

「もちろん、います」署長は苦笑まじりに答えた。「数ヶ月前、興行師もどきのイタリア人がここで揉め事を起こしましてね。彼を刑務所に送った治安判事がハニントン氏だったのですが、どうもその際、脅しを受けたようです。もちろん、われわれはこのイタリア人の足取りを追っているが、しかし――」

「市長についてだけ教えてください」ミルグレイヴは遮った。「イタリア人の件はあとにしましょう。市長はどんな方でしたか？　市長になってどのぐらいですか？　人気はありましたか、それとも嫌われ者でしたか？　市内かあるいはよそにでも、敵はいましたか？　その手の事柄を、どんな小さなことでもかまわないので教えてください」

「若いがあれほど人望のある人物はいませんでした」署長は心から言った。「非常に人気がありましたよ。誰からも好かれていましてね。どこからも彼を悪く言う声は聞こえませんでした。市内の名家の出身で、ヘンリー八世時代から受け継がれている荘園屋敷（マナーコート）に住んでいました。一族はみな銀行家で、大きな銀行を所有しています。ハニントン氏の父親は彼がちょうどケンブリッジを卒業した年に亡くなり、そのため彼は非常に若くして家長となり、また銀行の筆頭経営者になりました。ほんの二年前のことです。やがて実務において頭角を現し、市政にも深い関心を寄せるようになりました。そして今年、市長に選ばれ、ちょうど一ヶ月経ったところでした」

「ちょうど一ヶ月！」ミルグレイヴはつぶやいた。「実務に優れ、市の問題に強い興味を持っていた――。彼が市長に選ばれたことに異を唱えた者はいますか？」

「いや、ただのひとりも――満場一致で選ばれました。彼の父親も祖父もそれぞれリンカスターの市長を務めておりましたし――そう、その前の父祖たちも。ここはエドワード三世から設立許可の勅許状を賜った、非常に歴史の古い町なのです」

「それはこの辺りをひと目見ただけでわかりました」ミルグレイヴは言った。「しかし奇妙な事件ですね。手掛かりはいっさいないのですか？」

「まったくありません。わたしとしては例のイタリア人犯人説は信じていません。ここは非常に小さな町ですから、外国人が誰にも見咎められずに出入りすることなどほぼ不可能です。そもそも、このイタリア人が実際に舞い戻ってきたとして、あの時刻に市長があそこにいることをどうやって知ったのでしょう。正直な話、わたしには市長に殺意を抱く人物の心当たりがまるでないのです」

「ハニントン氏は結婚しておられたのですか？」

「いいえ、独身でした。母親と二人の妹と暮らしていました。仲のよい家族だったのに、気の毒な話です！」

「家族の方は彼に敵がいたかどうか知っていますか？　彼を排除したいと思うなんらかの理由を持つ者が。何か殺人の動機があったに違いないのです。もちろん、この件は物盗りの仕業ではありません。ひょっとすると復讐か、あるいは嫉妬絡みかもしれません。ハニントン氏は恋愛問題を抱えていましたか？」

「その可能性も考えたのですが」署長は答えた。「しかし母上によると、そういうことは決してなかったそうです」

「母親の知る限りではそうだったのかもしれません」

ミルグレイヴは立ち上がり、コートのボタンをはめた。「それでは市庁舎を見せていただきましょう。特に市長室を」

署長はミルグレイヴを伴って市場を横切り、何世紀にもわたって市政が司られてきた古い建物へ向かった。リンカスターはすでに夜のとばりに包まれていたが、玉石を敷き詰めた通りのあちこちの店から投げかけられるガス灯の光により、市庁舎の輪郭と大体の外観を見分けることができた。それが古の偉大な建物であることはすぐにわかった。建築に関する知識など持ち出すまでもなく、この古びた建物は長らく――おそらくチューダー朝後期から――リンカスターの市場を見下ろしてきたに違いない。しかし、そのときのミルグレイヴは自分が捜査のために派遣されてきた犯罪に気を取られ、市庁舎の古さにはあまり興味を持たなかった。彼は場慣れした足取りで現場の調査に向かった。

第二章

市庁舎は市場の片側をほぼ完全に取り囲む古い建物群の中心に建っていた。アーチの架かった入り口を通ると、そこは丸天井のホールになっている。このホールの一方に管理人夫婦の住む部屋があった。ドアはガラス張りで、居間の小さな窓からは上階に続く広い石造りの階段がよく見える。二階の部屋数はそう多くない。会議室、委員会室、書記の事務室、そして市長室。三階には小さな部屋がいくつかあり、おもに市政記録の保管庫として使用されている。その上には物置代わりの広い屋根裏部屋があった。これらはすべて建物の正面側にあたる。二階の廊下のドアが新館への入り口になっていて、そちらには各部署の事務室が収まっていた。ドアは原則として毎夕六時にリアロイドが鍵を掛け、錠を下ろす。従って、それ以降の時刻に裏手から市庁舎の正面部分に入るのは何人(なんぴと)といえども不可能だった。

「リアロイドによれば」署長が口を開いた。「事件当夜も間違いなくいつものように鍵を掛け、自分の居間の定位置に保管したそうです。だとすると裏手から市長のもとに行くことは絶対にできません」

「犯人は市長が来る前に、あの古い部屋のどれかに身を潜めていたのかもしれません」ミルグレイヴは言った。「こう考えるのはどうでしょう。隠れていた犯人は、犯行後、リアロイドが食事に気を取られている隙に忍び出たのです。市場へもぐり込むのに一分とかからないはずです」

ちょうどそのとき、二人は市長室の入り口に立っていた。ミルグレイヴは部屋の中に引き返し、再び辺りを見まわした。部屋はリアロイドが惨状を発見したときのまま正確に保存されていた。机と椅子は不運な若き市長が死んだときに置かれていた位置と寸分違わない。絨毯と炉辺の敷物には禍々しい染みがついていた。しかし、すでにそれらの検分をすませていたミルグレイヴはもう目もくれなかった。今、彼が注目しているのは、時代を経た見事な内装の数々だった。アーチ型天井、どっしりした暖炉、竪子(たてご)の入った窓、良質のオーク材の羽目板、物故した歴代市長や地元の名士たちを描いた、古くなって黒ずんだ陰気な油絵、アン女王時代の立派な家具調度、大きなオーク材の箪笥。町の古老たちの協議や市長の名を有名たらしめたもてなしなど、ここはさまざまなことに向いた部屋だった。だが、決して汚らわしい殺人のための場ではない。ミルグレイヴは突然踵を返すと、連れの肩を叩きながら静かに部屋を出た。

「わたしが何を思案しているか、おわかりになりますか?」彼が出し抜けに尋ねたのは、署長がドアに鍵を掛け、二人で肩を並べて広い石造りの階段を降りていたときだった。「当てられますか?」

「いいや、さっぱり。何か込み入ったことですかな?」

ミルグレイヴの笑い声にはかすかに皮肉な響きがあった。

「多分、そう複雑なことではありません。わたしが考えていたのは、誰が市長を殺したかではなく、なぜ殺したかということです――なぜでしょう? 動機、そうです、署長、動機ですよ! もし動機をつかめれば――そう、すぐにでも犯人を捕まえることができると思うのです。しかしながら、さしあたってはあそこに見える〈リンカスターの紋章亭〉に宿を取り、夕食をすませてから考えることにします」

ミルグレイヴは署長と別れるやいなや、熟考を始めた。熟考し、推測し、仮説を立て、あらゆる可能性について思いを巡らせた。しかし、そのいずれにも結論は出なかった。その夜、市場に建つ古風なホテルに落ち着き、腹ごしらえをすませると、サットン署長と連れだって出かけ、何人かに話を聞いた。翌日も朝からさらに多くの聞き込みをした。だが何の手掛かりも得られなかった。死んだ男の身内さえ、ミルグレイヴがすでに知っていること以上の話はできなかった。町の名士たち、長老議員、各委員、治安判事らは一様にとまどい、市の職員たちは完全に混乱状態にあった。

二日目の正午に行われた検死審問でも新たな収穫はなかった。唯一確かな事実は、十二月八日の夜、どこかの不届き者が市長を刺殺したということだが、その人物がどうやって市長室に侵入したかについては、あまり重要視されなかった。市庁舎の玄関ホールは夜間、照明を暗くしている。リアロイドもその妻も食事中だった。殺人の意志を持つ者なら誰でも、人目にふれず容易に階段を上がっていくことができただろう。

検死審問で唯一、ミルグレイヴが興味を引かれたのは、犯人が使用した凶器の特性に関する医師の所見だった。医師は、凶器は先端の鋭く尖った短剣に違いない、数世紀前に使用された決闘用の小刀でもこのような傷をつけることができるだろうと述べた。短剣という言葉はその場にいた人々に、刑務所に送られたさい、市長に対して脅迫ともとれる台詞を吐いた執念深いイタリア人のことを思い出させた。しかし、その日のうちにサットンに電報が届き、イタリア人は旅興行中で、犯行の夜はリンカスターから百マイルも離れた場所にいたことがわかった。ミルグレイヴが町に到着して二日目の夕方になったが、謎はいっこうに解決する気配を見せなかった。手掛かりはひとつもない。容疑者として浮かぶ人物もいない。リンカスターの殺人事件はまさしく迷宮入りとなりかねなかった。

その二日目の夜、ミルグレイヴがホテルで遅い夕食をとりながら、殺人の原因は若き市長の人生の過去における出来事――たとえば学生時代の――にあるのではないかと考えていると、サットン署長が知らせを持って訪ねてきた。署長はたいそう用心深く部屋のドアを閉めると、二人きりであるにもかかわらず、ささやくように声を落とした。

「ちょっとお耳に入れたいことがありまして」

「よほどのことですか?」ミルグレイヴは尋ねた。

「さあ、それは蓋を開けて見ないとわからんのですがね。今朝、検死審問の場で、法廷の片隅に座っていた妙な風体の老人に気づきませんでしたか――いかにも怪しげな」

「いいえ。法廷では一度も周囲を見ませんでしたので。では、その老人が――」

「アントニー・マレリューという名ですが、普段は〝大酒飲みのマレリュー〟と呼ばれています。リンカスターでも最長老のひとりですが、とにかく変わり者でしてね。妙ながらくた屋を営んでいて、古いものなら何でも扱っています。いわゆる骨董商のようなものですな。今日法廷で彼を見かけたのですが、たった今、こんなものを受けとりました」

署長がミルグレイヴに渡したのは、小さな店で半端物を包むのに使う薄茶色の紙の切れ端だった。そこには見るからに瓶の底に固まった安インクを引っかいて書いたような文字が並んでいた。

「サットン殿――今夜、ロンドンからのお客人を同伴のうえ訪問くだされば、貴殿に有利なこととあいなりましょう――かしこ

A・マレリュー」


ミルグレイヴはミミズが這ったような筆跡に苦笑しながら、署長に紙切れを返した。

「どういうことなのでしょうね、これは」

「一筋縄ではいかないやつなのですよ、このマレリューは。彼は何かを知っているのです。検死審問でも興味津々の様子でしたからね。ともかく、会いにいってみるのが一番です」

ミルグレイヴは長年の経験から奇妙な場所には慣れていた。しかし、やがてサットンに連れていかれた家と店ほど途方もないところを目にするのは初めてだった。市庁舎の裏のひっそりした路地に建つその店には、床から天井まで、たいていの人ががらくたと呼ぶ代物——古い家具、グラス、真鍮製品、絵画、その他あらゆる種類の——が所狭しと並んでいる。どれも長年積み重なった埃で黒ずんでいた。

店には足の踏み場もなかったが、奥の陰気な家屋となるとその比ではなかった。廊下や階段をはじめ、隅から隅まで似たような品がうず高く積み上がっている。

影のような人物が彼らを薄暗い店内から狭い廊下を抜けた先の客間に導いた。そこにも奇妙なものがいっぱいで、空気にはジンと玉葱ときつい煙草の臭いが染み渡っていた。やがてその影のような人物がランプの灯を明るくすると、ミルグレイヴの目の前に今まで会ったこともないほど奇妙な老人が現れた。ディケンズの小説か、あるいはドレの絵にでも出てくるような奇怪な老人だった。

彼は非常に老いているうえ、薄汚れていた。摂政時代風の衣服にはどんな案山子も面目をつぶすことだろう。かつてそれらを脱いだことはなく、シャツを替えるのもせいぜい年に一度ではないかと見える。とにかく見かけも匂いもひどいので、ミルグレイヴは自分とサットンが強い葉巻を吸っていたことに感謝した。しかし、老人の顔は皺だらけで——もしその皮膚が完全に広がれば半ダースの人間の顔が覆えるのでないだろうか——傷跡まであるものの、狡猾そうな二つの目は尋常でない光を放っていた。彼は鳥の鉤爪を連想させる手でぼろぼろの長椅子——部屋で唯一座れそうな代物——をさしながら、片目をつぶって二人に好意を示した。

「ここなら安心だからの」老人はミルグレイヴがこんなにも老いて痩せこけた男から聞くとは予想もしなかった、力強いしっかりした声で言った。「わしはあんたらが来たとき、店のドアに錠を下ろしたのだ、サットン、だから邪魔が入ることはない。ようこそ、ロンドンから来なすったお方——あんたは頭の切れるお方のようだ！　物静かで厳しく賢明な——そういった類のお方だ——そうだろう、サットン？　よしよし！　だが、まず一杯やってもらわねばならん。わしはジンをやるが、あんたがたにはウィスキーを進ぜよう——ああ、二十五年物だ、あんたがたのどちらも決して口をつけたことがないような！」

ミルグレイヴは本来ならこのもてなしを固辞するところだった。しかしサットンに肘を小突かれ、目配せされたため、妙な老人が妙な環境の中でどたばた動きまわりながら、未開封のボトルを取り出して器用に栓を抜くのを黙って見守っていた。

「二十五年前、フェルブロー卿の競売でウィスキーを二ダース買いましてな」老人は言った。「そのすべてに特別に栓をして、適当な時期に新しいのと取り替えてきたのだ。さてさて、こんなむさくるしいところで見たら驚きなさるだろうがね、ロンドンから来たお方——ここにだって清潔なグラスと蒸留水があるのだよ。どちらも最高級のものだ、のう、サットン？　さあ、召し上がれ。わしは自分のをいただくとしよう――ジン以外はひと口も飲まんのでね――それから話すとしよう。ちょっとした話を――ためになる話を――あんた方二人がお望みなのはそれだろう、え？」

「そのとおり（ライト）」ミルグレイヴは答えた。

「なるほど、そのとおり（ライト）、か！」革装丁の二折版（フォリオ）の山に腰をおろしながら、老人は叫んだ。「暗闇の中の明かり（ライト）というわけだな。あんたは誰が市長を殺したか知りたい、そうだろう、お若い方？」

「ご存じなのですか？」ミルグレイヴは尋ねた。

マレリユーは鋭い目でミルグレイヴを見据えたが、不意に身を乗り出し、鉤爪のような手で彼のひざを叩いた。

「あんたはわしをいくつだと思うかね、お若いの」

「八十」ミルグレイヴは即答した。

「はずれだ。わしはそこにいるサットンが若造だったときにはすでに老人だったのだ。疑うなら、教区記録を調べてみるがいい。九十七だ！　しかし身体も心も健やかで、蓄えもある。これまで一度も眼鏡をかけたことがないし、まだ必要な歯はそろっておるし、耳もいっこうに遠くならん。きっと百は軽く越えるだろう」

「超人ですな！」ミルグレイヴは言った。彼にはこの会話がどこへ繋がるのかまったくわからなかったが、老人には好きなようにことを進めさせるのが一番だと承知していた。「すばらしい！　九十七ですか！　たいしたご長寿だ」

「ひとつところで九十七年も生きてくれれば、当然その場所について少しは詳しくなる。サットンなら、わしがリンカスターで知らんことはそうはないと言ってくれるだろう」

「そのとおりです。請け合いますよ！」サットンは心から同意した。

「だからの、他人様が意外と思うようなことも知っておるわけだ」マレリューは再びミルグレイヴの目を見て言った。「さて、そこでだ。あの若い市長を殺したのが誰であれ、そいつが正面から市庁舎へ入ったかどうかには、ちっとばかり疑問がある――だろう？」

二人の聞き手は耳をそばだてた。どうやら核心に近づいてきたようだ。しかし、どちらも口は開かなかった。老人は喜びを隠しきれない様子で笑った。それから一転して真顔になった。

「この騒ぎが起こるまでは」彼は客たちに身を乗り出して言った。「わし以外に市庁舎の秘密を知る者はおらんと思い込んでいた。わしがそれを知る最後の人間だと思っていたのだ。ところが今考えるに――いや、間違いなく――他に知る者がおったのだ――あの古い建物に入る、秘密の通路があることを！」

「なんですって！」サットンが叫んだ。

「そうなのだ」老人が言った。「わしの親父もそのまた親父も、またそのじいさんも、あの市庁舎の、今、リアロイドが住んでるところに住んどった。ご先祖らはみな、その秘密の通路のことを知っておって、代々、言い伝えてきた。そいつは壁をくり抜き、市場の下を走る通路だが――最後はどこに出ると思う？」

ミルグレイヴはなんとも答えなかった。横にいる何かと鈍感な男が、狡猾で皺だらけの老人の発言に反応を示していることに気づいたからだ。奇妙な状況に新たな空気が生まれ、ミルグレイヴ自身がその虜になっていた。彼は沈黙を保った。しかしサットンは不安げに巨体を揺らした。

「どこですか？」彼はうなるような声で言った。「いったい、どこへ出るんです？」

マレリューはいっそう顔を近づけてきた。そして声を落とし、ひどく真剣にささやいた。

「銀行の建物の中にある秘密の階段だ！」

ミルグレイヴは椅子に座っていた署長が跳び上がるのを感じた。署長は老人に背を向け、なんとも妙な表情で連れを見た。

「なんということだ！　レゲット氏の！　まさか！」

「まことだ」

老人もまた、そのひと言を口にすると相手と同じ沈黙に陥った。ミルグレイヴはその沈黙が彼らにとって何を意味するのか考えた。彼にとってはそれはひたすら待つことを意味した。ずいぶん時間が経ったように思えた頃、サットンがひそめていた息を一気に吐き出し、熱っぽい声を上げて感情を露わにした。

「なんとまあ！」彼は緊張した様子でつぶやいた。「誰がそんなことを考えただろう」

「まったくそのとおりだ」老人が同意した。彼は古びたかぎ煙草入れを取り出し、刻み煙草をたっぷり摘んで、署長を見た。「あんたにはこの話の意味するところがわかるだろう、サットン？　かなりの衝撃を受けたはずだ！　ここにおいでのロンドンから来たお方にはわかるまいが」

「率直に言って、わかりません」ミルグレイヴは言った。

「単純なことだ」マレリューが言った。「レゲット氏というのは、銀行の建物内に居を構えておる、骨董と考古学が趣味の紳士だ。長年、〈ハニントン銀行〉の支配人をしておる――信頼の厚い、責任感のある支配人だ。そのうえ市の収入役を十年間も務めておる。そうだの？」

グラスを握ったまま茫然と腰掛けていたサットンは、突然ウィスキーをあおり、立ち上がった。そして老人の肩を叩いた。

「その秘密の通路がどこにあるか教えてもらえるでしょうね」

「ああ、もちろんだとも！　あんたらさえよければいつでも」

「それなら早いほどいい。一緒に来てください」

老人は首を横に振った。

「われわれ三人だけになることを確認するまではだめだ。あんたは先にリアロイドと話をつけなさるほうがいい。いつもの時間にかみさんを寝させて、そのあとでわれわれを中に入れるようにな。十時に建物の外で落ち合おう。いいかね、サットン、わしはあんたにした話を町じゅうの人間に知られるのはごめんだ。こいつは身内だけの秘密だったのだ、それが今では――」

「今では?」サットンが尋ねた。

マレリューは陰気に笑った。

「今じゃレゲットも知っとるらしい。さて、それじゃ、また十時にな」

サットンはミルグレイヴをがらくた屋から連れ出すと、静かな片隅に引っぱっていった。

「この成り行きが何を意味するか、おわかりになりますか?」彼はささやいた。「レゲットの名前が出たのをお聞きになったでしょう? 銀行の支配人で――市の収入役で――しかしもっと肝心なことには――彼は非常に多くの住民の受託者を務めているのです! 当地でレゲットに委ねられている現金は膨大になります。物静かで、責任感の強い、弁舌に優れた紳士でして――みなから尊敬されている人物なのですが。レゲットか! しかし、とんでもないことだ。考えてもみてください――もし――」

「考える前にもっと情報をいただきたいですね」ミルグレイヴは言った。「あなたはわたしの知らないこともご存じでしょう。何を考えろとおっしゃるのです?」

「ハニントンは実務に関しては切れ者でした。それで何事かについて詳しく調べ始めていたのです。もし彼が銀行の資金や市の財源に関わる金銭上の不正を発見していたとしたら、どうでしょう。おわかりになりますよね? さて、いったいどう手を打つべきものか」

その点についてはミルグレイヴの心はすでに決まっていた。

「あなたには信頼のおける部下が二、三人いますか？　手足となって動いてくれるような」

「半ダースはいます」署長は胸を張った。「頼りになる連中ですよ！」

「二人でじゅうぶんです。彼らに銀行の建物の表裏を見張らせてください。わたしたちは老人とともに現場を確かめましょう。もし彼の言葉が正しく、あなたの推測があたっているようなら、そのときは――」

ミルグレイヴは意味ありげに首を振り、署長を警察署へ急がせた。

リンカスターに到着した最初の夜に、ミルグレイヴは町の人々に早寝の習慣があることに気づいた。九時半には明かりが低い窓から高い窓に移動し始め、十時ともなると、市場に夜通しついている二、三の灯を除き、小さな町は静寂と暗闇に包まれる。ミルグレイヴとサットンがマレリューと落ち合ったのは、この沈黙と暗がりの中でだった。老人は十八世紀の追いはぎのような古風な乗馬服を着てボタンを顎までとめ、市庁舎の玄関の一角で彼らを待ち受けていた。リアロイドが三人を中に入れた。彼らは無言で石の階段を上がった。上がりきったところで、サットンは二個の角灯を取り出した。

「市長室には市場に面した側に窓が三つあります。部屋に明かりがついているのを誰かに見られてはまずい。だからこれを使うことにします。例の通路を探検するなら、その役にも立つでしょう」

サットンはそう言いながら市長室のドアの鍵を開け、中に入ると、また鍵を掛けた。それから中央のテーブルに二つの角灯を置き、老人のほうを向いた。

「さて、マレリューさん、あんたの出番ですよ。説明してください」

マレリューはすでに部屋の向こう端の大きな暖炉の近くまで行き、絨毯と敷物についた染みを見下ろしていた。それはミルグレイヴが最初の調査で目にしたとき、何の意見も述べなかったものだ。やがて老人は顔を上げ、机と椅子に視線を向けると、ゆっくりうなずいた。

「なるほどな！　昼間、検死審問で聞いて、こうだろうと予想していたとおりの状態だ。まさに！　どういうふうに行われたのか、手に取るようにわかるというものだ」

「何がどのように行われたと？」サットンが尋ねた。

「殺しに決まっとるだろ。たやすい仕事だよ、手は込んでおるがね。さあ、いいですかな、おふた方。さっきも言ったように、わしの親父も祖父さんも、この市庁舎の番人だった――今じゃ、管理人と呼ぶらしいがな。そのまた祖父さんも――そう、二百年もだ、町の記録にあるようにな、サットン。だからこの古い建物でわしの知らんことはめったにない。さあ、おまえさん方もこの市長室を見ただろう？　市場に向いた正面に窓が三つある。フィンクルゲイトを見下ろすこちら側には二つだ。このフィンクルゲイト側の窓のそばに、ハニントンは机を構えておった。ほれ、見なされ、彼が刺し殺されたときに座っていた椅子がある。その椅子の後ろにあるのはなんだね？　ほれ――古い見事なつづれ織り（タペストリー）のカーテンだが、真ん中で左右に分かれるようになっておる。その後ろには何がある？　こっちに来て見てみなされ」

老人は角灯を取り上げ、部屋の片隅を指さしながら二人を導いた。注意深く従っていたミルグレイヴは、すぐさま老人の言葉の意味するところを理解した。部屋のそちら側の中央には天蓋付きの暖炉が大きく張り出していた。当然、暖炉の両側は深く引っ込んでいる。市長の机と椅子の後ろのその引っ込んだ部分には、時代物のタペストリーが掛かっていた。マレリュー老人は二人が近づくと、指でそれを叩いた。

「さて、ご注目。その椅子は本来の場所、すなわち机の正面にあるときは、このカーテンから十八インチほどしか離れておらん。従って、カーテンの真後ろの、真ん中で分かれるところに――この辺りだ――立っている男からすれば、椅子に座っている男に容易に手が届く。市長が殺されたときはどうだったかというとな――犯人はカーテンの後ろに誰にも気取られずに立って待ち伏せしておった。そして市長が椅子に腰をおろし、書き物をするために前かがみになったところを、カーテンの分け目から腕を差し出し、背中にまっすぐ凶器を突き立てたのだ。市長は医者が言ったように跳び上がり、身を捻り、のちにリアロイドが発見した場所に倒れた。さて、そのあと犯人はどこへ行ったか？　むろん、来たところへ引き返したのだ。これを見なされ！」

ミルグレイヴはマレリューの熱弁に注意深く耳を傾けながら、老人の示す熱狂的なまでの好奇心と歓喜に圧倒されていた。骨董熱を刺激されたマレリューが、古い建物の秘密の構造がどのように殺人犯の邪悪な計画を助けたかを説明することに無上の喜びを感じているのは明らかだった。カーテンを脇に引く鉤爪めいた手は興奮で震え、狡猾そうな目は、時を経て黒ずみ、染みの浮いた引っ込み部分の羽目板の上をさまよう間も輝いていた。

「そっちの角灯を持ってきてくれんか、サットン」老人はカーテンをかき分けながら言った。「ここを照らしてくれ――ここを。ロンドンから来たお方、あんたはこっちのを持ってくれ、わしは両手をあけたいのでな。さて――それではごらんくだされ、おふた方。部屋の他の壁同様、この引っ込み部分も羽目板張りになっておる。これはアン女王時代の仕事ですぞ、隅々に至るまで！　リンカスターの森林から伐り出してきた、良質で頑丈なオーク材だ。今もいたってしっかりしておる。さて、この羽目板をどれだけ近くでじっくり見ようと自由だが、わしが話した出入り口は容易には見つからんはずだ。しかし、確かにここにあるのだ！　わしの店をまるごと賭けてもかまわんが、この秘密の出入り口とその向こうにある通路を発見した男は、間違いなく蝶番に油をさしておる。さあ、ごらん。そこの小さな彫り物に指を置き、こっちの、もひとつ別の小さな彫り物を押す——すると、これこのとおり！」

老人の震える手の下で、五フィート×二フィートの羽目板が一枚、すべるように動き、分厚い壁の石造りの部分に深い空洞が現れた。マレリュー老人はその空洞に足を踏み入れると、二人についてくるように合図しながら、角灯をひとつ受け取って埃の積もった床に向けた。

「わしの言ったとおりだろう？」彼は耳障りな声でくすくすと笑った。「ほれ——油だ！　犯人は羽目板が軽々と動くように油をさしたのだ。さあ、これで仕掛けがおわかりだろう」

「わたしが知りたいのは」ミルグレイヴは言った。「まず、羽目板はこちら側からでも開くのかということです」

返事の代わりに老人は羽目板をもとの場所にはめてしっかり閉じ、再びそれを開けてみせた。そして得意げな笑顔を浮かべて振り返った。

「次に」ミルグレイヴは続けた。「この通路はどこへ繋がっているのですか？」

「ああ！」マレリューは答えた。「そうこなくては！　そこがまさに重要なところなのだ。来なされ！」

ミルグレイヴが口にした、そしてサットンが疑わしげな、半ば怯えたような視線を投げかけた通路は、暖炉の後ろの分厚い石造りの部分へと続いていた。高さは約六フィート、幅は約二フィート半ある。天井には蜘蛛の巣が張り、壁に不気味に広がっていた。床に厚く積もった埃は乾ききっている。

老人は再びくすくすと笑いながら、角灯でそれを照らした。

「見なされ！」マレリュー老人は言った。「足跡だ——たんとある。全部、最近のものだ。ロンドンから来たお方、ひとつ、形のはっきりしとるものを選んで、誰かの靴跡と比べてみたらいかがだね？」

「大丈夫だろうか」サットンが不安げに周りを見ながら言った。「天井が落ちてくる心配はないでしょうね」

「三百年以上も何もなかったのだ」マレリューは一蹴し、角灯を手に、自信に満ちた足取りで進んでいった。通路はミルグレイヴが数えて十五歩ほどのところで壁に突き当たった。壁に対して直角の方向に、明らかに別の壁をくり抜いて作った狭い階段があった。「さてさて」またもや老人が口を開いた。「われわれがどこにおるかわかるかね、サットン。その壁は階下の玄関ホールにある大きな階段の脇に続いておるのだ。そこに見える階段は、壁をきれいにくり抜いて、建物の土台の下を貫き市場の下を走る、ここと同じような通路に繋がっておる。肉屋のベルフォードの地下室の真下を走り、その並びの二軒の店の地下室の下を走り、やがて銀行の建物の壁をくり抜くもうひとつの階段に出るのだ。銀行の建物というのは」老人はミルグレイヴのほうを向きながら付け加えた。「この市庁舎より古い——少なくとも、家屋部分はな。そしてその通路は、レゲットの居間の暖炉のそばにある、もうひとつの羽目板の出入り口に出るというわけだ！」

二人の男は老人の肩越しに、階段の暗闇を覗き込んだ。サットンは周囲に漂う冷たい、湿った空気を疑わしげにくんくんと嗅いだ。

「市長室に戻りましょう」彼は言った。「方針を決めるのが先です」

ミルグレイヴが采配を振ったのはこの段階においてだった。彼は老人が思いがけない新事実を披露する間、何やら深く考え込んでいたが、このときまでにはとるべき行動をはっきり定めていた。三人でいったん市長室に戻ると、ミルグレイヴは死んだ男の血の染みがいまだに残る現場に立ち、決然と語った。

「やるべきことはただひとつです、署長。あなたとわたしとでただちにこのレゲット氏を訪ねる必要があります。ハニントン氏に関して二、三質問したいということを口実にしてください。彼を怯えさせてはいけませんよ」

サットンはマレリューを見て、苦笑した。

「レゲットを怯えさせるのはひと苦労でしょうな。わたしが扱ってきた連中と同じぐらい冷徹でふてぶてしい人物ですから」

「却って好都合です」ミルグレイヴは言った。「わたしの計画はこうです。あなたとわたしとでレゲットを訪ね、殺人に関する憶測をあれこれ話してきかせます。今、十一時二十分前ですね。マレリューさん、あなたはこの通路を抜けて、レゲットの家の秘密の出入り口まで進んでください。時計をお持ちですね。わたしの時計に針を合わせてください。よろしい！　さて、それから十一時きっかりに、あの秘密の扉をノックしてください。大きな音で叩くんですよ――一回、二回、三回と――ちょっとずつ間をあけて。よろしいですね？」

サットンはあまりぴんときていない様子だが、老人はうなずき、上機嫌でくすくすと笑った。

「名案だな、お若いの。立派にお役目を果たそう。さあ、行きなさい。レゲットは必ずあんた方をあの部屋に連れていくだろう。あそこが彼の居間なのだ。わしは家じゅうに聞こえるほど大きなノックをしよう。しかし油断は禁物ですぞ。見かけは物静かでも、いつ態度を豹変させるかわからんからな、レゲットのような輩は」

「わかりました」ミルグレイヴは言った。「では、お忘れなく。十一時きっかりですよ！」彼は署長についてくるよう促して部屋を出ると、外の階段で立ちどまり、リアロイドに二、三、注意を与えた。

「ところで、署長」彼はサットンと静まり返った市場を横切りながら尋ねた。「レゲットは結婚しているのですか？」

「いや、独り者です」

「家には他に誰がいるのでしょう」

「使用人が二人、どちらも中年の女性です。われわれはこの点を念頭に置かねばなりません」サットンはむっつりと続けた。「もしレゲットが犯人かもしれないのなら、格闘するには危険な相手だ。建物の向かい側には二人の部下を張り込ませています。彼らに近くにいるように話しておくほうがよいのでは？」

「いえ――それは待ってください。いざとなっても、男ひとりぐらいはわれわれで取り押さえられるでしょう。そうと気取られずに彼を見張ればよいのです。肝心なのは、十一時に迅速な行動をとることです。さあ、呼び鈴を鳴らしてください」

銀行支店長が自ら玄関の扉を開けた。家は趣きのある古い建物で、片側に近代的な銀行が建っている。レゲットは手にランプを持ち、しばらく戸口に立ちはだかったまま、無言で訪問者を見ていた。ミルグレイヴが間近で観察したところ、その顔には何の恐れも驚きも浮かんでいなかった。彼が示したのは冷やかな嫌悪だけだった。

「さて」レゲットは刺々しく言った。「何のご用でしょう、サットンさん」

「お邪魔してすみません、レゲットさん」署長は申し訳なさそうに言った。「しかし、わたしとここにいるミルグレイヴ氏に少しお時間をいただきたいのです。ハニントン氏殺害の件で、ひとつふたつ、あなたに助けていただけるかもしれない問題がありまして。実に些細なことなのですが」

レゲットは後ろに下がり、中へ入るよう手振りで示した。

「人を訪ねるにしては妙な時刻ですな」その口調はあくまで冷淡だった。「こんな時間しかなかったのですか？　まあ、ともかくこちらへ」

レゲットは扉を閉め、彼らを奥の一室へ案内した。ミルグレイヴにはひと目でそこがマレリューの話していた居間だとわかった。ランプに照らされた部屋は見るからに古かった。厚い絨毯に覆われた床は平らではなく、低い天井に架かる大きなオーク材の梁はでこぼこしている。壁の羽目板の後ろが何世紀も前の石工の手で作られた古い石壁であることはたいした知識がなくてもわかった。ミルグレイヴは本能的に暖炉とその周辺に目を向けた。念入りに磨き上げられたオーク材の、どの辺りに秘密の扉が存在するのだろう。部屋の至るところに主(あるじ)の骨董趣味の証があった。古雅な趣きのある調度品の数々、陶器やグラスの収まった陳列棚、壁に飾られた珍しい品々、古い版画や書物など――。しかし、さらに興味深いのはその所有者自身だった。華奢な身体つきの、冷たい目と薄情そうな唇をした、いかにも頭が切れ、自制心の強そうな男——親しみは感じられないものの、こういう自信に満ちた態度は信頼を呼ぶのだろう。

「お座りなさい」レゲットの声は相変わらず不機嫌で皮肉っぽいままだった。「で、何が知りたいと言われるのです？　そもそもわたしに答えを期待しておられること自体、妙な話だ。今朝の検死審問で語られたことがすべてだと思いますが」

レゲットはそう言いながらミルグレイヴに視線を向けた。

「おっしゃるとおりです」ミルグレイヴはすばやく応じた。「しかし、あれは表面上のことでしかありません。この事件は表面の情報だけに頼っていたのでは解決できません。わたしの任務は可能な限り情報を突き詰めることです。何か思い当たることはありませんか？」

レゲットは小ばかにしたような笑みを浮かべて聞いていた。ミルグレイヴを見くびっているのは明らかだ。「もしあったとしても、それをきみたち警察に伝える義務があるとは思えないが」彼はからかいまじりに言った。「しかし、尋ねられたからには、意見を述べてもかまいません。ハニントン氏殺害の秘密を突き止めたいのなら、できるだけ過去に遡って調べるべきでしょう——あの短い人生の。わたしは何も仄めかすつもりはないが、きみたちが忘れてはならないのは、亡くなった市長は当地で父君の銀行を継ぐ前に、ケンブリッジで三年、ロンドンで二年過ごしているという点です。そうなると——あるいはどこかで敵をつくっていたかもしれませんよ」

「おっしゃるとおりです」ミルグレイヴは言った。「そしてあなたは、その敵とやらが市庁舎に入る方法を編み出したとお考えなのですね、ある特定の時点——あの瞬間に」

繁々とレゲットを観察していたミルグレイヴは、彼も自分を見ていることにとうに気づいていた。

冷たく青い目にかすかに光るものが忍び込み――それは疑惑か、それとも怖れなのか――、返事の代わりに異様な沈黙が三人を襲った。ミルグレイヴはしばらく待ったあと、自ら沈黙を破った。

「市長室に押し入ったのが誰であれ」彼は淡々とした口調で言った。「リンカスター市庁舎について非常によく知っていたに違いありません。よそ者だったら、あんなにうまい時間を選んで忍び込むことはできないでしょう。市長は毎夜あの時刻にあの部屋に行くわけではないのですから」

レゲットは薄い唇を歪ませて笑った。

「ハニントンが犯人と会う約束をしていなかったと、どうしてわかります？　むろん、リアロイドが誰も出入りするところを見ていないという話はまったく無意味です。夕食をとるのに気を取られて注意散漫だったのですよ。犯人は容易に忍び込み、また忍び出ることができたはずです。そして逃亡する際は、ここから町外れまでは歩いて二分とかからないわけだし、開けた土地だから、どこからでも脱け出せる、それに――」

ミルグレイヴは放心したように時計を取り出した。すでに十一時まであと一分と迫っている。彼は何か思いついたかのようにレゲットを遮った。

「もちろん、わたしなどの想像もつかない、市庁舎へ忍び込む手段があるのかもしれません。こうした古い建物にはしばしばそのような出入り口――秘密の通路とかそういった類のものがあるようですから。そして――」

ミルグレイヴは言葉を切り、レゲットの様子を窺った。そして自分の放った矢が命中したのを知った。突然レゲットの唇が歪み、目に新たな光がきらめいたのだ。それでも彼は皮肉っぽく笑い、軽蔑するように頭をのけぞらした。

「くだらない！　死体を壁に塗り込めてた時代じゃあるまいし。そもそも――」

その言葉が終わらないうちに、炉棚の上の時計が美しい音色で鳴り始め、同時にオーク材の羽目板の向こうからノックの音が重々しく響いた。レゲットは鋭い叫び声を発して跳ねるように立ち上がり、奇怪な呼びかけが聞こえてきた壁を見つめた。再びノックが聞こえた。やはり立ち上がってレゲットに忍び寄っていたミルグレイヴとサットンは、彼の額に大粒の汗が噴き出しているのを認めた。レゲットは片手を突き出しながらかすかによろけた。そして三度目のノックがさらに威圧的に響き渡ると、首を絞められたような奇声を発し、サットンの腕に倒れ込んだ。

「気絶したか！」ミルグレイヴはつぶやいた。「そこに寝かせておいてください、あなたの部下に医者を呼ぶように言ってきますので」彼は部屋を出ていったが、しばらくして戻ってくると、意識を失った男を注視した。「うまくいきましたよ、署長。この男は神経が持たなかったのです。彼があれを市長の幽霊だと妄想したとしても不思議ではありません。さあ、次は動機を突き止めることです。もちろん金銭絡みでしょうが」

ミルグレイヴはリンカスターに留まり、レゲットが市長を殺害した理由を徹底的に調べ上げた。市の会計は不正に満ちていた――長年にわたり帳簿をごまかし、改竄（かいざん）していたのだ。銀行の金は巧妙に横領され、多くの住民に被害が及んでいた。レゲットが絞首刑にされたのち、ミルグレイヴの心に唯一残った疑問は、もしマレリュー老人が心身ともにあれほど達者で長寿を保ってこなかったら、はたしてこの殺人事件は解決されただろうかということだった。

訳者あとがき

本書は一九二四年に刊行されたＪ・Ｓ・フレッチャーの短編集『The Secret of The Barbican』の全訳です。多作で知られるフレッチャーですが、この短編集に収められた十五編の内容も実に多彩で変化に富んでいます。もちろん、「法廷外調査」や「市長室の殺人」など、刑事や判事たちが殺人事件を扱うものもありますが、犯罪者の視点から描いた話もあり、彼らを待ち受ける運命もさまざまで、単なる勧善懲悪ではない結末が用意されています。それらには胸のすくようなものもあれば、人生の皮肉を感じるものもあり、また、くすっと笑ってしまうものもあります。十五編のうちひとつとして似たような内容がありませんので、それぞれの人間模様をお楽しみいただけることと思います。

また、どの短編も、登場人物の身分こそさまざまですが、市井の話が中心で、事件も比較的身近なものです。奇想天外なトリックは出てきませんが、当時のフレッチャーが非常に人気のある作家であったことを考えますと、一九二〇年代の英国の一般社会の様子がかいま見えるような気がして興味を覚えます。ただし、そこは英国のこと、「十五世紀の司教杖」のエピソードのように、この国ならではの歴史が重要な要素となる話もあります。

いずれにしましても、必ずなんらかの犯罪が絡んでくる作品の中にあって、唯一異色なのが「時と競う旅」です。ここには殺人や盗難どころか、なんの犯罪も出てきません。若く善良な会社員の夫がなくした書類を追いかけるだけの話です。しかし、みなさんの中にはひょっとすると、他のどれよりもこの話にこそ、主人公に感情移入して、はらはらどきどきし、手に汗握る方がいらっしゃるのではないでしょうか。一方で血なまぐさい殺人事件や大がかりな詐欺や盗難の犯罪を扱いながら、一方ではこのような日常に潜む些細なスリルを描ききるあたりにも、フレッチャーという作家の発想の幅広さを感じます。戦前、本国はもとより、日本でも探偵小説ファンの間で大きな人気を誇ったというフレッチャーの作風を、少しでもお伝えできれば幸いです。

多彩で巧みな15の謎と探索の物語

ストラングル・成田（ミステリ愛好者）

ない。本当に見当たらない。

エラリー・クイーンがミステリ短編の黄金時代といった時期（二十世期初頭〜一九二〇）以降、長編の黄金時代を含めても、ノンシリーズのミステリ短編集というのは、本当に紹介に恵まれない。二百四十冊を超えて、傑作、秀作、怪作等々を発掘し続ける〈論創海外ミステリ〉の中にあっても、本書『バービカンの秘密』は、希少な存在ではないだろうか。

本叢書でも力を入れている〈シャーロック・ホームズのライヴァルたち〉〈怪盗ルパンの後継者たち〉のように、ホームズ以降、名探偵や怪盗などのシリーズキャラクター作品が多く刊行され、短編ミステリの黄金時代が現出したことは確かだ。でも、同じ時期に、多くのノンシリーズのミステリ短編が書かれ、読まれたことも、また大いなる事実。

今日では、ほぼ見えなくなってしまったこの時代のノンシリーズ短編の面白さを体現した本書のような短編集が出ることの意義は小さくはないはずだ。

英国ミステリ界の大立者フレッチャーの代表的な短編集の刊行を歓迎したい。

◆J・S・フレッチャーという作家

〈論創海外ミステリ〉では、二〇一六年の『亡者の金』、二〇一七年の『ミドル・テンプルの殺人』、本年の『楽園事件 森下雨村翻訳セレクション』(『ダイヤモンド』『楽園(パラダイス)事件』の二編を収録)と近年刊行が続くJ・S・フレッチャー四冊目となる本書は、一九二四年に刊行された短編集。

フレッチャーの経歴、歴史的な位置付け、我が国における受容史に関しては、既刊『亡者の金』『ミドル・テンプルの殺人』における横井司氏の解説、フレッチャーの日本における紹介者だった森下雨村との関わりについては『楽園事件』の湯浅篤志氏の解説に詳しいが、まずは、本書の作者フレッチャーについて、駆け足で確認しておこう。

J・S・フレッチャー(Joseph Smith Fletcher)(一八六三―一九三五)は、イギリス出身の作家で、ヨークシャーのハリファックス生まれ。若い頃からジャーナリストとして活躍するかたわら、詩や小説等を発表。著作の範囲は、宗教・歴史・風土記から歴史小説、ロマンス小説、田園喜劇まで多方面にわたっている。ミステリに関しても、Andrewlina(一八八九)が最初の作で、七十二歳の生涯に、非常に多数の作品を遺した。アレン・J・ヒュービンの『Crime Fiction III A Comprehensive Bibliography 1749-1995』掲載のリストによれば、その数は、長編だけでも百十冊を超えている。

フレッチャーの名が多くの読者に知れ渡ったのは、時のアメリカ大統領ウッドロウ・ウィルソン大統領が『ミドル・テンプルの殺人』(一九一九)を称賛したからというのはよく知られた逸話。

改めて注目しておきたいのは、米国でのフレッチャーの類希れな大成功だ。ロジャー・エリスの最近のエッセイ(J.S.Fletcher : Man of Many Mysteries)によれば、一九二〇年にウィルソン大統領が

「自分が出会った最高の探偵小説」として称賛したという報道を契機として、フレッチャーのミステリは、大ブレイク。フレッチャーは、米国では、ミステリ作家の長老（Dean）と呼ばれたり、「愛好家によって近時の犯罪と探偵小説の王に戴冠された」と報道されるなど、尊敬と名声を得た。一九二〇年代には、過去に英国で発行された本も含め四十冊を超えるフレッチャー作品が米国で刊行、世界で最も成功したミステリ作家の一人となり、作者の懐も大いにうるおったという。米国におけるフレッチャーの大成功は、その後の同国のミステリに少なからぬ影響を与えたことは想像に難くない。

しかし、その名声も急速に失われていく。著者の死後六年後に刊行されたハワード・ヘイクラフト『娯楽としての殺人』（一九四一）には、「かつては絶大だったフレッチャーの人気も、その死後消えさろうとしている」と記述されている。

最近刊行された英国のミステリ黄金時代を知るための最良の手引き、マーティン・エドワーズ『探偵小説の黄金時代』においても、フレッチャーについては、ある注釈の一箇所で言及があるだけなのは寂しい。一方で、エドワーズは、『The Story of Classic Crime in 100 Books』の中で『ミドル・テンプルの殺人』を採り上げ、「この時期のクライム・ノヴェルで最も楽しめる作品の一つ」と評価もしている。

我が国においても、戦前には、フレッチャーは人気作家だった。『新青年』初代編集主幹の森下雨村が熱心な紹介者となり、『謎の函』（『ミドル・テンプルの殺人』）の刊行を皮切りに、長編の翻訳が続いて、読者に大いに歓迎された。戦後に刊行された『世界推理小説大系 第11巻 フレッチャー・ベントリー』（東都書房、一九六二、九）で、『ミドル・テンプルの殺人』の解説を担当した松本清張が、『トレント最後の事件』（一九一三）のE・C・ベントリーと並べてフレッチャーを「黄金時代の口火を切った作家」と位置づけたのは、我が国での高評価を物語っている。しかし、この本の刊行を最後として、新作の紹介は実に八十六年ぶりとなる前記『亡者の金』まで、刊行も絶え、英米同様、忘れ去られた作家になっていた。

フレッチャーの長編の特徴としては、一九三十年代にロナルド・カンバーウェルという探偵を立て続けに登場させたのを例外として、シリーズキャラクターの起用を好まず、事件に直面したアマチュアが探偵役を務めることが多かったことが挙げられる。

加えて、多作ということもあってか、英米でおおむね一九二十年代に定式化されるフェアプレイ重視の本格ミステリという形式に意欲を示さなかった。

我が国に紹介されている『ミドル・テンプルの殺人』、『楽園(パラダイス)事件（ライチェスタ事件）』（一九二一）、『チャリングクロス事件』（一九二三）、『カートライト事件』（一九二四）、『弁護士町の怪事件』（一九二五）といった長編は、いずれも不可解な殺人事件を中心に据えた捜査小説であり、探索の過程の面白さや結末の意外性といった美点を備えることは確かだが、フェアな謎解きという観点からは高い評価は与えられない。

ヘイクラフトは前掲書で、「フレッチャーの特異性は、彼の最大の人気は一九二〇年代にきたが、その仕事は〝ホームズ〟時代のガス燈や馬車時代の精神にぞくしていることである」としている。同時代にフレッチャーを高く評価したH・ダグラス・トムソンも「フレッチャー氏は余り立派な探偵ではない。些細な物的証拠には殆ど用は無いし、仮説などと云う混みいったものを作り上げる程の辛抱も持ち合わせてはいない」（『探偵作家論』一部、原文に基づき修正）と書いている。

フェアプレイや論理性といった本格ミステリの「ゲームの規則」を導入しないフレッチャーの小説が、前時代的として忘れられてしまったとしてもやむを得ないことだったかもしれない。

しかし、意図せずして事件に巻き込まれたアマチュア探偵が捜査に当たるというのはフレッチャーの発明だった。名探偵の如き明察をもたないため、事件を探索する者たちは、もっぱら関係者の聞込みを続けざるを得ない。この関係者に次々と当たっていく巡礼形式とでもいうべき捜査は、その小説に現実感を与え、フレッチャーの作品を特徴づけるものだった。

謎解きを楽しむミステリに、論理性やフェアプレイを重視するものと、謎が徐々に解き明かされていく捜査の過程の面白さを重視するものがあるとすれば、フレッチャーの小説は、後者の型のミステリのパイオニアともいえる存在だった。実際、例えば『ミドル・テンプルの殺人』における新聞記者スパルゴの行動は、家庭の秘密を探っていくハードボイルドの探偵や、手がかりを求めて列車で旅する我が国の刑事のようでもある。その意味で、フレッチャーのミステリは、本格ミステリの黄金時代の後に多様に展開した、ハードボイルドや警察小説、巻き込まれ型サスペンス、我が国においては松本清張の小説を経由したトラベルミステリなどの起点であったと評価できなくもない。

さらに、一作限りのアマチュア探偵という設定に注目すれば、彼らは、いつも探偵行為に情熱を燃やす好奇心の塊というわけではない。例えば、『カートライト事件』では、探偵役を務める詩人肌の青年が独自の調査で得た秘密をネタに人妻に対する恐喝者に変貌するのには唖然とさせられる。『楽園(パラダイス)事件』においても、殺人の目撃者である代診医は、彼がしつこく言い寄る娘を我が物にするという野望のため、探偵行為に励むのだ。

探偵小説には、探偵＝善＝ヒーローという暗黙の了解があるはずだが、フレッチャーの小説は、そうした「ゲームの規則」にも拘束されていない点で、ポスト黄金時代に多様に展開するミステリを予感させる存在でもある。

◆短編作家としてのフレッチャー

大変な多作家だったフレッチャーだが、短編集も実に数が多い。

アレン・J・ヒュービンの前掲のリストによれば、ミステリと非ミステリ混在の短編集もあるようだが、十九世紀末から一九三五年まで三十冊を超える短編集が遺されている。リスト掲載の短編総数は、実に三一九編。ほとんどは、雑誌に掲載されたものと思われるが、短編作家としても大変な多作家だったといえるだろう。

邦訳のある「白い手袋」（ミステリマガジン七四、二）は、ストランド・マガジン誌に一八九六年に掲載されたごく初期の作品だが、作家のキャリアの初期から長編と並行して短編にも手を染めていたものとおぼしい。

エラリー・クイーンは、ミステリジャンルにおける重要短編集をリストアップし、該博な知識と批評眼に裏付けられたコメントを付した短編ミステリ史『クイーンの定員』の四三冊目としてフレッチャーの The Adventures of Archer Dawe (Sleuth-Hound)（『アーチャー・ドウ（探偵狂）の冒険』）を採り上げている。

「一九〇九年には、J・S・フレッチャーの短編集のうち初版本の入手がいちばんやっかいな本も刊行された」とし、「歴史的重要性」「文学的価値」「稀覯本」という三つの基準のうち、「歴史的重要性」「稀覯本」という観点からの選定だ。（この短編集については、後述）

続けて、「史的価値からいえばまず本書が挙げられるが、フレッチャー氏の数多い短編集の代表作は、The Secret of the Barbican（『物見櫓（バービカン）の秘密』）、ホッダー・アンド・スタウトン、ロンドン、一九二四年刊）とThe Malachite Jar and Other Stories（『孔雀石の壺およびその他の物語』、W・コリンズ、ロンドン、一九三〇年刊）であろう」と書いている。

クイーンがフレッチャーの短編集の代表作の一つとして太鼓判を押したThe Secret of the Barbicanの全訳が本書というわけである。

フレッチャーの短編は、多くの雑誌に掲載されたと思われるが、アメリカにおけるハードボイルドの牙城となった『ブラック・マスク』誌にも、一九二二年から二五年にかけて六編が掲載（長編分載を含む）されているのが目を惹く。

我が国においても、『新青年』『ぷろふいる』『探偵小説』といった戦前の雑誌を中心に、フレッチャーの短編が二十編ほど紹介されている。

松本清張は、前掲解説で「フレッチャーは元来が長篇作家であったせいか、短篇にはあまり優れた作がないようだ」という言葉を残しているが、これ一作という傑作はないにしても、多様な味わいをもつ犯罪アラカルトになっていることは本短編集をお読みになった方は納得していただけるだろう。

◆収録の各編について

本書『バービカンの秘密』は、十五編を収録。短いものが多いが、様々な傾向をもつ作品が収められている。発表年代などは不明だが、作品に登場する年代から、作品集が刊行された一九二四年よりかなり古い作品も収録されていると推測される。

1　時と競う旅　Against Time

劈頭を飾るのは、犯罪の要素はないが、読む者を翻弄するタイムリミット・サスペンス。日曜日を待ちわびる建築請負会社の事務主任は、期限が目前に迫る重要な入札書をチョッキのポケットに入れたきりにしていたことに気づく。事務主任は古着屋に売り払われたチョッキの行方を必死に追いかける。

仕事上の致命的なミスで、仕事を失い家族ともども路頭に迷うかもしれないと悩む主人公の苦境には、サラリーマンなら誰もが同情を寄せ、同じサスペンスを味わうだろう。

目指す物が転々と人の手に渡っていく点では長編『ダイヤモンド』を思わせるし、主人公が関係者に聞き込みを続け、探索の旅を続ける点では『ミドル・テンプルの殺人』などの巡礼形式を彷彿させ、フレッチャー得意の手法がよくいきている短編である。

2　伯爵と看守と女相続人　The Earl, the Warder and the Wayward Heiress

お騒がせ屋の伯爵が丸一ヶ月の間、ロンドンに身を隠せるかどうかで一万ポンドという高額の賭けをするが……。トリッキーな隠れ場所以上に、立場の逆転を生じさせるツイストが効果的。コメディタッチの一編だが、伯爵の独善やゴシップ好きの伯爵の姉の言動には、貴族社会への皮肉も読みとれる。

3　十五世紀の司教杖　The Fifteenth-Century Crozier

大聖堂の古参の堂守が十五世紀の司教杖の中から偶然に見つけた高価な宝石類。堂守は宝の独占のために巧妙な策を練る。

フレッチャーは登場人物の性格描写に深く立ち入ることはないが、「芯から信用できる」とされている堂守が見つけた宝を自分の袋に入れ、「何食わぬ顔」で司教杖を元に戻すシーンは怖い。この超然とした倫理観の持主に対するは、根っからの善人である参事会長代理で、天の配剤とでもいうような結末が待っている。

フレッチャーは、熱心な古物愛好家、考古家としての一面をもっており、本編の大聖堂の宝物の描写などには、そうした側面がよく出ている。

4　黄色い犬　The Yellow Dog

老宝石商の店から宝石強奪を企む男が首尾よく目的を達したと思われたが……。

窃盗常習犯に、宝石商のユダヤ人、さらに意外な形で登場する中国人と、社会の周縁的な場所に位置する人物が絡み合い、それを黄色い犬が見つめているという本編は幻想味すら漂う異色編。悪が悪を呑み込むプロット、そのヴィジュアルで容赦のない結末は後世のノワールと呼ばれるジャンルにも似た強烈さだ。

男たちの愚行を見つめる片目の汚れた黄色い犬は、罪の意識の象徴と読むべきなのだろうか。黄色い犬といえば、ジョルジュ・シムノン『黄色い犬』（一九三一）における凶事の前触れのように現われる犬の象徴性とも較べてみたい作品である。（なお、同じ作者の『十三の謎』の第七話に「黄色い

犬」（一九二九）という原型短編もある。（『十三の謎と十三人の被告』〔論創社、二〇一八、松井百合子訳〕所収）

戦前に「黄色い犬」のタイトルの翻訳があり〔探偵小説一九三一、二〕、未見だが、本短編集収録作品と同一作品だと思われる。

5　五三号室の盗難事件　Room 53

港のホテルの一室でのダイヤモンド盗難事件。持主のオランダ人宝石商が犯人と名指す紳士の正体に心当たりのあるホテルのルームメイドのベアトリスは、ロンドンに赴く。

「ベアトリスが心から夢中になれるのは、第一級の殺人で始まり、誰もが夢にも疑わなかった人物の逮捕で終わる、典型的な血湧き肉躍る推理小説だった」

貸本屋から借りた推理小説に夢中なルームメイドに、読者は共感するだろう。ちょっとした機知の物語だが、堅実で勤勉、端正な彼女のたたずまいは印象的。

6　物見櫓（バービカン）の秘密　The Secret of the Barbican

老弁護士が訪れた町の博物館で、自らが顧問弁護士を務める古都で発行された貴重な緊急貨幣のセットを発見。貨幣はかつて古都から忽然と消えた書記官によって持ち逃げされたもののようだ。貨幣の出所を求めて弁護士は、現在の持主と探索する。

これも、フレッチャーの作品に典型的な巡礼形式の話。調査には外れがなく、トントン拍子に進むのはできすぎの感もあるが、このテンポの良さ、渋滞のなさはフレッチャー長編の持ち味でもあり、徐々に真相を手繰り寄せていく探索自体の面白さを味わえる。さらに、老弁護士が古物趣味なら、町の紳士も同好の士、調査先も骨董店という作者の古物趣味全開の一編。

骨董店主のヨークシャー訛りから、老弁護士の住むヨークシャーの古都サークルストウ市に向かうのも、「偉大なヨークシアA人」（トムソン『探偵作家論』）フレッチャーらしい展開だ。

ヨークシャーは、イングランド北部にある地方。一九七四年までは単一の州としてイングランドで最大の面積をもっており、その面積は岩手県とほぼ同じ。毛織物工業、鉄鋼業など工業が発達したが、一方で古い文化が維持されているといわれる。有名なところではエミリー・ブロンテ『嵐が丘』の舞台になっているし、ミステリではレジナルド・ヒルの筆によるヨークシャー州警察のダルジール警視物の舞台として知られているだろうか。

フレッチャーは、ヨークシャーの歴史に関する著作やヨークシャーの農夫を主人公にした連作もあるし、長編にもたびたびヨークシャーが登場する。

前掲ロジャー・エリスのエッセイによれば、厳密にはミステリとはいえない The Town of Crooked Ways（一九一二）という小説で、フレッチャーが実際に住んだことがある古都ポンテフラクトをモデルにした町の高官の不正行為を描いて怒りを引き起こしたというから、古都における行政官の不正はフレッチャーのこだわりがあったテーマの一つといえるだろう。

「巡礼形式」「古物趣味」「ヨークシャー」とフレッチャーらしさが詰まった作品で、表題作とされたのも納得の一編。

7　影法師（シルエット）　The Silhouette

商社の事務員として働く平凡な青年にはもう一つの顔があった。夜な夜な冒険を求めて街を歩きまわる彼は、あろうことか、実際の殺人に遭遇し、自ら調査に乗り出すことに。

大都市の夜の冒険を求めて歩く二重生活者の主人公にロバート・ルイス・スティーヴンスン『新アラビアンナイト』のフロリゼル王子辺りを祖型とする都市の遊歩者（ベンヤミンのいうところのフラヌール）の面影を見出すことができる。同じ頃に我が国に登場する「D坂の殺人事件」の明智小五郎や「屋根裏の散歩者」の郷田三郎も主人公と類縁だろう。

探偵行為は、現実の殺人事件に加え、「澄んだ目と魅惑的な声の娘」との出逢いを呼び込み、事件は予期しないほうへ展開、最後は日常へ回帰する都市のメルヘンめいた一編。

「ありとあらゆる怪しげな異人の掃き溜め」となっているソーホー地区を中心とした異国としてのロンドンが描かれているのも興味深い。

8　荒野（ムーア）の謎　Blind Gap Moor

休暇旅行中の銀行支配人は、副支配人が射殺された事件で呼び戻される。荒野での殺人は、強盗による犯行にみえたが……。

何マイルものヒースの茂みが続く荒れた寂しい土地が事件の荒涼とした感じを強めているが、犯人発覚の経緯はややあっけない。

荒野（ムーア）は、酸性土壌の上に低い草木が広がる地形で、ヨークシャーには有名なムーアがいくつもある。フレッチャー自身もムーアの風景が美しい西ヨークシャーのイルクリーという街で少年期を送ったことがあるし、ずばりムーアランドを舞台にした The Yorkshire Moorland Mystery（一九三〇）という長編もある。

9　セント・モーキル島　St. Morkil's Isle

新婚旅行先に北西海岸の人里離れた村を選んだ夫婦が、流砂を渡った先の幽霊が出るという孤島に惹きつけられる。二人は好奇心から孤島に渡るが、そこで待っていたものは本物の冒険だった。ラストにスペクタクルなシーンも登場するが、非日常的な冒険もハネムーン中の若夫婦にとっては、ほどよいスパイスのように描かれていて、明るく晴れやかな一編。閉じ込められて、プライドが傷つき、冒険心にいきりたつ夫と、幽閉場所を居心地のよい環境にすることを優先し、わたしたちの役割は見物すること、と割り切る妻。男女の違いが出ているのも面白い。

10　法廷外調査　Extra-Judicial

陪審員の評決に基づき死刑宣告を下したばかりの判事が、州長官にこの裁判に納得していないことを告げるという、ただならぬ発端。判事は、殺人事件の再調査のため、単独で寂しい谷間の村に赴く。調査により真実らしきものが浮上するが、最後に鉄槌を下すのは果たして。

判決を下した判事の再捜査という規格外れの冒頭ながら、単独捜査に赴く判事には真実追及の強い意志が感じられる。牧歌的でありながら一面では荒涼とした村の雰囲気といい、冷徹なハードボイルドの趣さえある好編。

「不幸にも人間の情熱というものは、そこが田園の理想郷だろうが悪のはびこる大都会だろうが、激しさにおいて変わりはない」と判事はつぶやくが、このことばは、大都市ロンドンも田園もいずれも巧みに描いたフレッチャーの人間観をよく表していると思われる。

11　二個目のカプセル　The Second Capsule

自治都市（バラ）の公務員として精励してきた男が計画的に公金を横領し、高飛びをしようとするが、行く手を阻む存在が現れる。

痕跡を残さない毒物の開発は現実離れをしているようだが、長編『カートライト事件』をはじめフレッチャーの小説には、こうした都合の良すぎる毒物がよく出てくる。その点を除けば、かなりスマートなクライム・ストーリー。思わぬ行為が犯罪の蹉跌を招く点で、いわゆる千慮の一失物より、印象が強く主人公の目に焼きついたイメージは鮮烈だ。

本編は、戦前に、「第二のカプセル」（新青年一九二八、五）として訳出されている。

バラ（borough）とは、原意は、城塞、または城壁に囲まれた集落を意味し、九世紀後半バイキングの侵入に対抗して、イングランド王が各地の軍事的拠点に建設した城市に始まる。その後、国王または領主から、商業的特権のほかに、裁判、行政、財政などについてある程度の自治権を認められた特権（自治）都市となったという。

フレッチャーには、The Borough Treasurer（一九一九）という長編もあり、自治都市バラもお気に入りの舞台だった。

12　おじと二人のおい　The Way to Jericho

一文無しの苦境にある玩具発明家の青年が、できごころから伯父の家の金銭を盗んだところが、いとこに発覚して、事態は混迷していく。

生活力不足の主人公、守銭奴のおじ、口八丁手八丁のいとこの性格の対比が生み出すドラマがユーモラスに描かれる。気の利いたオチが用意されているが、この作品集のいくつかにも似たパターンの小道具が使われている。

13　特許番号三十三　Patent No. 33

事故で死亡した技術者の本の買取りを依頼された古書店主が、本に挟まれていた書類の重要性に気づいて……。

主人公が古書店主の古書ミステリ。静かで息詰まるような悪との対決や、希望の成就が夢の終りと主人公が思い込む場面が印象的でもある。

食料雑貨店の丁稚だった主人公が余暇のすべてを古本屋巡りに費やし、ついには古本屋になってしまうという冒頭は、古本者の多いミステリファンの琴線に触れるのではないだろうか。

なお、トムスン『探偵作家論』によれば、フレッチャーは古物愛好家であると同時に、「狂熱的な書籍蒐集家」でもあった。

14　セルチェスターの祈禱書　The Selchester Missal

これも作者の古物愛好趣味を示したような作品。非常に古く価値のある祈禱書が盗難にあい、事務弁護士は大聖堂の首席司祭から事態の収拾を依頼される。さらに、貴族の邸宅からの貴重なメダルの盗難が重なって……。犯人のつまらないミスにより事件は解決したようにみえるが、奇譚めいた奥がある。骨董の探求者が多いがゆえに、往時にはこのような手口もあったかもしれない。最後の一行、貴族の満面の笑みがおかしい。

15　市長室の殺人　The Murder in the Mayor's Parlour

英国古来の城市（バラ）リンカスターにある市庁舎の市長室で人望の篤い若手市長が殺害される。ロンドン警視庁から派遣された部長刑事はこの一見して容疑者のない犯罪に挑むが……。

意外なことに、刑事が主役の探偵を務めるのは、本短編集でこの作品が唯一。一見、密室の謎のようだが、読みどころはそこではなく、古来の自治都市とイングランドでも最古の建物の市庁舎などいにしえの雰囲気と殺人事件の取り合わせということだろう。先祖代々市庁舎の番人を務めてきたという骨董屋の老人が古都の精のようで面白い。作者は、長編『In the Mayor's Parlour』（一九二二）で、本短編と同様に、古都の市長の殺人事件を扱っているし、動機の見当たらない殺人というモチーフは、本書収録のいくつかの短編と共通している。

本短編は、新青年（一九二九、八増刊）に訳出され、『新青年傑作選4　翻訳編』（立風書房、中島河太郎責任編集）にも収録された。中島河太郎の解説には、「ヴァン・ダインの編んだものやブラック社編の傑作集に採られている」とあり、フレッチャーらしさがにじんだ代表的短編という評価を受けていたとおぼしい。

◆フレッチャーの短編世界

フレッチャーの短編世界は多彩である。登場人物は、貴族から医師・法曹・司祭・軍人といった中流階級、サラリーマンに、メイド、犯罪常習者まで、あらゆる階層の人が揃っている。とりわけ、同時期の短編ミステリに比べ、会社の書記や小商店主といった市井の人が主人公の短編が多い印象を受ける。

ミステリのタイプということでいっても、冒頭の「時と競う旅」のように犯罪はないがサスペンスフルなものから犯罪者を主人公とするもの（「十五世紀の司教杖」「黄色い犬」）、機知で味付けしたユーモア譚（「伯爵と看守と女相続人」「おじと二人のおい」）、奇譚（「影法師（シルエット）」「セント・モーキル島」）、そして探索の物語（「物見櫓（バービカン）の秘密」「法廷外調査」等）までといった多様さ。読み口にも、ハートウォーミングなもの、コミカルなものからノワールといっていいようなものまで様々なグラデーションがある。

次に、そのポピュラリティ。気取った言い回し、凝った表現が少なく、古典からの引用もほとんどない。平易で明快な文章。アメリカで大いに受けたのも、この読みやすさが大いに与ったものと思われる。テンポが良く、渋滞感がない進行もキャッチーで読者を惹きつける。

さらに、短編の骨法を押さえた腕の確かさ。冒頭の「時と競う旅」に典型的なように、「あなたに似た人」の「破滅の予感」に読者は惹き込まれ、タイムリミットまで、主人公と並走するしかない。貴族が丸一月身を隠せるかという賭けから始まる「伯爵と看守と女相続人」、古参の堂守がお宝を発見する「十五世紀の司教杖」とみていっても、読者をとらえずにはおかないシチュエーションが冒頭にある。各編は、二〜六の章に分かれるが、起承転結の「転」に当たる部分が早めに到来し、そのツイストによって意表を突く展開をみせていく点も見逃せない。

一方、発端、展開の巧みさに比べ、謎解きには拘泥せず、本格ミステリ的な結末の意外性が少ないのは長編と同様だが、いずれもクライム・ストーリーと受け取れば、欠点ともいえないだろう。

その他、作者の骨董趣味・古書趣味、古い街を愛おしむ古物愛好家としての顔、「偉大なるヨークシャー人」としての顔を随所にみせるのも作品に趣を与えている。


フレッチャーの短編には、冒頭で読者の興味を喚起し、ストーリーに引きずり込んでいく天性の物語作家の才を感じさせる。そのレパートリーは広く、物語のメインになる素材をみつければ、調理法はもとより、他の素材との取り合わせ、味つけのソースや香りづけのハーブ、彩りや盛りつけまで、一気に構想し、書き切られた感が濃厚だ。

いずれも、ほぼ百年も前の作品であり、当然のことながら、時代の制約を受けてはいるが、良くできた物語の魅力は不変である。

本書の短編には、古色蒼然としたところは少しもない。多彩で楽しめる犯罪物語の中に、日々近代化していく世界で生きる人々の営みが、息遣いが写し取られてもいる。貴族も庶民も、悪人も善人も、都市の住民も田園の住民も、その情熱において変わるところはなく、彼らは、富を、名声を、冒険を、真実を、愛を、自由を、自らに必要な何かを求めて探索を続ける存在だ。本書に収められた短編は、その意味で様々にしつらえられた15の聖杯探求の物語といえるかもしれない。

◆シリーズキャラクター短編集

晩年を除き、長編にシリーズキャラクターをほぼ起用しなかったフレッチャーだが、短編集には、ホームズのライヴァルたちというべき名探偵の連作短編集があるので、最後に触れておく。

・The Adventures of Archer Dawe (Sleuth-Hound)（一九〇九）（『アーチャー・ドウ（探偵狂）の冒険』）

『クイーンの定員』に選出。八編収録。

アーチャー・ドウは、黒い服を着た六十歳のヨークシャー・マンでどこに行くにも傘を持参していく。本書の二年前にはジャック・フットレル『思考機械』、モーリス・ルブラン『怪盗紳士ルパン』が、同年には、バロネス・オルツィ『隅の老人』やR・オースティン・フリーマン『ジョン・ソーンダイクの数々の事件』が刊行され、役者がそろった時期の短編集。ロジャー・エリスは、その外見や特徴からエドガー・ウォーレスの創造したJ・G・リーダー氏（『J・G・リーダー氏の心』（一九二五）（論創社、二〇一六、板垣節子訳）の先駆けだったと述べている。

また、マーティン・エドワーズは前掲『The Story of Classic Crime in 100 Books』の中で、同書所収の一編「The Contents of the Coffin」は、『ミドル・テンプルの殺人』の原型短編であるとしている。原書が大変な稀覯本のようだが、何らかの形で紹介してほしいものだ。

・Paul Campenhaye, Specialist in Criminology（一九一四）（『犯罪研究家、ポール・キャンペンヘイ』）

十編を収録。こちらは、電子書籍にもなっている。ポール・キャンペンヘイは、短編集刊行の前年に、The Secret Cargo という長編で初登場。名声高い犯罪研究家という設定だが、短編集では一人称の語りで、ほとんどその個性は描写されない。犯人が自ら告白したり、犯人に出し抜かれたりといった事件が多く、推理の妙味にも乏しいが、宝石盗難、毒殺、古代文字の暗号、秘密の賭博場への潜入など事件の幅は広い。ヨークシャーや英国北部の自治都市バラを舞台にしているものなど、本書の短編との共通の要素もみられる。

〈参考文献〉

本稿を書くに当たり、主に次の文献を参考または引用元にした。記して感謝いたします。

ロジャー・エリス「J.S.Fletcher : Man of Many Mysteries」（カーティス・エヴァンズ編『Mysteries Unlocked』McFarland & Company, 2014）所収）

ハワード・ヘイクラフト『娯楽としての殺人』（一九四一）（国書刊行会、一九九二、林峻一郎訳）

H・ダクラス・トムソン『探偵作家論』（一九三一）（春秋社、一九三七、廣播洲訳）

マーティン・エドワーズ『探偵小説の黄金時代』（二〇一五）（国書刊行会、二〇一八、森英俊・白須清美訳）

マーティン・エドワーズ『The Story of Classic Crime in 100 Books』（The British Library,2017）

アレン・J・ヒュービン『Crime Fiction III: A Comprehensive Bibliography 1749-1995』（CD-ROM）（Locus Press,1999）

エラリー・クイーン『クイーンの定員　連載第四回』「EQ」（一九八一・七、名和立行訳）

「『ブラック・マスク』収録作家総リスト」『ブラック・マスクの世界　別巻』（国書刊行会、一九八七、小鷹信光編）

なお、過去に雑誌・アンソロジーに翻訳掲載された二十作のJ・S・フレッチャー作品については、「国内外のミステリー・推理小説のデータベースサイト」Aga-search.com（https://www.aga-search.com/）を参照させていただいた。

〔著者〕

J・S・フレッチャー

1863年、英国生まれ。中学校卒業後、ロンドンに出て新聞社の編集助手や〈リーズ・マーキュリー〉紙の編集部員を経て専業作家となる。文筆家としての仕事は多岐にわたり、ロマン小説、ミステリ、歴史小説、田園喜劇など、幅広い分野で作品を発表。1935年死去。

〔訳者〕

中川美帆子（なかがわ・みほこ）

神奈川県出身。訳書にロナルド・A・ノックス『三つの栓』、マーガレット・ミラー『雪の墓標』、リリアン・デ・ラ・トーレ『探偵サミュエル・ジョンソン博士』（ともに論創社）。他名義による邦訳書あり。

バービカンの秘密（ひみつ）

——論創海外ミステリ 243

2019年11月5日　初版第1刷印刷
2019年11月15日　初版第1刷発行

著　者　J・S・フレッチャー
訳　者　中川美帆子
装　丁　奥定泰之
発行人　森下紀夫
発行所　論 創 社

〒101-0051 東京都千代田区神田神保町2-23 北井ビル
TEL:03-3264-5254 FAX:03-3264-5232 振替口座 00160-1-155266
WEB:http://www.ronso.co.jp

印刷・製本　中央精版印刷
組版　フレックスアート

ISBN978-4-8460-1871-9